Afrikanisches Schach

EXLIBRIS

Hans von Loesch
Werner Zeppenfeld

Afrikanisches Schach

Ein Leben mit den Geistern an Kenias Küste

Hans von Loesch, Werner Zeppenfeld
„Afrikanisches Schach. Ein Leben mit den Geistern an Kenias Küste“

Satz und Karten: Isabelle Graedel
Umschlag: Wieslaw Prus
Fotos: privat
Verlag: Hans von Loesch, Werner Zeppenfeld
werner@mbuyubeach.com, hansvonloesch@gmx.de
www.afrikanisches-schach.de

Druck: epubli ein Service der neopubli GmbH, Berlin

ISBN: 978-3-86582-562-9

Vorbemerkung

Es ist Heiligabend, als ich hundert Kilometer südlich von Mombasa die kenianische Küstenstraße verlasse und auf einer Staubpiste Richtung Meer weiterholpere. Ich will über die Weihnachtstage am Indischen Ozean auftanken, aber etwas abseits von Diani Beach mit seinem Touristen-Trubel. Irgendwann lockt ein Hinweisschild mit der unbescheidenen Aufschrift „Mwazaro Beach. Where God Makes Holidays". Wer würde da nicht abbiegen?

Es ist nicht mein erster Anlauf, Urlaub in Mwazaro zu machen, seit ich vor fast fünf Jahren Fernseh-Korrespondent in Nairobi geworden bin. Bereits mein Vorgänger hat mir den deutschen Besitzer Hans von Loesch ans Herz gelegt, angeblich ein interessanter Paradiesvogel und kreativer Koch. Doch es ist immer zu viel los gewesen irgendwo in Afrika. Jetzt also hat es endlich geklappt.

Hans, graubärtig und hemdsärmelig, sitzt in seinem afrikanischen Palmhaus an einem alten Schreibtisch. Vor ihm steht ein neuer Laptop, mit dem er offenbar noch warm werden muss. „Ich konnte mit so einem Ding schon besser umgehen", höre ich gleich nach der Begrüßung. „Wenn ich was geschrieben habe, finde ich es manchmal erst nach stundenlanger Sucherei wieder." So gut ich kann, erkläre ich Hans das kleine Einmaleins des Abspeicherns, und er lässt als Dankeschön ein ausgezeichnetes Fischcurry auftischen. Dann druckt er für mich aus, was die Untiefen seines Rechners diesmal überraschend bereitwillig hergeben: seine afrikanischen Memoiren. Die ersten Kapitel sind bereits fertig.

Am nächsten Tag fange ich an zu lesen. Der Stoff ist spannend, aber der ungeübte Stil und die eigenwillige Rechtschreibung lassen den Journalisten in mir aufächzen. Beim Sundowner auf der Strandterrasse sticht mich der Hafer: ich nehme einen Bleistift schreibe die ersten Seiten um. Der Autor ist angetan. Als ich nach den Feiertagen mein Gepäck wieder im Kofferraum verstaue, ist das angefangene Rohmanuskript von „Afrikanisches Schach" dabei. Hans, der Menschenfänger, hat mich zwischen Schlemmer-Menüs, Badefreuden und Öko-Exkursionen scheibchenweise als seinen Ghostwriter adoptiert. Und ich gestehe: meine Gegenwehr war nur kurz. Es überwog der Spaß an dem Gedanken, mit einem so ungewöhnlichen und sympathischen Zeitgenossen an dieser abenteuerlichen Aussteiger-Geschichte zu feilen.

Die ist, das merkt man beim Lesen sehr rasch, eher die Geschichte eines Einsteigers, eines deutschen Weltbürgers, der Afrika und seine Menschen trotz aller lebensgefährlichen Widrigkeiten lieben gelernt hat. Wer den schwarzen Kontinent einmal aus ungewöhnlichem Blickwinkel erleben will, der wird dieses Buch in einem Rutsch lesen - wer obendrein noch gerne Schach spielt, wird zusätzliches Vergnügen daran haben. Und falls Sie irgendwann Küstenurlaub in Kenia machen sollten: biegen Sie doch auch einfach mal auf den staubigen „Shimoni Highway“ ein und halten Sie sich beim Mwazaro-Schild links. Dann können Sie sich von Hans selbst erzählen lassen, was sich seither noch an unglaublichen Geschichten zugetragen hat rund um seinen heiligen Baobab ...

Nairobi/Köln, im Sommer 2007

Werner Zeppenfeld

Inhalt

Prolog

Der nagelneue Toyota Corolla beschleunigt kräftig, bevor er nach Norden auf die Teerstraße einbiegt. Den Hinterrädern folgt eine Welle Kies, gelber Staub wirbelt auf. Am Wegrand pressen zwei Digo-Frauen ihre bunten Wickeltücher vor die Gesichter.

Die Räder greifen quietschend den Asphalt. Nassoro Juma Mwadzikomba, ehemaliger Abgeordneter im Kwale County Council, grinst zu seinem Neffen hinüber. Idi drückt sich in den Beifahrersitz und hält sich krampfhaft am Sicherheitsgurt fest. Das scheue Lächeln des jungen Mannes zeigt mehr Angst als Anerkennung.

Es ist der 22. November 2002, kurz nach sieben Uhr ostafrikanischer Zeit. Vor einer Stunde ist die Äquatorsonne aufgegangen. Sie hat die Luft schon auf schweißtreibende dreißig Grad aufgeheizt. Im Fahrzeug rauscht die Klimaanlage. Mwadzikomba und Idi sind auf dem Weg zum Gericht in Mombasa. Für elf Uhr ist die Abschlussverhandlung im Betrugs-Prozess um Mwazaro Beach angesetzt. Vorher muss Ex-Councillor Mwadzikomba unbedingt mit der Richterin sprechen. Er will sie dazu bewegen, den Termin für die Urteilsverkündung ins neue Jahr hinein zu verschieben. Am 27. Dezember nämlich werden in Kenia sämtliche Volksvertreter neu gewählt, von der Staatsspitze bis hinunter zu den Lokalparlamenten. Zwar stehen die Zeichen für die erfolgsverwöhnte Partei des alten Präsidenten Daniel Arap Moi diesmal nicht ganz so günstig. Dennoch hofft deren treues Mitglied Mwadzikomba, sein letzthin verlorenes Mandat im Bezirksrat zurück zu ergattern. Dann wird er genug Macht besitzen, ein unvorteilhaftes Gerichtsurteil abwenden oder notfalls ignorieren zu können. In seinen Taschen stecken 1,6 Millionen kenianische Schillinge, mehr Geld als das Jahresgehalt eines Hohen Richters. Dafür werden auch höchst ehrenwerte Staatsbeamte schon mal ein paar Tage krank.

Mwadzikomba beschleunigt den Wagen. Sie passieren den Ort Kanana mit seinen beiden Tanksäulen für Diesel und Petroleum und dem bunt gestrichenen Tante-Emma-Lädchen, in dem es zu kaufen gibt, was die Menschen in der Umgebung zum Leben brauchen: Milch und Brot, Maismehl und Waschpulver,

Holzkohle für das Kochfeuer und Batterien für die Taschenlampe. Die beiden rasen an der Eukalyptusplantage vorbei, den leichten Hang hinab. Vor ihnen taucht die Brücke des Ramisi-Flusses auf. Dessen Wasser werden an diesem Morgen von der ansteigenden Flut des Indischen Ozeans zurück gestaut, unter den Pfeilern schwappen Süß- und Salzwasser ineinander. Als der metallic-blaue Toyota mit mehr als hundert Stundenkilometern über die Brückenschwelle fährt, werden zwei zerlumpte Bauern in ihrem nahen Maisfeld Zeugen einer ungeheuerlichen Begebenheit.

Wenig später stehen sie mit ihren geschulterten Hacken einem ungeduldigen Polizisten gegenüber. Verängstigt versuchen sie, ihre Beobachtungen zu beschreiben. Das Gesicht des jüngeren glänzt vor Schweiß. „Da war eine Wolke, die aus dem Fluss kam und das Auto eingehüllt hat! Man konnte nichts sehen, nur hören, dieses schreckliche Krachen!"

„Nein", protestiert der Ältere, „der Schleier war durchsichtig wie Rauch. Ich konnte das Auto ganz deutlich erkennen. Es fuhr auf die Brücke, und beide Vorderreifen platzten gleichzeitig!"

„Na, es war wahrscheinlich eine Art Morgennebel", versucht der Polizist zu beschwichtigen.

„Nein, nein, es war etwas Lebendes, etwas, das von unten kam, um das Auto wirbelte und sofort wieder auf der anderen Seite im Fluss verschwand!"

Der Polizist zieht ein gequältes Gesicht. „Ihr beiden Tölpel habt wohl Geister gesehen. So ein Gewäsch kann man doch nicht zu Protokoll nehmen."

„Ja, Geister", flüstert der ältere Bauer und schaut sich ängstlich um. „Die Seegeister waren es, die wir gesehen haben!"

Der Polizist macht eine abschätzige Handbewegung. Die tadellos geschnittene und gebügelte Uniformhose umspannt seinen Kugelbauch. Sie wird von einem breiten, schwarzrotgrünen Gürtel an ihrem Platz gehalten. Mit der ganzen Autorität seines Amtes pflügt er sich eine Bahn durch die Menge der Gaffer, die inzwischen auf einige Dutzend angewachsen ist. Sein Hemd klebt nassgeschwitzt am Rücken.

Andere Uniformierte haben die Unglückstelle abgesperrt und

diskutieren ratlos mit der Besatzung eines Ambulanzfahrzeuges. Zwei weitere bemühen sich mit Messband und Fotoapparat um die Rekonstruktion des Unfallhergangs.

Der Toyota baumelt über dem Wasser, von einem Stahlrohr des zerfetzten Brückengeländers aufgespießt. Von innen sind undeutliche Rufe und schmerzerfülltes Stöhnen zu hören. Blut tropft hinab in den Ramisi-Fluss. In Sichtweite dümpelt träge ein Krokodil.

Ein dunkelblauer Mercedes hupt sich einen Weg durch die Menschentraube. Die Absperrung wird geöffnet. Der Polizist mit dem Kugelbauch reißt eilfertig die Hintertür auf und salutiert. Sein Vorgesetzter steigt aus, zupft den eleganten Straßenanzug glatt und erkundigt sich knapp nach dem Unfallhergang und dem Stand der Bergungsarbeiten. Die beiden Augenzeugen werden ihm vorgeführt. Sie sind so eingeschüchtert, dass sie zu einem Verhör kaum mehr fähig sind. „In lilahi waina lahu rajuuna", murmelt der eine immer wieder, „wir alle kommen von Gott und wir alle gehen zurück zu Gott", und der andere nimmt seine Kofia vom Kopf und verbeugt sich tief: „Es waren die Geister des Meeres. Gebe der Allmächtige, dass wenigstens der arme Idi überlebt!"

Der Polizeiboss blickt hinüber zum Autowrack, den Arm schwer auf die Schulter seines beleibten Untergebenen gestützt. Kopfschüttelnd mustert er die zerborstenen Vorderreifen. „Die beiden Bauern sind vielleicht nicht die hellsten, aber hast du eine bessere Erklärung als Hexerei? Ihr habt doch weder Nägel noch Scherben gefunden, und das Auto ist praktisch neu. Sieht irgendwie nach Witchcraft aus."

Der Angesprochene schrumpft sichtbar. Das Hemd wird nun auch vorne schweißnass, und die Hose rutscht unter den Kugelbauch, so dass er sie mit beiden Händen festhalten muss. Er ringt sich mit Mühe ein „Yes, Sir!" ab.

„Mach den Bericht fertig. Natürlich nichts von irgendwelchen Geistern, schon gar nicht an die Presse. Du kennst ja diese gottlose Bande. Die glauben doch an überhaupt nichts mehr."

Das Unfallprotokoll hält sich weisungsgemäß an die offenkundigen Fakten.

Am 22. 11. 2002 gegen 7:20 Uhr morgens fuhr der Toyota Corolla mit dem amtlichen Kennzeichen KAM 583 *mit überhöhter Geschwindigkeit auf die Brücke des Ramisi-Flusses. Dabei platzten beide Vorderreifen gleichzeitig ohne ersichtlichen technischen Grund. Der Wagen schleuderte gegen das linke Brückengeländer, wurde von dort schräg über die Straße auf die rechte Seite getrieben und durchbrach beim Aufprall das Geländer. Er wurde seitlich und am Boden von Stahlrohren durchbohrt, was den Absturz des Fahrzeugs in den Fluss verhinderte. Die in das Auto ragenden Metallteile fügten dem Fahrer Nassoro Juma Mwadzikomba schwere Verletzungen am Unterleib zu.*

Das Unfallfahrzeug wurde mit Seilen und Ketten gesichert, rutschte nach der Bergung des Beifahrers durch Marinespezialisten aber dennoch einen Meter weiter ab. Der eingeklemmte Insasse starb nach ärztlicher Feststellung durch Verbluten. Der Tod trat gegen 10:30 Uhr ein.

Es ist etwa viertel nach neun, als Hans in einem Matatu die Unfallstelle erreicht. Das vollbesetzte Sammeltaxi wird, wie alle vorbeifahrenden Autos, von der Polizei gestoppt. Hans ist ebenfalls auf dem Weg nach Mombasa. Die schweigende Menschenmenge macht den Weg frei, als der Polizist ihn zu dem Autowrack durchlässt. Was er sieht, lässt ihn schwindeln. Seine Hände umklammern das verbogene Brückengeländer.

Er blickt hinab auf den blutverschmierten Fahrer. Gegen diesen Mann hat er fünf lange Jahre um Mwazaro Beach gekämpft. Heute Vormittag hätten sie sich in dem Landstreit ein letztes Mal vor Gericht treffen sollen. Zwei Meter steht er jetzt neben seinem einstigen Partner und späteren Widersacher. Als er gegen dessen kriminelle Methoden nicht mehr angekommen war, hatte Hans versucht, ihn mit der strategischen Logik eines Schachspielers in die Knie zu zwingen – in einem Duell mit lebenden Figuren. Immer wieder hatte es so ausgesehen, als ob der schwarze den weißen König schlagen würde. Und jetzt dieses grausige Ende. Ein Zufall? Oder sollte die Prophezeiung von der rettenden Macht der Seegeister wahr geworden sein?

Der Kopf des schwarzen Königs Mwadzikomba hebt sich langsam und dreht sich hin zu seinem weißen Gegenspieler.

Hans blickt in zwei rote, ungläubige Augen. Es läuft ihm kalt den Rücken hinunter. „Schachmatt“, sagt Hans halblaut. Mwadzikomba schüttelt wortlos den Kopf und sinkt in sich zusammen. Durch die Menge geht ein Raunen. Hans dreht sich um und klettert wieder in sein Matatu.

Gegen Mittag kommt er aus Mombasa zurück. Dort ist das Gerichtsurteil im Landstreit zwischen Mr. Hans von Loesch und Mr. Nassoro Juma Mwadzikomba nicht verlesen worden, weil der Angeklagte nicht erschienen ist. Die Ramisi-Brücke ist immer noch gesperrt. Hans steigt aus und kämpft sich noch einmal durch die Menge der Neugierigen. Einige begrüßen ihn freundschaftlich. Hier und da wird ihm verstohlen gratuliert, denn sein Streitfall ist an der südlichen Küste bekannt. Zwar weiß niemand Genaues, aber was an konkreten Informationen fehlt, wird durch Gerüchte und Fantasie ersetzt. Für die einen ist Mr. Hans ein hergelaufener Mzungu, ein Weißer, der dem alteingesessenen Volksstamm der Digo ihren heiligen Platz am Strand gestohlen hat, um dort mit einer Touristen-Lodge Geschäfte zu machen. Den anderen scheinen er und seine naturverbundenen Gäste von Allah geschickt, um den armen Fischern und Kleinbauern in der Gegend ein besseres

EAST AFRICAN STANDARD, Monday, November 25, 2002

PICTURE: JACOB WAWERU

TRAGIC END: **The aspiring candidate for Pongwe/Kidimu ward in Kwale, Nassoro Juma Mwazikomba, died when his car hit the Ramisi River Bridge railing. The dangling wreck remained at this spot for eight hours before the body was retrieved.**

Auskommen zu bescheren.

An der Absperrung begrüßt ihn der lokale Polizeichef, ein persönlicher Freund, der inzwischen die Aufsicht an der Unfallstelle übernommen hat. Die Marine hat schweres Gerät angefahren. Der Haken des Bergungskrans wird gerade unter den widersprüchlichsten Anweisungen verschiedenster Fachleute mit der Kette verbunden, die ein mutiger Kletterer durch die eingeschlagenen Heckfenster des Unglücksautos gezogen und über dem Dach verschraubt hat.

Die Hände des Verstorbenen sind um das Lenkrad verkrampft und durch die Leichenstarre schon so hart geworden, dass man später die Finger brechen muss. Über den Körper ist eine Decke geworfen worden - aus Mitgefühl, oder vielleicht auch nur um den Geruch zu mindern, der von ihm auszugehen beginnt. Weiter unten im Ramisi treiben inzwischen mehrere Krokodile. Ab und zu ragen ihre gelben Augen aus dem Wasser.

Hans blickt den Flusslauf hinab, der immer wieder zwischen Palmenhainen verschwindet, bevor er sich im küstennahen Mangrovendschungel in ein Labyrinth von Kanälen verzweigt. Nicht weit von der Mündung entfernt hat er vor ziemlich genau zehn Jahren seine zweite Heimat gefunden.

Dort, in Mwazaro Beach, empfangen ihn seine Mitarbeiter später mit Freudenbekundungen. Die Nachricht von dem grausigen Unfall hat sich bereits bis hierher herumgesprochen. Die Anspannungen und Ängste der letzten Jahre fallen plötzlich von allen ab. Hans schüttelt Hände, klopft auf Schultern, durchlebt ein Wechselbad der Gefühle. Er steigt über einen schmalen Sandweg auf den leicht erhöhten Korallenfelsen, zu der Bar mit Palmwedel-Dach und Meerblick. Das Schachspiel aus Elfenbein und Ebenholz, das er vor Jahren in der Stone-Town von Sansibar bei einem arabischen Antiquitäten-Händler gekauft hat, steht auf einem niedrigen Tisch. Die Figuren zeigen eine unabwendbare Schachmatt-Position an.

Hans schaudert, als er den schwarzen König umlegt.

Erster Teil
MWAZARO, DER HEILIGE PLATZ

Ostafrika

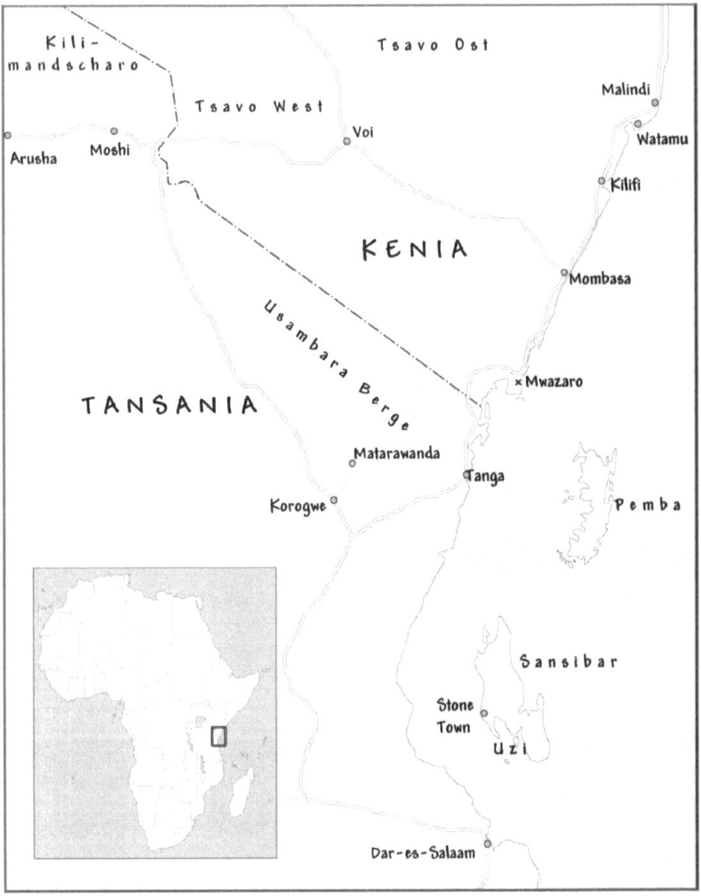
Kili-
mandscharo
Tsavo Ost
Tsavo West
Malindi
Watamu
Voi
Arusha
Moshi
Kilifi
KENIA
Mombasa
Usambara Berge
Mwazaro
TANSANIA
Matarawanda
Tanga
Korogwe
Pemba
Sansibar
Stone
Town
Uzi
Dar-es-Salaam

1 Deutschland auf nimmer Wiedersehen

Am 25. Juni 1992 besteigt Hans in Frankfurt am Main eine Lufthansa-Boeing mit Ziel San Franzisko. Die Erste-Klasse-Stewardess kennt er von vielen Flügen zuvor, sie heißt Ina. Sie gibt ihm den Raucherplatz am Mittelgang, den er seit Jahren bevorzugt. Nach dem Start um neun Uhr bittet er Ina um ein Bier. Er will den Nachdurst der letzten Nacht löschen und sich etwas Müdigkeit antrinken.

Einen normalen Schlaf kennt Hans schon lange nicht mehr. Mehrere Langstrecken-Flüge pro Woche, bei Tag oder bei Nacht, haben sich verheerend auf sein Zeitgefühl ausgewirkt. Er weiß längst, dass seine dauernde Anspannung mit dem medizinischen Begriff Asomnie umschrieben wird. Die Krankheit greift Schlafzentren im zentralen Nervensystem an und legt sie mit der Zeit lahm. Die Allgemeingesundheit bleibt in der Folge genauso auf der Strecke wie jeder Versuch, ein geordnetes Familienleben zu führen. Seine Ehe liegt längst in Trümmern.

Da der Flug der Erdumdrehung folgt, findet er bei Tageslicht statt. Hans nimmt Schlaftabletten und Beruhigungsmittel und spült sie mit dem Bier hinunter. Vor der Landung wird er Amphetamine schlucken, um nach seinem unruhigen Schlaf voller Albträume wieder in einen zittrigen Wachzustand zu kommen. Sein Beruf als internationaler Marketing-Berater lässt ihm kaum eine Atempause. Er hat sich an das besinnungslose Tempo genauso gewöhnt wie an einen Lebensstandard, der ihn fest in seinen verführerischen Armen hält.

Irgendwo über Amerika schreckt Hans aus seinem ruhelosen Schlaf auf, er spürt einen heftigen Schmerz im linken Arm. Kalter Schweiß steht auf seiner Stirn. Angstgefühle lähmen seine Atmung, als sich der Schmerz auf den ganzen Brustkorb ausdehnt. Er hat schon lange damit gerechnet, jetzt ist er sicher: er hat einen Herzinfarkt!

Hans informiert seinen Sitznachbarn. Der holt den Purser. In einer Durchsage fragt der Kapitän dringend nach einem Arzt. Ein alter jüdischer Mediziner stellt Hans mit beruhigender Professionalität präzise Fragen. Er misst Blutdruck und Puls, lässt ihn Sauerstoff inhalieren und gibt ihm eine Spritze aus der Bordapotheke. In San Franzisko steht schon ein Ambulanzwagen am Rollfeld bereit. Im Krankenhaus, nach Sofortbehandlung und gründlicher Untersuchung, erläutert ihm ein jovialer junger Arzt sein EKG.

„Sie haben eine fortgeschrittene Arterienverkalkung, mein lieber Freund!" Er schildert ihm den Befund im Detail. „Um Ihr Leben dauerhaft zu retten, ist eigentlich eine Operation unumgänglich. Leider", blickt er missbilligend über seine randlose Brille, „haben wir auch eine angehende Alkoholzirrhose der Leber festgestellt. In diesem Zustand können wir beim besten Willen keine Bypass-Operation durchführen."

Hans ist wie betäubt. Die letzten Jahre ziehen an ihm vorbei wie in einem schlechten Film. Klar, er hat viel Geld verdient. Aber wofür?

„Die akute Gefahr ist gebannt", sagt ihm der Arzt bei der Entlassung. „Aber wenn ich Ihnen einen Rat geben darf: ändern Sie Ihr Leben, Mr. Hans. Radikal. Wenn Sie so weitermachen, mit Stress und Zigaretten, Alkohol und Medikamenten, dann gebe ich Ihnen noch ein halbes Jahr. Höchstens!"

Hans bedankt sich, zahlt mit goldener Visa-Karte, bucht einen Flug zurück nach Frankfurt und beschließt, seinen Beruf hinzuschmeißen. Mit Hilfe einer Zeitungsanzeige verkauft er den Bechstein-Flügel. Auf dem hat er ohnehin schon lange keinen New-Orleans-Jazz mehr gespielt, und auch keine Klassische Musik. Mit Schmerzen trennt er sich von seiner Plattensammlung, der umfangreichen Bibliothek, von den vielen Antiquitäten und anderen Erinnerungsstücken, die sich im Lauf von zweiundfünfzig Lebensjahren angesammelt haben. Das Dutzend wertvoller italienischer Violinen erhält sein Sohn Florian, der Mercedes geht zurück an die Leasinggesellschaft. Mehr als zweihundert Ordner, die seine beruflichen Aktivitäten und privaten Angelegenheiten lückenlos dokumentieren, werden von einer Aktenvernichtungs-Firma abgeholt. Die großzügige Wohnung in einem Schloss zwischen Darmstadt und Frankfurt wird gestrichen und gereinigt.

Anfang Dezember ist es soweit. Ohne sich von irgend jemandem sonst zu verabschieden, lässt er sich von seiner langjährigen Freundin Anette zum Flughafen bringen. Sie haben zwar nie zusammen gewohnt, aber die Liebe zueinander war immer stark und aufrichtig. Auch Anette führt ein umtriebiges Leben, zwischen ihrem Beruf als freischaffende Künstlerin und ihrer Passion als Karatekämpferin. Sie haben die letzte Nacht in der leeren Wohnung auf dem nackten Parkettfußboden nur mit einer Decke geschlafen, ein fast wortloser Abschied mit vielen Tränen.

Von seinen Familienangehörigen hat Hans sich längst entfremdet. Auch von seinen Freunden soll niemand bei seinem absehbaren Ende dabei sein, das hat er sich geschworen. Keinen will er mit Krankheit, Tod und Beerdigung belasten. Er will sie ganz allein in Angriff nehmen, seine letzte Safari. Sein Ziel ist Ostafrika. Er hat Kenia, Tansania und Uganda bei etlichen geschäftlichen und privaten Besuchen kennen und schätzen gelernt. Die freundlichen Menschen, auch die ärmsten unter ihnen voll herzerfrischenden Humors, hatten ihm schon früher über manche Gemütskrise hinweggeholfen. Er kann sich keinen besseren Platz für seine letzten Monate vorstellen. Hoffnungen auf ein längeres Überleben scheinen ihm illusorisch. Sein Gesundheitszustand ist durch den plötzlichen Entzug von Alkohol, Tabak und Medikamenten eher noch schlimmer geworden. Sein Gepäck besteht nur aus einem Rucksack mit dem Allernötigsten. In den Taschen seiner Jeans stecken sein Reisepass und fünfzigtausend Mark – mehr als genug für diese finale Urlaubsreise, ist er sich sicher.

Hans kommt ein bierlauniger Scherz in den Sinn, den er gern zu machen pflegte, wenn ihn früher jemand nach seiner Vorstellung vom idealen Lebensabend fragte: "Wenn es soweit ist, fliege ich nach Afrika und suche mir einen weißen Sandstrand, mit Palmen, Hula-Girls, Whisky-Bar und Schaukelstuhl."

Hans hat einen Lufthansa-Flug nach Dar-es-Salaam in Tansania gebucht. Er bezahlt das letzte First-Class-Ticket seines Lebens mit der goldenen Kreditkarte, die er anschließend zerschneidet und in einen Papierkorb in der Flughafenhalle wirft. Allerdings scheint er für die Erste Klasse nicht recht gekleidet. Die Stewardess mustert schon an der Bordtür mit strengem Blick seine alten Jeans, das „Meilenweit"-T-Shirt mit dem Kamel auf der Brust, die mehrfach reparierten Laufschuhe und den ausgebleichten Bundeswehr-Rucksack, den er auf dem Flohmarkt am Mainufer in Frankfurt erstanden hat. Als Hans in das Erste-Klasse-Abteil einbiegen will, hebt die Dame in der enggeschnittenen blauen Uniform erschrocken die Hand und stellt sich ihm in den Weg. Sie deutet Richtung Touristenklasse und findet zu einem routinierten Lächeln zurück: „Entschuldigen Sie, mein Herr, hier geht es entlang!"

Bevor Hans seinen zerknautschten Flugschein aus den Jeanstaschen gefingert hat, rettet ihn sein alter Freund Edgar, der stets humorvolle Purser. Mit dem hat er auf Langstreckenflügen schon oft über den verborgenen Sinn des Lebens philosophiert. Jetzt kommt Edgar durch den Gang getänzelt und setzt seine zuckersüßeste Stimme auf. „Oh, Hans, cher ami, das ist ja ein Wunder! Moment, mein Schatz", schiebt er die Stewardess zur Seite, „lass ihn durch, der gehört heute mir. Nicht wahr?"

Er zieht Hans durch den Vorhang, der die Erste Klasse vom Rest der Kabine trennt. „Habe ich nicht gehört, dass du in einem unserer Flieger auf dem Weg nach Frisco gestorben bist? Und jetzt kreuzt du mit einem Dreitagebart hier wieder auf, in so einer Hose, und erst die Treter! Mein Gott, wo sind denn bloß deine Designerklamotten aus der Savile Row in London geblieben?" Edgar drückt Hans auf den letzten freien Sitz und stopft seinen Rucksack mit spitzen Fingern in das Gepäckfach. „Wir unterhalten uns später, mein Lieber, ich sterbe vor Neugier."

Neben Hans sitzt ein gepflegter Herr in maßgeschneidertem Seidenanzug. Seine Herkunft ist schwer auszumachen. Die lustigen Schlitzaugen und seine gelbliche Haut wirken ostasiatisch, sein schlankes Gesicht mit großer Hakennase hat etwas Arabisches. Hans begrüßt ihn kumpelig und stellt sich auf Englisch vor. Der Herr nickt förmlich, während er den Aufzug seines Sitznachbarn mit unverhohlener Skepsis betrachtet. Dann dreht er sich zum Fenster und beobachtet, wie sie von der Startbahn West abheben. Unter tiefhängenden Wolken verschwindet ein graues, kaltes Deutschland. Auch während des Frühstücks bleibt der Sitznachbar reserviert. Dann allerdings lächelt er auf einmal spitzbübisch. „Na, Mr. Hans, wo soll es denn hingehen? Buschabenteuer, Löwensafaris, Rifftauchen oder etwas ähnliches?"

„Ach nein, wissen Sie, ich will nur rasch nach Sansibar, für meine Frau Gewürze einkaufen. Sie will am Wochenende für ein paar Feinschmecker-Freunde kochen. Deshalb habe ich auch den Rucksack dabei!"

Sein Nachbar bricht in ein so hemmungsloses Lachen aus, dass sich die anderen Passagiere umdrehen. Er gluckst weiter, bis ihm die Tränen kommen. „Wenn das wahr ist, sitzen Sie neben mir genau richtig. Ich bin Gewürzhändler auf Sansibar, und nicht gerade der kleinste. Ich könnte Ihnen jetzt meinen chinesischen Namen sagen, aber den hat noch keiner richtig aussprechen können. Jeder nennt mich einfach Mr. Chili." Er drückt Hans die Hand. „Machen Sie mir die Freude und besuchen Sie mich auf Sansibar!"

„Aber das war doch nur ein Scherz", entschuldigt sich Hans.

„Ein ziemlich gelungener!" lacht Mr. Chili erneut los „Den werde ich nie vergessen. Ich mag Menschen mit Humor. Sie sind leider am Aussterben. Das musste ich auf meiner Reise durch Europa gerade feststellen."

„Das ist einer der Gründe, warum ich Deutschland für immer verlasse."

„Und jetzt?"

„Jetzt fliege ich nach Ostafrika und suche mir einen Sandstrand mit Palmen, Hula-Girls, Whisky-Bar und Schaukelstuhl. Das ist jetzt kein Scherz, das war schon immer mein Traum von einem lustigen Lebensabend."

Sein Sitznachbar lacht wieder, diesmal über die Hula-Girls, und nun beginnt der Zehn-Stunden-Flug interessant zu werden. Mr. Chili erzählt von seinem Vater, einem saudischen Prinzen, der eine Dienerin im Harem des Sultans von Oman geschwängert hatte. Diese Dienerin war halb philippinischer, halb chinesischer Abstammung. Als ihr Fehltritt ruchbar wurde, musste sie den Harem verlassen und bekam eine Anstellung bei einem Gewürzhändler in Sansibar. Dieser Kaufmann nahm den kleinen Chili an Sohnes statt an, denn er hatte keine Kinder. Später hat Mr. Chili die Gewürzhandlung übernommen und ein weit verzweigtes Handelsnetz aufgebaut. Er berichtet von seinen Dhaus, großen hölzernen Frachtseglern, mit denen er einen schwunghaften Handel zwischen Indien, der arabischen Halbinsel und Ostafrika betreibt. Das Gewürzgeschäft sei zwar ein uraltes, aber immer noch sehr lukratives, versichert er Hans. Sein Sohn Omari sei Kapitän und Chef der Familien-Flotte, die ihre Heimathäfen in Sansibar und auf der Nachbarinsel Pemba habe. Er selbst, erklärt Mr. Chili, befasse sich vorwiegend mit dem Gewürz-Anbau und dem Vertrieb. Seine besondere Leidenschaft gälte allerdings einer Versuchsküche, in die er immer wieder berühmte Köche aus aller Welt einladen würde, als Besucher und natürlich auch als Kunden für seine erlesenen Gewürze.

Als Hans ihm offenbart, dass er selbst ein begeisterter Hobbykoch sei und an mehreren Kochbüchern mitgearbeitet habe, ist Mr. Chili begeistert. Von da an versinken sie in ein Fachgespräch unter weltgewandten Gourmets. Kurz vor der Landung in Dar-es-Salaam räuspert sich Mr. Chili. „Warum kommst du nicht mit zu mir nach Sansibar? Wir haben dort herrliche Strände mit Palmen, ich habe ein großes Gästehaus, und hübsche Mädels gibt es auch genug. Bloß Alkohol ist bei mir verboten. Oder besser: fast verboten – so ganz ohne Wein kommt eine anständige Küche ja nicht aus. Also komm mit! Ich möchte einen humorvollen Feinschmecker wie dich gerne etwas länger in meiner Nähe haben."

2 Insel der Gewürze

Hans lässt sich nicht zweimal bitten. Mit einer Schnellfähre setzen sie von der nüchternen tansanischen Metropole in zwei Stunden hinüber zur Gewürzinsel mit dem klingenden Namen. Die malerisch verfallende Hauptstadt Sansibars liegt auf einem Hügel aus Korallengestein direkt am Meer. Weil auch die Häuser aus diesem Material gebaut sind, wird die Altstadt Stone-Town genannt. Jahrhunderte als omanisches Sultanat und Jahrzehnte als britische Kronkolonie haben eine prächtige Architekturkulisse hinterlassen. Leider haben die letzten Jahre sozialistischer Volksrepublik manches davon ziemlich ramponiert.

Ein schwarzbärtiger Riese ist erschienen, um die beiden unterschiedlichen Liebhaber der kreativen Küche abzuholen. „Omari, König der Schmuggler und Sohn des vermögenden Mr. Chili", stellt er sich lachend vor. Er deutet auf einige der großen alten Holzboote, die im Hafen liegen. „Das ist ein Teil unserer Flotte. Wir haben insgesamt sechs Dhaus. Ganz so romantisch wie früher ist das allerdings nicht mehr. Fast alle haben inzwischen Motoren an Bord, und wir müssen nicht mehr auf den passenden Passatwind warten. Glaub mir, Mr. Hans, ich habe etwas mehr um die Ohren als mein kochender Vater!"

Omaris Dhau

Mr. Chili schmunzelt mit einer Mischung aus väterlicher Nachsicht und geheimem Stolz über seinen Sohn. Sie kurven in einem alten Nissan-Bus durch die Gassen der Altstadt, in der es von Menschen aller Hautfarben und Kulturen wimmelt. Hans fühlt sich halb im Orient, halb in Afrika: verschleierte Frauen im schwarzen, bodenlangen Bui-Bui, arabisch aussehende Männer im weißen Khanzu, und dazwischen Heerscharen herumtollender Kinder. Mehrmals stoppt der Kleinbus, und Mr. Chili zeigt Hans besonders schöne Exemplare der weltberühmten, aufwändig geschnitzten Sansibar-Türen: massive Holzportale mit kunstvollen Metallbeschlägen, die keinen Zweifel über die gesellschaftliche Bedeutung der dahinter wohnenden Familie aufkommen lassen.

Sie verlassen die Stadt gen Süden auf der Straße, die durch die kleine Ortschaft Pete zur Ost-Küste führt. Zunächst ist Hans von der gleichförmigen Buschlandschaft enttäuscht. Nach einer guten Viertelstunde erreichen sie den für Sansibar typischen Misch- und Wirtschaftswald, mit hohen Nelken- und ausladenden Mangobäumen, durchsetzt mit Palmen, Bananenstauden, exotischen Blumen, Gewürzsträuchern und Pfefferlianen. Hinter dem kleinen Ort Kitogani, wo ihnen die Menschen fröhlich zuwinken, biegt Omari auf einen Schotterpfad nach Westen ab. Nach wenigen Kilometern erreichen sie das Anwesen von Mr. Chili. Es ist ein altes, großartiges Gebäude im arabischen Stil, mit einer doppelflügeligen Eingangstür aus Kampferholz. So schöne Schnitz- und Einlegearbeiten hat Hans bisher nur in der Alhambra von Granada gesehen. Es gibt Bogengänge, einen Innenhof mit Marmorbänken und Wasserbecken sowie einen tropischen Park mit kunstvoll angelegten Blumenbeeten. Wellen umspielen einen weißen Kiesstrand mit Kokospalmen. Hans fühlt sich wie in einem Märchen aus Tausend-und-einer-Nacht.

Er bekommt ein Zimmer im ersten Stock des Haupthauses zugewiesen. Es ist spärlich möbliert, aber auch das Bett mit seinem hohen Rahmen für das Moskito-Netz, der Tisch, der Stuhl und vor allem die Truhe in der Ecke sind mit Schnitzereien kunstvoll verziert. Auf dem Bett liegen ein großes buntes Kikoi-Tuch, ein einfaches Baumwollhemd und ein hellblauer Morgenmantel aus Seide. Das angrenzende Bad ist mit Marmorplatten gefliest. Es hat eine Deckenbrause, eine indische Bodentoilette sowie einen Waschtisch mit farbigen Einlegearbeiten. Darauf steht eine Wasserkanne aus poliertem Messing. Nach einer kalten Dusche lässt Hans sich auf das Bett fallen. Der Entzug macht ihm zu schaffen. Seine Hände zittern. Er knüllt das Kissen unter den Kopf und lässt schläfrig die unglaublichen Geschehnisse seit seinem Abflug aus Deutschland Revue passieren.

Am nächsten Morgen um sechs Uhr wacht er auf. So lange und so traumlos hat er seit Jahren nicht mehr geschlafen. Der Badezimmerspiegel zeigt ihm ein verjüngtes Gesicht ohne Ringe unter den Augen. Nach der Rasur fühlt er sich noch besser. Das Meer rauscht und lockt. Er schwimmt eine halbe Stunde. Als er zum Haus zurückkommt, angekleidet mit dem farbenfrohen Wickeltuch und dem Baumwollhemd, empfängt ihn Mr. Chili. Er klatscht vor Freude über seine Veränderung in die Hände. „Siehst du, so schnell kann man aus einem First-Class-Clochard einen richtigen Menschen machen!“

Sie gehen in einen Raum im Erdgeschoss. Dort bedienen sich fünf Männer und eine Frau an einem reichhaltigen Frühstücks-

Büfett. Hans wird als Hobbykoch und Freund des Hauses vorgestellt. Die Herren sind Spitzenköche aus verschiedenen Ländern, die Dame ist Redakteurin einer italienischen Zeitschrift für Kochkultur. Bei den Gesprächen dreht sich alles um die besondere Kunst, eine unverwechselbare Speisekarte und einen arrivierten Stil für ein Restaurant zu kreieren. Mr. Chili versteht es meisterhaft, das Thema immer wieder auf die Gewürze aus Sansibar zu lenken, auf „die besten Aromen der Welt".

Nach dem Frühstück wird die Küchentür aus Ebenholz geöffnet. Hans betritt eine große Halle, einen Tempel der Kochkunst. Der Fußboden besteht aus glasierten Tonfliesen, die Wände sind voller Mosaike mit kulinarischen Motiven. Augenfällig sind drei große, holzbefeuerte Herde mit jeweils sechs Kochplatten. Außerdem gibt es eine offene Feuerstelle mit geschmiedetem Grill und mächtigem Abzug. Große Tische für die Vorbereitung der Speisen stehen in der Mitte. Töpfe und Pfannen aus Kupfer, glänzendem Edelstahl und schwarzem Eisen paradieren auf Regalen.

„Vielleicht etwas altmodisch! Aber ich hoffe, meine Küche genügt Ihren hohen Ansprüchen", fischt Mr. Chili nach Komplimenten. Dann zeigt er die Kühl- und Gefrierräume, die mit einem Dieselgenerator betrieben werden. Anschließend schlendern sie gemeinsam durch den parkähnlichen Garten. Mr. Chili erklärt ausführlich, wie die einzelnen Gewürze gezogen, gepflegt und geerntet werden. Neben duftenden Küchenkräutern wachsen Nelken- und Muskatbäume, dazwischen Ingwerbüsche und Zimtsträucher. Vanille und Pfeffer ranken in die Höhe.

Während die Profis sich in der Küche zu schaffen machen, führt Mr. Chili Hans in einen Nebenraum. Auf dem Schreibtisch steht ein Computer mit Drucker. Ansonsten ist der Raum angefüllt mit Kartons, in denen lose Zettel mit Sisal-Schnüren zusammengebündelt sind.

„Kannst du mit dieser schrecklichen Maschine umgehen?", fragt Mr. Chili und betrachtet den Computer mit Unwillen. Hans nickt. Mr. Chili zeigt auf die Kisten. „Auf diesen Zetteln habe ich Rezepte notiert, die hier in den letzten zwei Jahrzehnten ausprobiert worden sind. Sie stammen von mehr als zweihundert

Köchen aus Dutzenden von Ländern. Sie müssen erfasst und in eine Systematik gebracht werden.“

Hans schaltet den Computer ein und greift zum ersten Zettel. Die Schrift darauf kann er allerdings beim besten Willen nicht entziffern. „Das habe ich befürchtet“, sagt Mr. Chili betrübt. „Ich habe zuerst arabisch schreiben gelernt, also von rechts nach links. Erst mit sechzehn Jahren habe ich Englischunterricht bekommen. Da hat meine Hand mit der anderen Richtung Schwierigkeiten gekriegt. Also habe ich im Lauf der Zeit meine eigene Handschrift entwickelt. Die können außer mir eigentlich nur zwei Menschen lesen: mein Sohn Omari, aber der ist Seemann und lässt sich nicht in ein Büro einsperren. Und außerdem Salama, eine seiner Freundinnen. Ich werde mit den beiden reden. Bis dahin kannst du ja schon in der Küche die neuen Rezepte unserer Gäste notieren und sie anschließend in den Computer eingeben. Einverstanden?“

Schon bei den Vorbereitungen zum Mittagessen kann Hans mit seinem neuen Job anfangen. Das Menü wird von allen Köchen in ihrer Geschmackswerkstatt gemeinsam entwickelt. Die Vorspeise besteht aus frittierten Kokosnuss-Scheiben, die mit Sojasoße und Limetten-Saft gewürzt sind. Es folgt eine Suppe aus gehäuteten und pürierten Tomaten mit frisch ausgepresster Kokosmilch, gewürzt mit Basilikum, schwarzem, sehr aromatischem Sansibar-Pfeffer und verfeinert mit einem Schuss Gin. Als Hauptgericht gibt es Rumpsteaks, die in einer ungewöhnlichen Beize gelegen haben: der Saft einer Papaya-Frucht und Rotwein haben das Fleisch zart gemacht, das Beiz-Aroma geben Nelken, gestoßener schwarzer Pfeffer, Muskat und ein Beutel mit Zedern-Hobelspänen. Dazu werden eine scharfe Pfeffer-Soße, in Kokosnuss-Öl geröstete Maniok-Scheiben und ein lokaler Spinat serviert, der mit Essig, Salz und frischen, entschälten und zerstoßenen Senfkörnern abgeschmeckt ist. Die Zutaten fürs Dessert liefert der Obstgarten vor der Tür: einen fein gewürfelten Fruchtsalat aus reifen Apfel-Mangos, Ananas, Passionsfrüchten und gerösteten Mandel-Splittern, mit einer Note von Kardamom und frischem Ingwer.

Nach dem vorzüglichen Essen gesteht Hans seinem Gastgeber, dass die sachlogische Einteilung der Gewürze ihm Schwierigkeiten bereite. Wie könne man deren Vielzahl so gliedern, dass sie zum Ausgangspunkt für kreatives Kochen werden? Auch die Meister-Köche, die täglich mit großer Fachkenntnis Gewürze anwenden, sind gespannt auf Mr. Chilis Antworten. Der lässt Kaffee kommen und geht hinüber zu einer Wandtafel. „Die Zunge kann vier verschiedene Arten von Geschmack empfinden, nämlich süß, salzig, sauer und bitter. Dabei geht es immer um kleinste Mengen: ein Tropfen Zitrone, eine Löffelspitze Zucker, ein Wermut-Blatt, ein paar Körner Salz können jedes Gericht verbessern. Aber eine Prise zu viel ist nur schwer wieder auszugleichen. Außerdem reagieren alle Geschmacks-Nerven auf jede Art von Schärfe."

Er malt einen Kreis, teilt ihn in vier gleiche Segmente und schreibt die Geschmacksarten hinein. In die Mitte setzt er die

Schärfe. „Wir alle kennen und verwenden zudem Geschmacks-Verstärker. Dazu gehört vor allem das Fett – hier bei uns nennt man es das ‚Gewürz der Armen'. Auch der Alkohol kann veredeln. Warum sonst hätten Sie heute einen Schuss Gin in die Tomatensuppe getan? Die Chinesen verwenden das Glutamat. Es ist sehr wirksam, aber ein bisschen zuviel davon zerstört die

Harmonie und hinterlässt ein Taubheits-Gefühl auf der Zunge." Er schreibt die Geschmacks-Verstärker ebenfalls in die Mitte des Kreises.

In der folgenden halben Stunde zieht Mr. Chili alle Register der Gewürz- und Kräuterkunde. Dabei unterscheidet er eigengeschmacks-verstärkende Gewürze, wie zum Beispiel das Basilikum zur Tomate oder den Majoran zur Kartoffel, von dominanten, geschmacksverändernden Gewürzen, wie Kümmel, Koriander oder Nelken. „Jeder Koch ist wie ein Maler. Das hier sind die Grundfarben auf seiner Palette, die er kreativ mischen kann. Die Kunst des Meisterkochs besteht im souveränen Umgang mit den unendlichen Kombinationsmöglichkeiten von Gewürzen und Aromen, und mit der gezielten Stimulierung von Zunge und Gaumen, von Nase und Augen. Lassen Sie uns in den nächsten Tagen nach Herzenslust probieren, goutieren und vor allem lernen. Was Sie an neuen Kenntnissen mitnehmen, wird Ihr Geschäft daheim sicher beflügeln!"

Mr. Chili sonnt sich im Beifall. Hans brummt der Kopf. Der Entzug meldet sich mit dem heftigen Wunsch nach Wodka und eiskaltem Bier. Er verabschiedet sich mit einer Ausrede, läuft zum Strand hinunter und genießt das glasklare Wasser. Später spielt er mit den Kindern der Angestellten Wasserball, bis die Sonne mit einem unglaublichen Farbspektakel hinter der Insel Uzi verschwindet.

3 Salama

Mit bleischweren Gliedern steigt Hans die steilen Stufen hinauf in sein Zimmer. Er duscht abwechselnd heiß und kalt, um die wiederkehrenden Entzugserscheinungen zu vertreiben. Die Luft im Raum ist schwülwarm, Hans legt sich nackt auf das kühle Bettlaken und schaut durch das weit geöffnete Fenster hinaus in den tropischen Sternenhimmel. Wenig später bewegt sich die Türklinke. Niemand hat geklopft – oder hat er es nur überhört?

„Asalam aleikum!" Im Dämmerlicht der matten Glühbirne kommt eine Frau ins Zimmer und tritt ungeniert und mit einem spitzbübischen Lächeln an das Bett. Hans bedeckt seine Blöße – zu spät. „Das habe ich mir gedacht", sagt sie kopfschüttelnd. Sie spricht sehr gut Englisch. „Dieser interessante Mr. Hans, von dem hier alle reden, ist noch nicht einmal beschnitten. Soll ich ein Messer aus der Küche holen und einen Mann aus dir machen?“

Er blickt in ein attraktives Gesicht mit einer süßen Stupsnase, vollen Lippen, hellbraun glänzender Haut und zwei frechen blitzenden Augen. Hans schätzt die Frau auf fünfundzwanzig Jahre. Sie hat sehr schöne Hände und läuft barfuss. Bekleidet ist sie mit einem hochgeschlossenen Küchenkittel. „Ich heiße Salama. Das wirst du dir leicht merken können, mit dem Wort begrüßt man sich hier auf Sansibar. Es bedeutet Frieden. Omari hat gesagt, dass du einen Job für mich hast. Da bin ich.“

Sie mustert seinen Körper eingehender. „Als erstes scheinst du allerdings eine Massage nötig zu haben.“ Ohne eine Antwort abzuwarten, kniet sich Salama neben ihn auf das Bett und knetet ihn professionell durch, von den Füssen bis zum Kopf. Dabei redet sie ohne Pause. „Wie gefällt dir Sansibar? Bestimmt wirst du es hier mögen. Unsere Insel ist wie ein Suppentopf, in dem die verschiedensten Gemüse zusammengekocht sind. Es gibt Moslems und Christen, Hindus, Buddhisten, Freimaurer und Menschen, die an gar nichts glauben. Ich selbst bin in einem christlichen Waisenhaus aufgewachsen, obwohl meine Eltern Moslems waren. Vielleicht hat mich das ein bisschen unabhängiger gemacht, als die meisten Frauen hier auf der Insel es sein können. Die werden von Vätern oder Brüdern auch gegen ihren Willen verheiratet, schuften ein Leben lang für Mann und Kinder und werden nur zu oft mit Untreue belohnt. Ich habe mir geschworen, dass mir so etwas nicht passiert.“ Zum Abschluss der Massage lässt sie ihre Fingernägel aufreizend über seinen Rücken gleiten und beugt sich zu Hans hinunter. „Ich suche mir meine Partner selber aus. Beruflich, und privat!“

Hans fragt sich, ob das eine Einladung ist. Er unterdrückt eine Erregung, die er seinem Körper fast schon gar nicht mehr zugetraut hat. „Hat dir Omari nicht gesagt, in welchem Zustand ich bin? Dass ich schwere Entzugserscheinungen von Alkohol und Drogen habe, dass mein Körper das reinste Wrack ist?“

„Doch, das hat er angedeutet. Wenn ich für dich arbeite, muss ich dir wohl gleichzeitig helfen, deine Gesundheit wieder ins Lot zu bringen. Aber das mache ich gerne – wenn du willst!“

Hans will. Salamas Natürlichkeit begeistert ihn. Er erzählt ihr mehr von sich als irgend jemandem zuvor. Er berichtet von seiner Drogen-Vergangenheit und von seinem afrikanischen Zukunftstraum. Sie ist eine geduldige und mitfühlende Zuhörerin. Später lassen sie das Moskitonetz herunter. Salama streift ihren Kittel ab und kuschelt sich an ihn. Mit einer sanften Handbewegung stellt sie klar, dass es weiter nicht gehen wird. Irgendwann schlafen sie ein.

Als Hans von der Morgensonne geweckt wird, ist Salama verschwunden. Enttäuscht geht er zum Strand. Vom Bootssteg aus schaut er über den grünblau schimmernden Ozean. Ist der gestrige Abend nur eine zufällige Episode gewesen, oder hat ihm die Vorsehung jene Frau geschickt, die seinem Leben eine neue Wendung geben soll?

Fast eine Stunde tummelt sich Hans in den Wellen. Er nimmt sich vor, künftig jeden Morgen schwimmen zu gehen, um seine Muskeln zu trainieren und dem Entzug zu trotzen. Als er zum Haus zurückkommt, wartet eine schöne Überraschung auf ihn. Omari und Salama sitzen auf der Terrasse und frühstücken. Offenbar haben beide ihn schon seit einiger Zeit durch die Zypressen hindurch beobachtet.

„Salama!“, sagt er zur Begrüßung. Er lässt sich von Omari freundschaftlich umarmen und haucht seiner nächtlichen Besucherin einen Kuss auf die Wange. „Du hast wirklich einen passenden Namen! Nach deiner Art von Frieden habe ich mich schon lange gesehnt ...“

„Hoffentlich hat Salama dich gestern Abend nicht zu sehr überrumpelt“, sagt Omari und bietet ihm Kaffee an. „Aber ich weiß, dass es für eine geschundene Seele keine bessere Gesellschaft gibt als die ihre. Und sie hat scheinbar nichts dagegen.“ Salama lächelt und schweigt. „Du bist ein Freund meines Vaters, also ist es meine Pflicht, dir zu helfen. Salama hat eingewilligt, die Rezepte zu entschlüsseln, und mein Vater hat sie soeben eingestellt.“

Nach Dusche und ausgiebigem Frühstück begibt sich Hans in die Küche. Mit Klemmbrett und Kugelschreiber läuft er von einem Koch zum anderen. Er stellt fest, dass die Arbeit Freude macht und, was für ihn noch wichtiger ist, dass seine Hände kaum mehr zittern. Auch das Verlangen nach Nikotin und Alkohol hat etwas nachgelassen.

Am Nachmittag geht er in sein Büro, um die protokollierten Rezepte in den Computer einzugeben. Zu seiner großen Freude sitzt Salama schon am Schreibtisch. Sie übersetzt fleißig die alten Kochanleitungen und schreibt sie mit klarer Handschrift auf einen Notizblock. Einen vorsichtigen Annäherungsversuch wehrt sie mit gespielter Empörung ab.

Bis zum Einbruch der Dunkelheit arbeiten sie konzentriert. Sie reicht ihm immer neue Zettel, er füttert den Computer. Hans schlägt vor, das Abendessen zugunsten einer Überstunde ausfallen zu lassen. Er hat ohnehin keinen Appetit. Salama holt sich einen kleinen Teller mit verschiedenen Kostproben aus der Küche und isst beim Schreiben. Im kleinen Büro strahlt der Computer heller als die einsame Glühbirne an der Decke. Von fern tuckert der Generator, und unten am Kiesstrand machen die ablaufenden Meereswellen schlürfende Geräusche. Gegen zehn Uhr schaut Mr. Chili herein und ist überrascht, die beiden noch bei der Arbeit zu finden. „Hans, du solltest langsam in Afrika ankommen! Bei uns ist nach Sonnenuntergang der Arbeitstag vorbei. Alle sitzen längst am Strand und erzählen sich Geschichten."

„Wir kommen gleich", beschwichtigt Salama. Hans sichert im Computer, was er eingegeben hat. Dann gehen sie auf die Strandterrasse und gesellen sich zu den Köchen, die von Champagner und Cognac schon recht fröhlich geworden sind. Salama versucht ihn wegzuziehen, sobald sie die Flaschen erblickt. Hans sträubt sich und bleibt, aus purer Höflichkeit. „Ich trinke keinen Alkohol", ruft er ihr nach, als sie verärgert in der Dunkelheit verschwindet. Vor Enttäuschung tut er es dann doch.

Er findet sie später schlafend in seinem Bett. Hans bewundert ihre schlanke, muskulöse Figur. Leise schließt er die Badezimmertür hinter sich und duscht den Schweiß und die Küchengerüche des Tages fort. Dann rollt er sich vorsichtig neben sie, ohne sie aufzuwecken. Sie seufzt leicht und legt den Arm um ihn. Es dauert eine Weile, bis auch Hans in einen tiefen Schlaf fällt.

Als er bei Sonnenaufgang aufwacht, kommt Salama aus dem Bad. Ein strahlender Blick aus ihren schwarzen Augen und der lang ersehnte Kuss erfüllen ihn mit freudigen Gefühlen. „Hör bitte auf zu trinken", flüstert sie, „und gib mir noch ein wenig Zeit. Vielleicht bist du im Augenblick eher der väterliche Beschützer für mich, den ich mir immer gewünscht habe."

Hans nimmt sie zärtlich in seine Arme und schiebt den Gedanken beiseite, dass er in der Tat ihr Vater sein könnte. Was ist er doch für ein Glückspilz! Salama ist eine Frau Sansibars. Ihr Körper verströmt die wundervollen Düfte dieser tropischen Insel. Das kunstvoll geflochtene Haar riecht wie der fruchtige Saft der jungen Kokosnuss, ihr Atem nach Vanille. Die glatte Haut duftet nach Nelken und Kardamom. Sanft löst sich Salama von ihm und huscht aus dem Zimmer. Als sie weg ist, ist das übergroße Verlangen nach einer Zigarette wieder da, das Zittern und die Unruhe. Aus dem Spiegel im Bad blicken ihn die sattsam bekannten roten Augen mit den großen Pupillen an.

Das Frühstück besteht aus zwei schnellen Tassen Kaffee. Hans kommt zu spät zur Menü-Planung. Seine Romanze hat sich schon herumgesprochen. Die Köche und besonders Mr. Chili machen leicht anzügliche Bemerkungen über den alten Mann und die schöne Meer-Jungfrau, wie sie Salama nennen. Hans weiß nicht, wie viele Kilometer er an diesem Tag in der großen Küche zurücklegt. Am Abend schmerzen ihn die Beine, als er am Computer sitzt und die Kreationen der Meister-Köche für die Nachwelt verewigt. Salama arbeitet schweigend gegenüber. Es ist weit nach Mitternacht, als sie sich todmüde ins Bett kuscheln.

Nicht nur die Nächte, auch die Tage bleiben anregend und interessant. Jede Woche kommen neue Küchenchefs aus anderen Ländern mit ihren Ideen, Geschmacks- und Gewürzvorstellungen. Nur an den Wochenenden wird nicht gearbeitet. Die Gäste machen dann Inseltouren, und die Küche bleibt genauso kalt wie der Computer.

Wenn Omari im Land ist, fahren sie zusammen in die Stone-Town von Sansibar, wo er Hans jedem seiner zahllosen Bekannten als guten Freund aus Germany vorstellt. Salama macht sich lustig über Hans' Eifersucht, die er nur schwer verbergen kann, wenn ein junger Mann nach dem anderen sie so herzlich begrüßt, wie es in einer moslemischen Öffentlichkeit gerade noch möglich ist. Auch Omari lacht dann über ihn. „Alle hätten sie gerne im Bett, aber keiner von denen hat sie je gekriegt. Sie ist die klügste und unabhängigste Frau, die ich kenne. Das sage ich als ihr einziger Freund, der keine Hintergedanken hat. Ich bin schließlich hoffnungslos mit dem Indischen Ozean verheiratet. Meine Schiffe sind meine Kinder."

Einmal führt Omari ihn in eine besonders verwinkelte Gasse. Sie betreten eine Schreinerei, in der alles mit der Hand gearbeitet wird, die elegant geschwungenen Stühle, die opulenten Bilderrahmen, die wuchtigen Sansibartüren. Hans fragt den uralten Besitzer, warum er nicht wenigstes einen Teil der Arbeit mit Säge- oder Hobelmaschinen vereinfache. „Damit mein Bart nicht in eine dieser Teufelserfindungen gerät, mein junger Herr", antwortet er mit schelmischem Lächeln und streicht durch seinen üppigen Kinnschmuck. „Denn wenn ich das Zeitliche segne, stirbt die Werkstatt und diese Tradition mit mir."

Hans bleibt vor der offenen Tür einer Abstellkammer stehen. Sein Flohmarkt-Instinkt meldet sich. Der Alte spürt das sofort. „Sehen Sie sich ruhig um. Das ist alles Gerümpel. Aber ihr Europäer seid ja manchmal verrückt nach solchem Schrott."

Er dreht sich um und lässt Hans allein zwischen zerbeulten Messingkannen, indischen Götterbildern, zerfledderten Büchern, Aschenbechern aus Elefantenfüßen und lädierten Leopardenfellen. Aus dem staubigen Gehäuse einer Standuhr ohne Gewichte zieht er ein hübsch dekoriertes, aber stark beschädigtes Holzkistchen hervor. Darin liegen geschnitzte Schachfiguren aus Ebenholz und Elfenbein. Mit ihnen scheint oft gespielt worden zu sein, sie sehen alt und abgegriffen aus. Hans tritt in das Licht der Werkstatt und baut die Figuren auf einem frisch gehobelten Brett auf. Das Spiel ist noch komplett, und die schlichte Eleganz der Figuren bezaubert ihn sofort. Auf dem Boden der Kiste liegt ein gefaltetes Seidentuch mit goldenen und silbernen Schachfeldern. An jeder Ecke hat es ein Seidenband, mit dem das Tuch an den Beinen eines Tisches befestigt werden kann. Leider ist es so von Motten zerfressen, dass es zum Spielen kaum mehr zu benutzen ist.

„Spielen Sie Schach?" Der Alte ist lautlos zurückgekommen.

„Ja, sehr gern, aber auch sehr schlecht.“

„Nehmen Sie das Spiel mit und üben Sie! Ich freue mich, wenn es Ihnen gefällt. Und keine Widerworte, junger Mann! Ein fröhlicher Schenker wird von Allah immer reichlich belohnt. Für mich kommt bald der Tag der großen Abrechnung. Ich bin dem Allmächtigen dankbar für jede Gelegenheit, die er mir gibt, mein Punktekonto noch zu verbessern.“

Hans bedankt sich mit vielen frommen Segenswünschen und folgt Omari, der ihm draußen auf die Schulter klopft. „Dass dieser alte Geizkragen etwas verschenkt, ist für mich ein wirkliches Wunder.“ Die kaputte Kiste wirft Hans daheim in das Küchenfeuer. Die Figuren steckt er in ein Paar Socken und verstaut sie in seinem Rucksack.

Nach drei Monaten Sansibar hat Hans unglaubliche dreißig Kilogramm abgenommen. Tägliches Schwimmen hat die Muskeln gestärkt, und die Lauferei in der großen Küche hat nebenbei seine Kondition verbessert. Salama schläft häufig bei ihm, ohne je mit ihm zu schlafen. Sie scheint ihm auch die kleinen Alkohol-Rückfälle zu verzeihen, die allerdings seltener werden. Wenn das Zittern und die Zweifel über ihn kommen, weiß sie ihn mit zärtlichem Verständnis in den Schlaf zu plaudern.

Eines Nachts bricht sein privates Inselparadies ankündigungslos zusammen. Es pocht wild an seiner Tür und Omari stürzt in das Zimmer. „Wo ist Salama?“ Er ringt nach Luft. „Ist sie bei dir, oder weißt du, wo sie ist?“

„Ich habe keine Ahnung! Seit zwei Tagen war sie nicht mehr hier.“

„Sie ist weg, verschwunden! Keiner hat sie gesehen oder etwas von ihr gehört. Wir haben schon überall gesucht. Sie kann sich doch nicht in Luft aufgelöst haben. Es muss etwas passiert sein!“

Hans hat plötzlich ein Gefühl wie damals auf dem Flug nach San Franzisko. Er fängt an zu zittern, die Muskeln verkrampfen sich. Ein unkontrollierbarer Brechreiz entleert seinen Magen, bis nur noch die Galle kommt. Omari holt ein Handtuch aus dem Bad und legt den Arm tröstend um die besudelte Jammergestalt. Dann schüttelt er das Kissen auf und verschwindet durch die

Tür. Hans wälzt sich noch eine Weile auf den zerknüllten Seidenlaken und murmelt wirres Zeug. Dann schwindet sein Bewusstsein.

Als er wieder aufwacht, ist es immer noch dunkel. Omari steht wieder an seinem Bett. Er hat Tisch und Stühle davor gerückt. Eine Flasche Weinbrand und zwei Gläser stehen parat. Sie sind zur Hälfte gefüllt. „Es ist besser am Alkohol zu sterben, als am Liebeskummer! Auf die Leber, Rafiki – mein Freund!" Damit hebt er das Glas, Hans tut es ihm gleich, und sie spülen den Inhalt voller Ekel hinunter. Omari schüttelt sich, weil er selten Alkohol trinkt, und Hans, weil er rückfällig geworden ist. Es bleibt nicht bei den beiden Gläsern.

Am nächsten Morgen weckt sie Mr. Chili. Omari liegt auf der Erde und Hans quer auf dem Bett. Es stinkt nach Erbrochenem und nach Schnaps. Mr. Chili schüttelt den Kopf. „Duscht euch, und kommt runter. Es gibt Neuigkeiten. Ich hoffe, Allah vergibt euch diesen Fehltritt!"

„Salama ist Hals über Kopf nach Moshi gereist", eröffnet er ihnen wenig später, als sie wie zwei arme Sünder vor seinem Mahagoni-Schreibtisch sitzen. „Angeblich, weil eine alte Freundin von ihr gestorben ist. Wir wissen das von einem Skipper der Schnellfähre, der sie hat weinen sehen." Hans und Omari blicken sich erleichtert an. „Ach ja, Hans, für dich ist ein Anruf gekommen. Du möchtest bitte zurückrufen. Hier ist die Nummer."

Am anderen Ende ist die vertraute Stimme des deutschen Entwicklungshelfers Walter aus Dar-es-Salaam. Zusammen mit seiner Familie ist er vom Festland immer gern nach Stone-Town herübergekommen, zum Ausspannen. Dort hat man sich kennen gelernt und nette Wochenenden miteinander verbracht. „Hans, ich brauche deine Hilfe! Ich bin kurzfristig nach Venezuela versetzt worden. Eine verrückte Geschichte, aber so was gehört zu meinem Job. Wir packen gerade die letzten Sachen zusammen. Mein Problem ist der Toyota Pickup. Der kann erst im Juni ab Mombasa verschifft werden. Hättest du Lust und Zeit, ihn dorthin zu bringen? Du wolltest doch sowieso nach Kenia, oder nicht? Und was macht überhaupt dein Traum von dem Sandstrand, den Palmen und den Hulagirls?"

„Der ist heute Nacht zusammengebrochen. Ich komme!"

4 Kilimandscharo

Es ist sein Geburtstag, der 16. März 1993, als Hans Mr. Chili verlässt. Sein großzügiger Gastgeber umarmt ihn herzlich. „Allah sei mit dir“, sagt er, und fügt in Swahili hinzu: „Kwaheri ya kuonana!“ Dann drückt er ihm fünftausend Dollar in die Hand. „Du hast drei Monate hart gearbeitet, und ich habe jetzt die beste Rezeptsammlung der Welt im Computer. Nimm nur. Das ist vielleicht viel Geld für dich. Für mich sind es nur ein paar Säcke Pfeffer!“

Mr. Chili blinzelt ihm aufmunternd zu, dreht sich um und verschwindet in seinem schönen Haus mit der großen Küche voller Wohlgerüche. Sein Sohn hält die Türe des Autos auf und wirft den schäbigen Rucksack auf den Rücksitz. Als Hans wenig später auf die Schnellfähre steigt, nimmt Omari ihn in den Arm. „Bruder“, sagte er, „wir sehen uns wieder. Und grüß unsere Salama, wenn du sie findest!“

In Dar-es-Salaam übernimmt Hans von Walter das ziemlich neue Auto mit allen Zulassungs- und Frachtpapieren, verspricht, es termingerecht nach Mombasa zu überführen, und wünscht ihm eine gute Zeit in Südamerika. Dann fährt er los und versucht sich im Linksverkehr.

Vor Walter hat Hans seine derzeitige Krise ganz gut verbergen können, aber sich selbst kann er nichts vormachen. Er hat wieder zittrige Hände, Atemprobleme, Schweiß auf der Stirn und Herzflattern. Vorsichtig fährt er bis zum ersten Supermarkt und kauft zwei Sixpacks Castle-Bier und eine Flasche Wodka. Kaum zurück im Auto, nimmt er einen großen Schluck aus der Flasche und spült ihn mit Bier hinunter. Der Alkohol hat sofort eine beruhigende Wirkung.

Es klopft ans Fenster. Aus einem jungen Männergesicht strahlen ihn zwei Reihen weiße Zähne an. Der elektrische Fensterheber beseitigt summend die Glasbarriere zwischen ihnen. „Hallo Boss“, ruft eine fröhliche Stimme. „Willst du wirklich mit all dem Sprit im Blut weiterfahren? Oder säufst du, weil du keinen richtigen Fahrer findest?“

Hans mustert den Kerl belustigt. Neues Marken-T-Shirt, lange, saubere Outdoor-Hose und feste Bergsteigerschuhe.

„Du hast richtig Glück heute, Boss. Ich bin der beste Fahrer, den du hier finden kannst! Drei Jahre Safari-Bus und zehn Jahre Taxi." Sein Gegenüber nestelt aus einer Plastiktüte ein kleines blaues Mäppchen heraus. ‚Driving Licence Tanzania' steht darauf. „Ich heiße Mohammed Juma, und als guter Moslem werde ich dich nie betrunken durch die Gegend kutschieren. Du trinkst und rauchst, ich fahre. Zehn Dollar am Tag, plus Essen. Okay?"

Hans kann auch im Nachhinein nicht sagen, wieso er einfach so auf den Beifahrersitz gerutscht ist. Vermutlich, weil seine Zufallsbekanntschaften sich in der letzten Zeit allesamt als Volltreffer entpuppt haben. „Okay. Dann zeig mal was du kannst! Fahr' mich nach Moshi. Ich suche dort meine Freundin."

„Da hast du doppeltes Glück. Ich komme ganz aus der Nähe, aus Arusha, und kenne alle Ladys rund um den Kilimandscharo." Mohammed startet den Motor, und los geht es mit beachtlicher Geschwindigkeit, hakenschlagend durch den dichten Verkehr. Auch außerhalb der Stadt sind die Straßen erstaunlich gut. „Deutsche Wertarbeit", sagt Hans beifallheischend zu seinem Fahrer, und präzisiert still für sich: ostdeutsche. Die just zusammengebrochene DDR ist ein wichtiger Entwicklungspartner in der sozialistischen Ära Tansanias gewesen.

Sie rollen durch eine ausgedörrte und waldlose Steppenlandschaft. Die Menschen am Straßenrand sehen verarmt aus. Sie umringen bettelnd den Wagen, wenn die beiden anhalten. Hans trinkt sein Bier und seinen Wodka und versinkt zusehends in Leere und Mutlosigkeit. Mohammed monologisiert über seine Zeit als Safaribus-Fahrer, über seine Abenteuer mit weißen Frauen und über das Geld, das nie ausgereicht hat, um sein Traumhaus in Arusha zu bauen. Ein Haus mit einem richtigen Bad wie in den Hotels, die er kennen gelernt hat, und wo man nur am Kran drehen muss, um warmes Wasser zu haben.

Kurz bevor sie auf die Straße von Tanga nach Arusha stoßen, durchqueren sie riesige Sisalplantagen. Hier gibt es offenbar mehr Geld, wie man an der Kleidung der vielen Menschen und an den sauber geweißten Häusern sehen kann. Es wird dunkel, als sie die Usambara-Berge erreichen. Sie beschließen, in Korogwe zu übernachten, einer idyllisch gelegenen Kleinstadt. Das einzige Hotel hat nur geflickte Bettlaken, es gibt kein heißes

Wasser, und die Küche ist geschlossen. Sie essen auf dem Markt gebratenes Huhn mit Reis, und Hans ergänzt seinen Alkoholvorrat in der einzigen offenen Bar. Mohammed verschwindet, um eine seiner offenbar überall verstreuten Freundinnen zu besuchen. Hans geht mit seinen Flaschen ins Bett.

Am nächsten Morgen kaufen sie auf dem Markt frisch in Maisöl ausgebackene Mandasi, eine Art Krapfen, und einen Liter Tütenmilch. Sie verzehren ihr preiswertes Frühstück im Auto. Mohammed besteht darauf, dass der heutige Tag alkoholfrei sein soll – oder wenigstens wodkafrei. „Halte doch bitte bis Moshi durch", bittet er Hans. Der verspricht, es zu versuchen. Was würde Salama sagen, wenn sie bei der Begrüßung seine Schnapsfahne röche?

„Wenn ich dich so angucke, wächst meine Hochachtung vor der Weisheit des Propheten ins Unermessliche", schwadroniert Mohammed hinter seinem Lenkrad. „Er hat den Alkohol verboten und uns dafür gestattet, mehrere Frauen zu heiraten. Findest du das nicht auch sinnvoller, als immer allein und betrunken ins Bett zu fallen?"

Hans hat keine Lust auf einen moralischen Disput. „Du hast ja Recht, aber im Augenblick bin ich wie ein Auto, das ohne Sprit nicht fahren kann."

Sie überholen Busse, die so vollgeladen sind, dass die Fahrgäste auf den Dächern sitzen müssen, und passieren hübsche Dörfer mit roten Lehmhäusern und Palmwedeldächern. Als die Ausläufer der Massai-Steppe auftauchen, verlangsamen sie ihr Tempo, um die grandiosen Ausblicke auf die afrikanische Endlosigkeit zu genießen, mit grasenden Zebras, Giraffen, die Blätter von dornigen Akazienbäumen zupfen, und Rinderherden, die von schlanken Kriegern in roten Tüchern gehütet werden. Irgendwann macht die Straße eine lange Linkskurve, und dann liegt er wolkenlos vor ihnen: der höchste Berg Afrikas, der Kilimandscharo. Sie halten an und steigen aus. Hans starrt fasziniert auf den vulkanischen Riesenbuckel mit seiner weißen Schneekappe inmitten der flirrenden afrikanischen Steppe. Eigentlich hat er Berge nie sonderlich gemocht. Der Kilimandscharo ist anders, ein Einzelgänger wie er. Je länger Hans schaut, desto mehr setzt sich ein fixer Gedanke in seinem Kopf fest: er muss da hinauf, um die Erde von oben zu sehen. Und vor allem, um sich und seinem versoffenen Körper zu beweisen, dass er es noch schafft, diesen Giganten zu besteigen – oder wenigstens einen Teil von ihm.

In Moshi leiht er sich in einem Spezialgeschäft für Kili-Kletterer gefütterte Hosen, Anorak, Handschuhe, Schlafsack und festes Schuhwerk, das den Weg zum Gipfel offenbar schon mehrfach gemacht hat. Er entfernt alles Überflüssige aus seinem Rucksack und füllt ihn mit Lebensmitteln, die Mohammed gekauft hat. Zusätzlich steckt er eine Taschenflasche voll Wodka in den Anorak.

„Lass mich mitgehen", quengelt Mohammed mit besorgter Mine herum, „du bist zu schwach, untrainiert und hast keine Erfahrung. Niemand kann dir helfen, wenn dir etwas passiert. Und ich weiß, was bei Höhenkrankheit zu tun ist." Ob er besorgter um Hans oder um dessen Dollars ist, bleibt unklar. Schließlich gibt Mohammed schmollend nach. „Na ja, jeder muss seine Fehler wohl selber machen!"

Nach eigenem Bekunden hat Mohammed früher selbst als Bergführer gearbeitet. In der Pose eines versierten Kili-Kenners schlägt er Hans die Mweka-Route vor. „Das ist zwar die steilste Strecke, und sie wird eigentlich öfters zum Abstieg benutzt, aber sie hat die schönsten Blicke auf den Kibo mit dem Uhuru-Gipfel. Die ganze Tour hinauf ist in drei Tagen möglich, auf anderen Routen braucht man bis zu sechs. Ich bezweifele zwar, ob du das in deinem Zustand schaffst. Aber du wirst rasch die Faszination des Berges und der Höhe erfahren. Ein Gefühl, das süchtig machen kann, sage ich dir. Ich schaue heute Nachmittag, ob ich eine geeignete Gruppe für dich finde, und mache mit dem Führer klar, dass du jederzeit umkehren kannst."

Am nächsten Morgen kutschiert Mohammed Hans in aller Herrgottsfrühe zum „College of African Wildlife Management". Dort haben sich bereits sieben japanische Touristinnen im Halbkreis um ihren Bergführer versammelt. Dampfende Teebecher in den Händen, lassen sie sich mit Verhaltensmaßregeln für den Gipfelsturm ausstatten. Ihr Alter kann Hans schwer einschätzen, aber er geht erleichtert davon aus, dass ihre Kondition eher mäßig sein dürfte. Er wird als zusätzlicher Mitwanderer höflich aufgenommen. Mit dem Bergführer wird vereinbart, dass Hans einen der Träger bezahlt, und dass dieser seinen Rucksack samt Inhalt behalten darf, falls Hans vorzeitig umkehren will.

Für seine japanischen Weggefährtinnen stehen draußen am Tor sage und schreibe zwanzig Träger bereit. Sie schultern Zelte und Rucksäcke, Wasserflaschen, Koch-Utensilien und Proviant, außerdem dicke Taschen mit Fotoapparaten und Videokameras. Einer balanciert eine transportable Toilette auf seinem Kopf. Bei dem Anblick muss Hans sich ein Lachen verkneifen. Das vergeht ihm schlagartig, als die Damen schnatternd und mit hurtigen Schritten davon eilen. Erst nach über einer Stunde holt er sie keuchend und schwitzend wieder ein, und das auch nur, weil sie nacheinander hinter einem Busch das Klo benutzen.

Der Vormittag führt sie hauptsächlich durch dichten Wald. Der Weg ist steil und schlecht und zieht sich endlos in die Länge. Hans schmerzen die Muskeln, die Schuhe drücken, er flucht über die Quälerei. Sein Träger ist sauer, weil Hans so langsam ist und sie immer wieder den Anschluss verlieren.

Sie sind auf tausendvierhundert Metern Höhe gestartet, ihr abendliches Etappenziel liegt knapp über dreitausend Meter. Als Hans hört, dass auch am Folgetag eine Höhendifferenz von mehr als tausendfünfhundert Metern zu bewältigen sein wird, kapituliert er. Es ist früher Nachmittag, sie haben den Wald inzwischen hinter sich gelassen. „Ihr geht weiter, und ich kehre um. Ich versuche vorher noch, den Aussichtspunkt dort zu erreichen." Hans deutet auf eine Anhöhe in etwa einem Kilometer Entfernung. Er muss ein Papier unterschreiben, dass er freiwillig und auf eigene Gefahr die Gruppe verlässt. Der Träger stellt den schäbigen Rucksack, den er eigentlich behalten sollte, verächtlich neben Hans ab. Dann marschieren alle weiter. Niemand dreht sich mehr nach ihm um. Schritt für Schritt quält Hans sich den letzten Anstieg hinauf. Der Weg wird steiler und steiler.

Hans nimmt einen Schluck Wodka und noch einen. Aber Atemnot und beginnende Kopfschmerzen zwingen ihn, immer längere Pausen einzulegen. Sein Kopf ist leer, als er die Anhöhe endlich erreicht. Der Kibo glitzert unerreichbar fern im Sonnenlicht. Von Osten ziehen schwere Wolken heran. Hans setzt sich auf einen schwarzen Basaltstein und schaut zu, wie der Berg langsam von den Wolken eingehüllt wird. Es fängt an zu nieseln. Er trinkt den letzten Schluck aus der Flasche und wirft sie angeekelt gegen eine bizarre Riesenblume mit schuppenartigen, fleischigen Blättern.

„Heb das auf", sagt eine deutliche Stimme. Hans erstarrt und dreht sich erschrocken um. „Heb die Flasche auf! Hier wird kein Müll weggeworfen!" Schwankend steht er auf, dreht sich im Kreis, kann aber niemanden sehen. Wer sollte sich denn hier versteckt haben, und dann auch noch Deutsch sprechen? Eine Gänsehaut läuft ihm über den Rücken. Gehorsam sammelt er die Flasche wieder auf und steckt sie in seinen Rucksack. Die feuchten Schwaden sind unterdessen so dicht geworden, dass Hans die Riesenblume kaum mehr sehen kann.

„Danke", sagt die Stimme. „Ich bin keine Einbildung. Ich bin Yahya. Du kannst mich auch dein verschüttetes Gewissen nennen. Du hast mich mit deiner Überheblichkeit und deiner Geschäftigkeit und den Drogen immer erfolgreich verdrängt. Aber dieser Tag musste ja kommen, und jetzt bist du endlich so kaputt, dass du auf mich hörst."

Ein flüchtiger Sonnenstrahl bricht durch die Wolken und verdrängt den ersten Schrecken. Hans' Gehirn fängt langsam wieder an, logisch zu arbeiten. „Woher weißt du das mit Yahya?" Yahya war der Hans eigentlich zugedachte Name gewesen. Sein Großvater, belesen in Bibel, Koran und Thora, wollte ihn seinerzeit nach Johannes dem Täufer benannt wissen – dessen morgenländischer Name ist Yahya. Der Vater, ein wackerer Wehrmachtsoffizier, hatte die Idee zwar nicht ganz verworfen, aber sicherheitshalber doch einen guten deutschen Hans daraus gemacht. Trotzdem war Hans als ganz kleiner Junge vom Opa beharrlich Yahya gerufen worden. Und in der Schule war ein verballhorntes „ja, ja" als Spitzname an ihm hängen geblieben.

Yahya schweigt. Gibt er Hans Zeit zum Nachdenken, oder ist er einfach nur eine Einbildung, eine Auswirkung der Höhenkrankheit? Liest sein Gewissen ihm hier die Leviten, weil er sein bisheriges Leben ziemlich verpfuscht hat, oder ist er dabei, verrückt zu werden? „Bum, bum, bum", dröhnt es in seinem Schädel, und die Stimme von Yahya kommt zurück. „Dieser Tag und dieser Ort können der Wendepunkt in deinem Leben sein! Wenn du ehrlich bist, musst du zugeben, dass du es dir selbst zur Hölle gemacht hast."

Die Nachmittagssonne verdrängt die Wolken dauerhaft. Der schneebedeckte Gipfel des Kilimandscharo glitzert und lacht Hans an. Der hat eine Frage. „Sag mir eins: hat jeder Mensch seinen Yahya?"

„Natürlich hat jeder Mensch seinen Yahya, egal wie er ihn nennt. Und egal, ob er auf ihn hört. So hat uns der Schöpfer ersonnen. Ich bin seine Stimme in dir."

„Ich hab' ja schon begonnen, auf dich zu hören", wendet Hans leise ein. „Wie wär's mit einem neuen Anfang, einer Kooperation zwischen uns beiden?"

„Einverstanden, jeder Mensch kriegt eine zweite Chance! Und jetzt los, wir schaffen es ohnehin schon nicht mehr vor der Dunkelheit zurück zum College."

Der Abstieg ist sehr mühsam, aber neue Kräfte erfüllen Hans mit Selbstvertrauen und Zuversicht. Yahya ist da – und er wird ihn auf seinem weiteren Lebensweg begleiten! Mohammed scheint das vorzeitige Ende der Kletterpartie geahnt zu haben. Er empfängt ihn am Tor mit einer Flasche Wodka. „Was ist geschehen?"

Hans lacht schelmisch und schüttelt den Kopf. „Der Kilimandscharo hat mich geheilt. Ich habe meinen Yahya gefunden." Mohammed schaut gen Himmel und verdreht die Augen. „Wieder einer, der da oben verrückt geworden ist!"

Mohammeds zwischenzeitliche Suche nach Salama ist erfolglos geblieben. Niemand hat sie gesehen oder von ihr gehört. Es ist Hans zu seiner eigenen Überraschung auch nicht mehr so wichtig. Er braucht sie nicht mehr.

5 Shimoni Lobster Company

Am nächsten Morgen regnet es in Strömen. Stürmischer Wind treibt tiefhängende Wolken durch Moshi. Die Regenzeit hat früh begonnen. Mohammed will weiter nach Arusha, aber Hans ist es zu kalt und unfreundlich im Bergland von Tansania.

Außerdem findet er die allgegenwärtige Mangelwirtschaft immer gewöhnungsbedürftiger. Er will weiter nach Kenia, wo alles etwas lockerer zugehen soll und es vieles zu kaufen gibt, wovon man in Tansania nur träumen kann. Und wo vermutlich eine reellere Chance besteht, einen Traumstrand zu finden und zu erwerben. Mohammed kriegt hundert Dollar mehr als vereinbart. Er verabschiedet sich von Hans wie von einem langjährigen Freund.

„Hallo, Yahya", verkündet Hans zufrieden, als er sich erstmals wieder selbst hinter das Steuer setzt, „auf geht´s nach Kenia, wo die Dollars an den Bäumen hängen und Armut ein Fremdwort aus Tansania ist." Yahya meldet sich nicht. Hans unterstellt sein Einverständnis.

Der Linksverkehr macht ihm überraschend wenige Probleme. Am Nachmittag erreicht er die geschäftige Hafenstadt Tanga. Er mietet sich im besten Haus am Platz ein und lässt sich einen Hummer auftischen. Als der Ober wissen will, ob er einen Weißwein dazu trinken wolle, meldet sich Yahya überraschend doch noch. „Nein, danke", sagte Hans. Man verständigt sich auf einen frischen Limonensaft.

Es beginnt wieder zu tröpfeln. Hans kauft vorsichtshalber einen Regenschirm und läuft durch die Straßen der Stadt. Er hat irgendwann gelesen, dass hier Ende 1914 deutsche Kolonialtruppen einer britischen Übermacht eine legendäre Niederlage beigebracht haben. Der einstmals kaiserliche Kleinstadtbahnhof ist leider geschlossen, die „Usambara-Bahn" nach Arusha ist pleite. Dank späterer Städtepartnerschaft gibt es inzwischen immerhin eine „Eckernförde Avenue" mit imposanten Mangobäumen. Auf dem Markt wimmelt es von Menschen. Obst und Gemüse ist kunstvoll aufgestapelt, es riecht nach Fisch und an einigen Ecken auch nach Fäkalien. Aus konkurrierenden Lautsprecherboxen quäken Tarab- und Trommelklänge, christliche Kirchenlieder und moslemische Gebetsgesänge. Im Hafen liegen einige Dhaus. Hans fragt nach Omari. Jeder scheint ihn hier zu kennen. „Die da hinten ist seine, aber er ist nicht hier."

Als Omaris Freund hat er im Hafen gleich jede Menge nette Gesellschaft. Er gibt ein paar Runden Tangawizi aus, eine lokale Ingwerlimonade, und man plaudert über deutschen Fußball und afrikanische Frauen. Als die Dunkelheit anbricht, geht er zurück. Die Bar des Mkonge Hotels ist brechend voll, eine bunte Mischung aus Trinkern, Billardspielern, lautstark debattierenden Geschäftsleuten und lustgewerblichen Damen, die ihn liebreizend anlächeln. Hans beschließt, sich für einen kleinen Fehltritt die moralische Absolution zu holen. Sein wiedergefundenes Gewissen ist diesmal erstaunlich pragmatisch. „Besorge dir Kondome, und pass auf dein Geld auf!“

Am nächsten Morgen regnet es wieder. Der Tankwart empfiehlt, eine Schaufel und ein Abschleppseil auf den Weg nach Kenia mitzunehmen. Der Mann soll nicht ganz Unrecht haben. Nach zehn Kilometern Teerstraße ist das Fahrvergnügen restlos vorbei. Nie hat Hans eine Straße im Zustand so fortgeschrittener Auflösung gesehen. Schlamm überall, Busse stecken im Dreck, Personenautos haben sich in Quer- und Längs-Rillen festgefahren, ein Laster ist in einen strömenden Bach gekippt. Dank Allrad-Antrieb kommt Hans in abenteuerlichen Rutschpartien langsam voran. Er nimmt Leute mit, die am Straßenrand winken – und die schieben helfen, wenn er sich festgefahren hat. Nach kurzer Zeit sind Auto, Fahrer und Passagiere bis zur Unkenntlichkeit mit Schlamm bespritzt.

Sieben Stunden braucht er bis Lunga-Lunga, dem Grenzort, der bereits ein paar Kilometer weit auf kenianischem Territorium liegt, und eine weitere Stunde, um die Formalitäten zu erledigen. Das gelingt allerdings auch nur mit zwanzig Dollar Schmiergeld, die von den Zollbeamten völlig unverfroren eingefordert werden. „Sie sehen doch, was hier los ist. Kann sein, dass wir Ihr Auto vor Dienstschluss nicht mehr schaffen. Aber spätestens morgen früh haben wir jede Menge Zeit für Sie“, lautet die höflich formulierte Erpressung.

In Kenia rollt Hans wieder auf Teer. Und als wäre die Grenze auch eine himmlische, hört es auf zu regnen. Eine warme Nachmittagsonne bescheint das malerische Buschland mit kleinen Dörfern, Palmenplantagen und gewaltigen Baobab-Bäumen. Nach knapp dreißig Kilometern zweigt rechts ein unbefestigter Weg ab. Bunte Hinweisschilder auf Hotels und Bootsverleihe kündigen ein Touristenparadies mit Namen Shimoni an. Hans biegt erleichtert ein, nicht ahnend, dass ihm erneut eine mehr als halbstündige Schlammfahrt bevorsteht. Am Straßenrand winken ihm Kinder in Schuluniformen zu, Frauen und Männer bringen sich vor den Dreckspritzern seines Autos in Sicherheit.

In Shimoni ist von einem Touristenparadies nichts zu sehen, der Ort ist eine einzige Enttäuschung. Der Marktplatz steht unter Wasser, Plastik-Müll fliegt überall herum, und ständig muss Hans träge herumliegenden Ziegen ausweichen. Frauen mustern ihn halb verschämt, halb forsch. Kinderscharen lärmen ihre „how are you?“- und „gimme money!“-Sprüche. Als Hans anhält, kommt eine Gruppe kräftiger Burschen im Rasta-Look zum Auto geschlendert. Hans beugt sich aus dem Seitenfenster und fragt nach einem Hotel. Ein großgewachsener Kerl mit Dreadlocks und verwaschenem Bob-Marley-T-Shirt erklärt ihm in gutem Englisch, dass wegen der Regenzeit alles geschlossen sei, außer der Shimoni Reef Lodge. Er steigt ungefragt ein und dirigiert Hans zum Hotel. „Danke“, sagt er, als er hundert Schillinge Trinkgeld einsteckt. „Wenn du mich wieder brauchst, frag nach Ali mit dem Boot.“

Am Empfang ist niemand. Hans schaut sich um. Hinter dem Hauptgebäude befinden sich ein verlassener Pool und eine ebenso einsame Terrasse mit schönem Blick auf eine gegenüberliegende Insel. Als es wieder zu regnen anfängt, findet er in der angrenzenden Bar einen uniformierten Angestellten. Der Mann schläft im Stehen, Arme und Kopf auf die Theke gestützt.

„Hallo!“ Der Barkeeper fällt rückwärts in einen zerfledderten Sessel. „Ist das hier ein Hotel?“, fragt Hans unwirsch.

„Ja Sir, ein Hotel, Sir. Wir haben schöne Cottages hier. Die Küche ist geschlossen, Sir. Keine Gäste. Leider auch kein Strom, der Diesel für den Generator ist alle, Sir! Deshalb gibt es auch kein Wasser. Telefon geht auch nicht, Sir!“

Hans bremst die Litanei und fragt den Mangelverwalter nach seinem Namen. Halfani kann ihm immerhin ein Zimmer zeigen. Sie rennen durch den strömenden Regen zu einem hübschen Häuschen mit Palmstroh-Dach. Ein riesiges Himmelbett mit Moskitonetz, ein überraschend sauberes Bad, aber der Kran bleibt tatsächlich trocken. „Macht nichts, ich nehme es!“

Dreck und Schlamm müssen irgendwie herunter. Hans

springt mit allen Klamotten in den Pool und beginnt eine provisorische Waschaktion. Als er gerade sein ausgewrungenes Hemd auf den Beckenrand legt, hört er eine lallende Stimme. Ein großer, unrasierter Inder schwankt heran, eine Flasche Whisky in der Hand. „Rrraus da, Drecks-Mzungu! Das ist mein Pool!"

Hans muss lachen, und das macht den Mann noch wütender. Er hebt die Flasche und will damit nach ihm werfen. Dabei dreht er sich halb um die eigene Achse und fällt klatschend ins Wasser. Halfani eilt herbei, vom Lärm angelockt. „Das ist unser Manager", grinst er entschuldigend. „Immer besoffen! Warum kann der nicht nachts in den Pool fallen, wenn keiner da ist, um ihn rauszuholen?" Der Inder gurgelt, spuckt und prustet, als sie ihn aufs Trockene bugsieren. Sie legen ihn auf die Seite, und er fängt sofort an zu schnarchen.

Später an der Bar stellt Halfani eine Whiskyflasche mit dem vielversprechenden Namen „Bond 7" auf den Tresen. Hans hat eine kurze Diskussion mit seinem Yahya, und man einigt sich auf ein Glas – ausnahmsweise. Irgendwann geht die Tür auf. Ein weißer Mann kommt herein, wirft seinen Regenmantel über einen Stuhl und brummelt etwas, das sich wie „Scheißwetter!" anhört. Er bestellt einen doppelten Whisky und ein Bier.

“Kein Bier, Sir, sorry. Aber Whisky, Sir, den können Sie auch vierstöckig kriegen."

„Mach zwei doppelte draus", sagt der neue Gast und deutet dabei mit dem Kopf zu Hans hinüber. Als Halfani beiden eingeschenkt hat, hebt der Fremde sein Glas. „Cheers, mein Freund – meinetwegen auch Skol, Nastrowje, Prost oder sonst was." Er stutzt, und verfällt plötzlich ins Deutsche. „Prost dürfte stimmen, oder? Dich kenne ich irgendwoher ... Bist du zufällig aus Kassel? Waldorfschule? Warte, ich hab‘s gleich ... Hans?"

Bei dem ist der Groschen inzwischen auch gefallen. „Und du bist Gerd, der dem Latein-Lehrer die Tasche an den Kopf geschmissen hat. Sonst hätten wir nie rausgekriegt, dass er obendrauf ein Toupet hatte!"

„Volltreffer! So was gibt es doch nicht – fünfunddreißig Jahre muss das her sein. Und dann trifft man sich in diesem Drecksnest, am hintersten Ende der Welt. Ich bin sprachlos ..."

Es folgt eine schulterklopfende Begrüßung unter alten Klassenkameraden. Gerd ist spezialisiert auf den Fang von Hummern, Lobster nennt man sie hier. Er hat mehr als ein Dutzend Niederlassungen in den interessantesten Fanggebieten der Welt, von Alaska bis Feuerland, von Hammerfest bis Kapstadt. Die kenianische Küste ist ihm ebenfalls interessant erschienen, sowohl als Fangrevier, aber auch als Absatzmarkt, wegen der zahlreichen teuren Touristenhotels. Gerd hat mit der Hilfe eines Anwalts die Firma „Shimoni Lobster Company Ltd." registrieren lassen, die es ihm ermöglichen sollte, innerhalb der Vier-Meilen Zone zu fischen. Anschließend hat er die Küste von der nördlichen Insel Lamu bis zu der südlichen Halbinsel Shimoni stichprobenartig untersucht. Das Ergebnis war ernüchternd: es gibt viel zu wenig ausgewachsene Hummer, die Bestände werden seit Jahren überfischt.

Gerd hat sich soeben am Landungssteg von Shimoni absetzen lassen und sein Tauchboot auf die Seychellen zurückgeschickt. Er wollte sich zum Flughafen in Mombasa fahren lassen und ist wie Hans von der falschen Annahme ausgegangen, dass die in jeder Karte verzeichnete Ortschaft ein Minimum an städtischen Dienstleistungen bieten würde. Leider hat sie weder Taxis noch funktionierende Telefone. „Kannst du mich morgen in deinem Auto nach Mombasa mitnehmen? Du willst doch bestimmt auch nicht in diesem Dreckskaff bleiben!"

Am nächsten Morgen fahren sie zusammen los, setzen in Likoni mit der Fähre über und kurven durch das Verkehrsgewühl der Inselstadt. Sie parken vor dem höchsten Büroturm, dem Bima Tower, und fahren mit dem Aufzug in den elften Stock. Gerd will vor dem Abflug bei seiner Anwaltskanzlei die frisch eingetragene Firma wieder löschen lassen. Er hat eine Million Schillinge als Grundkapital hinterlegt, die er sich jetzt zurückholen will. Hans wartet im Vorzimmer und studiert das Firmenschild – ‚Gikandi & Company' steht da. Drinnen nimmt das dumpfe Gesprächsgeräusch rasch an Lautstärke zu. Dann kommt Gerd mit zornesrotem Kopf herausgestürmt. Er klatscht ein Papier auf den Couchtisch und drückt Hans einen Kugelschreiber in die Hand. „Mach hier dein Autogramm hin!"

„Und was unterschreibe ich da?"

„Angeblich ist es nicht möglich das Geld zurückzubezahlen, auch wenn ich die Firma lösche. Also, bevor ich hier einen aussichtslosen Prozess anstrenge, gebe ich lieber dir den Laden."

„Und was soll ich mit der Luft-Firma anfangen?"

„Ich weiß es auch nicht – für irgendwas wirst du sie schon irgendwann gebrauchen können. Und wenn du sie am Ende einer Freundin schenkst, die immer schon ‚Direktorin' auf ihre Visitenkarte drucken lassen wollte."

Hans unterschreibt und gibt sein Hotel in Shimoni als Wohnadresse an. Dann bringt er Gerd zum Moi International Airport. Im Blue Room, Mombasas angesagtestem Schnellimbiss, grübelt er vor einem Teller mit indischem Gemüsecurry über seinen nächsten Schritt nach. „Erst mal zurück nach Shimoni. Oder hast du eine bessere Idee, Yahya?"

An der Fähre muss Hans eine Weile warten. Zuerst erhält ein hochbeladenes Containerschiff auf seinem Weg in den Hafen den Vortritt, anschließend befördert die nächste Fähre nur einen einsamen Tanklastzug auf die andere Seite. Rasch stauen sich Autos und Menschenmassen. Hans döst auf dem Lenkrad. Hinter dunklen Wolken kommt endlich die Sonne hervor. Auf der anderen Seite lädt er eine Mutter mit zwei Kindern ein, die an der Straße nach Süden winkt. Sie erzählt ihm, dass ihr Mann angestellter Matatu-Fahrer und jeden Tag zehn Stunden auf Achse ist. „Er fährt auch wie der Henker", lacht sie und zeigt hinter einem vorbeibrausenden Kleinbus her, „weil er und sein Schaffner jeden Abend ein Fixum abliefern müssen. Nur was sie mehr in der Kasse haben, ist ihr Verdienst. Und davon müssen sie noch den Sprit bezahlen und die Polizisten schmieren. Deshalb stecken sie auch mindestens zwanzig Passagiere in ihr Auto."

Gelegentlich scheinen es auch mehr zu sein. Bei praktisch allen entgegenkommenden Kleinbussen hängt der Schaffner zur offenen Schiebetür heraus, um innen keinen Platz wegzunehmen. Außerdem kann er so das Fahrtziel besser in die Welt hinausposaunen. Ohrenbetäubende Musik und lautes Hupen kündigen die comicbunten Matatus schon von weitem an, halsbrecherisches Überholen scheint ihr unverzichtbares Markenzeichen zu sein. Manchmal beobachtet Hans, wie Fußgänger sich mit beherzten Sprüngen in das hohe Gras am Straßenrand retten.

In Ukunda steigen seine drei Passagiere aus. Als sofort andere Leute zu Hans in den Wagen klettern wollen, um einen Gratis-Transport zu kriegen, haut der Kassierer aus dem Minibus nebenan mit der Faust aufs Autodach und zetert. „Ich weiß nicht, was dein Geschäft ist. Das hier ist unseres. Und du hast keine Lizenz, um Leute mitzunehmen!“

Der unbefestigte Weg von der Hauptstraße nach Shimoni dampft im Sonnenschein. Außer einigen großen Pfützen ist er schon fast trocken. Links und rechts strotzen Bananenstauden in sattem Grün, Palmen verschiedenster Art, riesenhafte Eukalyptus- und Mangobäume säumen den Weg. In Shimoni stehen viele Menschen vor Verkaufsständen auf dem kleinen Markt. Ali, mit einer gestrickten Rastamütze und Bob-Dylan-T-Shirt, schubst sich einen Weg zum Auto frei. Wie selbstverständlich steigt er bei Hans ein und begleitet ihn zum Hotel.

Dort entschuldigt sich der indische Manager wortreich für den Auftritt am vorigen Abend. Er begründet seinen Zustand mit einer davongelaufenen Freundin. Hans outet sich als Schicksalsgenosse und wünscht ihm großzügig eine jüngere und hübschere als Ersatz. Halfani fällt ihm fast um den Hals, als er ihn sieht. „Alles wieder okay, Sir! Strom, Wasser, Telefon, alles geht. Und das Bier ist kalt, Sir!“

Weil keine anderen Gäste im Hotel sind, und weil der Manager immer noch ein schlechtes Gewissen hat, handelt Hans einen sehr guten Preis auf Wochenbasis aus. Die Dusche funktioniert tatsächlich, wenn das Wasser auch leicht salzig zu sein scheint.

Den Abend verbringt Hans unter einer schwachen Glühbirne mit einem Reiseführer, den er in Mombasa gekauft hat. Das Fischerdorf Shimoni, liest er, sei bis weit ins neunzehnte Jahrhundert hinein ein Umschlagplatz für Sklaven aus dem ostafrikanischen Hinterland gewesen. Sie seien von dort auf den großen Sklavenmarkt von Sansibar geschafft worden. Weitläufige Höhlensysteme im Korallengestein nahe der Ortsmitte würden bis heute ein tristes Zeugnis der arabischen Plündergeschichte ablegen. Dort seien auch immer noch Kettenreste zu sehen. Der bekannte Popsänger Roger Whittaker habe in einer der Höhlen seinen Song „Shimoni“ aufgenommen, ein Klagelied über das Schicksal tausender Afrikaner in jener finsteren Ära.

Heute sei Shimoni ein touristisches Ziel für Hochsee-Angler und Tauchsportler – wegen des Fischreichtums im vorgelagerten Pemba-Kanal, und wegen seiner einzigartigen Korallen-Riffs, den schönsten vor der kenianischen Küste.

Am nächsten Morgen nimmt Hans persönlich in Augenschein, was ihm da so farbenprächtig angepriesen worden ist. Er heuert Ali mit seinem Boot an und lässt sich zum Kisite Marine Park hinauschauffieren. Die Fahrt dauert über eine Stunde, und das anfangs wolkige Wetter entwickelt sich prächtig. Es geht um die Insel Wasini herum und vorbei an zwei Korallen-Eilanden. Ihr Ziel ist ein aus dem blaugrünen Ozean ragender Felsen, mit einer vorgelagerten Sandbank im Osten und einem Kranz von Korallenriffen auf den anderen Seiten. Ali stattet Hans mit Schnorchelmaske und Flossen aus, und der bestaunt die überwältigende Vielfalt der stummen Unterwasserwelt. Er sieht Schwärme durchsichtiger, gestreifter oder kunterbunter Fische durch die bizarren Korallengebilde huschen, taucht nach Muscheln und Seesternen und kriegt ganz am Ende sogar einen Riffhai und eine Meeresschildkröte vor die Brille. Atemlos und ausgekühlt klettert er in das Boot zurück. „Ali, hier gefällt es mir! Jetzt brauche ich nur noch einen Sandstrand mit Palmen, Hula-Girls, Whisky Bar und Schaukelstuhl!“

Ali reicht ihm ein Handtuch. „Schöne Mädchen haben wir viele. Palmen auch, und Whisky ist sowieso kein Problem. Aber einen Sandstrand, nein, den gibt es hier nicht zu kaufen. Wir haben nur zwei kleine Strände. Der eine gehört dem Pemba Channel Fishing Club und der andere dem Kenya Wildlife Service. Die sind beide unverkäuflich, und etwas anderes gibt es nicht.“

„Nichts ist unmöglich! Morgen nehmen wir dein Boot und fahren hinunter an die tansanische Grenze. Und dann klappern wir die ganze Küste ab bis hinauf nach Shimoni. Das wird garantiert eine interessante Seereise, und wenn wir Glück haben, finden wir unterwegs etwas Geeignetes.“

6 Brennende Mangroven

Ali und Hans sind für eine längere Bootstour gerüstet, als es in der Frühe losgeht. Mit Angel- und Schnorchelausrüstung,

Campingkocher, Wasserflaschen, Regenjacken und drei Reservekanistern Benzin starten sie Richtung Vanga, dem südlichsten Flecken an Kenias Ozeanküste. Hans steuert, Ali angelt und gibt die Richtung an. Ihr Zielort ist zur Seeseite hin von dichten, zum Teil ungewöhnlich mächtigen Mangroven abgeschirmt. Sie gleiten durch einen grüngesäumten Kanal in den natürlichen Hafen des verschlafenen Fischer- und Schmuggler-Örtchens. Die einfachen Häuser ducken sich um ein verfallendes, efeuüberranktes Wehrgemäuer aus omanischen Zeiten. Der Ortskern ist auf überraschend unafrikanische Weise in schachbrettartige Karrees aufgeteilt. Der Lehrer der kleinen Schule löst das stadtplanerische Rätsel. Vanga war zu Zeiten der deutschen Kolonialherrschaft von General Lettow-Vorbeck als Standort für seine Askaris ausgebaut worden: lokale Hilfstruppen, die dann im Ersten Weltkrieg auf der kaiserlichen Seite gegen England kämpften. Der preußische Ordnungssinn hat Spuren hinterlassen. Eigentlich aber interessiert Hans mehr, dass es in Vanga einen Bilderbuchstrand gibt. Leider gehört der einem Regierungsbeamten, der ihn nie verkaufen würde, erzählen die Fischer. Viele hätten schon versucht, ihn zu ergattern.

In den folgenden Tagen kundschaften Hans und Ali die Küste Richtung Nordosten aus. Es gibt zwar einige weitere interessante Sandstrände, aber entweder sind sie von dichten Wäldern weglos umschlossen, oder scharfe Korallenfelsen im Wasser machen das Baden unmöglich. Trotz ihrer Erfolglosigkeit haben die beiden ihren Spaß: sie angeln, schnorcheln, streifen im Hinterland herum und erzählen sich abends beim Lagerfeuer Geschichten. Der selbstgefangene Fisch schmeckt vorzüglich.

Am fünften Tag passieren sie wieder ihren Ausgangsort Shimoni. Sie fahren dicht an der Ostküste der Halbinsel entlang. Ali steuert, er kennt sich besser aus mit den hohen Wellen. Die schlagen donnernd gegen die uralten Korallenwände, die haushoch aus dem Meer aufragen. Sie haben gerade das Rashit Reef passiert, ein tückisches Riff, benannt nach dem Sohn des Sultans von Oman, der hier bei einem Sturm sein Leben verlor.

Da glaubt Hans seinen Augen nicht zu trauen. Das Meer brennt!

Zunächst vermutet er eine optische Täuschung, hervorgerufen durch die Morgensonne, die sich gleißend in den Wellen bricht. Aber dann kommt ein leichter Wind auf und die Sicht wird besser. Auch Ali, gewöhnt an die See und die durch das Licht geschaffenen Illusionen, gerät aus dem Häuschen. „Mr. Hans“, ruft er aufgeregt, während er mit der linken Hand steuert und mit der rechten seine Augen vor der Sonne schützt, „da vorne, eine Dhau! Sie brennt und sinkt!“

Ali gibt Vollgas. Das Boot bricht durch die Wellen. Die Gischt durchweicht beide Männer im Nu. Direkt vor ihnen, am Kifungu Reef, liegt eine große Dhau. Das Heck wird von den Wellen überspült. Qualmwolken steigen aus dem Vorschiff empor. Der Mast mit flatternden Segelresten ragt schräg in die Luft. Losgerissene Planken und eine Menge gelber Plastik-Kanister treiben gegen die Korallenbank, die dunkel aus den Fluten hervorlugt. Auf der landeinwärts gelegenen Seite des Riffs bietet sich ein bizarres Schauspiel. Dort tänzeln überall Flammen auf dem Wasser. Immer, wenn ein Kanister in das auf und ab schwappende Feuer getrieben wird, schießt eine Stichflamme empor. Wind und Flut treiben das Flammenmeer in die Funzi Bay hinein. Die Mangrovenbäume, die dort am Ufersaum wachsen, brennen bereits lichterloh.

Hans und Ali haben die sinkende Dhau erreicht. Ali hält ihr Boot mit Mühe auf Abstand zum ächzenden Wrack. Von einem Wellenkamm aus können sie dahinter sehen. „Dort sind Leute!“, ruft er. Ein halbes Dutzend Männer krallt sich an einem Fischernetz fest, das von kleinen roten Bojen getragen wird. Immer wieder werden sie gegen das Riff geschleudert. Die See um sie herum hat blutige Schlieren. Ali richtet das Boot mit dem Bug zum Riff hin aus und legt den Rückwärtsgang ein. „Nimm das Steuer“, schreit er, „und halte die Position, egal was passiert! Pass auf, sonst sind wir auch geliefert!“

Eilig kramt er einen Rettungsring unter ihrer Ausrüstung hervor, schlingt die Ankertrosse hindurch und wirft ihn in die schäumende See. Ali streift Hose und T-Shirt ab und springt über Bord. Mehrfach verschwindet er völlig im Wasser, dann kann er den tanzenden Rettungsring greifen. Er schwimmt mit ihm hinüber zu den schreienden Seeleuten und befestigt das

Ankertau an dem Fischernetz. Während er sich an dem Tau zum Boot zurück hangelt, signalisiert er Hans, Gas zu geben.

Erst scheint das Boot nur auf der Stelle zu stampfen, doch dann bewegt sich das Netz mit den daran geklammerten Männern quälend langsam vom Riff weg. Zwei Bootslängen manövriert Hans rückwärts. Ali ruft ihm zu, das Boot mit dem Bug so zu drehen, dass sie schräg zum Riff Fahrt voraus aufnehmen können. Dabei verkürzt er das Tau, und die Schiffbrüchigen werden neben das Boot getrieben. Der erste zieht sich an der Bordwand hoch und rutscht ins Boot. Er blutet an Rücken und Unterschenkeln. Ein zweiter klettert hinterher. Zusammen ziehen sie einen nach dem anderen aus dem Wasser. Keuchend liegen sie auf den Planken. Keiner scheint lebensbedrohliche Verletzungen zu haben. Ali übernimmt das Steuer. Hans zerreißt zwei Handtücher, die er aus dem Hotel mitgenommen hat. Damit verbindet er die am heftigsten blutenden Wunden.

Rettung am Kifungu Reef

Einer der Seeleute streckt ihm die Hand entgegen. „Ich bin Moses, der Käpt‘n von der Dhau da drüben. Die Seegeister haben sie geholt. Erst ist unser Ruder gebrochen, dann sind wir mit der Flut steuerlos auf das Riff getrieben. Wir waren gerade dabei, unseren Maisbrei zu kochen, und haben im völligen Durcheinander nicht daran gedacht, die Holzkohle zu löschen.“ Er zeigt hinüber zur Küste, wo immer noch Bäume prasselnd in Flammen aufgehen. „Das waren vierhundertsechzig Kanister Benzin. Klar, Schmuggelware. Jetzt fackelt der Sprit die Mangroven in der Funzi Bay ab. Schade um die alten Bäume, schade um das teure Benzin, und schade um das Boot! Das wird nicht mehr zu retten sein. Aber es war Allahs Wille.“

Wie auf Stichwort legt sich die Dhau unter Bersten und Krachen ganz auf die Seite. Moses wendet sich ab. „Könnt ihr uns da rüber auf die Insel Funzi bringen, bitte? Dort haben wir Freunde, die uns weiterhelfen werden."

Nachdem Hans und Ali die Schiffbrüchigen abgeliefert haben, fahren sie von Funzi zurück an das Kifungu Reef. Von der Dhau sieht man nur noch die verzierte Spitze des Bugs aus den Wellen ragen. Planken, Tauwerk, Töpfe, Küchenvorräte und Bruchstücke des Mastes schwimmen auf den Wellen. Immer noch glimmt das Feuer drinnen in der Funzi Bay. Die Bäume strecken ihre verglühenden Zweige aus den Fluten, als wären es die Hände von Ertrinkenden.

Die brennenden Mangroven gehen Hans nicht aus dem Kopf. „Gibt es irgendwo in dieser Bucht ein Durchkommen für uns? Ich will an den Strand und mir das Ganze von Land aus ansehen." Ali nickt. Er steuert das Boot am unversehrten Teil des Mangrovenwaldes entlang, bis sie einen schmalen Kanal erreichen, der sich tief in den Wasserwald hinein schlängelt. Ali stellt den Motor ab. Mit Hilfe einer Stake treibt er das Boot durch das dichte Grün. Hier ist plötzlich alles ruhig und friedlich. Die Sonne wirft leuchtende Flecke auf das glitzernde Wasser. Weiße Reiher mit gelben Schnäbeln sitzen auf den Bäumen.

Dann hören sie dumpfe Schläge und Stimmen. Vor ihnen öffnet sich der Kanal. Ein strahlend weißer Strand aus feinem Korallensand erstreckt sich weit nach Norden. Auf der Seeseite ist er begrenzt von Mangroven, auf der Landseite von scharfkantigen Korallenfelsen. Eine Handvoll traditioneller Einbäume liegt auf dem Strand. An einigen arbeiten ältere Männer mit großem Geschick. Mit Queräxten höhlen sie zugeschnittene Mangostämme aus und schlagen sie auch äußerlich in Form. Als die beiden mit ihrem Boot knirschend auf den Sand gleiten, unterbrechen die Handwerker ihre Arbeit und starren sie an. Das verlöschende Feuer ganz in der Nähe scheint sie nicht mehr sonderlich zu interessieren.

„Asalam aleikum", sagt Ali. „Waalaikumu salaam", antwortet ein Chor.

„Was will der Mzungu hier?", fragt ein besonders alter Mann mit faltigem Gesicht und weißen Haaren.

„Er will wissen, warum Bäume im Wasser brennen können“, antwortet Ali.

„Da soll er besser Allah fragen. Hat er Zigaretten?“

Hans zieht eine unangebrochene Packung Sportsman hervor und gibt jedem eine Zigarette und Feuer. Den Rest steckt er dem Alten zu. „Er ist willkommen“, sagt der. Die anderen nicken und machen sich wieder an ihre Arbeit. Hans und Ali schlendern durch den warmen Korallensand. Oberhalb der kleinen Strandwerft reckt ein gewaltiger Baobab seine bizarren Äste in den Himmel. Unter seinem ausladenden Blätterdach könnte man zwei Wohnhäuser verstecken. Der helle Stamm hat einen Umfang von mehr als einem Dutzend Metern, schätzt Hans.

Die Flut weicht langsam zurück, und die beiden wandern durch den nassen Sand hinüber zu den qualmenden Mangroven.

Mwazaro Beach nach dem Mangroven-Brand, bei Ebbe

Das Feuer hat eine mehrere hundert Meter breite Bresche in den Uferwald hineingebrannt. Hans setzt sich mit gekreuzten Beinen in den Sand und lässt seiner Fantasie freien Lauf. Wenn man die schwarzen Baumskelette fällen könnte und den Urwald oben auf der Korallenküste ausholzen, dann wäre das hier bestimmt einer der schönsten und romantischsten Plätze an der kenianischen

Küste. „Ich glaube, ich habe meinen Sandstrand gefunden!"

Er hat immer gedacht, dass schwarze Menschen sich nicht verfärben können. Ali tut es im selben Augenblick. Er wird grau unter seine Rastalocken. „Das hier ist Mwazaro, der heilige Platz des Digo-Stammes. Kein Fremder kann ihn besitzen. Niemand! Da, dreh dich um. Das da hinten ist der Platz, wo wir die Geister unserer Vorfahren anrufen und sie um Rat bitten. Da steht er, unser heiliger Baobab. Du weißt nicht, was du sagst."

„Ali, was erzählst du mir da für Märchen. So etwas gibt es doch gar nicht. Du bist doch ein cleverer Geschäftsmann, du glaubst doch wohl nicht im Ernst an Geister."

„Mr. Hans", sagt Ali mit tonloser Stimme, „wo du herkommst, mag es vielleicht keine Geister geben. Ich glaube allerdings eher, dass ihr verlernt habt, mit ihnen zu reden. Wir Afrikaner können es noch, und wir sind stolz darauf. Unsere Vorfahren wissen, was in der Vergangenheit war, und sie wissen, was in der Zukunft sein wird. Es ist gut, auf sie zu hören!"

Ali ist sauer. Er schnauft abschätzig und schüttelt seine Rasta-Locken. Dann lässt er sich doch noch zu einer näheren Erklärung herab. „Der Baobab ist so etwas wie unsere Antenne ins Jenseits. Wenn der Platz entweiht würde, zum Beispiel durch einen Mzungu wie dich, dann würde der Kontakt zu unseren Vorfahren erschwert, vielleicht sogar ganz abreißen."

„Was bedeutet denn das Wort Mwazaro?"

„Es ist ein Wort aus der alten Digo-Sprache und bedeutet eigentlich soviel wie ‚Ausgleich von Gegensätzen'. Also, die Balance von schwarz und weiß, von gut und böse, von der rechten Hand und der linken. Es ist ein Wort, das die Welt beschreibt, wie sie wirklich sein sollte."

Yahya rät Hans zu verständnisvoller Zurückhaltung. Er verkneift sich jede weitere Frage. „Entschuldigung, Ali, ich will weder den heiligen Baum fällen, noch eure Geister verjagen. Ich habe nur gedacht, dass wir gemeinsam etwas aus diesem tollen Platz machen können. Mehr als eine hinterwäldlerische Werft und eine Rennbahn für Strandkrebse. Vielleicht ein kleines Paradies für Besucher aus aller Welt, die Stille und Erholung suchen und nebenbei auch eure Kultur kennen und verstehen lernen wollen. Die vielleicht sogar hoffen, hier die verlorene eigene Balance wieder zu finden." Ali sagt nichts mehr. Hans sieht die Zweifel in seiner Miene. Sie schlendern zurück und verabschieden sich von den Handwerkern. „Das ist Mr. Hans", sagt Ali. „Er will hier in der Gegend leben und viel Geld investieren. Das ist doch gut, oder?" Die Männer winken ihnen lachend hinterher, als sie Mwazaro verlassen.

Der heilige Baobab

Am nächsten Morgen ist Ali nirgends zu finden. Keiner weiß, wo er steckt. Hans bummelt zum Landungssteg von Shimoni, der weit ins Meer hinausragt. Hier liegen einige große Dhaus und etliche kleinere Boote, die täglich Touristen zum Tauchen oder Schnorcheln in den Kisite Marine Park bringen. Ein paar sonnenverbrannte Touristen mit kurzen Hosen und dicken Badetaschen stehen herum. Starke Kerle schleppen schwere Säcke voller Nelken von einer Dhau aus Pemba, andere laden Matratzen auf ein Schiff, das nach Sansibar geht. Frauen verkaufen getrocknete Sardinen und fettige Mandasi. Ein Junge läuft vorbei, an jeder Hand einen Tintenfisch mit baumelnden Tentakeln. Keine Spur von Ali und seinem Boot.

Draußen im Kanal zwischen Shimoni und Wasini liegt eine schmucke Segeljacht unter französischer Flagge. Ein Schlauchboot wird zu Wasser gelassen, und ein Mann und eine Frau werden darin zum Steg herübergefahren. Hans kneift die Augen zusammen. Der Mann, der an Land klettert, kommt ihm irgendwie bekannt vor. Da ist er auch schon bei ihm. „‘ans, ’ans, quelle surprise! Isch dachte, du wärst gestorben, und jetzt stehst du leib‘aftig und lebendig vor mir!“

„Monsieur François, alte Küchenassel! Bist du zum Angeln hier?“ Sie umarmen sich kumpelig, und François stellt ihm seine sympathische Frau vor. Er hat drei renommierte Restaurants, in Paris, La Rochelle und noch ein weiteres in der Normandie. Hans ist des öfteren Gast in seinem Gourmet-Tempel in Paris gewesen, und dabei gelegentlich in die Küche eingeladen worden. Jetzt ist der Maître de Cuisine auf dem Weg nach Sansibar, um dort bei Mr. Chili an einem Küchen-Seminar teilzunehmen – ein Arbeitsbesuch mit vorgeschaltetem Segeltörn.

François lädt Hans auf seine Yacht zum Essen ein. Er hat eine Fischsuppe vorbereitet. Der Fond aus Fischknochen und Köpfen ist schon fertig geklärt. Er wird mit gepresstem Orangensaft, Avocadoschaum und Weißwein aromatisiert und mit Salz, frisch geriebenem Muskat und zerstampften Pfefferkörnern abgeschmeckt. François hat drei verschiedene Fische filetiert und in Stücke geschnitten. Zusammen mit Garnelen kommt alles in die köchelnde Brühe. Als Krönung fügt er eine Löffelspitze spanischen Safran bei, dessen Duft rasch die kleine Küche erfüllt. Aus dem Ofen kommt frisches Baguette.

Sie essen an Deck, trinken einen gut gekühlten Sancerre und staunen über die kleine Welt, in der man sich ausgerechnet an den entlegensten Flecken wieder trifft. Nach dem Essen zeigt François Hans stolz seine Jacht. Dank eines GPS-Gerätes hat er die ganze zurückgelegte Strecke auf einem Laptop aufgezeichnet: von La Rochelle über Santander und Lissabon nach Gibraltar, dann via Malta nach Kreta. Weiter durch den Suez-Kanal und das Rote Meer nach Mombasa. Shimoni ist die letzte Etappe vor dem Ziel.

„Und wieso ausgerechnet Shimoni?“, will Hans wissen.

„Dafür gibt es drei gute Gründe: erstens bin ich ein Fan von

Roger Whittaker, zweitens brauchen wir frisches Obst und Gemüse vom Markt, und drittens hoffe ich, hier einige gute Informationen über den Pemba Channel und die Küsten-Riffs zu bekommen. Die sollen gefährlich sein, höre ich."

Hans hat eine spontane Idee. „Ist dein GPS-Gerät mobil? Ich meine, könntest du es auch ohne Boots-Batterien einsetzen?"

„Aber ja, warum?"

„Ich habe ein interessantes Grundstück entdeckt, das ich gern kaufen würde. Ich weiß aber nicht exakt, wo es liegt. Ich kenne zwar den Weg dahin mit dem Boot, aber ich brauche die genauen Koordinaten des Platzes."

„Ist er weit weg?"

„Vielleicht eine Stunde mit dem Boot, dann brauchen wir eine Stunde vor Ort und dann wieder eine Stunde zurück."

„Alors, dann los! Etwas Abwechslung kann nicht schaden, nach all den Wochen auf See. Wir nehmen das Schlauchboot."

„Lass mich auf dem Weg rasch noch ein paar Besorgungen machen", bittet Hans.

In Mwazaro verteilt er Fantadosen, Zigaretten und Feuerzeuge an die Fischer und Bootsbauer. Einige begleiten sie auf dem Spaziergang durch die Mangrovenreste und über den Küstenfelsen, bei dem das GPS lautlos eine Karte des Strandgrundstücks erstellt. Zurück in Shimoni, überträgt François die Daten auf den Laptop, schreibt in fetten Buchstaben „Mwazaro Beach" darüber und druckt das Ganze aus. Der Strand hat eine Gesamtlänge von etwa eineinhalb Kilometern und ist bei Flut durchschnittlich dreißig Meter breit. Dahinter liegt leicht erhöht das von Buschwald bedeckte urzeitliche Korallenriff mit einer Breite zwischen zehn und dreißig Metern. Die Rückseite wird von unbeschädigten Mangroven gesäumt, die bei Ebbe trocken fallen.

Abends sitzt Hans in der Hotelbar vor der Karte. Mit einem Bleistift zeichnet er den Gestaltungsplan einer kleinen Lodge hinein, mit Restaurant, Bar, Bungalows. Immer wieder bleibt sein Blick am ebenfalls vermerkten heiligen Baobab hängen. Hans würde ihn gerne in das Gesamtkonzept einbeziehen. Aber ein Ausflugsziel für esoterisch veranlagte Touristen würde man daraus schlecht machen können, an der Idee hätten die Digo vermutlich wenig Freude. Yahya sieht das ähnlich. Hans beschließt, seine Finger so weit weg wie möglich von dem heiligen Baobab zu lassen, der hölzernen Geister-Antenne.

7 Ein verbotener Strand

Da geht er, der Mzungu, dieser rätselhafte Mann aus Europa. Mittelgroß, nicht besonders schlank, weiße, kurz geschnittene Haare, gestutzter Vollbart. Was hat ihn hergeführt? Was will er hier? Das ist kein Tourist wie die anderen. Er fährt mit Rasta-Ali hierhin und dorthin, er kennt reiche Leute, die mit nagelneuen Segeljachten nach Shimoni kommen und wieder verschwinden. Er feilscht nicht um Preise, und man sieht ihn nie betrunken. Er ist höflich und fragt jeden, der ihn anspricht, wie viele Kinder er hat, ob sie zur Schule gehen, ob die Frau gesund ist – alles wie es sich gehört. Er betritt die Moschee ohne Schuhe, macht eine tiefe Verbeugung und kniet sich nieder. Aber er betet anders als die Moslems, auch nicht so wie die Christen, von denen es hier an der Küste ebenfalls etliche gibt. Welche göttliche Gnade erbittet er bloß, wenn er da so versunken sitzt? Ob er sich hier wirklich auf Dauer niederlassen will? Man wird sehen ...

Hans verlässt das Hotel mit einem Papierumschlag in der Hand. Er steigt in sein Auto, fährt vorsichtig die vierzehn Pistenkilometer bis zur Küstenstraße und biegt nach Mombasa ab. Unterwegs passiert er mehrere Polizei-Kontrollen. Einmal wird er angehalten, aber sein Auto ist in Ordnung, und er hat seinen internationalen Führerschein dabei. Trotzdem lassen die beiden Polizisten wortreich durchblicken, dass sie für eine kleine finanzielle Zuwendung empfänglich wären. Hans überlegt kurz, ob er den Empörten spielen soll. Stattdessen beschließt er, die Situation auszukosten, fragt nach ihrem Monatsgehalt und wie viele Familienangehörige davon leben müssen. Sie jammern nach Kräften, und am Ende muss Hans Mitleid kaum noch vorschützen. Er gibt jedem hundert Schillinge, fast einen Tageslohn.

Sein Ziel ist die Kanzlei Gikandi & Company, welche ihm unlängst die nur auf dem Papier existente Hummer-Firma seines Klassenkameraden Gerd übertragen hat. Hans muss warten, die Anwälte sind wichtige und vielbeschäftigte Menschen. Endlich bittet ihn einer herein. Sein Gegenüber studiert die Lagekarte, die ihm Hans über den Tisch geschoben hat. Der Anwalt hat offenkundig nicht viel Ahnung von Längen- und Breitengraden, geschweige denn von der Möglichkeit, die Position eines Grundstücks mit einem GPS-Gerät exakt zu ermitteln. „Kennen Sie den Besitzer dieses sogenannten Mwazaro-Strandes?“, fragt er und spielt mit der Lesebrille.

„Nicht genau, aber es ist der heilige Platz der Digo. Sie nennen ihn ihren Kaya-Schrein. Also wird er wohl Gemeineigentum des Stammes sein, oder einem prominenten Mitglied der Gemeinschaft gehören.“

„Etwas präziser brauchen wir das schon! Ich muss Ihnen ja nicht erklären, dass man in einem Land wie Kenia beim Grundstückskauf die tollsten Überraschungen erleben kann, vor allem als Zugereister. Unter unseren Politikern ist es leider üblich, Freunden und Verwandten Ländereien zuzuschanzen, die eigentlich dem Staat gehören. Wenn Sie so etwas kaufen, sind Sie am Ende viel Geld los und haben außer falschen Papieren nichts in der Hand. Wir werden also zunächst die zu Ihrer Karte passenden Grundstücks-Nummern ermitteln, und dann den juristischen Eigentümer finden, vielleicht sind es auch mehrere. Und dann werden wir alle Besitzurkunden ganz genau prüfen.“ Unter der Last der absehbaren Arbeit aufseufzend, lässt der Anwalt sich in das Kunstleder seines Drehstuhls fallen. „Aber Sie haben Glück! Ich bin der richtige Mann für so was. Ich kenne alle maßgeblichen Personen, vom Unterstaatssekretär im Land-Ministerium in Nairobi bis zum letzten Katasterbeamten in Kwale. Lassen Sie mir bitte etwas Geld als Anzahlung hier, ohne Schmierstoff läuft die Auskunfts-Maschinerie leider nicht. Zwanzigtausend Schillinge müssten fürs erste reichen. Kommen Sie morgen Nachmittag wieder, Mr. Hans. Dann habe ich die Fakten beisammen.“

Hans nimmt ein Hotelzimmer, und nutzt den nächsten Morgen für eine Bummeltour durch Mombasas Altstadt. Nach einem Besuch des kleinen Dhau-Hafens schlendert er mit einer Gruppe australischer Touristen durch die mächtigen Anlagen von Fort Jesus. Immer wieder übertönt vom Gekrächz der allgegenwärtigen Raben, verkündet der Führer stolz, das hier sei das älteste Bollwerk der Christenheit im schwarzen Afrika. Von hier aus hätte Portugal einst die Küste hinunter nach Mosambik beherrscht, bis die Sultane von Oman und Sansibar die Festung genommen und den Menschen den moslemischen Glauben gebracht hätten. ‚Und die Briten haben ihnen als Dreingabe ihre Küchenkultur gebracht', denkt Hans, als er mittags im nahe gelegenen Mombasa Golf Club ein pappiges Sandwich isst. Trotz backender Hitze sind ein paar unentwegte Spieler auf dem halbverbrannten Grün vor der Hafeneinfahrt unterwegs, ein Boy schiebt eine Karre mit Kühlbox hinter ihnen her.

Oben im Hochhaus sitzt der Anwalt schon erwartungsfroh hinter seinem polierten Mahagoni-Schreibtisch, als Hans zum Termin erscheint. Er deutet auf einen Stapel Papiere, lächelt und putzt seine Lesebrille. „Alles bestens geordnet, alles erledigt! Ich weiß allerdings nicht, ob Sie mit meiner Auskunft zufrieden sein werden." An einer Pinwand neben ihm hängt eine kopierte Katasterkarte, ‚Shimoni Settlement Scheme' steht oben drüber. Zahlreiche Grundstücke sind fein säuberlich eingezeichnet und mit Nummern versehen. Eins ist rot umrandet, zwei andere sind mit grünem Filzstift markiert. Der Anwalt ächzt aus dem Stuhl hoch und deutet mit dem Finger auf das rote Quadrat, das direkt ans Meer grenzt. „Das ist der Kaya-Schrein der Digo. Sie können dieses Grundstück unmöglich erwerben. Das wäre ungefähr so, als würde ich bei Ihnen in Deutschland aufkreuzen und eine Kirche kaufen wollen. Nur sind die Folgen hier schlimmer, Sie kriegen es mit dem örtlichen Witchdoctor zu tun, und obendrein noch mit allen Geistern und Dämonen der ganzen Gegend."

Er sinkt wieder in seinen Sessel. „Um es noch deutlicher zu sagen: ich halte es für lebensgefährlich, Hand an dieses Heiligtum zu legen, Mr. Hans!" Die beiden Nachbargrundstücke, die grün markierten, die könne er allerdings erwerben, erläutert der Anwalt. Beide Besitzer kenne er per Zufall. Mit einem habe er schon telefoniert, der andere sei ein hoher Beamter in Nairobi, der würde ihn heute Abend privat zurückrufen. Die entsprechenden Dokumente seien sauber. Er legt Kopien von zwei Urkunden auf den Tisch, mit Amtssiegel und verschnörkelter Unterschrift. Die Grundstücksnummern entsprechen denen auf der Karte. „Das sind Besitzurkunden. Nur wer ein solches Dokument von der Regierung hat, weiß mit Sicherheit, dass er der rechtmäßige Eigentümer des darauf beschriebenen und nummerierten Grundstücks ist."

Hans überlegt nicht lange Er deutet auf die beiden grün markierten Parzellen. „Ich bin an denen da interessiert!"

„Was wollen Sie denn damit anfangen? Die Grundstücke sind unerschlossen, liegen mitten in den Mangroven, und deren Abholzen ist in Kenia verboten. Sie haben also keinen Zugang zum offenen Meer, und Sie kriegen auch keinen."

Hans grinst in sich hinein. „Ich will eigentlich genau das: Ruhe und Abgeschiedenheit und möglichst wenig Besuch. Ich baue mir da ein Häuschen, heirate eine kenianische Frau und genieße den Rest meines Lebens als geachteter Vater einer vielköpfigen Familie."

Der Anwalt lacht. Er steht wieder auf und schüttelt die Hand des seltsamen Mzungu, der da vor ihm sitzt. „Dann will ich Ihrer Familienplanung nicht im Wege stehen. Das fragliche Land können Sie bekommen. Dagegen dürften selbst die Digo nichts einzuwenden haben."

Sie besprechen die Details des Landkaufs. Ein Termin mit dem wichtigsten aller zuständigen Beamten wird telefonisch für den nächsten Tag vereinbart. Sein Name ist Mr. Walter, und er ist von den Besitzern des Mangrovengrundstücks autorisiert worden, den Handel gewinnbringend für sie abzuwickeln. „Eins dürfen Sie nicht vergessen, Mr. Hans: so ein Geschäft läuft hier nur mit Bargeld. Mit Schecks oder Kreditkarten brauchen Sie erst gar nicht zu kommen!"

Hans verlässt den Anwalt, der ihm zu guter Letzt noch rät, die Originale der Besitzurkunden später im Kanzlei-Tresor aufbewahren zu lassen – wenn die Dokumente verloren gingen, sei der Ärger gewaltig. Auf der Rückfahrt nach Shimoni pfeift Hans vor sich hin. Mwazaro Beach – was für ein Name, was für ein Platz! Und alle Mangroven vor der Haustür verbrannt ... Es hätte kaum besser kommen können.

Er fährt seinen Pickup auf den spärlich beleuchteten Parkplatz des Hotels. Im Polster der hinteren Sitzbank gibt es ein Versteck. Hans nimmt aus einem schwarzen Plastikbeutel fünfundzwanzigtausend Deutsche Mark und stopft sie in die Seitentasche seiner Safari-Hose.

Am nächsten Morgen fährt er nach Diani Beach. Das Touristik-Zentrum an der kenianischen Südküste besteht aus einem breiten Sandstrand, an dem eine Hotelanlage neben der anderen liegt. Auf deren Rückseite verläuft eine kilometerlange Erschließungsstraße mit Supermärkten und Pizzerien, Bierbars und Wechselstuben. Überall hört man laute Musik, sieht leicht gekleidete Touristen.

Die Barclays Bank hat einen großen Parkplatz mit viel Sicherheitspersonal. Drinnen werden an drei Schaltern Devisen gewechselt. Hans stellt sich ans Ende der Touristen-Schlange. Als er nach langem Warten seinen dicken Batzen Geld in die Schublade legt, ist der Schalterbeamte auf der anderen Seite verunsichert. Er entschuldigt sich und verschwindet in einem Büro-Verschlag, an dessen Tür in goldenen Lettern ‚Director' prangt.

Wenig später sitzt Hans einem strahlenden Krawattenmann in bankblauem Anzug gegenüber. Von der Wand schaut Präsident Daniel arap Moi streng auf die beiden herab. Man stellt sich vor. Der Direktor ist etwas zögerlich. „Wollen Sie diese fünfundzwanzigtausend Deutschmark komplett in kenianische Schillinge wechseln?"

„Ja, das hatte ich eigentlich vor."

„Kein Problem." Dann schaut er betrübt zur Wand hinauf. „Na ja, fast keins. Unser Präsident und die Zentralbank haben vor einiger Zeit beschlossen, Tausend-Schilling-Scheine neu in den Markt einzuführen. Die gab es bisher noch nicht. Weil die Druckmaschinen auf ein anderes Format umgestellt werden mussten, sind auch die Fünfhundert-Schilling-Noten vorübergehend knapp geworden. Wir können Ihr Geld zwar wechseln, aber nur in Scheine von zweihundert Schillingen und darunter. Um ehrlich zu sein, die meisten werden Fünfzig-Schilling-Scheine sein. Bei einer Million, die Sie ungefähr zu erwarten haben, kriegen Sie vielleicht ein Transport-Problem."

Hans schaut fragend, und der Direktor ergänzt hastig: „Aber keines, das nicht gelöst werden kann. Wir sind ja in Afrika." Er stellt eine geräumige Blechtruhe mit zwei billigen chinesischen

Vorhängeschlössern zur Verfügung, gegen eine Sicherheitsgebühr. Eine Zählmaschine rattert, die Geldbündel werden in die Kiste hineingestapelt, und zwei Uniformierte tragen sie anschließend zum Auto. Sie passt nicht durch die Tür. Also wird sie auf der Ladefläche festgebunden und mit einer alten Plane abgedeckt.

Hans schlingt in einer Fast-Food-Bude eine Salami-Pizza hinunter, das Auto die ganze Zeit fest im Blick. Dann fährt er nach Shimoni zurück. Er findet Ali und überredet ihn, mit in die Bezirks-Hauptstadt Kwale zu fahren. Dort hat er den Termin mit Mr. Walter.

Kwale liegt sechshundert Meter hoch in den Shimba Hills, den „grünen Hügeln Afrikas", in denen Ernest Hemingway vor einem halben Jahrhundert noch Nashörner und Kuduböcke geschossen hat. Es ist bis heute ein ziemlich belangloser Flecken geblieben, eine Ansammlung einstöckiger Gebäude mit ein paar Kramläden und Kneipen. Einzig die Zweigstellen verschiedener Ministerien sowie das Bezirksgericht geben dem Viertausend-Seelen-Örtchen ein Hauch von Bedeutung.

In einem der barackenähnlichen, ursprünglich wohl weißen Verwaltungsgebäude residiert der DC, der District Commissioner mit seinen Beamten. Einer davon ist Mr. Walter, ein Schwergewicht kraft seiner Statur, vor allem aber als Landplaner des Bezirks. Über seine herausgehobene Position können auch der jahrealte Kalender an der fleckigen Wand, der zerkratzte Schreibtisch und der wackelige Besucherstuhl nicht hinwegtäuschen. „Ich habe versucht", weist er mit einladender Geste auf das schiefe Sitzmöbel, „Sie zu benachrichtigen, damit Sie nicht umsonst hier herauf kommen. Aber Ihr Anwalt hatte weder Ihre Adresse noch Telefonnummer. Ich wollte Ihnen mitteilen, dass Sie in Kenia als Ausländer grundsätzlich kein Strand-Grundstück kaufen können. Allenfalls bei Unternehmen, die an Ort und Stelle Geld investieren oder einen kenianischen Teilhaber haben, ist das möglich."

„Aber ich habe eine Firma, sie wurde kürzlich hier in Kenia registriert. Ich habe die Urkunde dabei." Hans zieht die amtliche Registrierungsbescheinigung der Shimoni Lobster Company aus seiner Umhängetasche. Mr. Walter liest jedes Wort, hält Stempel und Unterschriften ungläubig ins Licht. Dann fragt er mit betont amtlicher Stimme: „Woher haben Sie das? Die Registrierung einer solchen Firma dauert mindestens ein halbes Jahr!"

„Das habe ich von der Anwaltskanzlei Gikandi", sagt Hans. „Sie können dort gerne anrufen!"

Das Telefonat kommt erst nach mehreren Versuchen zustande und wird zu Hans' Leidwesen in Swahili geführt. Dann scheucht Mr. Walter mit einer strengen Geste den im Hintergrund wartenden Ali aus dem Büro. „Sie haben wirklich Glück, wir können ins Geschäft kommen. Ich lasse gleich den Katasterauszug kommen. Es gibt zwei Grundstücksnummern und zwei Besitzer. Ich habe von beiden die Vollmacht, einen Kaufvertrag aufzusetzen. Aber es ist ein Strandgrundstück, so viele davon sind nicht auf dem Markt. Das wird teuer. Jeder der beiden Besitzer will eine Million."

Es folgt ein Gefeilsche wie auf dem Basar. Hans jammert nach Kräften über die vorgelagerten Mangroven, die er nicht abholzen darf und die das Grundstück praktisch wertlos machen. Mr. Walter weist wortreich darauf hin, dass die Verkäufer durch das jetzt schon gezeigte Entgegenkommen an den Rand des Ruins getrieben würden. Am Ende siegt die Kraft der finanziellen Fakten. Ali und die Sekretärin schaffen die Blechkiste ins Büro, dann werden beide hinauskomplimentiert. Mr. Walter schließt die Tür von innen ab, und Hans öffnet die Kiste. Walter starrt schwer atmend auf die Geldberge. Er nimmt ein Bündel nach dem anderen heraus, zählt und notiert Zahlenkolonnen auf den Rand einer Tageszeitung. Es dauert eine Ewigkeit, bis er einen Strich drunter zieht. „Das könnte in der Tat reichen. Lassen Sie die Kiste hier, ich gebe Ihnen eine Quittung. Morgen melde ich mich bei Ihnen im Hotel."

Jetzt ist Hans am Zug, genau darauf hat ihn sein Anwalt schon vorbereitet. Er präsentiert eine handgeschriebene Liste. Mr. Walter liest halblaut, mit einer Mischung aus Verblüffung und Ärger, eine ganze Litanei von Stichpunkten: Eigentums-Urkunden der gegenwärtigen Besitzer, Zustimmung der Kommission zur Kontrolle des Grundbesitzes, Zustimmung der Kommission zur Siedlungs-Kontrolle, Zustimmung des Präsidialamtes zum Erwerb von Strandgrundstücken, Einverständnis-

Erklärung des lokalen Chiefs, Nutzungsänderungs-Genehmigung ... Er hält inne und wischt sich mit einem großkarierten Taschentuch über die Stirn.

„Das brauche ich alles bitte bis Ende der Woche“, sagt Hans. „Anderenfalls gehe ich zurück nach Tansania. Dort hat man mir ein gutes Stück Strand am Pangani River angeboten, ohne Auflagen, ohne Probleme. Das Geld verwahre ich solange selbst.“

Mr. Walter hat seine Fassung rasch wieder gewonnen. „Na gut, Mr. Hans“, bleckt er die weißen Zähne, „nur weil Sie es sind. Ich werde tun, was ich kann. Aber etwas Geld sollten Sie mir schon hier lassen. Für die jetzigen Besitzer. Sie verstehen doch?“ Hans versteht, lässt ihm zwanzigtausend Schillinge da und verabschiedet sich von Mr. Walter wie von einem alten Freund. Mit Alis Hilfe packt er die Geldkiste wieder auf den Pickup und fährt zurück in sein Hotel.

Nach drei Tagen trifft man sich wieder in Kwale. Mr. Walter strahlt sein breites Lächeln, die Faust mit dem Daumen nach oben gereckt. „Alles okay! Hier ist der Kaufvertrag. Die Eigentümer haben schon unterschrieben. Fehlt nur noch Ihre Unterschrift, Mr. Hans.“

Der studiert den Vertrag. Es scheint alles in bester Ordnung. Sogar die vierprozentige Stempelgebühr tragen die Vorbesitzer. Mr. Walter übergibt ihm alle nötigen Papiere, die mit vielen amtlichen Stempeln versehen sind. Dann gehen sie über die Hauptstraße zum Büro des Land Registrar, des zuständigen Beamten für Grundbuchangelegenheiten. Dieser hat die beiden Besitzurkunden bereits ausgefertigt: eine für das Grundstück Kwale/Shimoni Nr. 396 und eine für das Grundstück Nr. 397. Sie sind unterschrieben und in das Landregister eingetragen auf den Namen Shimoni Lobster Company Limited.

Zurück in Mr. Walters Büro, stellt Hans ihm die Kiste mit dem Geld hin. Er zählt diesmal nur die Bündel. „Kann ich die Kiste auch behalten?“, fragt er zum guten Schluss. Hans nickt großzügig, packt die Papiere in seine Umhängetasche und verabschiedet sich mit dem ortsüblichen Schwall von Dankesbezeugungen. Mr. Walter hat ihm versprochen, in drei Tagen den Landvermesser nach Shimoni zu schicken. Der soll die Grundstücke exakt überprüfen und die Grenzsteine setzen.

Ali hat dafür gesorgt, dass sich die Neuigkeit schnell in der Gegend herumspricht. Hans muss mit einiger Beklemmung feststellen, dass die Stimmung sich von Tag zu Tag verschlechtert. Niemand grüßt mehr, und dann kommt auch noch eine Abordnung alter Männer des Digo-Stammes in das Hotel. Sie wollen sich darüber beschweren, dass der Mzungu ihnen den heiligen Platz gestohlen habe. Hans zeigt ihnen die Karte mit den Grundstücken, auf welcher der Kaya-Schrein mit dem heiligen Baobab rot umrandet ist. „Ich habe nur das Gelände daneben gekauft. Ich habe euren heiligen Platz respektiert, und werde nie etwas anderes tun!"

Sie alle haben offensichtlich noch nie eine Landkarte gesehen und reden aufgeregt und lange durcheinander, bis der Ober ihnen ein deftiges Fleischgericht mit Reis und Cola serviert. Danach sind sie zwar nicht zufrieden, aber ruhiger. Einige brummeln weiter, andere verabschieden sich eher versöhnlich.

Der Landvermesser fährt am verabredeten Tag in einem Pickup mit Regierungs-Kennzeichen vor. Er hat drei Helfer dabei. Auf der Ladefläche liegen etliche Grenzsteine, ein Sack Zement, Eimer und Spaten. Alles wird auf Alis Boot verladen. Dann tuckern sie bei strahlendem Sonnenschein Richtung Mwazaro. Dort gibt es eine unangenehme Überraschung. Der schmale

Bootsplatz am Mangroven-Kanal

Mangroven-Kanal ist von einem gefällten Baum versperrt. Auf der anderen Seite am Strand, in Höhe des heiligen Baobabs, stehen Männer vor den roh behauenen Einbäumen. Sie sind bewaffnet mit Busch-Messern und Hacken, einige auch mit Pfeil und Bogen. Sie schreien und drohen mit den Fäusten herüber.

„So geht man mit mir nicht um!“ schimpft der Landvermesser. „Ich bin ein Beamter der Regierung! Wenn das nicht sofort aufhört, hole ich die Polizei!“

Niemand zeigt sich beeindruckt. Ali legt den Rückwärtsgang ein. In Shimoni holt der Landvermesser zwei bewaffnete Beamte vom Polizeirevier hinter dem Bootsanleger. Als alle wieder im Kanal vor Mwazaro ankommen, stehen die Männer immer noch da. „Schert euch zum Teufel!“, donnert der eine Polizist und fuchtelt mit dem Gewehr. Das bewirkt nur noch lauteres Kampfgeheul auf der Gegenseite. Dann kommt ein zitternder Pfeil durch die Mangroven geflogen. Er platscht in einiger Entfernung auf das Wasser.

„Das ist ein Angriff auf Regierungs-Beamte und Investoren. Hört damit auf, ihr Vollidioten! Sollen wir etwa von der Waffe Gebrauch machen? Verschwindet, wir haben hier zu arbeiten!“

Ein zweiter Pfeil surrt durch die Luft und bleibt zitternd im nahen Stamm einer Mangrove stecken. Der zornbebende Polizist reißt sein Gewehr hoch und schießt in die Luft. Die Explosion hallt mit unerhörtem Getöse durch den Küstenwald. Die Wirkung ist umwerfend. Der komplette Digo-Trupp schmeißt sich in den Sand. Beim zweiten Schuss schnellen alle wieder auf die Beine und springen davon wie eine Herde flüchtender Antilopen. Der Baum wird weggerückt, und am Abend ist der Landvermesser fertig. Hans und Ali bringen ihn samt Gehilfen und Polizeieskorte nach Shimoni zurück.

„Und was mache ich nun?“ Hans schaut Ali ratlos an. „Das Land gehört mir, aber die Digo würden mich am liebsten umbringen. Ich kann doch nicht ständig mit einem Polizisten herumlaufen.“

„Das hättest du dir vorher überlegen müssen. Ich habe dich gewarnt!“

„Komm Ali, du kennst dich hier doch aus, bist mit jedem

verwandt oder befreundet. Du musst doch eine Idee haben, wie ich mit deinen Leuten in Frieden leben kann!“

Ali zupft sich am Ohrläppchen. „Mir fällt nur eines ein: du müsstest mit dem Witchdoctor reden, der für den heiligen Baobab zuständig ist. Unser Medizinmann hat Autorität bei den Lebenden, und er kann auch die Geister der Toten nach ihrer Meinung zu der Sache befragen.“

„Und wo wohnt der? Wie kann ich ihn finden?“

Ali bearbeitet wieder sein Ohr und überlegt. Man sieht ihm an, dass er eine schwere Entscheidung zu treffen hat. Dann gibt er sich einen Ruck: „Das kann ich dir nicht sagen, Mr. Hans. Das musst du schon selbst herausfinden. Wenn du mein Boot mietest, ist das ein Geschäft. Da sagt keiner was. Geld braucht jeder. Wenn ich dir aber sage, wo du den Witchdoctor findest, dann schlage ich mich in dem Konflikt klar auf deine Seite. Ich denke, es ist besser, wenn du von jetzt an allein weitermachst. Ich wünsche dir viel Glück dabei. Und wenn du wieder ein Boot brauchst, weißt du ja, wo du mich findest.“

An der Hotelbar trinkt Hans einen doppelten Wodka, und trotz Yahyas Warnung einen zweiten und hinterher noch ein Bier. Zu dem lädt er mit generöser Geste Halfani, den Barkeeper, ein. Er versucht auch ihm Informationen über den rätselhaften Schamanen zu entlocken, aber vergeblich. Von so einem Mann hat er angeblich noch nie etwas gehört. Leicht angesäuselt geht Hans zu Bett.

Gegen Mitternacht wacht er auf. Wenn der Witchdoctor der Wächter des heiligen Baumes ist, grübelt er, kann er ja nicht allzu weit entfernt davon wohnen. Vermutlich am Landweg, der nach Mwazaro führt. Und der müsste sich doch finden lassen.

8 Der Weg nach Mwazaro

Ob man gefahrlos durch das Buschland an der Küste streifen könne, will Hans von Halfani beim Frühstück wissen.

„Du meinst wegen der Tiere? Kein Problem, Mr. Hans. Da ist noch nie etwas passiert. Es gibt ganz einfache Regeln, die du beachten musst. Die Grundregel heißt: niemals einem wilden

Tier den Rücken zeigen und davon laufen. Das reizt den Jagdinstinkt und macht dich sofort zur Beute.“ Er baut sich Hans gegenüber auf. „Du bist jetzt der Büffel, und ich bin du. Ich schaue dir nie direkt in die Augen, sondern gucke neben dich, auf deine Beine, über deinen Kopf, oder ich schiele ganz schrecklich.“ Er macht es vor, rollt seine Augen und starrt mal hier hin, mal dort hin. Am Ende sieht Hans nur noch das Weiße in seinen Augen. Es ist saukomisch.

„Hör auf, hör auf! Ich habe verstanden! Man muss den Büffel zum Lachen bringen. Und wenn er vor Tränen nichts mehr sieht, weglaufen.“

„Mr. Hans, wenn es wirklich soweit kommt, was Allah verhüten möge, dann lachst du nicht mehr. Dann machst du bitte genau, was ich dir hier zeige! So, und es geht noch weiter: jetzt musst du dich vor dem Büffel verbeugen, um ihm zu zeigen, dass du seine Überlegenheit anerkennst. Und dann gehst du langsam Schritt für Schritt rückwärts und machst den Weg für ihn frei.“

Hans schmunzelt immer noch, als er sich von Halfani wenig später eine Drei-Liter-Flasche Trinkwasser und ein Lunch-Paket aushändigen lässt. Zusammen mit seiner Reiseapotheke und einem Jagdmesser verstaut er alles im Rucksack. Dann macht er sich auf den Weg, um den Witchdoctor zu finden. Als er gerade das Auto aufschließen will, kommt Halfani aus der Tür gerannt. „Mr. Hans! Ich wollte dir noch etwas sagen: nicht dass du den Eindruck bekommst, wir vom Digo-Stamm wären feige und keine Kämpfer wie die Massai. Im Gegensatz zu denen hatten wir in der Vergangenheit leider schlimmere Gegner als nur ein paar Löwen oder Viehdiebe. Bis vor ein paar Generationen haben arabische Sklavenhändler hier in der Gegend gewütet. Gegen die mussten wir ganz spezielle Überlebenstechniken entwickeln. Keiner kann seither schneller auf Bäume klettern, und niemand versteht es so wie wir, sich im Busch unsichtbar zu machen. Verstehst du das, Mr. Hans?“ Der nickt, gerührt von Halfanis Versuch einer kollektiven Ehrenrettung seines Digo-Völkchens.

Die Piste von Shimoni zur Hauptstraße ist je nach Witterung ein Staub- oder ein Schlammweg. Hans hat die stoßdämpfermordende Strecke mittlerweile zum ‚Shimoni Highway' geadelt. Auf dessen linker Seite erstreckt sich ein riesiges Zuckerrohrfeld. Es hat früher zur Ramisi-Zuckerfabrik gehört, die wegen Misswirtschaft bankrott gegangen ist. Seither bedienen sich auf dem herrenlosen Landstück Menschen und Tiere gleichermaßen. Hans hat hier schon Zebras und Pavianen beim Naschen zugeschaut, sogar Büffeln und einmal einem Elefanten. Die rechte, dem Meer zugewandte Seite ist von dichtem Busch gesäumt. Mwazaro muss irgendwo auf dieser Seite liegen. Hans fährt langsam und befragt hin und wieder jemanden am Straßenrand. Keiner spricht Englisch, alle schütteln verständnislos die Köpfe. Als rechts einige Hütten auftauchen, biegt er ab und parkt sein Auto. Das ärmliche Nest trägt den Namen Anzuwani. So steht es jedenfalls handgeschrieben auf einem verwitterten Brett. Auch hier hat scheinbar noch niemand etwas von Mwazaro gehört. Ein Haufen Kinder umringt ihn, während er seinen Rucksack auslädt und einen großen Schluck aus der Wasserflasche nimmt. Alle schreien „Sweets! Sweets!" und strecken ihm die Hände entgegen. Die Mütter scheuchen sie davon und schauen dem losmarschierenden Hans hinterher, als ob er die Pocken hätte.

Er durchquert das Dorf mit seinen erbärmlichen Lehmhütten und folgt einem schmalen Pfad, der sich durch das mannshohe Gras schlängelt. An den Seiten wachsen stachelige Raffia-Palmen und auch einige Doum-Palmen mit ihren symmetrisch verzweigten Stämmen. Der Pfad gabelt sich. Hans wendet sich nach links, weil rechts bei einem Baobab eine beängstigend große Herde Paviane herumtobt. Das Gebrüll der mächtigen Männchen ist respekteinflößend.

Eine Frau kommt ihm entgegen, in bunte Tücher gehüllt, einen Korb auf dem Kopf und ein Baby auf den Rücken gebunden. „Jambo", lächelt sie. Hans grüßt zurück und fragt, wie es ihr heute geht: „Habari za asubui?"

Sie bleibt stehen und deutet missbilligend auf die Pavian-Herde. Dann bückt sie sich und hebt zwei Steine auf. Es mutet fast artistisch an, dass ihr der Korb dabei nicht vom Kopf fällt. Sie lächelt Hans freundlich zu und drückt ihm einen der Steine in die Hand. Den anderen wirft sie kraftvoll zu den Pavianen hinüber. Ärgerlich kreischend rennt die ganze Affenbande zum Baobab und schwingt sich auf die Äste. Hans nickt anerkennend und nestelt einen kleinen Geldschein aus der Hosentasche. Sie bedankt sich artig.

„Mwazaro?“, fragt Hans und zeigt nach Osten, wo man leise das Meer rauschen hört. Die Frau stutzt, wendet sich dann abrupt ab, wirft ihm das Geld vor die Füße und verschwindet im Busch.

Das scheint wirklich ein heikler Flecken zu sein, den er sich da ausgesucht hat! Hans klaubt den Geldschein auf und setzt seinen Weg fort. Es ist heiß. Die bloßen Unterarme nehmen langsam eine rosa Farbe an, er hätte sich besser eincremen sollen. Der salzige Wind vom Meer bringt keine wirkliche Kühlung. Hans steigt über einen armdicken Baumstamm, der quer über dem Weg liegt. Im selben Moment fängt der Stamm an, sich zu bewegen. Er hat auf der rechten Seite einen Kopf, der sich bedrohlich zu Hans hin dreht. Zwei schwarze Augen starren ihn an, darunter züngelt es.

Hans vergisst Halfanis gesammelte Ratschläge und nimmt die Beine in die Hand. Sein Herz schlägt rasend. Unterwegs wirft er die Flasche weg, die Schirmmütze fliegt davon. Als er nicht mehr kann, bleibt er atemlos stehen und lauscht. Es ist still, niemand ist ihm offenbar auf den Fersen. Nachdem sich sein Blutdruck wieder halbwegs beruhigt hat, schleicht er ein Stück zurück, findet nach kurzem Suchen Mütze und Flasche, und marschiert vorsichtig weiter. Er erreicht eine Korallenklippe und blickt auf den Ozean. Unterhalb wachsen Mangroven ins Watt hinaus. Die Funzi Bay allerdings kann er von hier aus nicht entdecken, und auch das Kifungu Reef nicht. Enttäuscht tritt er den Rückweg an.

Am nächsten Tag beginnt Hans seinen Erkundungsgang zwei Kilometer weiter nördlich. Bis zum Abend hat er seinen Strand immer noch nicht gefunden. Er fragt eine Gruppe Bauern, die Hacken auf den Schultern tragen, einen Ziegen-Hirten mit großer Herde sowie mehrere Frauen, die barfuß und mit wiegenden Hüften an ihm vorbeischreiten. Mwazaro sagt ihnen allen nichts. Oder sie wollen nichts sagen.

Am dritten Tag beginnt er die Suche im Dorf Kitchaka Mkwaju. Hinter einer neu gebauten Schule mit unendlich vielen

Kindern in blau-rosa Schuluniformen findet er einen breiten Weg, der nach Osten Richtung Meer führt. Allerdings versinkt das Auto schon nach etwa hundert Metern in einem grasbedecktem Wasserloch. Dank Allrad-Antrieb kommt er mit einigen Mühen wieder heraus. Hans lässt den Wagen stehen und macht sich in der zunehmenden Vormittagshitze zu Fuß auf den Weg. Er folgt gewundenen Pfaden durch Gras, das so hoch ist, dass er nirgendwo einen Überblick über die Landschaft bekommt. Er bleibt an Dornenbüschen hängen, stolpert über Äste, Korallen-Klumpen und steinalte Riesenmuscheln, die aus dem Boden hervorragen. Der einzige Anhaltspunkt ist das entfernte Rauschen des Meeres. Nach zwei Stunden legt er Rucksack und Wasserflasche unter einem Schatten spendenden Baobab ab und lehnt sich zwischen die beindicken Wurzeln des Giganten. Er schließt die Augen und entspannt sich.

Begegnung im Busch

Ein merkwürdiges Knacken und Rascheln weckt Hans aus seinem Dämmerzustand. Er muss nicht zweimal hinschauen, um zu begreifen, was da vor im steht. Aus dem Gras ragt ein Elefant angsteinflößend in die Höhe. Er wedelt angriffslustig mit den Ohren. Der lange Rüssel schlängelt sich auf ihn zu. Was hatte Halfani ihm noch empfohlen? „Nicht in die Augen schauen, sich verbeugen und langsam rückwärts den Weg freimachen!“ Bloß – wie ist das in dieser Position möglich, wo hinter ihm der riesige Baobab steht mit seinem mehrere Meter dicken Stamm? Hans schließt die Augen. Panik befällt ihn, als der Rüssel prustend Gesicht und Kleidung abtastet. Er weiß nicht, wie lange er schon den Atem angehalten hat, als seine Nerven versagen – und mit ihnen sein Schließmuskel.

Unter hochnotpeinlichen Geräuschen füllt sich seine Hose.

Dem Elefanten stinkt das wohl. Mit unwillig schlenkerndem Rüssel zieht er am Baobab vorbei. Dann verschwindet er im hohen Gras, wo noch ein paar weitere graue Buckel vorbeiziehen. Einer der Kolosse stößt wie zum Abschied einen empörten Trompetenton aus.

Mit voller Hose geht es sich schlecht. Hans holt langsam Luft. Er schaut sich um. Niemand ist zu sehen. Er öffnet den Gürtel und streift die besudelte Hose samt Unterhose ab. Dann versucht er, Hinterteil und Beine mit trockenem Gras und Wasser aus der Plastik-Flasche halbwegs sauber zu bekommen. Die unappetitliche Prozedur ist zeitraubend und erfordert seine ganze Aufmerksamkeit. Da hört er unterdrücktes Gelächter. Erschrocken blickt er hoch und sieht sich umringt von lachenden Frauen, glucksenden Kindern und Männern, die mit Fingern auf ihn zeigen und sich die Münder zuhalten. Das ist der peinlichste Augenblick in seinem Leben. Ein großer, dünner Mann mit einem Strohhut auf dem Kopf tritt näher.

„Jambo“, sagt er, und stellt sich als Aserini vor. „Sei uns nicht böse. Die Leute hier lachen nicht, weil du dir in die Hosen gemacht hast. Das passiert jedem mal in so einer Situation. Die lachen, weil du nicht beschnitten bist. Eine Vorhaut kennen sie nur bei kleinen Jungs, nicht bei einem ehrwürdigen Mzee. So etwas Ungewöhnliches haben sie noch nie gesehen.“

Jetzt muss Hans grinsen, und die Peinlichkeit löst sich in allseitigem Gelächter auf. Eine Frau nimmt ihren Wassereimer vom Kopf und fängt an, ihn wie einen Säugling zu schrubben. Eine andere wäscht seine Hosen. Alles plappert durcheinander, bis Aserini die Hand hebt. „Das haben wir wirklich noch nie erlebt, Mr. Hans“, sagt er anerkennend. „Du hast dem wütenden Elefanten direkt in die Augen geschaut, und er ist voller Angst mit seiner Herde davon gelaufen. Das glaubt uns keiner, wenn wir das erzählen.“

Hans zieht die nassen, nur noch leicht stinkenden Hosen wieder an. Die ganze Gesellschaft begleitet ihn zurück zu seinem Auto, das nicht weit entfernt steht. Er ist wohl etwas orientierungslos im Kreis gelaufen. Er zückt zum Abschied sein Portemonnaie, doch die Menschen winken lachend ab.

Es gibt in Afrika ein Phänomen, das scherzhaft „Buschtelefon“ genannt wird. Das sind Nachrichten oder Gerüchte, die sich mit fantastischer Geschwindigkeit von Mund zu Mund verbreiten und unterwegs an Dramatik durchaus gewinnen. So ist auch die Kunde von seinem Abenteuer längst in Shimoni angelangt, als Hans dort eintrifft. Er steigt als ein gefährlicher Elefanten-Bezwinger aus dem Auto, vor dem ganze Herden von Dickhäutern die Flucht ergreifen. Jeder will ihm die Hand schütteln.

Der Elefanten-Mann hat nur eine lästige Angewohnheit. Er fragt jeden nach dem Witchdoctor und nach Mwazaro Beach. Immerhin liefert er heute viel Gesprächsstoff in diesem ereignislosen Kaff. Dass Europäer nicht beschnitten sind, wissen auch einige der Prostituierten zu bestätigen. Das Schlafen mit ihnen mache entsprechend weniger Spaß, und sie seien meist schnell fertig. Aber dafür würden sie andererseits gut zahlen, raunt man sich zu.

Am nächsten Morgen fährt Hans auf dem Shimoni Highway noch ein Stück weiter als bisher. Hinter dem Dörfchen Mkujuni, das aus einem kleinen Kiosk und einer Handvoll Lehmhütten besteht, stellt er das Auto ab. Er kauft eine neue Wasserflasche. Dann folgt er einem schmalen Weg, der offenbar viel genutzt wird. Nach einer Weile macht dieser Trampelpfad einen Bogen und führt weg von der Richtung, in der er das Meer rauschen hört. Hans flucht vor sich hin. Er hat keine Lust, wieder auf endlos gewundenen Buschpfaden in die Irre zu laufen. Er beschließt, diesmal querfeldein auf die noch niedrig stehende Sonne zuzuwandern, geradewegs nach Osten, immer Richtung Meer. Er geht rasch zurück zu dem kleinen Geschäft und kauft sich eine Panga, ein Buschmesser, das hier praktisch jeder Mann mit sich herum trägt. Nach etwa einer Stunde hat er sich durch Buschwerk und Dornen schon so weit vorgekämpft, dass er die Flutwellen erahnen kann, die irgendwo weit vorn gegen die Küste anrollen. Kein Mensch ist ihm bislang begegnet.

Da mischt sich ein anderes Geräusch in das leise Meeresrauschen. Hans hält inne und dreht den Kopf. Dann hört er es wieder. Es klingt wie das Wimmern eines Menschen. Er ändert seine Richtung und erreicht nach kurzer Zeit einen verwucherten Pfad. Er muss nicht lange suchen. Eine sehr junge Frau hockt auf der Erde. Neben ihr liegen ein Korb voller Kräuter und ein blutiges Buschmesser. Sie drückt ihr Wickeltuch gegen die Innenseite des rechten Unterschenkels. Blut quillt darunter hervor. Hans blickt in schwarze, tränenfeuchte Augen.

„Kann ich dir helfen? Verstehst du Englisch?“

„Ja, Mr. Hans, bitte, ich verblute! Ich bin gestolpert und in meine Panga gefallen. Ich fürchte, ich habe mir die Arterie aufgeschnitten. Kannst du mir einen Verband machen?“

Hans reißt seinen Rucksack auf und kramt Mullbinden und Pflaster aus der Notapotheke. Er drückt zwei Mullbinden neben die Schnittwunde, klebt sie mit Pflaster kreuzweise an das Bein und zurrt alles mit einem Dreieckstuch fest. Mit schmerzverzerrtem Gesicht betrachtet die junge Frau den Druckverband. Der färbt sich erst etwas rot, doch dann hört die Blutung auf. Es stellt sich heraus, dass sie nicht mehr laufen kann. Sowie sie ihren rechten Fuß aufsetzt, zieht sie das Bein stöhnend wieder hoch. „Was machen wir jetzt?“, fragt sie schüchtern.

„Kannst du deinen Korb halten, wenn ich dich trage?“

„Ich glaube schon.“

Hans bindet sich die beiden Pangas an den Gürtel, setzt seinen Rucksack auf und wuchtet die junge Frau vorsichtig über seine Schulter. Dann gibt er ihr den Korb in die Hand. Mit schwerem Schritt stampft und keucht er vorwärts. Brennender Schweiß läuft ihm in die Augen. Aber das ist egal, denn sein Yahya jubelt ihm zu. Etwas ist geschehen, etwas von großer Bedeutung!

Sie weist ihm den Weg, und nach etwa einer halben Stunde erreichen sie das abgestellte Auto. Er lässt sie vorsichtig auf den Beifahrersitz gleiten. Sie schaut ihn mit ihren ausdrucksvollen Augen dankbar an.

„Wer bist du eigentlich, du seltsames Wesen? Du kennst meinen Namen, du sprichst fließend Englisch, und du weißt, was eine Arterie ist und ein Druckverband.“

Sie lächelt nachsichtig. „Ich bin Nafuu, die Heilerin, die Tochter des Witchdoctors. Den, den du schon einige Zeit lang vergeblich suchst. Du hättest auch weiterhin keinen Erfolg gehabt. Wir wohnen nicht hier, sondern auf der anderen Seite der Halbinsel Shimoni, im Mzizima Wald. Jetzt, wo du mir in der Not geholfen hast, darfst du es wissen. Bring mich bitte hin. Mein Vater wird dir sehr dankbar sein!“

Nafuu

9 Der Witchdoctor

Nafuu hat starke Schmerzen. Auf dem Beifahrersitz hält sie das rechte Bein über das linke geschlagen und drückt mit beiden Händen auf den Verband. Trotzdem strahlt sie Hans an, wenn er zu ihr hinüberschaut. Der Weg führt durch die alte Zuckerplantage, vorbei an einem aufgemauerten Brunnen und verrostenden Erntemaschinen. Vorsichtig fährt Hans durch tiefe Rinnen und Pfützen. Dann erreichen sie die Ausläufer eines Waldes, von dessen Bäumen Schlingpflanzen herabhängen. Sonnenflecken tanzen auf dem bemoosten Untergrund. Der Wald wird dichter, ein Weg ist kaum noch zu erkennen. Nafuu gibt mit leiser Stimme und gelegentlichen Handzeichen Anweisungen. Sie biegen nach rechts in eine Schneise ein. Hier wird das Unterholz so dicht, dass Hans anhalten muss.

Wie aus dem Nichts taucht ein großer, schlanker alter Mann mit freundlichen, bernsteinfarbenen Augen auf. Sein glattrasiertes Gesicht wirkt trotz tiefer Falten jugendlich. Er hat ein Moslemkäppchen auf dem Kopf und ist in einen hellgrauen Kanzu gehüllt. Er hebt den Arm zum Gruß und lächelt. „Mein Vater“, sagt Nafuu voller Stolz, „der Witchdoctor.“

Hans steigt aus dem Wagen, geht ein paar Schritte auf den Mann zu und drückt dessen feste Hand. Das tiefgründige

Schmunzeln seines Gegenübers und dessen gesamte Ausstrahlung schlagen ihn sofort in den Bann.

„Willkommen, Mr. Hans, und willkommen, Yahya", sagt der Witchdoctor in gepflegtem Englisch. Er lacht über den verdutzten Blick. „Dank dafür, dass du meiner Tochter Nafuu das Leben gerettet hast. Gute Arbeit, dein Druckverband. Sehr gut."

„Aber Sir ..." Hans bekommt große Augen. „Sie waren doch gar nicht dabei ... Und Nafuu sitzt noch da im Auto ... Woher wissen Sie, was passiert ist? Und woher kennen Sie Yahya?"

„Das wirst du schon noch begreifen, wenn du erst lange genug bei uns bist. Du wirst erkennen, dass es Dinge gibt, die dein Verstand dir nicht erklären kann. Wenn du wirklich willst, kannst du dich öffnen für diese anderen Welten. Höre vor allem auf deinen Yahya, und frage nicht ständig wieso und warum. Beobachte und lerne! Aber jetzt müssen wir uns erst einmal um meine Tochter kümmern. Spürst du nicht ihre Schmerzen?"

Er geht zum Auto und öffnet die Beifahrertür. Nafuu kauert auf dem Sitz und presst die Hände auf das verletzte Bein. Der Vater legt seine Hand auf ihren Kopf, blickt ihr tief in die Augen und spricht sie an. Hans versteht die Worte nicht, doch in seiner klaren Stimme ist Macht und Autorität. Er spürt erneut die Kraft, die von ihm ausgeht.

Als der Witchdoctor die Hand zurückzieht, steigt Nafuu aus. Sie scheint weitgehend schmerzfrei, jedenfalls merkt man ihr die Verletzung nicht mehr an. Sie nimmt Hans bei der Hand und zieht ihn auf geradem Pfad durch den Urwald. Ihr Vater schreitet mit langen, leichten Schritten voran. Sie erreichen eine große Lichtung, auf der mehrere flache Häuser stehen. Die Wände sind mit Lehm verputzt, die Dächer mit Makuti gedeckt, den ortsüblichen Schindeln aus getrockneten Palmblättern. Überall wachsen Kräuter und Feldfrüchte, sorgfältig beschnittene Büsche stehen dazwischen, Mangobäume und Kokospalmen begrenzen den Platz zum umgebenden Wald hin.

Vor den Häusern spielen Kinder, Frauen flechten Makuti, stampfen Mais oder rühren in metallenen Kochkesseln. Einige Männer arbeiten mit Hacken auf dem Feld. Auf einigen Hausgiebeln sitzen Milane. In den Bäumen tummeln sich Meerkatzen. Eine Atmosphäre friedlicher Gelassenheit liegt über der ländlichen Idylle. „Hier also seid ihr zuhause“, sagt Hans.

„Ja, und hier bin ich auch aufgewachsen“, bestätigt Nafuu.

„Wie alt bist du eigentlich?“

„Ich bin siebzehn, nach der üblichen Zeitrechnung. Aber was für eine Rolle spielt schon das Alter? Es ist der Stand der Erkenntnis, der zählt. Und demnach“, sieht sie ihn mit ihren weisen Augen prüfend an, „könnte ich vielleicht älter sein als du.“

Sie setzen sich um einen ausladenden Steintisch. Der Witchdoctor winkt zwei Frauen heran und gibt kurze Anweisungen. Die eine läuft hinüber zu einem Busch mit schlangenartig gewundenen, rotblühenden Zweigen und Cannabis-ähnlichen Blättern. Sie pflückt einige davon. Die andere Frau kommt mit verschiedenen Pflanzen zurück, die zu einem Zopf zusammengeflochten sind. Eine dritte breitet unterdessen eine lange, bunte Bastmatte auf dem abgeräumten Tisch aus. Nafuu legt sich auf die Matte. Der Witchdoctor bittet Hans, die Knoten des Dreieckstuches zu lösen und den Verband zu entfernen. Der versucht es so vorsichtig wie möglich, doch als er die Kompresse abzieht, fängt die Wunde wieder zu bluten an.

Der Witchdoctor nimmt ein Blatt aus den Händen der einen Frau und presst einen dickflüssigen, gelblichen Saft aus dem Stängel. Mit dem Zeigefinger trägt er ihn auf die Schnittstelle auf. Die Blutung lässt nach. Er wartet jeweils einige Augenblicke, um den Vorgang mit dem zweiten und dann mit dem dritten Blatt zu wiederholen. Die Wunde ist jetzt von einer klebrigen Schicht bedeckt. Er bittet Nafuu, das Bein zu bewegen. Die Wunde bleibt geschlossen. Abschließend wird ein viertes Blatt über die Wunde gelegt und mit den Zöpfen festgebunden. „Fertig“, sagt der Witchdoctor. „Die Wunde ist morgen geheilt.“

Kein Jod, keine sterile Binde aus verschweißter Plastikhülle, kein Antibiotikum – Hans kann es nicht fassen. Was ist das für eine seltsame blutstillende Pflanze, die auch noch eine anästhesierende Wirkung zu haben scheint? Nafuu gleitet vom Tisch, schlenkert probehalber das Bein und rollt die geflochtene Matte zusammen. Dann wird Tee aus kleinen Tassen geschlürft.

Der Witchdoctor schaut Hans plötzlich sehr ernst an. „Du

hast meine geliebte Tochter gerettet. Nach unserer Tradition bist du jetzt mein Bruder. Du darfst mich künftig bei meinem Namen rufen, ich heiße Kassim."

Kassim zögert, dann kommt er zur Sache. „Du hast mir eine ganz schöne Bürde aufgeladen. Du hast ein Stück Land in unmittelbarer Nähe unseres heiligen Platzes gekauft. Andere vom Stamm der Digo sagen ‚gestohlen', aber da mache ich einen Unterschied. Du bist ohne Ortskenntnisse und ohne schlechte Absichten hierher gekommen und hast korrekt bezahlt. Nach geltendem Recht gehört das Land jetzt dir. Wir müssen denen Vorwürfe machen, die völlig unüberlegt an dich verkauft haben. Aber frage dich bitte, wie du dort künftig leben willst, wenn du von den Menschen nicht akzeptiert wirst. Niemand wird für dich arbeiten, alle werden vor den Geistern unserer Vorfahren Angst haben. Und zu meiner eigenen Überraschung befinde ich selbst mich plötzlich mittendrin in diesem Konflikt."

Nafuu beugt sich vor, legt den Finger an die Nase und sieht ihrem Vater intensiv in die Augen. Die stumme Zwiesprache dauert eine Weile. Dann wiegt Kassim den Kopf. „Ja, das könnte gehen! Das wäre vielleicht eine Lösung. Nafuu schlägt eine Geister-Befragung am heiligen Baobab vor. Dazu musst du wissen, dass unsere verstorbenen Vorfahren ohne Zeit und Raum leben. Sie können also in die Zukunft und in die Vergangenheit sehen und uns mitteilen, ob deine Gegenwart in Mwazaro für den Stamm der Digo langfristig ein Vorteil oder ein Nachteil ist." Er schaut Hans noch eine Spur ernster an. „Wärest du bereit, dich einer solchen Prüfung zu unterziehen?"

Hans stimmt spontan zu, erleichtert, dass er überhaupt eine Chance bekommt.

„Ich freue mich über deine Entscheidung", sagte Kassim. „Sei dir bitte nur darüber im Klaren darüber, dass das nicht billig für dich wird. Wir müssen alle Stammesältesten zusammenrufen, es müssen Opfertiere und ein Festmahl gekauft und zubereitet werden. Du musst auch die Fahrtkosten für alle übernehmen, die von weit her anreisen müssen. Bist du auch dazu bereit?"

„Natürlich bezahle ich das, und wenn es schnell geht, gern auch noch ein wenig mehr. Klappt es vielleicht schon morgen oder übermorgen?"

Kassim schmunzelt. „Nein, so schnell geht das nicht bei uns in Afrika. Du kennst ja den Spruch: ihr Europäer habt die Uhr, wir haben die Zeit. Außerdem gibt es bessere und schlechtere Tage für eine solche Befragung. Ich denke, ich sollte für dich den erfolgversprechendsten Tag aussuchen." Er ruft einer Frau etwas zu, und die holt eine Ochsenhaut aus dem Haus. Kassim rollt sie auf dem Tisch aus. Auf der Innenseite ist der südliche Sternenhimmel aufgezeichnet. Alle wichtigen Gestirne sind fein säuberlich mit ihren arabischen Namen beschriftet. In der Mitte ist der Südpol, der äußere Kreis stellt den Himmelsäquator dar. Kassim unterbindet neugierige Zwischenfragen.

„Studiere selbst den Himmel in klaren Nächten. Dabei bin ich dir gerne behilflich. Aber jetzt brauche ich Ruhe, ich muss für dich arbeiten. Bitte lass mich in deine Augen sehen." Er tritt ihm gegenüber und durchdringt ihn mit einem langen Blick. Hans bekommt eine Gänsehaut. Er versucht die Augen zu schließen, aber es geht nicht. Er hat das Gefühl, als würde er in rasendem Tempo quer durch die eigene Vergangenheit geschleudert, als würden Wahrheit für Wahrheit und Lüge für Lüge von Kassims bohrenden Augen aufgesaugt. Als der Witchdoctor sich wieder setzt, ist Hans schwindelig. Er stützt sich auf Nafuu, die ihn mitleidig ansieht. „War es sehr schlimm?"

„Es war die Hölle! Was bin ich nur für ein schrecklicher Mensch!"

„Na, ganz so schlimm ist es denn doch nicht", lächelt Kassim wissend. „Schwächen haben wir alle. Aber du hast dein Leben lang vergeblich nach Gott gesucht, und bist nur dem Teufel begegnet. Das muss wirklich eine Qual sein." Er greift zu Bleistift und Papier, legt ein Lineal und ein Dreieck auf die Karte und nimmt den großen hölzernen Zirkel zur Hand.

„Lass ihn arbeiten", sagt Nafuu und schiebt Hans in den Kräutergarten. Sie plaudert über die Heilwirkung verschiedener Pflanzen. Vor einem großen Niembaum bleibt sie stehen. „Dieser Baum hat ungeheure Heilkräfte. Man sagt ihm nach, dass er vierzig verschiedene Krankheiten kurieren kann. Vor allem stärkt er das Immunsystem jeweils an dem Punkt, wo es durch eine Krankheit geschwächt ist. Außerdem vertreiben seine Blätter oder Tee aus seiner Rinde Parasiten und Würmer. Er unterstützt also die Selbstheilungskräfte, die in jedem Köper vorhanden sind.“

Sie dreht sich um und nimmt Hans überraschend in die Arme. Ihr Kopf reicht ihm gerade bis zum Kinn. Sie schaut zu ihm hoch. „Hans, kannst du mir einen Gefallen tun und meinen Vater Mzee Kassim nennen? Mzee ist eine Ehrenbezeichnung für alte, weise Männer. Mein Vater wird das sicher zu schätzen wissen. Und eines Tages wirst auch du Mzee genannt werden.“

Kassim lässt sie holen. „Ich habe den richtigen Tag gefunden“, hören sie ihn schon von weitem rufen, „es ist der 26. Juni!“ Hans ist wie vom Donner gerührt. „Aber das ist ausgerechnet der Tag, an dem ich vor einem Jahr den Herzinfarkt hatte, Mzee Kassim.“

„So ist das. Der 26. Juni ist auch der Tag, an dem du von deinen Eltern gezeugt wurdest. Das ist der Tag, an dem das Leben beginnt und an dem sich alle Dinge entscheiden. Die meisten Menschen nehmen den Tag der Geburt zwar viel wichtiger, aber der zeigt nur, ob der junge Mensch in der Lage ist, außerhalb des schützenden Mutterleibes zu überleben. Wann hast du zum ersten Mal geheiratet?“

„Am 26. Juni … Aber was mache ich denn bis dahin?“

„Du musst noch so viel lernen, um mit Afrika und seinen Menschen vertraut zu werden. Was hältst du davon, hier bei uns zu bleiben? Ich bin übrigens auch begierig, von dir einiges über das Leben in Europa zu erfahren.“

Im Hotel packt Hans seine Sachen zusammen, begleicht die Rechnung und zieht zu Mzee Kassim und Nafuu. Vorher hat ihm der Witchdoctor das Versprechen abgenommen, die Zuneigung seiner Tochter nicht auszunutzen. Hans hat ihm sein Ehrenwort gegeben.

10 Das Elfte Gebot

Die Zeit vergeht schnell im Haus von Mzee Kassim. Hans lernt ein paar Brocken Swahili, er hilft in der Küche und auf dem Feld, und er ist so oft wie möglich interessierter Zuschauer in der ambulanten Heilpraxis. Besonders fasziniert ihn die Art, mit der Nafuu und ihr Vater ihre medizinischen Diagnosen stellen. Sie beobachten den Gang, die Körperhaltung und die Mimik der Patienten bereits von weitem und haben schon bei deren Ankunft eine recht präzise Vorstellung von den Krankheiten, die sie zu ihnen führen.

Anfang Juni zieht Hans auf Nafuus Anraten zurück in die Shimoni Reef Lodge. Sie möchte, dass niemand den Eindruck bekommt, er gehöre inzwischen zur Familie von Mzee Kassim. „Es gibt zu viele Neider, und es gibt bereits bösen Klatsch." Hans ahnt, was sie meint. Nafuu hat Angst um ihren Ruf.

Der 26. Juni 1993 kommt schnell. Hans ist aufgeregt wie vor einem Examen. Die bevorstehende Ahnenbefragung ist Gesprächsthema Nummer eins in der Gegend. Aber man grüßt ihn respektvoll, denn wer sich freiwillig solch einem Geisterurteil stellt, der muss schon ein starker Mensch sein. Außerdem hat sich inzwischen herumgesprochen, dass er das Grundstück korrekt erworben und bezahlt hat. Er hat auch versprochen, den heiligen Baobab zu respektieren. Aus dem Haus von Mzee Kassim kommt die Nachricht, dass Mr. Hans auch ein ziemlich guter Daktari ist. Und ein Mzungu hat Geld, vielleicht schafft er ja wirklich Arbeitsplätze ...

Es erweist sich als vorteilhaft, dass Hans wieder in Shimoni wohnt. Er bekommt all den Klatsch und die Gerüchte mit und kann bei Gelegenheit dieses oder jenes Missverständnis ausräumen. Halfani macht am Bartresen gute Stimmung für seinen Dauergast. Die Elefantenherde, die vor Hans Reißaus genommen hat, wächst von Tag zu Tag.

Am heiligen Baobab werden die Vorbereitungen getroffen. Junge Männer. mähen ringsum das Gras und schneiden die Büsche zurück. Am Morgen des großen Tages werden zwei Rinder, zwei Ziegen und mehrere Hähne geschlachtet. In Gruppen oder einzeln treffen immer mehr Besucher ein. Hans sitzt schon seit Stunden abseits an seinem Strand, der an vielen Stellen immer noch schwarz von der Asche und dem angeschwemmten Holz ist. Er ist allein und grübelt. Irgendwann kommt Nafuu und setzt sich zu ihm. Aufmunternd drückt sie seine Hand.

„Du kannst leider nicht mit zum Baobab kommen. Du bist zwar erwachsen, aber kein Digo, und was noch viel wichtiger ist, du bist unbeschnitten, hast also die Zeremonie der Männlichkeit noch vor dir. Unsere Regeln sind sehr streng. Ich habe aber für dich zu Gott und den Geistern gebetet. Es wird schon klappen! Ich komme nachher und bringe dir etwas vom Festbraten."

Die Trommeln beginnen nach Sonnenuntergang zu dröhnen. Ein schneller und komplizierter Rhythmus scheucht Hans aus seiner gedrückten Stimmung auf. Schreien, Lachen und Gesang dringen vom Baobab zu ihm herüber. Ein hoch auflodenrndes Feuer lässt die Mangrovenstümpfe gespenstisch leuchten. Dann wird es schlagartig still. Hans lauscht angestrengt. Jemand hält lang und wichtig eine Rede, die immer wieder von Rufen unterbrochen wird. Es folgt ein zweiter Sprecher mit hoher Fistelstimme, die Hans mit einer lokalen Autorität aus Shimoni in Verbindung bringt. Einige Buhrufe erklingen laut, und der Mann beendet seine Rede offenkundig mit einer ärgerlichen Ermahnung an die Anwesenden. Dann spricht der Witchdoctor. Er muss wohl einige organisatorische Anweisungen geben. Die Menschen antworten im Chor immer wieder „ndiyo!", also „ ja!". Dann betet Mzee Kassim mit lauter Stimme. Nach jedem Satz rufen die Anwesenden „Amen!"

Musiker am heiligen Baobab

Nafuu kommt. Auf einem Bananenblatt bringt sie gebratenes Fleisch und Ugali, einen festen Maisbrei. Beide essen schweigend mit den Fingern. Nafuu lehnt sich an ihn. „Gegen ein bisschen Verliebtheit werden die Geister ja wohl nichts haben. Sie waren schließlich auch mal Menschen aus Fleisch und Blut", sagt sie lachend, als sich ihre Lippen lösen. Dann packt sie den spürbar nervösen Hans bei beiden Schultern. „He, es wird schon alles gut werden! Vermutlich hast du es mitbekommen, der blöde stellvertretende Chief hat wieder den Beamten raushängen lassen. Er hat den Leuten erklärt, dass sie gegen eine Entscheidung der Landbehörde ohnehin machtlos sind. Das war nicht gut für dich. Aber wir kennen den schon. Der will nachher nur Geld von dir." Sie drückt seine Hand und verschwindet in der Dunkelheit.

Warten auf die Entscheidung

Hans ist müde und überdreht zugleich. Eine Weile läuft er am Strand auf und ab. Hinter der Insel Funzi geht der Halbmond auf und setzt Mwazaro Beach in ein prächtiges Licht. Die Trommeln leiten einen wilden Tanz ein, der die ganze Nacht unermüdlich weitergeht. Hans streckt sich in den warmen Sand und lauscht. Irgendwann fallen seine Augen zu.

Es ist eine plötzliche, unerhörte Stille, die ihn im Morgengrauen aufschrecken lässt. Der Witchdoctor kommt mit würdevollen Schritten auf ihn zu. Hans rappelt sich hoch. „Guten Morgen, Mzee Kassim", grüßt er mit banger Stimme.

„Guten Morgen Hans, mein Bruder. Hast du gut geschlafen?"

„Ja, habe ich." Er fasst sich ein Herz. „Wenn ich fragen darf, Mzee, wie ist das Urteil der Geister ausgefallen?"

Mzee Kassim spannt Hans auf die Folter. Er lässt den Blick über die verbrannten Mangroven schweifen und schaut ihn dann mit unergründlichem Gesichtsausdruck an. Endlich erlöst er ihn aus der bangen Ungewissheit. „Du darfst bleiben! Die Geister unserer Vorfahren geben dir allerdings ein Gebot. Wenn du es nicht akzeptieren kannst, musst du gehen, und niemand wird dir böse sein. Wenn du ihren Spruch annimmst, machst du uns alle sehr froh, und du kannst für die Zukunft mit unserer Unterstützung rechnen."

Die Natur legt passend eine Postkarten-Inszenierung hin. Die

Sonne geht auf. Wolken und Meer flammen rot. Möwen fliegen über die Brandungslinie des Korallenriffs draußen im Meer. Am Strand wuseln Sandkrabben umher. Der Witchdoctor deutet mit ausgestreckter Hand auf diese Geburt eines neuen Tages. „Die Erde lebt, verletze sie nicht!“, ruft er mit ernster Stimme. „Dies ist das göttliche Gebot, welches die Geister dir auferlegen. Nenne es ruhig das Elfte Gebot, denn es ist für die ganze Menschheit längst so wichtig wie die anderen Zehn.“ Mzee Kassim hält kurz inne. Dann fährt er in ruhigerer Tonlage fort. „Zur Erde gehören die Pflanzen, die Tiere und die Menschen. Du musst dich für Gottes gesamte Schöpfung verantwortlich fühlen, wenn du hier bleiben willst. Denk nach, bevor du dich entscheidest. Denke nach darüber, ob du diese Bürde tragen willst und kannst.“

Hans macht schüchtern geltend, Menschenliebe und Naturschutz seien doch eigentlich Selbstverständlichkeiten.

„Ja, natürlich. Doch nur wenige handeln freiwillig danach. Du wirst es müssen. Du wirst ganz persönlich dafür verantwortlich sein, dass Mwazaro ein Platz des friedlichen Miteinanders und der unangetasteten Schöpfung bleibt.“

„Ich bleibe hier, und akzeptiere das Gebot der Geister!“

„Das freut mich für dich, und ich freue mich für uns. Aber“, fügt Mzee Kassim mit sorgenvoller Miene hinzu, „ du wirst an einem heiligen Platz leben. Wisse: wo Gott ist, ist der Teufel nicht fern. Wenn du erfolgreich bist, wird er dreimal versuchen, dich zu beseitigen. Du brauchst Schutz vor dem Bösen und vor den Geistern der linken Hand, die ihm untertan sind. Wir Menschen können dich nicht beschützen, und auch die Geister unserer Vorfahren nicht, sie haben nicht die Macht, die man dafür braucht. Aber du lebst jetzt direkt am Wasser. Versichere dich der Hilfe der Geister des Meeres. Sie sind die mächtigsten dieser Erde. Sie herrschen über den größten Teil des Globus, und repräsentieren die unendliche Anzahl der Lebewesen im Wasser. Zwar kann sie niemand sprechen oder beeinflussen, außer den Delfinen. Aber ich kann dir ein Geheimnis verraten: weil die Geister des Meeres nur eine einzige Art von Bäumen besitzen, lieben sie die Mangroven über alles. Kümmere du dich um die Mangroven, dann kümmern sich die Seegeister um dich.“

11 Turbulenter Anfang

Am folgenden Sonntagmorgen hämmert Halfani mit den Fäusten an die Zimmertür. „Mr. Hans, aufstehen! Wir müssen sofort nach Mwazaro fahren. Schnell!“ Hans springt aus dem Bett und in die Hose. Sie rumpeln über holperige Schleichwege so nahe an den Strand heran, dass sie den heiligen Baobab sehen können. Es ist eine kleine Völkerwanderung im Gange. Überall begegnen ihnen Menschen im besten Sonntagsstaat. „Was ist hier los, Halfani? Was wollen all diese Leute?“

„Sie sind neugierig. Die wollen dich sehen. Und viele brauchen einen Job. Deswegen mussten wir gemeinsam hierher kommen. Du kennst doch niemanden. Wie willst du wissen, wer brauchbar, wer redlich – und wer ein Dieb ist? Dazu brauchst du mich. Ich kenne jeden, und ich spreche Englisch, Swahili und Chidigo. Ich bin dein neuer Manager. In der Shimoni Reef Lodge habe ich bereits gekündigt.“

Hans guckt Halfani überrascht an, die Logik ist allerdings überzeugend. „Okay!“, willigt er ein. „Drei Monate Probezeit, bei gleichem Gehalt.“

„Zwanzig Prozent mehr als in der Lodge sollten es schon sein! Ich habe ja auch jede Menge Trinkgeld bekommen.“

Hans schmunzelt, weiß er doch nur zu gut, dass er derzeit der einzige Gast in der Lodge ist. Großzügig erklärt er sich einverstanden, und sie einigen sich auf hundertfünfzig Schillinge pro Tag. Halfani schiebt sich durch die Menge und bahnt einen Weg für Hans, der verschüchtert hinter ihm her stapft. „Ich bin der Manager“, ruft Halfani ständig. „Ich treffe hier die Entscheidungen! Mr. Hans ist nur der Boss.“

Die Frauen kichern über ihn, die Männer lachen. Viele haben ihn gar nicht verstanden, weil sie kein Englisch sprechen. Aber Halfani ist bekannt und macht ein so bedeutendes Gesicht, dass er von allen respektiert wird. Sie gehen am heiligen Baobab vorbei, den Hans mit respektvoller Verbeugung grüßt. Er bemerkt, dass einige der Umstehenden die Geste lächelnd würdigen.

„Was soll hier als erstes passieren?“, fragt Halfani. „Ich muss das wissen, sonst kann ich nicht die richtigen Leute einstellen.“

„Erst brauchen wir eine Arbeitsgruppe, um einen befahrbaren Weg hier heraus zu bauen, und eine zweite Gruppe, um die verbrannten Mangroven aus dem Wasser zu holen. Dann müssen Hütten gebaut werden, vor allem eine für die Küche und als Lager für Material und Werkzeuge."

„Jede Gruppe zehn Mann plus Vorarbeiter", rechnet Halfani laut. „Außerdem brauchen wir drei Frauen für die Baustellenküche und drei zum Wasserholen. Der nächste Brunnen mit gutem Wasser ist neben Timothys Haus, ungefähr tausend Schritte von hier. Genau dort sollten wir auch mit dem Weg beginnen. Und dann benötigen wir jemanden, der sich ständig um alle Arbeitsgeräte kümmert."

Hans ist beeindruckt von Halfanis Planungs-Talent. Sie stehen auf dem langen Strand, dessen neuer Eigentümer die Shimoni Lobster Company ist, umgeben von etwa zweihundert Menschen, die allesamt erwartungsfroh dreinschauen. Halfani klettert auf einen Korallenbrocken und mustert die Leute mit kritischem Blick. „Timothy: Straßen-Manager, da rüber! Mtenzi: Werkzeug-Verwalter, auf die Seite hier! Kadute: Mangroven-Manager, dorthin bitte! Aserini, Hausbau-Manager!"

Die Gruppenführer werden angewiesen, sich je zehn Männer auszusuchen, die stark sind und etwas von der Arbeit verstehen. Sie sollen möglichst aus verschiedenen Klans und Dörfern sein, damit es kein böses Blut gibt. Wer Englisch kann, wird bevorzugt. Halfani stellt auch das Kochteam und die Gruppe zum Wasserholen zusammen.

Während die frischgebackenen Manager mit viel Geschrei und Gestikulieren ihre Arbeiter aussuchen, macht Halfani Vorschläge für die Bezahlung. „Gruppenführer bekommen hundert Schillinge am Tag, einfache Arbeiter fünfzig. Was denkst du darüber, Mr. Hans?"

„Ist das nicht zu wenig? Davon kann doch keiner leben."

„Wenn du mehr gibst, bringst du das ganze Lohngefüge auf der Halbinsel Shimoni durcheinander. Auch im Touristenzentrum Diani wird nicht besser bezahlt. Du bekommst garantiert Ärger mit den anderen Unternehmen. Warte erst mal ab, wie sie arbeiten. Wer besonders gut und zuverlässig ist, dem können wir später ja etwas mehr geben. Und hast du dir schon einmal überlegt, wie lange du all diese Leute noch bezahlen musst? Du brauchst ein Wohnhaus, ein Büro, Bandas für Gäste, wir müssen den Busch roden, einen Brunnen graben und was weiß ich noch alles! Mit Luxuslöhnen bist da schneller pleite als du glaubst.“

Sie gehen gemeinsam den geplanten Fahrweg ab. Hans ist schon leicht genervt von Halfanis Tempo und Tüchtigkeit. Er kommt sich ziemlich überflüssig vor. Aber eigentlich, muss er sich eingestehen, ist es etwas anderes, das ihn nervös macht: er hat seit der Einwilligung der Geister Nafuu nicht ein einziges Mal gesehen. Endlich hat er den Mut, Halfani nach ihr zu fragen. Der kommentiert die Lage mit nüchternen Worten. „Sieh das mal so: sie hat eine Menge Patienten zu behandeln. Aber vor allem ist sie eine afrikanische Frau. Sie weiß, wie man Männer zu behandeln hat. Nafuu lässt dich noch lange zappeln. Außerdem bist du nicht beschnitten. So schläft sie nie mit dir.“

Binnen zweier Stunden sind alle Arbeiter ausgewählt und instruiert. Sie werden für den übernächsten Tag einbestellt, dann soll es losgehen. Halfani und Mtenzi stellen für Hans eine Einkaufsliste für Werkzeug und Material zusammen.

Am folgenden Morgen muss Hans ohnehin nach Mombasa, um Walters Auto verschiffen zu lassen. Er lässt unterwegs den reichlich verdreckten Toyota waschen und die nötigen Ölwechsel an Motor und Getriebe machen. Die Spedition Schenker, in einer Nebenstraße der Moi Avenue, erwartet ihn schon. Joseph, ein gut Deutsch sprechender Angestellter, wickelt alle Formalitäten ab. Sie sind sich auf Anhieb sympathisch, und so hilft er Hans während der Mittagspause, einen anderen Pickup zu finden. Das Fahrzeug steht auf dem Hinterhof einer nahen Autowerkstatt, ein Nissan mit verlängerter Ladefläche, zerbeult und verkratzt von einem Unfall, aber fahrtüchtig. Hans mietet den Wagen für drei Monate zu einem lächerlich günstigen Preis.

Dann lässt Hans sich von Joseph zeigen, wo er Werkzeug und Baumaterialen einkaufen kann. Sie fahren in eine schmale Straße, in der ein Eisenwarenhändler neben dem anderen seine Waren feil hält. Die Läden sind bis unter die Decke vollgestopft mit Werkzeugen, Farben, Rohren, Kabeln, Nägeln, Stacheldraht und tausend anderen Dingen. Das Durcheinander ist ebenso überwältigend wie die Zielstrebigkeit, mit der die afrikanischen Angestellten auf Anweisung ihrer indischen Chefs jeden gewünschten Artikel herausklauben. Als alles auf dem langen Tresen liegt, beginnt das große Feilschen. Joseph erzählt, dass Hans ein großes Hotel in Shimoni bauen wird, und dass man sich Mühe geben solle, ihn als Dauerkunden zu gewinnen. Der Inhaber ringt die Hände und jammert, als Joseph mehr und mehr Preisnachlass fordert. Am Ende des Rituals werden die Geldschein-Bündel mit professioneller Geschwindigkeit gezählt. Alle Gesichter strahlen. Der Einkauf wird auf den Pickup gepackt. Hans lädt Joseph zu einem raschen Lunch in das Blue Room ein, bevor er ihn wieder an seinem Büro absetzt.

In einem Nakumatt-Supermarkt kauft Hans all die anderen benötigten Dinge: Eimer und Töpfe, Becher, Teller und Besteck, Petroleumlampen, Putzlappen und Waschpulver, Maismehl, einen Kanister Sonnenblumenöl und und und ... Die Ladefläche des Pickup ist am Ende berstend voll, und es gelingt kaum, alles mit der vorhandenen Plane abzudecken.

Weil Hans auf der Rückfahrt an einer Post mit funktionierenden Telefonkabinen vorbeikommt, ruft er seine alte Freundin Anette in Deutschland an. Sie ist erleichtert zu hören, dass es ihm gut geht. Gespannt lauscht sie den Schilderungen von seinen Traumstrand und verspricht, bald zu kommen. Bei Einbruch der Dämmerung erreicht Hans sein Hotel in Shimoni, wo er dem Parkplatzwächter ein paar Schillinge für die Sonderbewachung seines rollenden Materiallagers zusteckt.

Frühmorgens wird Hans von seinen neuen Mitarbeitern schon ungeduldig erwartet. Mit viel aufgeregtem Durcheinander wird erst das klapprige Auto begutachtet und anschließend entladen. Eine schwer bepackte Karawane macht sich auf nach Mwazaro Beach. Hans hat auch ein Zelt gekauft, das sofort aufgebaut wird. Mtenzi, der Werkzeug-Verwalter, registriert alle Anschaffungen in einem Schulheft, bevor sie in dem Zelt verstaut werden.

Halfani hat inzwischen zwei Wachleute mit Pfeil und Bogen angestellt, die nachts auf dem Gelände Patrouille gehen sollen. Hans lässt Alawi und Nassoro aus zwanzig Metern Entfernung probeweise auf einen Karton schießen, auf den er zuvor einen Kreis gemalt hat. Sie alle treffen zwar die Pappe, nicht aber die Mitte. Hans juckt es in den Fingern. Er hat in China das Bogenschiessen gelernt und will wissen, ob er es noch so perfekt beherrscht wie in früheren Jahren. Nachdem er Pfeil und Bogen genau untersucht hat, konzentriert er sich lange auf das Ziel. Dann spannt er den Bogen und schießt. Der Pfeil landet genau im Zentrum des Kreises. Die Zuschauer schreien verblüfft auf.

Angestachelt durch die begeisterte Menge, treibt Hans es auf die Spitze. Wiederum konzentriert er sich für eine knappe Minute auf das Ziel, dann lässt er sich die Augen verbinden. Der Pfeil sitzt wieder fast genau in der Mitte der Pappe. Der Jubel ist unbeschreiblich. So etwas hat man noch nie gesehen. Hans gibt den Bogen lächelnd an die Wächter zurück. „Das ist gar nicht so schwer. Die Augen, die Arme und euer Wille müssen mit dem Bogen, dem Pfeil und dem Ziel zu einer Einheit werden“, erklärt er wie selbstverständlich. Er weiß nicht, ob sie ihn verstanden haben. Aber sein Nimbus wächst gewaltig.

Am späten Nachmittag ruft Anette ihn im Hotel an. Was für ein Glück sie hat, dass das Telefon funktioniert, ist ihr wohl gar nicht bewusst. Sie hat kurzfristig einen Flug bekommen und bittet Hans, sie am nächsten Morgen in Mombasa abzuholen.

Beide genießen es, wieder zusammen zu sein. Anette hat seit seiner Abreise aus Deutschland auf unterschiedlichen beruflichen Baustellen Erfolg gehabt. Unter anderem ist sie in einem Hollywood-Krimi als Karate-Polizistin aufgetreten, und zur Zeit plant sie für die Fußgängerzone einer niedersächsischen Kleinstadt einen künstlerisch ambitionierten Springbrunnen. In drei Wochen soll sie wieder für Filmaufnahmen nach Amerika. Sie kommt sonnenbankbraun daher, trägt wie immer Cowboystiefel über

Anette

alten Jeans und ein männermordend enges T-Shirt. In Mwazaro Beach ruht schlagartig die Arbeit, als Hans mit ihr herangeschlendert kommt.

Auch Nafuu ist da. Sie sieht Anette lange und wortlos in die Augen. „Willkommen, Schwester“, sagt sie, und dann setzen sich die beiden Frauen mit gekreuzten Beinen einander gegenüber in den Sand und unterhalten sich wie alte Freundinnen: die glamouröse Freiberuflerin aus Frankfurt und die heilkundige Kräuterfrau vom Stamm der Digo. Hans räumt das Feld.

Das erste Dutzend abgebrannter Mangroven ist während der Ebbe gefällt worden. Die schwarzen Stämme liegen am Ufer aufgeschichtet. Halfani schlägt vor, daraus Holzkohle zu machen, einen begehrten Handelsartikel. Ein Köhler samt Helfer ist bereits gefunden. Als Lohn soll er die Hälfte des fertigen Produkts bekommen, die Vereinbarung wird mit Handschlag besiegelt. Immer noch stehen viele Menschen herum. Die einen sind neugierig, die anderen warten auf einen Job. Halfani versucht, sie zu verscheuchen - aber vergebens. Also wird beschlossen, auch noch einen Tagwächter einzustellen.

Von der künftigen Personalküche stehen bereits die Stützsäulen samt Querbalken. Alles ist aus Stämmen der Schachtelhalmblättrigen Kasuarine geschickt zusammengezimmert. Am folgenden Tag soll die Dachkonstruktion fertig werden.

Anette kommet mit Nafuu vom heiligen Baobab. „Hans, es ist wunderschön hier! Und Nafuu kennt dich jetzt schon besser als ich nach sieben Jahren. Sei lieb zu ihr. Sie ist nicht nur für ihr Alter eine sehr kluge Frau.“ Zusammen bringen sie Nafuu nach Hause. Mzee Kassim schließt Anette gleich in sein Herz. Beim Tee fragt er sie wissbegierig über ihr umtriebiges Leben aus. Sie muss ihm in die Hand versprechen, wiederzukommen.

Als Hans und Anette am späten Nachmittag in die Shimoni Reef Lodge kommen, gibt es Ärger. Der Bungalow, den Hans gemietet hat, ist anderweitig vergeben worden. Sein Gepäck hat der Geschäftsführer in ein kleines Zimmer in den ersten Stock über dem Haupthaus bringen lassen. Die neue Angestellte in der Bar sagt, der Chef sei sauer auf Hans, weil er Halfani abgeworben habe. Als der Missmut verraucht ist, lassen Hans und Anette draußen auf der Terrasse einen großen Hummer auftischen.

Während sie beim letzten Glas südafrikanischen Weißweins dem Bootsverkehr zwischen Shimoni und der Insel Wasini zuschauen, begegnen sich unter dem Tisch ihre Zehen. Von der Terrasse schimmert mildes Licht durchs offene Fenster, als sie Stunden später in einen erschöpften Schlaf sinken.

Ein schrecklicher Schrei weckt Hans. Neben ihm ringt Anette mit etwas Unsichtbarem. Ihre Augen sind geschlossen, aber sie stößt mit den Händen und Knien, als wolle sie jemanden abschütteln, der auf ihr liegt. Als Hans das Licht anmacht, drückt sie sich weinend an ihn. „Mein Gott, was war das? Hans, ich bin vergewaltigt worden. Ich habe den brutalen Kerl regelrecht in mir gespürt! Hans, glaub mir, ich weiß, dass sich das total verrückt anhört, aber einen so realen Traum hatte ich noch nie im Leben!“

Hans beruhigt Anette so gut es geht. Er streift Hemd und Hose über und läuft die Treppe hinunter, um etwas zu Trinken zu holen. Die Tür lässt er auf und das Licht an. Der Wachmann schnarcht auf einem Liegestuhl. Vor ihm auf dem Tisch steht eine leere Schnapsflasche. Die Bar-Tür ist nicht abgeschlossen. Hans nimmt eine Wodka-Flasche aus dem Regal und greift sich zwei Wassergläser. Anette, die hartgesottene Karate-Kämpferin mit schwarzem Gürtel, sitzt völlig aufgelöst im Bett und presst das Kopfkissen gegen die Brust. Plötzlich brechen beide gleichzeitig in Gelächter aus. Die Situation ist einfach zu grotesk. Sie lachen weiter, bis ihnen die Tränen laufen. Dann trinken sie in bemerkenswertem Tempo die Flasche Wodka und schlafen aneinandergekuschelt bis zum Morgen durch.

Niemand ist zu sehen, als sie um sechs Uhr ihre Sachen zusammenraffen und das Gepäck ins Auto tragen. Als auch der röchelnde Anlasser niemanden herbeilockt, fahren sie, ohne zu bezahlen. An der Matatu-Haltestelle am Marktplatz treffen sie Halfani. Sie laden ihn ein. Hans erzählt ihm, was in der Nacht vorgefallen ist.

„Das tut mir sehr leid, Anette!“ Halfani schaut bekümmert. „Das war bestimmt einer von den ‚Untoten‘. Das sind Sklavenjäger, die vor langer Zeit bei einem Gefangenen-Aufstand in Shimoni umgebracht wurden. Sie können allerdings nicht ganz sterben, und so straft sie Gott für die teuflische Brutalität, die sie bei der Menschenjagd gezeigt haben. Männer, Frauen und Kinder aus dem Hochland mussten auf ihrem schrecklichen Marsch bis nach Shimoni unter Peitschenhieben Elfenbein und Tierfelle schleppen, und zu essen gab es manchmal nur das Fleisch der Verstorbenen."

Hans und Anette schauen sich etwas ratlos an. Sie fahren Halfani zur Arbeit und dann weiter nach Msambweni, wo ihnen Halfani das Touristenhotel Green Oasis als vorläufiges Quartier empfohlen hat. Unterwegs lesen sie einen Mann auf, der mit selbem Ziel unterwegs ist. Diwani arbeitet als Barkeeper im Green Oasis. Er lotst sie auf einem Schotterweg durch eine große Kokos-Plantage zu dem Hotel, das auf der Krallenküste über dem Meer steht. Am Pförtnerhäuschen mit Schlagbaum hält Hans an und steigt aus.

Hinter sich hört er Männer schreien und Hundegebell. Ein graues behaartes Etwas kommt direkt auf ihn zugerannt. Dahinter Wachleute in Uniform, die mit Steinen werfen. Hans ruft ihnen zu, sie sollten mit dem Unsinn aufhören. Er beugt sich hinab, und ein Hund springt ihm direkt in die Arme. Ein seltsames, mittelgroßes Tier. Lange Haare am Kopf und am Hinterteil, kurze am Bauch und an den Flanken. Quer über den Rücken verläuft ein Wirbel. Der Hund winselt und leckt Hans über das Gesicht.

Die Wachmänner stehen verunsichert herum. Wird dieser Mzungu ihrem Boss verraten, dass sie Bobby mit Steinen beworfen haben? Einer tritt vor, zieht sein Hosenbein hoch und zeigt Hans und Anette eine blutende Wunde, offenbar von zwei Reißzähnen verursacht. Hans sieht Bobby an, der inzwischen in Anettes Armen zappelt. Der Abstand der Zähne könnte passen. „Warum hat er dich gebissen?" Der verletzte Wachmann glotzt stumm in die Gegend.

„Bobby verabscheut Uniformen", sagt Diwani vermittelnd. „Der mutige kleine Drecksack hier mischt alles auf, was Dienstkleidung trägt. Auf der anderen Seite, Mr. Hans, musst du berücksichtigen, dass die Menschen hier seit Jahrtausenden ständig von gefährlichen Tieren umgeben sind. Sie haben vor allem Angst, was ein großes Maul und lange Zähne hat. Wenn ein Einzelner von so einem Biest angegriffen wird, schlägt das ganze Dorf zurück, so war das schon immer. Sonst gäbe es uns gar nicht mehr.“ Er lacht. „Was du eben gesehen hast, ist die Hotelwächter-Variante dieses alten Überlebens-Instinkts.“

„Alle Achtung, Diwani. Du bist ja genau so ein Philosoph wie dein Kollege Halfani. Habt ihr hier einen Arzt oder so etwas wie eine Erste-Hilfe-Station, wo dieser Retter der Menschheit eine Tetanusspritze und einen Verband bekommen kann?“

„Ja, haben wir hier hinter dem Büro. Aber der Arzt muss aus dem Bezirks-Krankenhaus geholt werden. Dazu müsste extra jemand losfahren.“

„Dann lassen wir das, wenn alles da ist, kann ich das auch allein machen“, winkt Hans ab.

Anette ist hinter das Steuer geklettert. Bobby sitzt hechelnd neben ihr. Sie fährt den zerbeulten Pickup auf den Besucher-Parkplatz hinter dem Schlagbaum. Die Wachleute verziehen sich, nur der Verletzte humpelt hinter Diwani und Hans durch das Tor. Der Pförtner fuchtelt aufgebracht mit dem Eingangsbuch herum. „Sie müssen sich erst noch hier eintragen und unterschreiben. Das ist Vorschrift!“

Hans macht ihm klar, dass es gelegentlich dringlichere Dinge gibt als eine vollständige Akte. Im Erste-Hilfe-Raum ist alles Nötige vorhanden: ein eiskalter Kühlschrank mit Infusions-Lösung und Tetanus zum Spritzen, ein gut sortierter Verbandskasten, Antibiotikatabletten, Jod. Eine nette Sekretärin beobachtet, wie Hans die Tetanusspritze aufzieht und sie dem Wachmann verabreicht. Die Wunde wird mit alkoholhaltigem Spray gereinigt. Betadin, Pflaster und Mullbinde darüber, und fertig ist die Erstversorgung. Der Patient bekommt noch eine Packung Antibiotikakapseln samt Anleitung.

Die Tür geht auf, und ein großer, sportlich gekleideter Mann tritt ein. Er lächelt und drückt Hans die Hand. „Ich bin Frank Neugebauer, Manager dieses Hotels.“

Hans stellt sich ebenfalls vor und erklärt, warum er hier ist.

„Habe ich schon alles gehört. Bobby, dieser kleine Teufel! Ist der Patient okay?“

„Kein Problem. Er ist sogar arbeitsfähig. Soll ich Ihnen das schriftlich geben?“

Der Wachmann, der sich offenbar schon auf einige Tage Krankenurlaub gefreut hat, guckt betreten. Der Manager lacht über die Bemerkung. „Nenn mich Frank, und sei herzlich willkommen in dieser Luxus-Herberge voller netter deutscher Alkoholiker. Was kann ich für dich tun?"

„Ich brauche ein bescheidenes Zimmer, bis meine eigene Hütte fertig ist, mit Doppelbett und Dusche, für meine Freundin Anette und mich. Und für Bobby, dessen Leben ohne eine schützende Mzungu-Hand ja wohl hochgradig gefährdet ist."

„Wird gemacht, Hans. Wir werden schon was Passendes für euch finden." Er dreht sich zu seiner Sekretärin um. „Ist Nummer 21 noch bewohnbar, oder sollten die Handwerker etwa termingemäß mit der Renovierung begonnen haben?"

„Ist noch wie vorher. Sie machen erst die Beach-Cottages. Bis die zu 21 kommen, werden noch ein paar Wochen vergehen."

„In Ordnung. Lass bitte ihre Sachen dahinbringen. Darf ich dich und Anette inzwischen zu einem Kaffee oder Bier einladen?"

Sie sitzen auf der Terrasse, essen Mango-Eiskrem und trinken einen Espresso nach dem anderen. Hans erzählt seine Abenteuer in Kurzform. Anette zieht Bobby Zecken aus dem Fell und zertritt sie auf dem Fußboden. Auch Frank berichtet. Er war früher Mittelstürmer beim HSV und später auch mal Banker. Dann machte er Urlaub in Kenia und blieb gleich für immer hier. „Liebe auf den ersten Blick, wollte nicht mehr zurück in die kalte Heimat. Jetzt gehöre ich zu den Aussteigern, wie du, Hans. Und was ist mit dir, Anette?"

„Ich kann nicht hier bleiben und die Ehefrau von Mr. Hans spielen. Das würden wir beide nicht aushalten. Aber ich komme ihn gelegentlich besuchen, wenn er besonders unter Einsamkeit leidet. Alte Liebe rostet nicht."

Hans und Anette ziehen mit Bobby in ein günstiges, wenn auch etwas angegammeltes Haus, dessen Schlafzimmer und Bad in der Tat nach einer Renovierung schreien. Aber es ist sauber und das Bett hat eine angenehm harte Matratze. Bobby bekommt ein zerschlissenes Stück Schaumstoff draußen auf der überdachten Veranda. Der Zimmerjunge und der Koch werden bestochen, damit sie ihn mit Futter und Wasser versorgen.

Zurück in Mwazaro, inspizieren Anette und Hans den Baufortschritt. Das Kochhaus für die Mitarbeiter ist zwischenzeitlich mit Makuti gedeckt worden. Anette bleibt bei den Köchinnen, um mit ihnen die Inneneinrichtung zu besprechen. Hans geht mit Halfani weiter, den neuen Weg zur geplanten Lodge entlang. Er ist bis kurz vor den künftigen Bauplatz freigeschlagen, dann ist Schluss – die Korallenfelsen fallen hier schroff zum Strand hinunter ab. Nach rechts auszuweichen ist unmöglich, das ist das Land des heiligen Baobab. Linkerhand ist das Gelände zwar flacher, geht aber direkt in Mangroven-Sümpfe über, die bei Flut unter Wasser stehen. Halfani zeigt nach vorn. „Es gibt nur eine Möglichkeit, um mit einem Fahrzeug da hinunter zu kommen. Wir müssen aus diesem Felsen eine Art Rampe herausschlagen. Damit verlieren wir am Ende weniger Zeit, als wenn wir immer alles hinuntertragen müssen. Wir nehmen dafür zusätzlich das Hausbau-Team. Zusammen mit dem Straßentrupp machen die das in drei Tagen."

Hans staunt einmal mehr über Halfanis Organisationstalent. Der fährt fort. „Und wenn wir dann mit einem LKW runter fahren können, schütten wir unten einen Parkplatz auf. An dessen Ende bauen wir das Büro und ein Lager, das man abschließen kann. Was hältst du davon?"

„Ich bin mehr als beeindruckt. Aber wo bekommen wir einen Lastwagen her? Ich habe hier noch keinen gesehen."

„Lass mich nur machen. Ich habe bereits eine Idee." Als sie zurück zum Auto kommen, ruht an der Personalküche die Arbeit. Alle Männer starren auf Anette, die in einiger Entfernung Karateübungen macht. Sie schwingt die Beine in Kopfhöhe, macht blitzschnelle Drehungen und verteilt Handkantenschläge an imaginäre Gegner. Dabei stößt sie fernöstliche Schreie aus. Ein paar Zuschauer machen ihre Bewegungen und Geräusche nach, als verstünden sie auch was von der Sache. Das hätten sie besser lassen sollen. Anette erstarrt mitten in einer Bewegung wie eine Statue. Sie schaut die Möchtegern-Bruce-Lees an.

„Kommt doch her und kämpft mit mir! Ich verspreche euch, ich bringe keinen um." Niemand rührt sich. „Fünfhundert Schillinge für jeden, der auf den Beinen bleibt und nicht davon rennt", ruft sie lachend und baut sich in malerischer Kampfstellung auf. Das lassen sie sich nicht zweimal sagen. Ein Dutzend starker Männer stellt sich der Reihe nach vor ihr auf. Suleiman ist der Stärkste, ein einschlägig bekannter Raufbold. Anette macht eine schnelle Bewegung, packt seinen rechten Arm und wirft ihn über die Schulter in den Sand. Dem nächsten schlägt sie mit dem Fuß ein Bein weg. Er stürzt auf die Seite. Sie springt über ihn hinweg und wirbelt dem Dritten mit beiden Füßen gegen den Brustkasten. Er fliegt rückwärts in den Sand.

Mit Anlauf kommt der flinke Tänzer Shee auf sie zu. Er holt zu einem Schlag aus. Anette kontert ihn mit ihrer Linken, dreht sich, greift mit der Rechten zwischen seine Beine und schmeißt ihn lachend über ihren Kopf. Noch einer wagt sich vor. Sie greift seine Arme, lässt sich nach hinten fallen, und macht mit beiden Füßen auf seinen Schenkeln eine Rolle rückwärts, drückt ihn hoch, und der Gegner fliegt über sie hinweg.

Dann geht sie auf die verbliebenen Helden zu. Sie lächelt sie an, als sei es genug. Die lächeln erleichtert zurück. Anette reicht dem vordersten freundschaftlich die Hand und macht aus dem Stand einen Salto rückwärts, ohne loszulassen, bis er schreiend auf die Nase fällt. Als sie aufspringt, sind die anderen Kämpfer verschwunden. Beifälliges Gejohle belohnt ihren filmreifen Auftritt. Hans ist mächtig stolz auf seine Freundin.

12 Die ersten Gäste

Am Abend sitzen Anette und Hans in der Pool-Bar des Green Oasis und trinken frisch gepresste Frucht-Cocktails. Bobby hat sie bei ihrer Rückkehr stürmisch begrüßt. Nach Aussage des Zimmerburschen hat er ihr Haus während ihrer Abwesenheit gut bewacht. Er habe sogar tierliebe Gäste angeknurrt, wenn diese auf die Terrasse kommen wollten, um ihn zu streicheln. Jetzt liegt er friedlich unter ihrem Tisch, den sie mit drei aufgedrehten Frauen aus Deutschland teilen. Katrin, eine ehemalige Tierärztin, Sabine, die einen Job im Zirkusunternehmen von André Heller hat, und Silke, eine Fotografin und Malerin. Hans gibt einige Mwazaro-Geschichten zum Besten, einschließlich Anettes Karate-Auftritt. Neugierig fragen die drei, ob sie am nächsten Tag mitfahren und sich die Abenteuer-Baustelle ansehen dürfen.

Wie abgemacht, hockt die glucksende Damengesellschaft in der Morgensonne auf Säcken hinten auf dem Pickup, lässt sich kräftig durchschütteln und schnuppert die würzige Tropenluft. Kurz nach der Abzweigung vom Shimoni-Highway muss Hans anhalten. Der neue Zufahrtsweg nach Mwazaro Beach ist blockiert. Ein museumsreifer Lastwagen steht dort, umringt von allen Mitarbeitern und vielen anderen Menschen. Der Motor tuckert unregelmäßig, und der Auspuff hustet schwarze Rußwolken. Am rechten Vorderrad macht sich Suleiman mit einer Handpumpe zu schaffen. Halfani kommt auf den verblüfften Hans zu, begrüßt die ganze Gesellschaft und stellt ein uraltes Männlein vor, das mit einem weißen Kanzu bekleidet ist. „Das ist Mohammed, unser Chief. Ich habe diesen Lastwagen gerade von ihm gekauft. Wir haben ihn alle angeschoben, weil er keinen Anlasser hat. Leider auch keine Batterie, die haben wir ausgeliehen. Das Ding ist aber ohne Mucken bis hierher gefahren. Nur die Reifen taugen nichts mehr. Das ist schon der zweite Plattfuß, da müssen wir uns noch was einfallen lassen. Kannst du dem Chief bitte fünftausend Schillinge geben, dann gehört der Laster dir. Wir brauchen ihn doch, oder?“

Hans geht kopfschüttelnd um das Wrack herum. Keine Windschutzscheibe, keine Außenspiegel, keine Scheinwerfer, keine Rücklichter. Hinten dran hängt ein schweres Stück Baumstamm, das mit einem Tau an der Ladeklappe festgebunden ist. Offenbar wirft man es auf die Straße hinunter, wenn gebremst werden soll. „Unglaublich!“, will er zu schimpfen anfangen, doch sein Yahya mahnt ihn zur Gelassenheit. Hans kratzt sich am Kopf und beginnt zu lachen.

Die rollende Ruine wird bezahlt, zusätzlich der im Tank befindliche Diesel-Treibstoff, das neue Motorenöl und die geliehene Batterie. Halfani verteilt ein paar Schilling-Noten an die Anschiebe-Helfer.

Hans traut seinen Augen kaum, als er die Abfahrts-Rampe zum Strand hinab erblickt. Sie ist fast fertig! Hans schätzt, dass über Nacht an die hundert Kubikmeter Felsgestein bewegt worden sind. Halfani kann seinen Stolz nicht verhehlen. „Da staunst du, Mr. Hans, nicht wahr? Wir wollten Anette und dir zeigen, was in uns steckt. Wir haben mit allen Mitarbeitern und zusätzlichen Helfern die ganze Nacht hindurch gearbeitet. Die Frauen sind auch hier geblieben und haben gekocht und Wasser getragen. Jetzt müssen alle etwas ausruhen. Aber bis heute Abend wird der Weg fertig sein."

„Halfani", verkündet Hans und bezieht mit großer Geste die anderen Umstehenden ein, „ich danke dir sehr für deine vorbildliche Planung und euch allen für diesen nächtlichen Sondereinsatz!"

Anette bittet Hans um den Autoschlüssel und verschwindet mit den drei neuen Freundinnen. Hans kennt sie gut genug, um zu wissen, dass sie eine Überraschung ausheckt. Sein Herz ist voller Zuneigung zu ihr, genau so wie zu Nafuu und zu all diesen phantastischen Menschen um ihn herum. Er hofft, dass sich sein unbeschreibliches Glück nicht urplötzlich nur als ein schöner Traum entpuppt.

Bauplatz Korallenfelsen

In den verbrannten Mangrovenwald ist eine breite Schneise geschlagen worden. Eifrig tragen die Köhler die schwarzen Stämme über den Sand und schichten sie zu einem imposanten Meiler auf. „Mangroven sind Hartholz, das wird eine gute Kohle!"

Der Strand wird vom Meer gewaschen. Die Gezeiten gehen weit hinaus und nehmen verbrannte Zweige, Asche und verkohlte Borkenreste mit sich. Als die Flut wieder steigt, sieht Hans zu seiner Überraschung, dass sich da, wo die verbrannten

Mangroven abgeholzt wurden, feiner weißer Korallensand abgelagert. „Gute Arbeit! Wenn das so weitergeht, entsteht hier ein riesiger Sandstrand", sagt er zum übernächtigt aussehenden Kadute. Der freut sich über das Lob für seinen Räumtrupp, aber eigentlich ist er aus einem anderen Grund herübergekommen. „Meine Männer wollen mehr Geld." Das hat Hans schon befürchtet. Er schickt ihn zu Halfani.

Anette, Katrin, Sabine und Silke kommen freudenstrahlend zurück. Sie haben zwei Ziegen, Reis, Kohl und Mangos eingekauft. Sie wollen ein Festessen für die Arbeiter veranstalten.

Später sitzen Hans und seine ersten Gäste mit gekreuzten Beinen auf einer großen geflochtenen Matte am Strand. Eine Schüssel mit Wasser wird gereicht, und man wäscht sich die Hände. Der kleine Omari Mwanyongo und der große Aserini aus dem Hausbau-Trupp tragen galant die Speisen auf: gegrillte Ziege, Kohl und dazu den in Kokosmilch gekochten und mit Mangostückchen dekorierten Reis. „Seht an. Das können sie also auch", sagt Hans zu seiner Picknickgesellschaft. „Vielleicht sind die beiden später was für die Gastronomie – wenn aus meiner Lodge wirklich was wird."

Die Gäste sind restlos begeistert und machen einen Vorschlag. „Hans, du brauchst doch Geld. Was hältst du davon, wenn wir den anderen Touristen von unserem Ausflug erzählen. Jede Wette, viele würden herkommen und das sehen wollen. Vielleicht kann man das Ganze ja mit einer Tour in die Mangrovensümpfe oder den Kisite-Marine-Park verbinden. Erkundige dich doch nach einem Boot für die Ausflüge, und wir übernehmen das Marketing im Hotel."

Wie Recht sie haben! Das Geld rinnt Hans nur so durch die Finger. Auch wenn Anette in Deutschland sein Fotolabor, seine Nikon- und Hasselblad-Kameras mit vielen Objektiven für fünfunddreißigtausend Mark recht gut verkauft hat, muss etwas geschehen. Völlig unerwarteterweise lebt Hans ja noch, das prognostizierte finale halbe Jahr ist längst verstrichen. Der vermeintlich Todgeweihte verbraucht nicht nur Bares für seinen Lebensunterhalt. Er investiert auch noch - und das nicht zu knapp!

Silke fängt an, Werbe-Fotos zu machen. Fangfrischer Fisch wird auf einer Platte angerichtet, und Oberaufseher Halfani,

Mangroven-Manager Kadute und Tagwächter Mohammed Fundi schlingen sich dekorative Kangas um die Hüften und posieren als Ober. Das sieht zwar schon wie aus dem Reiseprospekt aus – doch wenn man hier künftig Touristen empfangen will, muss zumindest eine präsentable Toilette und am besten auch eine Dusche her. Aber woher das Süßwasser nehmen? Rund um Mwazaro Beach ist alles Wasser brackig. Keiner weiß Rat.

Anette wird am Abend im Green Oasis angerufen. Sie soll auf schnellstem Weg nach Hause kommen. Ihre Mutter ist gestorben. Der Hotel-Sekretärin gelingt es, den Rückflug ab Mombasa auf den nächsten Morgen umzubuchen. Es ist eine traurige Nacht für die beiden so innig verbundenen Kämpfernaturen. Wird man sich noch mal wiedersehen?

„Auf jeden Fall im Himmel und nicht in der Hölle. Aber bitte bleib noch lange gesund. Gib Nafuu einen dicken Kuss von mir“, sind Anettes letzte Worte in der Halle des Moi International Airport.

„Versprochen. Und pass auf dich auf!“

Anette dreht sich um und verschwindet die Treppe zum Abflugdeck hinauf. Hans nutzt den Abstecher nach Mombasa, um Maurerwerkzeuge, Zement und etliche andere Dinge zu besorgen, die sein Lagerverwalter Mtenzi auf die Einkaufsliste geschrieben hat. Er wundert sich. Viele der Dinge, die da stehen, hat er doch schon in ausreichender Menge gekauft! Das kann doch in der kurzen Zeit nicht alles verbraucht oder defekt geworden sein ... Und wenn, warum hat ihm das niemand gemeldet? Ist es möglich, dass Mitarbeiter stehlen? Ausgerechnet an ihrem heiligen Strand? Er beschließt, der Sache nachzugehen.

Der Fahrweg bis hinunter zum Parkplatz ist fertig. Dort liegen Berge von zertrümmertem Korallengestein, die von einigen Mitarbeitern gleichmäßig verteilt werden. Sie lassen ihre Schubkarren stehen und tragen alle Einkäufe aus dem Auto in das Personalgebäude. Hans geht voran und findet Mtenzi im Tiefschlaf. Ausgerechnet ihn, seinen Materialaufseher! Hinten im Haus verzieht sich jemand ganz schnell. Hans gibt den Anderen ein Zeichen, und diese nehmen die Verfolgung auf. Sie schnappen einen Arbeiter, den Hans noch nie gesehen hat, mit einer nagelneuen Panga. Mtenzi schläft immer noch tief und fest.

Hans legt vorsichtig eine Seilschlinge um seine Füße, zündet ein Stück Zeitung an und schiebt ihm die Papierfackel unter die Fersen. Die anderen Arbeiter halten sich die Münder zu und glucksen voller Schadenfreude. Mtenzi wird unruhig. Er träumt jetzt sichtlich schlecht. Dann verzieht sich sein Gesicht. Es wird länger und länger, bis ein wilder Schrei aus ihm herausbricht. Er will die Füße an sich reißen, zieht dadurch aber nur die Schlinge zu. Er schreit „Feuer! Hilfe!“ – aber da ist die kleine Flamme bereits gelöscht.

Schlimmer als die angesengten Füße ist für ihn das Hohngelächter der Kollegen. Jetzt plötzlich hält niemand mehr damit hinter dem Berge, dass seine überhebliche und arrogante Art alle längst gegen ihn aufgebracht hat. Sie hassen ihn regelrecht. Mtenzi und der Dieb werden fristlos entlassen. Die ersten Kündigungen.

Hans lässt Halfani rufen, der bei dem Mangroven-Team ist. Er zeigt ihm die Bestellliste, und beide überschlagen den Wert der gestohlenen Werkzeuge und der anderen Dinge, vor allem Löffel, Geschirr und Seilrollen. „Wir brauchen dringend ein abschließbares Lagerhaus“, sagt Halfani.

„Und wir brauchen ein Toilettenhaus mit Dusche, Waschbecken und Spiegel“, ergänzt Hans.

Er kauft mehr Schubkarren und weitere Schaufeln in Shimoni. Zement ist für den Anfang noch ausreichend da, Sand gibt es ohnehin genug, ebenso Korallensteine, das hier übliche Baumaterial. Die ganze Halbinsel Shimoni ist ein Korallenriff, das vor Urzeiten durch die Verschiebung der afrikanischen Platten aus dem Meer gehoben wurde, hat Hans sich erzählen lassen.

Makuti-Lieferung

Der Bauplan wird mit Stöcken auf den Sand gemalt. Das Badehaus soll unterhalb des Korallenfelsens am Strand entstehen, Lager und Büro am Ende des Parkplatzes, der sich täglich vergrößert. Lange wird jedes Detail erörtert. Der endgültige Bauplan, mit Stöcken und einem Sisal-Seil dauerhaft markiert, scheint gut gelungen zu sein. Die Ausschachtungsarbeiten für die Fundamente beginnen sofort. Wird das Geld reichen?

Am Abend, zurück im Hotel, wird Hans mit großem Hallo auf der Pool-Terrasse begrüßt. Nicht nur Bobby, Sabine, Katrin und Silke haben auf ihn gewartet, sondern sieben weitere Damen, die an zusammengestellten Tischen exotische Cocktails trinken. Alle sind Einzel-Reisende, die hinter vorgehaltener Hand schon mal über die einschlägigen Talente ihrer afrikanischen Urlaubsbekanntschaften tuscheln. Sabine überreicht Hans einen Umschlag. „Wir kommen morgen alle mit raus nach Mwazaro. Alle wollen dir helfen, alle wollen deine Geschichte hören! Mit mir sind das hier acht Personen, jede zahlt fünfzig Mark. Wir haben schon drei weitere Gruppen. Super, was?“

Hans weiß nicht, was er sagen soll. Er steht auf und bedankt sich bei jeder der spendablen Besucherinnen. Bobby spürt, dass sein Herrchen glücklich ist, und umrundet die Gruppe mit lautem Gebell.

Frank kommt an den Tisch. „Hans, wir brauchen dich heute Abend. Hast du Zeit?“

„Zeit habe ich immer, worum geht es denn?“

“Komm um acht in mein Büro, dann erkläre ich dir das in Ruhe.“

Später sitzt Hans mit Frank und Karl Heinz zusammen, dem Leiter der Safari- und Reise-Abteilung des Green Oasis. Nach einigem Geplauder über den Fortgang der Bauarbeiten kommen sie auf den Punkt. „Wir beide und der Buchhalter treffen uns fast jeden Abend auf eine Pokerrunde in der Empfangs-Halle. Dummerweise kriegen wir oft Streit, wenn einer gewinnt, der vorher selbst ausgeteilt hat. Albern, aber so ist das nun mal. Wir brauchen einen neutralen Mann, der die Karten gibt. Du sollst das natürlich nicht ganz umsonst machen. Unsere Lager sind voll mit gebrauchten Dingen, die wir bei der Renovierung ausrangiert haben, weil sie für ein Top-Hotel zu verschlissen sind. Du baust doch etwas bescheidener. Also such dir aus, was du benötigst."

Hans hält das für einen verlockenden Deal. Er lässt sich erklären, wie er die Karten zu geben hat, und die Pokerrunde beginnt. Es wird viel Bier und Weinbrand getrunken, aber Hans begnügt sich mit der würzigen Ingwer-Limonade, die ihm schon in der Tanga so gut geschmeckt hat. Relativ rasch lernt er die Poker-Regeln, und alle sind glücklich, weil er humorvoll für Frieden sorgt.

Am nächsten Morgen sitzen acht Damen mittleren Alters auf der Ladefläche des Pickup, zwischen gebrauchten Toilettenschüsseln, Klobrillen, Waschbecken, Brauseschläuchen und Abflussrohren. Die Stimmung ist gut, und sie intonieren alte deutsche Volkslieder, mehrstimmig und in leicht anzüglichen Textvariationen. Singend fahren sie auf dem Mwazaro-Parkplatz vor. Die Arbeiter lassen Hacken und Schippen fallen und starren sprachlos auf das rollende Fräulein- und Wirtschafts-Wunder.

Halfani hat, in weiser Erwartung von Gästen, bunte Matten besorgt, die hier im Digo-Land traditionell als Sitzgelegenheit benutzt werden. Sie sind bereits unter einem Schatten spendendem Kasuarinen-Baum auf dem weißen Sand ausgebreitet. Der tolle Blick auf den Indischen Ozean begeistert die ersten zahlenden Gäste von Mwazaro, trotz des traurig ausschauenden Restes verbrannter Mangroven, die noch nicht beseitigt werden konnten. Erfreut stellt Hans fest, dass sich der dunkle Meeresboden vor Mwazaro immer mehr mit weißem Korallensand überzieht.

Halfani kommt mit einem uniformierten Mann. Es ist David Shida, der Förster, der für die Küstenwälder im Süden Kenias verantwortlich ist. David setzt sich mit auf die Matte und beklagt den entsetzlichen Verlust, den die Feuersbrunst verursacht habe. Das sei umso schlimmer, als die Uferwälder überall unter enormem Druck stünden. Auch im Delta des Ramisi-Flusses würden immer mehr Mangroven abgeholzt. Korrupte Kollegen würden die alten Hartholzbäume als besonders ergiebiges Feuerholz sogar an eine Kalkfabrik und an zwei Großbäckereien in Mombasa verkaufen. Er schildert, wie wichtig die Mangroven für das natürliche Gleichgewicht der Küstenlandschaft sind. Sie bieten nicht nur vielfältigen Lebensraum, sondern auch Schutz vor

Sturmfluten, deren zerstörerische Kraft sie brechen.

Während des Essens hat David eine Idee. Er möchte mit Hans und allen Gästen eine Boots-Tour in das Ramisi-Delta machen, mit seinem Fiberglas-Kanu, mit dem er durch den Kanal am heiligen Baobab hergekommen ist. Für den Außenbordmotor habe er noch genügend Benzin. „Sie müssen das aus der Nähe sehen, dann werden Sie meine Sorgen verstehen", sagt er in die Runde.

Hans denkt an die Worte des Witchdoctors: „Kümmere du dich um die Mangroven, dann kümmern sich die See-Geister um dich!" Er erzählt in knappen Worten die Geschichte. Katrin fragt David: „Könnten wir nicht einige Mangroven neu pflanzen, um etwas für den Wald zu tun?"

„Das wäre eine tolle Initiative, meine Damen. Und einfach ist das auch. An allen Bäumen hängen Samen. Wir brauchen sie nur einzusammeln. Dann fahren wir zu einem der Kahlschläge und pflanzen. Auch das ist kein Problem. Man steckt den Samen in den weichen Untergrund. Dann platzen seine Wurzeln sofort heraus und halten den Setzling fest, damit das Wasser ihn nicht fortschwemmen kann."

Die Mangrovenfahrt am Nachmittag wird für alle unvergesslich. David ist ein ausgezeichneter Führer, der jeden Seitenkanal im sechsundvierzig Quadratkilometer großen Ramisi-Delta kennt. Er weiß die Namen aller seltenen Vögel, die diesen Zauberwald im Wasser bevölkern. Und er nimmt sich viel Zeit, seinen Bootsgästen das Naturwunder zu erklären, durch das sie staunend hindurchgleiten. „Das hier ist einer der wenigen Plätze, an dem alle neun Mangrovenarten der Welt zu finden sind. Fünf davon sind Salzwassermangroven, wahre Überlebenskünstler unter den Bäumen. Die filtern schon bei der Wasseraufnahme das meiste Salz aus, und Heerscharen von Krabben besorgen den Rest. Die buddeln sinusförmige Kanäle in den schlammigen Untergrund, so dass die Gezeitenströmungen die Salzausscheidungen im Wurzelbereich ständig wegspülen können. Dafür belohnt die Mangrove ihre Überlebenshelfer mit Grünfutter aus abgeworfenen Blättern." David zeigt schräg nach vorn. „Auf dieser Seite sehen Sie eine sehr robuste Mangrovenart, die auf mächtigen Stelzwurzeln steht, und dort drüben sind andere, die

Filterwurzeln bilden. Die gucken wie junge Triebe überall senkrecht aus dem Schlick, sind aber leider recht empfindlich. Falls das Meer sie mit Sand zuschüttet, sterben diese Bäume ab."

„Wie konnte so eine feuchte Angelegenheit denn bloß in Flammen aufgehen", will einer der Bootsgäste wissen, „lag das am ausgelaufenen Benzin?"

„Auch", erklärt David, „aber weil Mangroven mit sehr geringen Süßwassermengen auskommen müssen, ist ihr Holz generell trocken und hart. Deshalb wird es von den Einheimischen auch gern als Bauholz benutzt, besonders für Dachkonstruktionen. Mit ein Grund, warum es immer wieder unkontrolliert geschlagen wird. Abgesehen davon sind Mangroven auch von Bedeutung in der traditionellen Medizin. Die jungen Blätter der *Sonneratia alba* spenden Gerbsäure, die gegen Durchfall hilft, und die ballgroßen Früchte der *Xylocarpus granatum* enthalten Chinin, für uns immer noch das Beste gegen Malaria. Neben den Salzwassermangroven gibt es noch die Brack- und Süßwassermangroven, die weiter landeinwärts im Delta zu finden sind. Die haben normale, bedingt salzresistente Wurzeln und brauchen kein so kompliziertes Biotop zum Überleben."

Mangroventour im Ramisi-Delta

Nach einer Weile steigen sie aus und waten durch den schwarzen Schlamm ans Ufer. David zeigt, wie man die Samen von den Bäumen pflückt. Sie sammeln zwei Eimer voll und pflanzen sie auf einem der trostlosen Kahlschläge aus. Die Wiederaufforstung des Mangrovenwaldes im Delta des Ramisi-Flusses hat begonnen.

Auf dem Rückweg überholen sie ein riesiges Krokodil, das

eine kurze Strecke neben ihnen her schwimmt. „Das sind Nilkrokodile“, erklärt David, „eigentlich Süßwasserbewohner. Aber sie haben sich an das Brackwasser hier offenbar gewöhnt. Manchmal, wenn der Fluss sehr viel Regenwasser ins Meer spült, schwimmen sie sogar an der Küste entlang bis nach Mwazaro.“

Hans muss schlucken.

13 Spürnase Simba

Frank Neugebauer ist schon mehrere Jahre in Kenia und hat viel Erfahrung im Hotelgewerbe. Hans unterhält sich gerne mit ihm, und als eines abends die Sprache auf die Vertrauenswürdigkeit der Mitarbeiter kommt, berichtet er ihm vom ständigen Materialschwund in Mwazaro. Frank grinst. „Die Digo sind Jäger, Sammler und Fischer. Sie leben in großen Klans und nutzen das Wenige, was sie besitzen, gemeinsam. Die Ehefrauen natürlich ausgenommen“, lacht er. „Also: wenn sie etwas sehen, was der Klan gut gebrauchen kann, nehmen sie es sich einfach. Das Wort Diebstahl kennen sie zwar, seine Bedeutung in unserem Sinne aber nicht.“

„Aber sie sind doch Moslems“, wendet Hans ein. “Und die islamischen Scharia-Gesetze legen sogar fest, dass einem Dieb die linke Hand abgehackt wird.“

„Das mag stimmen. Aber wer sich nicht persönlich bereichert, fühlt sich auch nicht schuldig. Außerdem ist die Anwendung der archaischen Scharia-Strafen in Kenia verboten. Aber ich hätte da einen Tipp, wie du das Diebstahls-Problem in den Griff bekommen kannst. Mit Bobby hast du einen erstaunlich veranlagten Hund. Hier beißt er alle Wachleute, weil er Uniformen hasst. Warum nimmst du ihn nicht einfach mit nach Mwazaro? Ich verrate dir eins: er kann auch Diebe ums Verrecken nicht riechen. Wenn am Abend etwas fehlt, stelle einfach alle deine Leute in einer Reihe auf und sag ‚Bobby such!‘ Du wirst dein blaues Wunder erleben!“

Er könne doch das Tier nicht einfach mitnehmen, wendet Hans ein. „Eigentlich gehört der Hund dem Hotel-Besitzer“, bestätigt Frank. „Aber der kümmert sich, wenn er überhaupt einmal herkommt, nie um seine Tiere. Der wird den Verlust vermutlich gar nicht bemerken."

Als Hans am nächsten Morgen mit einigen Gästen und seinem zotteligen Vierbeiner auf dem Mwazaro-Parkplatz hält, springt Bobby als erster über die Planken und rennt mit hechelnder Zunge auf die Arbeiter zu, die gerade wieder einmal den Schrott-LKW anschieben. Sofort bricht Panik aus.

„Simba, Simba!" Schreiend laufen die Männer in alle Richtungen davon. Bobby sieht wirklich wie ein kleiner Löwe aus, mit seiner langen Mähne, dem kurzhaarigen Rücken und dem wuscheligen Hinterteil. Bobby läuft einigen Angsthasen hinterher, kommt aber sofort zurück, als Hans ihn ruft. Die Arbeiter haben sich in Büschen und hinter Bäumen versteckt. Halfani wagt sich als erster hervor. „Ist dieser Simba ein Hund?", fragt er verlegen.

„Ja Halfani", sagt Hans. „Dieser Hund ist ein Simba! Hüte dich vor ihm und sage das vor allem unseren Mitarbeitern. Simba kann Diebe riechen."

Aus Bobby ist Simba geworden. Er wird der gefürchtete Liebling aller Mitarbeiter – und natürlich auch der Gäste. Denen erläutern Hans und Sabine auch heute wieder Pläne und Baufortschritte. Das Lager- und Bürohaus steht im Rohbau, ebenso das Wasch- und Toilettenhaus. In der Personalküche werden die Vorbereitungen für das Mittagessen getroffen. Draußen vor der Tür ist Mzee Bakari, der alte Dorfschreiner, dabei, Tische aus Mahagonibrettern zu bauen. Die verbrannten Mangroven sind bis auf einen kleinen Rest abgeholzt. Den will Hans als Mahnmal stehen lassen. Das Mangroven-Team mit seinen Buschmessern, Äxten und Sägen rückt nun dem Wildwuchs oben auf den Korallenfelsen zuleibe. Alle plaudern, lachen oder singen gutgelaunt bei der harten Arbeit.

Der kleine Omari, der Sohn des Schreiners, kommt mit einer Kokosnuss, die schon Triebe gebildet hat. Das soll der erste Baum sein, der auf Mwazaro gepflanzt wird. Sabine sucht den Platz aus und gräbt die Palme unter dem Beifall der Besucher und der Mitarbeiter ein. Hans gibt Omari hundert Schillinge und bittet ihn, künftig jeden Tag so einen Setzling zu bringen.

Das gemeinschaftliche Essen und die anschließende Pflanzaktion in den Mangroven sind wieder ein großer Erfolg. Als sie aufgekratzt und stolz vom Ramisi-Fluss zurückkommen, erwartet Halfani das Boot mit betretenem Gesichtsausdruck. Er bringt Hans schonend bei, dass er zu seinem vormaligen Arbeitgeber in die Shimoni Reef Lodge zurückkehren möchte, weil der Inder dort ihm ein gutes Angebot gemacht habe. Dann reicht er Hans einen Zettel mit einer ärgerlichen Auflistung. Verschwunden sind heute: zwei Hacken, drei Pangas, eine Schubkarre, eine Rolle Sisal-Garn. Hans lässt sofort alle Mitarbeiter herbeirufen und in zwei Reihen Aufstellung nehmen. Er bedankt sich bei allen für die gute Arbeit und wünscht, dass Allah den Ehrlichen ein langes Leben schenken möge. Lügner und Diebe dagegen solle der Teufel holen! Dann holt er den Zettel aus der Tasche und liest vor, was am Morgen an Material ausgegeben wurde und was jetzt verschwunden ist.

„Wer eins oder mehrere dieser Werkzeuge irgendwo vergessen hat, soll sich jetzt sofort melden. Er wird dann weder entlassen noch anderweitig bestraft. Wenn wir allerdings danach mit Allahs Hilfe die Schuldigen finden, werden sie der Polizei übergeben. Seid ihr damit einverstanden?“

Halfani und Kadute gehen die Reihen entlang und fragen jeden einzeln. Keiner will etwas gesehen, gehört oder gar gestohlen haben, und alle sind mit dem Vorschlag einverstanden, die Schuldigen der Polizei zu übergeben. Überall wird verstohlen gelacht und gefeixt. Wie will denn dieser Mzungu herausfinden, wer etwas weggenommen hat?

Simba sitzt neben Hans. Er hechelt erwartungsfroh, die Zunge hängt ihm weit aus dem Maul. Der seltsame Kamm auf seinem Rücken ist gesträubt. Er knurrt gelegentlich und sieht zu Hans hoch. Die Mitarbeiter werden unruhig. Was soll das? Was geht hier vor? Die Gäste stehen gespannt im Hintergrund.

„Simba, such!“ Der Hund geht mit gesenktem, schlenkerndem Kopf auf die rechte Reihe zu. Er erreicht den ersten Mitarbeiter, der wie erstarrt geradeaus sieht. Er schnuppert an den Füßen. Der zweite, dritte, vierte und fünfte atmen auf, als er vorbeitrottet. Vor dem sechsten setzt er sich hin und knurrt. „Ich habe nichts gestohlen!“, ruft der Mann voller Panik. Simba knurrt jetzt lauter und sehr bedrohlich. „Nichts gestohlen! Niemals!“

Da springt Simba an dem Mann hoch. Der versucht mit wildem Gefuchtel, die Bestie von sich fernzuhalten. Simba beisst zu. Einem schrecklichen Schrei folgt ein wimmerndes Geständnis. „Die Schubkarre steht da unten in den Mangroven.“

Hans ruft Simba zurück. Der setzt sich brav neben ihn und hechelt ihn Anerkennung heischend an. Hans klopft ihm auf den dicken Kopf. Die Reihe wird unruhig und will sich auflösen. „Keiner rührt sich oder geht! Wir haben gerade erst begonnen“, ruft Hans, und Kadute wiederholt das in der Digo-Sprache.

Hans untersucht den Arm des jammernden Diebes. Zwei kleine Abdrücke von Simbas Reiß-Zähnen sind zu sehen, aber kein Blut. „Hast du gut gemacht“, lobt Hans, und Simba kehrt mit freudig wedelndem Schwanz den Sand. Halfani kommt mit der Schubkarre. „In den Mangroven versteckt, und mit Zweigen getarnt. Eindeutig schuldig.“

Auf die gleiche Weise werden zwei weitere Diebe überführt. Ein vierter versucht zu flüchten, wird aber von Simba gestellt, der ihn im Weglaufen von hinten anspringt und zu Fall bringt. Alle holen unter Begleitung die gestohlenen Werkzeuge aus Büschen und Felsspalten. Sie müssen wirksam bestraft werden, aber wie? Halfani macht zum letzten Mal einen praktischen Vorschlag. „Auf keinen Fall die Polizei, Mr. Hans. Die prügelt sie erst und bringt sie dann vor Gericht. Du verlierst Tage, weil du als Ankläger erscheinen musst. Lass sie stattdessen Spießruten laufen. Dann haben die Ehrlichen ihren Spaß, und die Übeltäter sind schrecklich blamiert. Keiner wird allzu fest zuschlagen, das kannst du auch deinen Gästen versprechen.“

Hans stimmt zu und räumt mit seinen Besuchern das Feld, bevor die erzieherische Maßnahme beginnt. Simba darf als Star des Tages im Führerhaus sitzen. Es ist der Anfang einer wunderbaren Freundschaft zwischen Hans und seinem Hund.

In den zurückliegenden Tagen haben mehrere Arbeiter überall auf dem Grundstück Löcher gegraben, um Süßwasser zu finden – bislang erfolglos. Auf dem Dach der Toilette steht ein Zweihundert-Liter-Tank, der täglich mit Eimern voller Brackwasser gefüllt wird. Das ist akzeptabel für die Spülung, aber kaum für Dusche und Waschbecken. Niemand weiß eine Lösung, und Hans ist am Verzweifeln.

Nafuu kommt zu Besuch. Eine Weile hört sie dem Palaver über das fehlende Wasser zu, dann macht sie einen Vorschlag, der keine weitere Diskussion zulässt. „Holt Mzee Kassim! Der ist Experte für sowas und findet die Lösung."

Kadute ergreift eines der beiden frisch angeschafften Firmen-Fahrräder und radelt los. Nafuu und Hans schlendern oben auf dem Korallenfelsen umher, der bereits weitgehend von Buschwerk und Dornengewächsen gereinigt ist. Mit besonderer Vorsicht werden die überall wuchernden Wolfsmilchpflanzen abgehackt. Gelangt ihr weißer, ätzender Saft in die Augen, kann die Hornhaut trüb werden, mit Blindheit als schlimmstmöglicher Folge. Als Notmaßnahme hat sich das Auswaschen der Augen mit frischer Milch bewährt - aber woher soll man die nehmen mitten im Busch? Das Problem wird wie immer auf afrikanische Weise gelöst. Eine stillende Mutter wird vorübergehend eingestellt, deren Milch sowohl ihren Säugling als auch allfällige Verletzte versorgt.

Es ist Sonntag, und keine Gäste sind da. Ein ruhiger Tag, den alle genießen, die heute Dienst haben. Nafuu und Hans stecken verliebt die Köpfe zusammen und machen Pläne für die Touristen-Lodge. Hier sollen Bar und Restaurant hin, dort die Restaurant-Küche. Da, wo der Felsen sacht aus dem Sand emporsteigt, sollen die beiden ersten Bandas für die Gäste entstehen. Ein etwas größeres Makuti-Haus für Hans ist schon fertig, es fehlt nur noch die Eingangstür.

Auf dem Parkplatz macht sich Unruhe breit. Nafuu und Hans folgen den Rufen und dem Palaver. Ein seltsamer Mann ist mit Kadute gekommen. Groß, sehr alt und mit langem weißem Bart, Hakennase und stechenden Augen. Er hat eine Kanga um die Hüften gewickelt und trägt eine zweite wie einen Turban um den Kopf. Unter dem Arm hält er eine Glasschüssel. „Aber ich dachte, Kadute sollte deinen Vater holen", sagt Hans überrascht.

„Der hier ist auch ein Mzee Kassim, und er ist ebenfalls ein Witchdoctor. Mein Vater ist ein Heiler und ein Medium für die Geister. Dieser Mzee Kassim ist der Beste, wenn es um Wasserprobleme geht. Du wirst es gleich sehen."

Man stellt sich vor, und Hans begleitet den vielgelobten alten Mann hinunter zur Personalküche, vor der inzwischen ein langer Tisch mit zwei Bänken steht. Hinter ihnen geht Kadute. Er trägt einen Glaskrug mit klarem Wasser. Mzee Kassim holt eine große Hornbrille aus einem Beutel, der um seinen Hals hängt, setzt sie auf und nimmt am Tisch Platz. Simba schaut ihn schwanzwedelnd an. Mzee Kassim droht ihm lächelnd mit dem Finger und fixiert seine Augen. Ein seltsames Bündnis scheint zwischen den beiden zu entstehen. „Ein kluger Hund", sagt Mzee Kassim, „ein kluger Hund."

Er schüttet Wasser aus der Karaffe in die Schüssel, bis sie etwa halb voll ist. Dann legt er eine graue Steinkugel hinein, hebt sie an und setzt das Wasser in kreisförmig schwappende Bewegungen. Alle starren auf die Schüssel, niemand sagt ein Wort. Der Alte blickt angestrengt in das klare Wasser, als könne er darin etwas sehen. Er runzelt die Stirn und stellt die Schüssel ab. „Du hast hier gutes Wasser, Mr. Hans. Es ist gut zum Waschen und zum Zähneputzen. Es ist ein klein wenig brackig – aber trotzdem gut, sogar zum Kochen. Ja, sehr gut sogar."

Hans schüttelt ungläubig den Kopf.

"Wer zweifelt, hat schon verloren", mahnt Mzee lachend, „du bist in Kenia und nicht in Deutschland." Er hält inne, denkt nach und murmelt dann etwas schwer Verständliches in seinen langen Bart. „Hoffentlich übernehmen die Kräfte der linken Hand nicht zu schnell die Macht", übersetzt Nafuu leise, aber damit kann Hans im Augenblick wenig anfangen. „Und wie sollen wir dieses gute Wasser finden, Mzee Kassim?", erkundigt er sich.

Der Witchdoctor nimmt die Kugel aus der Schüssel und gießt den Inhalt auf die Erde. Dann legt er die Kugel wieder hinein und bittet Kadute, frisches Wasser einzufüllen. Erneut dreht und schwenkt Mzee Kassim die Schüssel, während er mit höchster Konzentration hinein starrt. Plötzlich hebt Simba den Kopf und heult auf. Dann legt er dem Witchdoctor die rechte Pfote auf das Knie und hechelt ihn an. Mzee lächelt, stellt die Schüssel auf den Tisch und klopft Simba auf den dicken Wuschelkopf. „Folge dem Hund! Wenn du das gute Wasser gefunden hast, schickst du mir fünftausend Schillinge Erfolgshonorar.“ Er steht auf, verabschiedet sich mit kurzem Händedruck und geht ohne ein weiteres Wort mit Kadute davon. Hans schaut Nafuu entgeistert an. „Und was soll ich jetzt machen?“

„Du musst hier bleiben und Simba folgen, bis ihr gefunden habt, was ihr sucht. Das ist doch klar. Wenn es länger dauert, kannst du anschließend ja im Büro schlafen. Matten sind genug da, und im Auto hast du eine Decke.“

„Bleibst du auch hier?“, fragt Hans. Sie lächelt ihn bedauernd an, dreht sich um und verschwindet.

Der Rest des Tages wird turbulent. Simba hat anscheinend verstanden, welche Aufgabe ihm zuteil geworden ist. Er rennt hierhin und schnüffelt ausgiebig, springt plötzlich dorthin und buddelt wie wild mit den Tatzen in der Erde. Zwischendurch hebt er das Bein und pinkelt demonstrativ gegen Grasbüschel oder Korallensteine. Hinterdrein rennt eine Horde von Männern mit Hacken und Schaufeln, und am Schluss folgt, mal kopfschüttelnd und mal lachend, Hans. An allen Ecken und Enden von Mwazaro wird hektisch gebuddelt, gestochert und gekratzt. Bis zum Feierabend sind alle dreckig, aber Waschen müssen sie sich immer noch mit dem gewohnten Brackwasser, besseres ist nicht gefunden worden.

Hans verabschiedet seine Leute und geht mit dem aufgeregten Hund im Ozean schwimmen. Anschließend liegen beide erschöpft am Strand, bis die Sonne untergeht. Im Büro legt sich Simba neben Hans auf die Decke und leckt ihm noch einmal liebevoll quer über das Gesicht. Der schließt die Augen und denkt, wie es wäre, jetzt Nafuu im Arm zu halten. Simba beginnt zu schnarchen.

Später in der Nacht knurrt der Hund im Schlaf ein paar Mal so laut, dass Hans aufwacht. Der Mond scheint durch die Fenster. Auch Simba wird wach, hebt den Kopf und streckt schnüffelnd die Nase in die Luft. Dann flitzt er wie ein Jagdhund zur Tür hinaus. Hans stolpert hinterher. Irgendetwas tut sich da draußen. Simba erreicht die Terrasse und wittert hinüber zum Parkplatz. Die Rückenhaare sträuben sich, die Rute stellt sich auf. Hans kann ihn gerade noch am Sprung hindern. Als er Simbas Blicken folgt, sieht er sechs Antilopen, einen großen Bock mit fünf Weibchen, die im Mondschein unterhalb des Parkplatzes im Gras stehen. Der Bock scharrt ein Loch und steckt seinen Kopf hinein. Dann folgt ein Tier nach dem anderen, jedes scharrt und – trinkt. Simba vibriert am ganzen Körper. Die Antilopen spüren die Gefahr. Sie schrecken auf und springen in langen Sätzen in die Mangroven davon. Simba läuft los zur Wasserstelle und schlabbert das freigescharrte Nass.

Simbas Brunnen

Hans probiert. Es ist gutes Wasser, mit einem kaum merkbaren Hauch von Salz. Es scheint sogar deutlich besser als das Wasser im Hauptort Shimoni. Die Vorhersage des Witchdoctors hat sich erfüllt.

Hans steht fassungslos vor der kleinen Pfütze und fragt sich, ob die rätselhaften Dinge, die sich hier abspielen, etwas mit dem speziellen Zauber von Mwazaro zu tun haben. Oder sollte dieses Parallel-Universum voller allwissender Geister überall in Afrika existieren? Seine rationale Welt gerät immer nachhaltiger ins Wanken.

14 Invasion der Ameisen

Hans ist umgezogen. Er wohnt jetzt im hinteren Teil des Büros, der durch ein Wäscheregal vom Schreibtisch und vom quietschenden Drehstuhl aus Green-Oasis-Beständen abgetrennt ist. Mzee Bakari hat aus dicken Mangroven-Ästen ein rustikales Bett geschreinert. Kopfkissen und Bettwäsche hat Hans auf dem Somali-Markt in Mombasa erstanden. Simba schläft in einem großen Korb auf der Terrasse.

Zum ersten Mal seit der Abreise aus Deutschland hat sich

Familienbesuch angekündigt: Tochter Angela will kommen. Mit von der Partie sind Mickey und ihr Freund Claus – neben Anette ist Mickey Hans‘ liebste und älteste Bekannte aus scheinbar endlos vergangenen Zeiten. Die drei sind schon nach kurzer Erkundungstour Feuer und Flamme von Mwazaro. Sie quartieren sich mit viel Hallo in den neuen Bandas ein.

Angela hat etwas Sensationelles mitgebracht: eine elektrische Pumpe, gestiftet von Hans‘ altem Freund Walter Pepperle, einem Grafik-Designer und Illustrator. Mickey und Claus haben aus ihrem Schrebergarten einen alten, aber funktionsfähigen Generator angeschleppt. Beide Geräte zusammen sollen die Wasserversorgung von Mwazaro erleichtern.

Ins ausladende Geäst eines starken Baumes ist bereits eine Plattform mit einem Zweitausend-Liter-Tank hineingebastelt worden. Vom neuen, ausbetonierten Frischwasser-Brunnen führen Steigrohre an den Stützpfosten hinauf, und die Zuleitungen zur Küche und zum Badehaus sind auch schon verlegt. Pumpe und Generator werden unter anspornenden Zurufen installiert, und Hans nimmt die Pose eines Feuerwehrhauptmanns bei einer Spritzenübung ein. „Wasser ... Marsch!“ kommandiert er zur allseitigen Belustigung, und der Generator knattert los. Kurz darauf wirft Omari oben auf der Plattform die Arme in die Luft. „Maji mengi sana“, schreit er verzückt, das Wasser komme reichlich oben an. Nach einer Stunde ist der Tank voll. Alle Wasserkräne funktionieren, die Dusche braust gewaltig, und die Klospülungen tun rauschend ihren Dienst. Angela fällt Nafuu um den Hals, Hans umarmt beide und dann auch Mickey und Claus. Simba springt um alle herum und bellt. Eine Ziege wird geschlachtet, Hühner werden gebraten, und es beginnt ein afrikanisches Freudenfest mit Trommeln, Tanz und Gesang. Es dauert, bis der Mond im Osten über dem Indischen Ozean aufgeht und sich silbrig im Wasser spiegelt.

Nafuu schläft bei Angela. Vorher hat sie in der Dunkelheit heimlich mit Hans den neuen Baderaum mit der herrlichen Brause ausprobiert. Zu Hans‘ Leidwesen hat sie ihre Gefühle unter Kontrolle behalten. „Echte Liebe bedeutet bei uns Moslems auch Verantwortung gegenüber der Familie und dem Gesetz Gottes. Bitte verstehe das, und sei mir nicht böse.“

Am frühen Morgen schreckt Hans mitten in einem quälenden Albtraum auf. Er nimmt wahr, dass der Himmel von der aufgehenden Sonne rot gefärbt ist. Alles andere in seinem Gesichtskreis ist schwarz, seine Arme, das Kopfkissen, die Bettdecke. Alles schwarz vor Ameisen. Sie wimmeln mit ihren Greif- und Beisswerkzeugen sogar auf seiner Nase umher. Hans liegt wie erstarrt. Langsam hebt er beide Arme und wischt nacheinander die Handrücken frei. Nichts passiert. Die Ameisen lassen sich einfach fallen. Es beißt auch keine zu, als er sich die Ameisen aus dem Gesicht streift. Um aufstehen zu können, wischt er vorsichtig die Bettkante frei.

„Töte keine, dann wirst du auch nicht angegriffen", rät sein Yahya, als Hans die Füße auf den Boden setzen will. Auch der ist schwarz von hin- und herhastenden Ameisen. Also wischt er zunächst mit dem rechten Fuß ein Feld frei und stellt sich auf das eine Bein, dann folgt der linke Fuß in gleicher Weise. Er steht nun senkrecht auf beiden Füssen und sieht mit zunehmendem Schrecken, dass durch die Fenster schiere Ströme schwarzer Ameisen hereinquellen. Es müssen Millionen sein, denn auch die Möbel sind längst von ihnen bedeckt. Sein Blick fällt auf den Pappkalender an der Wand. Er macht einen langen Arm und reißt ihn herunter. Mit der glatten und festen Pappe kann er einfacher als mit den Füßen Auftrittsflächen frei wischen. So arbeitet er sich Schritt für Schritt bis zur Tür vor und über die Terrasse hinweg, bis er auf dem Weg zur Personalküche anlangt. Der ist endlich ameisenfrei.

Hans ist nicht ein einziges Mal gebissen worden. Er atmet befreit durch und wischt sich die letzten Ameisen von der Brust und von seinen Boxershorts. Simba, Angela und Nafuu kommen angelaufen und bleiben erschrocken stehen, als sie das beängstigende Naturschauspiel erblicken. Nafuu sieht Hans ernst und traurig in die Augen. „Dass du überhaupt noch lebst, ist ein Wunder. Offenbar wollte Allah dich heute nur warnen!"

„Aber wovor denn, was habe ich getan?"

„Das kann ich dir auch nicht sagen, Hans. Wir müssen sofort meinen Vater holen."

Hans muss einen großen Bogen um die meterbreite Ameisenstraße machen, um auf den Parkplatz zu gelangen. Er steigt in das Auto und will gerade losfahren, als Mzee Kassim, quer auf dem Gepäckträger eines chinesischen Fahrrades sitzend, von Kadute den Weg herunterchauffiert wird. Er setzt sein rundes Moslemkäppchen auf und schaut Hans mit strafendem Blick an. „So schnell ist es also gegangen. Du hast das Gebot missachtet, das dir die Geister auferlegt haben!“

„Mzee, ich weiß ja gar nicht, was ich falsch gemacht habe. Worüber sind denn die Geister böse? Wir haben nur Wasser gepumpt. Und nur ein einziges Mal.“

„Und wie hast du gepumpt? Mit der Hand?“

„Es ist eine elektrische Pumpe, die von einem Benzin-Generator Strom bezieht.“

„Aha, das wird es sein“, runzelt Mzee Kassim die Stirn. „Ich vermute, es ist die Elektrizität, falls diese irgendwelche Strahlen aussendet. Das könnten die Geister als gefährliche Störung empfinden.“ Sorgfältig sammelt er sieben Ameisen ein und präsentiert sie auf seiner offenen Hand. „Einige Anführer dieser Safari-Ameisen werden mir helfen, die Sache zu regeln.“ Er bittet drei zwischenzeitlich herbeigeeilte Mitarbeiter, ihm zu folgen. Es sind der alte Mzee Bakari, dessen Sohn Omari sowie sein Fahrradchauffeur Kadute. Auch Nafuu winkt er wortlos heran. Sie alle scheinen zu wissen, was vor sich geht. Hans und Angela stehen ratlos dabei.

Die fünf Afrikaner schreiten langsam und stumm am Strand entlang und verschwinden im Gebüsch unterhalb des großen Baobabs, wo sich eine enge Höhle befindet. Die übrigen Mitarbeiter bleiben zurück und setzen sich neben die Ameisen-Straße. Niemand sagt ein Wort, niemand bewegt sich. Angela und Hans folgen ihrem Beispiel. Nach geraumer Zeit macht sich eine seltsame Unruhe in dem Strom der Tierchen breit, immer mehr halten inne, laufen durcheinander und bewegen sich dann Richtung Baobab. Auch aus den Fenstern des Büros quellen sie in schier unübersehbaren Massen. Die Mitarbeiter springen schreiend auf und veranstalten einen Freudentanz. Das bedeutet Rückzug, der Angriff ist abgeblasen!

Wer hat die Macht, solche Befehle zu erteilen? Die Ameisen-Königin? Der Witchdoctor? Die Geister rund um den heiligen

Baum? Ein noch höheres Wesen? Und wie, bitteschön, funktioniert diese Kommunikation? Hans kratzt sich am Kopf.

Mzee Kassim und das Gefolge kehren zurück. Sie blicken ernst und setzen sich auf eine Matte vor der Personalküche. Sie beachten weder Hans noch die anderen Mitarbeiter und diskutieren leise mit zusammengesteckten Köpfen. Dann bittet Mzee Kassim um Tee, der sogleich gebracht wird. Hans wird herbei gewunken. Er kommt mit Angela und klopfendem Herzen. Alle setzen sich an den Tisch.

„Die Geister haben Mzee Kassim mitgeteilt", sagt Kadute, „dass du, Mr. Hans, eine schlechte Energie produzierst. Sie verhindert, dass sie den heiligen Baobab erreichen können. Das betrifft aber nur die guten Geister der rechten Hand, nicht die Geister der linken Hand, also die Dämonen. Die werden von dieser Energie sogar angezogen! Die Gefahr besteht, dass an diesem heiligen Platz das Gleichgewicht verloren geht. Deswegen haben sie dir eine Warnung geschickt."

„Ich kann nicht ausschließen, dass der alte Generator so eine Art Elektro-Smog produziert", denkt Hans laut. „Die Frage ist, wie wir sonst Wasser pumpen sollen." Dann kommt ihm eine Idee. „Wenn wir die Distanz zwischen Generator und Baum vergrößern, würde sich dann das Problem vielleicht erledigen? Wir haben ein Fünfzig-Meter-Verlängerungs-Kabel und könnten somit problemlos vom Baobab wegrücken. Mzee Kassim, kann man die Geister bitten, einen Test mit uns zu machen? Wenn die Energie dann immer noch stört, werden wir einen anderen Weg finden, um Wasser zu pumpen."

Mzee Kassim lächelt. „Das mag ich an euch Weißgesichtern. Ihr habt immer irgendeine technische Lösung parat. Aber warum nicht? Du suchst ja einen guten Kompromiss. Ich glaube, die Geister werden diesen Versuch nicht ablehnen." Er zwinkert. „Sie waren ja auch einmal Menschen wie wir."

Mit Hilfe des Verlängerungskabels wird der Generator so weit wie möglich zurückgesetzt. Dann geht Mzee Kassim mit seinen Helfern wieder zum Baobab. Sie haben eine Trommel dabei. Wenn sie erschallt, so die Anweisung, soll die Maschine sofort abgeschaltet werden. Dann ist der Versuch fehlgeschlagen. Wenn sie stumm bleibt, fühlen die Geister sich nicht mehr gestört, und das Problem ist gelöst.

Salim Rimo mit Wasserpumpe

Der Generator wird gestartet. Nichts passiert, bis der Tank voller Wasser ist. Keine Trommel ist zu hören, keine Ameisen sind zu sehen. Mzee Kassim kommt hocherfreut zurück. Hans verbeugt sich und erweist den Geistern mit einem gehauchten „asante sana“ dankbar Ehrerbietung. Die Mitarbeiter knien nieder und preisen Allah mit einem kurzen Gebet. Mzee hebt die Hände zum Himmel und ruft laut: „Allah, Gott, Mungu! Du, von dem wir alle sind! Schütze Mwazaro und die Menschen, die dir vertrauen und ihr Gleichgewicht in dir suchen.“

„Amen“, sagen alle im Chor. „Es soll geschehen“, murmelt Yahya für Hans, der seit seiner Jugendzeit nicht mehr gebetet hat.

Hans setzt sich neben Mzee Kassim auf eine Matte und kreuzt die Beine. Er ist aufgewühlt und reichlich durcheinander. Was hat ihm der große Heiler ganz am Anfang mit auf seinen Weg gegeben? „Beobachte und lerne!“ Doch was er hier beobachtet, untergräbt immer mehr sein wissenschaftliches Weltbild. Dass er nur mit Hilfe einer Geisterbefragung Besitzer von Mwazaro Beach werden konnte – na gut. Dass sein Hund eine Wasserader entdecken hilft – vielleicht Zufall. Aber was soeben geschehen ist, eine offenkundig fremdgesteuerte Ameisen-Invasion, die ihre Ursache im Ausmaß elektrischer Streu-Energie gehabt haben soll, das übersteigt sein Fassungsvermögen bei weitem. „Das glaubt mir doch niemand, Mzee Kassim“, entfährt es ihm.

Der sieht Hans tadelnd an und schüttelt den Kopf. „Mr. Hans, was du heute Morgen erlebt hast, ist nicht geschehen, damit du damit herumprahlst. Du bist jetzt der Hüter von

Mwazaro, dem Platz des Gebets. Nichts, was hier geschieht, taugt für eitles Geschwätz, und Unwissende müssen auch nichts von alledem verstehen. Sei aber trotzdem nachsichtig mit denen, für die es keinen Gott mehr gibt. Du hast Verantwortung nicht nur für uns übernommen, sondern auch für sie. Wir sind hier, um dir bei dieser schweren Aufgabe zu helfen."

Hans sinkt in sich zusammen. Er hatte doch nur ein Stück Land kaufen wollen, um im Schaukelstuhl seinen kurzen Lebensabend zu genießen. Und jetzt packen ihm rätselhafte Magier ständig neue Verantwortung auf die Schultern. Er will wenigstens ansatzweise verstehen, was es mit ihrem universalen Geheimwissen auf sich hat. Hat beispielsweise Mzee Kassim seine unglaublichen Fähigkeiten schlicht geerbt, oder hat er sie erworben – und wenn ja: wo und wie?

„Was ich dir jetzt sage", raunt sein Gegenüber nach kurzer Unentschlossenheit, „war lange ein gut gehütetes Geheimnis, und noch immer haben nur wenige Menschen Kenntnis davon. Wie viele andere meiner Zunft bin ich ein Spross der einstigen Shumba-Schule auf der Insel Pemba. Die wurde vom Sultan von Sansibar unterhalten, der mit britischer Billigung von Stone-Town aus die umliegenden Inseln und die ostafrikanische Küste regierte. Von überall dort brachte er Knaben zusammen, die aus alten Magierfamilien stammten oder durch übersinnliche Talente aufgefallen waren. Für normale Sterbliche war die Schule tabu, und alle ringsum nannten sie bald nur die ‚Witchdoctor-Schule'. Hier lernten die Jungen zunächst den Koran auswendig. Indem er sie zu glühenden Anhängern des Propheten machte, behielt der Sultan als dessen irdischer Statthalter seine nachwachsende Elite stets fest in der Hand. Sie sollten ja später als seine Sendboten und Kundschafter bei ihren Stämmen wirken."

Mzee Kassim macht eine Gedankenpause und nimmt auf der Matte eine bequemere Sitzposition ein. Dann fährt er fort. „Fünf Lehrer aus verschiedensten Kulturkreisen waren in Pemba für jeweils fünf Schüler zuständig. Unterrichtet wurde in Arabisch und in den Muttersprachen der jeweiligen Lehrer. Ich selbst habe so Englisch und Mandarin gelernt. Der Lehrplan umfasste Mathematik und Astronomie, Hypnose und Gedankenlesen, Anatomie, Heil- und Kräuterkunde und das ganze sonstige

Spektrum der Geheimwissenschaften. Bis zu zwanzig Jahre konnte die Ausbildung dauern, die viele von jenen Witchdoctors hervorgebracht hat, die heute noch in Ostafrika hoch geachtete Männer sind. Leider sind die letzten Absolventen der Pemba-Schule inzwischen recht betagt, die Einrichtung wurde im Jahre 1936 geschlossen – aber die meisten von uns haben ihr universales Wissen seither an eigene Schüler weitergegeben."

Ächzend erhebt sich Mzee Kassim. „Wie ich an meine Tochter Nafuu." Er winkt sie herbei, stützt sich auf ihre Schulter und lässt sich von ihr wieder zum Fahrrad bringen.

Drei Monate lang funktioniert die Wasserversorgung ohne Problem. Dann, eines frühen Morgens, gibt der Generator ratternde Geräusche von sich. Eine Rauchfahne steigt auf, und es ist still in Mwazaro. Die Spule, die die Geister gestört hat, ist verschmurgelt. Kein fließendes Wasser mehr für Dusche und Küche. Erst jetzt merkt Hans, wie schnell man sich an Komfort gewöhnen kann.

Das ratlose Lamento des ganzen Teams wird durch die Ankunft eines Taxis unterbrochen. Ein großgewachsener Mann und eine elegante Dame steigen aus: Mario Mekus, Türenfabrikant aus dem westfälischen Gütersloh, und seine Ehefrau. Er hat beim Urlaub im Robinson Club viel über Mwazaro Beach und Hans gehört. Als er die deprimierte Stimmung bemerkt, will er wissen, was passiert ist, und ob er helfen kann. Den Mann hat offenbar der Himmel geschickt. Zwei Stunden später sieht man ihn mit Hans im Hof einer einschlägigen Firma in Mombasa. Sie erstehen auf seine Kosten eine leistungsfähige Motorpumpe mit Rohren und allem Zubehör.

Als die Pumpe am Abend in Mwazaro in Betrieb geht und ein dicker Strahl Wasser den Tank in wenigen Minuten füllt, ist der Jubel groß. Vor allem funktioniert die Neuerwerbung direkt mit Benzin statt wie die alte mit Strom. Auch die Geister müssten also hocherfreut sein. Die beiden spendablen Besucher sind ebenfalls glücklich, sich für ihren tollen Kenia-Urlaub mit einer nützlichen Geste revanchieren zu können. „Wird man sich mal wieder sehen?", fragt Hans.

„Hoffentlich nicht erst, wenn wir als Geister durch das Universum jagen", lacht Mario.

Zweiter Teil
AFRIKANISCHES SCHACH

Kenia Südküste

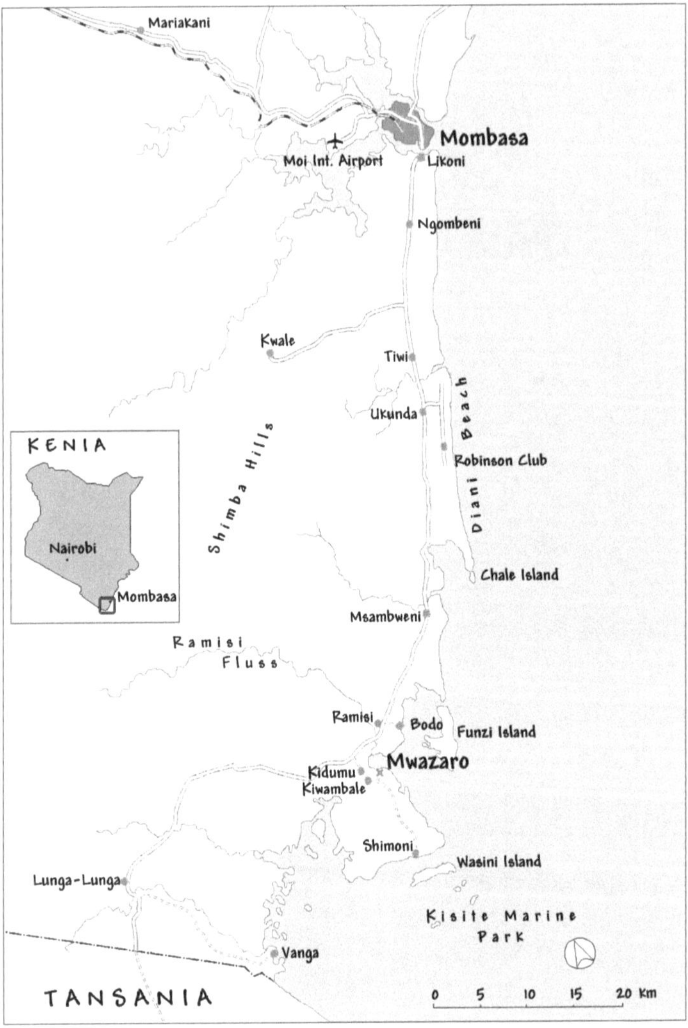

15 Mwadzikomba

Das Jahr 1993 geht zu Ende. 396 Tagesbesucher und 143 Übernachtungen hat Hans in seinem „Gästekalender“ aufaddiert – eine Bilanz, die sich für den Anfang sehen lassen kann. Nach Ende der Bauarbeiten hat sich das Personal auf sechsundzwanzig Festangestellte verringert. Die Gehälter der verbliebenen Mitarbeiter hat Hans verdoppelt. Mwazaro Beach, das offiziell immer noch Shimoni Lobster Company heißt, ist gewachsen und hat ein unverwechselbares Gesicht bekommen.

Oben auf dem Küstenfelsen stehen sechs makutigedeckte Bandas, stets umweht von einer angenehm kühlen Seebrise. Die Wände der luftigen Holzkonstruktionen bestehen aus getrockneten, dicht zusammengebundenen Palmwedeln, und auf dem unbefestigten Sandfußboden liegen große Matten aus geflochtenen Palmen-Blättern. Darauf sind zwei oder drei Betten platziert. Die darüber gespannten Moskitonetze verbreiten ein romantisches Ambiente.

Die Gäste-Bandas mit Makuti-Dächern

Jede Banda hat vorn eine überdachte Veranda mit Meerblick, möbliert mit einer einfachen hölzernen Sitzgruppe und einer Petroleumlampe, die bei Einbruch der Dunkelheit vom Personal angezündet wird. Blickfang an jedem Eingang ist ein mindestens dreihunderttausend Jahre altes Waschbecken: bei den Bauarbeiten waren zahlreiche Riesenmuscheln zutage gefördert worden. Die ebenso dekorativen wie praktischen Versteinerungen sind auf Sockel aus Korallensteinen gesetzt und mit Wasserkränen versehen worden. Hinter den Bandas, dicht am rückwärtigen Mangroven-Saum, stehen zwei Dusch- und Toilettenhäuschen. Direkt an die Unterkünfte schließt sich auf dem höchsten Punkt des alten Korallenfelsens ein Restaurant mit Bar an, gebaut im selben lokalen Stil. Im Gegensatz zu den meisten kenianischen Etablissements plärrt hier kein Fernseher rund um die Uhr vor sich hin. Es gibt auch kein Radio in ganz Mwazaro. Hans hat seine Ameisen-Lektion gelernt, Antennen und Satellitenschüsseln kommen so nah am sensiblen Baobab nicht aufs Dach. Mwazaro ist und bleibt flimmerfreie Zone, und die meisten Gäste genießen es, dass man hier im doppelten Sinne Abschalten kann.

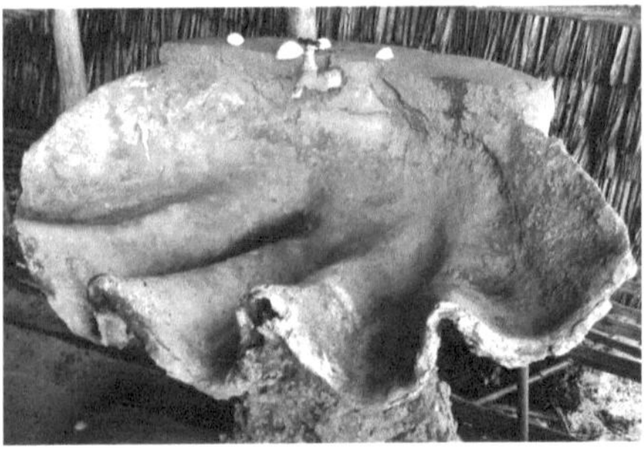

Prähistorisches Waschbecken

Tische und Bänke des Restaurants haben die Mitarbeiter unter Anleitung von Mzee Bakari geschreinert, und auch den schönsten Sitzplatz überhaupt haben sie im Rahmen eines internen Wettbewerbs selbst gestaltet: jenseits der Bar, auf einer über den Strand hinausragenden Nase aus Korallenfelsen, ist beim großen Mangroven-Feuer auch ein Kasuarinen-Baum Opfer der Flammen geworden. Der untere Teil seines abgesägten Stammes dient jetzt als Träger für einen ausladenden Makuti-Sonnenschirm. In die gewachsenen Felsnischen darunter sind von verschiedenen Mitarbeitern durchweg originelle und manchmal sogar bequeme Sitzecken hineingemauert worden. Den Preis für die beste Gestaltungs-Idee hat Aserini eingeheimst, der aus Zement ein zierliches Tischchen mit der Oberfläche eines Backgammon-Brettes gegossen hat. Der vormalige Hausbau-Manager ist wegen seiner Kochbegabung von Hans inzwischen zum Küchenchef gemacht worden.

Die ersten Besucher müssen Bier und Limonaden noch warm trinken, bis im Lager eine große Steintruhe gebaut ist, die der

Fischhändler Shee regelmäßig mit Eisblöcken füllt. Jetzt können auch die ersten Fleischgerichte serviert werden. Sie werden in der Küche neben dem Restaurant auf Jikos zubereitet, offenen Holzkohle-Öfchen, wie sie auch die einfache Bevölkerung benutzt. Mittags und abends wird jeweils ein anderes Menü angeboten, das aus drei Gängen besteht. Die Qualität und die Kreativität dieser exotischen Küche spricht sich rasch herum, und es kommen immer mehr Tagesgäste. Aserini kocht wirklich sensationell, aber Hans bekommt nach und nach gewisse Probleme mit seiner laxen Auffassung von Reinlichkeit, sowohl in der Küche als auch im Vorratsraum. Deshalb ist er froh, als er mit dem eleganten Ali Shoka einen auf Sauberkeit bedachten Küchengehilfen engagieren kann.

Als ärgerliches Dauerproblem erweist sich die Kommunikation. Für die nationale Telefongesellschaft ist es offenbar ein Ding der Unmöglichkeit, eine Leitung nach Mwazaro zu verlegen. Also fährt ein Mitarbeiter täglich mit dem Firmen-Fahrrad nach Shimoni und ruft den Robinson Club und die Sekretärin des Green Oasis an. Dort kann jeder eine Nachricht hinterlassen, der mit Hans in Kontakt treten will.

Hans hat seinen Pickup aus Kostengründen schon längst an den Verleiher zurückgegeben und benutzt das einzige Matatu, das von Shimoni täglich nach Mombasa und zurück fährt. Weil das klapprige Sammeltaxi immer schon bei der Abfahrt hoffnungslos überfüllt ist, muss er oftmals auf dem Dach sitzen, zwischen Säcken voll Fisch und Kokosnüssen. Als seine Freundin Mickey einmal in diese menschliche Sardinenbüchse gepresst wird, schwinden ihr nach wenigen Minuten die Sinne.

Der Sitzplatz über dem Meer

Sie ist zwischen den Fahrgästen allerdings derart eingekeilt, dass sie nicht einmal umkippen kann.

Je länger der Betrieb läuft, desto massiver wird der Verdruss wegen der Lizenzen. Es gibt eine Fülle von Genehmigungen, die man jedes Jahr bei der Bezirks-Regierung in Kwale regelrecht erkämpfen muss. Diese Überbleibsel alter britischer Kolonial-Reglements feiern seit der Unabhängigkeit immer fröhlichere Urständ. Das Beherbergungs- und Gastronomie-Unternehmen Shimoni Lobster Company Ltd. braucht Lizenzen beziehungsweise Prüfzertifikate für Übernachtungsgewerbe, Restaurant- und Barbetrieb, Alkoholausschank, Handelstätigkeit, Hygiene, Außencatering und Bootsvermietung. Vor jeder Lizenzerteilung kommt ein wichtig auftretender Beamter und verfasst mehrseitige Berichte, deren Befunde in direktem Zusammenhang mit der Höhe der ihm zugesteckten Geldbeträge stehen. Fällt das Handgeld zu gering aus, findet sich auch im saubersten Raum irgendeine Beanstandung, und sei es ein nicht geleerter Aschenbecher, der gerade von einem Gast benutzt wird.

Die Lizenzen werden vom Kwale County Council ausgestellt, der Bezirksregierung. Die hat eine Unmenge hungriger Mitarbeiter. Selbst die einfachste Kaschemme mit schmierigem Tresen und wasserloser Toilette hat die Lizenzen an der Wand hängen, aber Hans muss erfolglos von Büro zu Büro laufen. Er ist ein Mzungu, ein per Hautfarbe privilegierter Mensch, dem man jetzt ausnahmsweise zeigen kann, wo der Hammer hängt. Und außerdem wird er als eine Art Bankkonto auf zwei Beinen angesehen – was nicht völlig an den sozialen Realitäten vorbeigeht. Ein mittlerer Beamter, bei dem Hans vorstellig wird, verdient im Monat keine zweihundert Euro, und davon muss er unter anderem Schulgeld, Schuluniformen und Lehrbücher für die Ausbildung seiner zahlreichen Kinder bezahlen. Da ist die Versuchung groß, sich mit den Möglichkeiten eines öffentlichen Amtes besser über die Runden zu hangeln.

Hans ist allerdings nicht der typische Mzungu, seine Barschaft reicht gerade mal aus, um die Gebühren zu begleichen, die für jede Lizenz zu entrichten ist. Großzügige Einzelspenden zur Verfahrensbeschleunigung sind beim besten Willen nicht drin. Also marschiert er irgendwann entnervt zum gewählten

Vertreter seiner Gemeinde, um sich über die geldgierige und unwillige Beamtenschar zu beschweren. Er passiert das Vorzimmer mit einer molligen Sekretärin, die ihn erstaunt über ihre IBM-Schreibmaschine hinweg anschaut. Seine Honorigkeit der Councillor begrüßt ihn überfreundlich. Nassoro Juma Mwadzikomba ist ein stattlicher Mann, der von seinem Wippdrehstuhl aus mit der fleischigen Hand zum Gäste-Sofa hinüberwedelt. Hans nimmt Platz und macht seinem Kummer Luft.

Mwadzikomba hört sich alles schweigend an. Die Finger der rechten Hand klopfen dabei unablässig im Rhythmus einer afrikanischen Buschtrommel auf die polierte Tischplatte: Bumm! Bum-bum! Bumm! Bum-bum! Die Stirn unter seinen kurzgeschorenen Haaren legt sich immer mehr in kummervolle Falten, und gelegentlich schnaubt er missbilligend durch die Nase. Dann stützt er das mächtige Kinn auf die gefalteten Hände.

„Ja, das hört sich wirklich schlimm an. Jeder denkt nur an sich selbst und an die Unersättlichkeit seiner großen Familie. Es gibt zu wenig wahrhaft selbstlose Staatsdiener - und noch weniger in die Zukunft schauende Politiker, wenn ich das hier einflechten darf. Aber Sie haben Glück, dass Sie bei mir gelandet sind. Ich predige schon seit langem, dass die Entwicklung der Halbinsel Shimoni ohne mutige Investoren nicht zu machen ist, ohne Unternehmer, die neue Arbeitsplätze schaffen. Wir brauchen Devisen, und dafür brauchen wir mehr Touristen, und, Mr. Hans, dafür brauchen wir Männer wie Sie!"

Er beugt sich hinunter, kramt in einer Schublade herum und zieht eine grüne Pappkarte hervor. „Morgen veranstalte ich ein Harambee in Fikirini, dem Ort, aus dem die meisten Ihrer Arbeiter kommen. Das ist eine Veranstaltung, bei der wir Geld für eine Krankenstation sammeln. Es wäre für Ihr Anliegen eine große Hilfe, wenn Sie da auch als Spender genannt würden. Schließlich wird unser langjähriger Minister Sharif Nassir zugegen sein. Er wird sich ungemein freuen, einen neuen Investor begrüßen zu können."

Mwadzikomba schiebt die Pappkarte über den Tisch. „Bitte unterschreiben Sie. In diese Spalte hier wird die Höhe der Spende eingetragen, die Summe steht jedem völlig frei. Ich denke, fünftausend Schillinge wären ein geeigneter Betrag, der besonders guten Willen und Hilfsbereitschaft dokumentiert." Mwadzikomba lächelt gewinnend. „Die Probleme mit den Lizenzen können Sie natürlich vergessen. Ich bin künftig ein guter Freund, und ich bin hier für Sie der wichtigste Mann. Nichts läuft ohne mich, und schon gar nichts gegen meinen Willen. Wir sehen uns morgen um zehn Uhr in Fikirini. Jetzt bitte ich Sie, mich zu entschuldigen, ich habe eine Besprechung mit dem District Commissioner. Das Geld können Sie vorn bei meiner Sekretärin abgeben. Sie verwaltet die Harambee-Kasse."

Am nächsten Tag versammelt sich im Örtchen Fikirini tatsächlich die ganze lokale Prominenz. Eine Kapelle trommelt und tutet, Schulkinder tanzen und singen im Chor, und es werden endlos viele und endlos lange Reden gehalten. Hans sitzt am Tisch der Ehrengäste. Nassoro Juma Mwadzikomba hält eine flammende Ansprache. Er preist Hans als tatkräftigen Investor in den höchsten Tönen und gibt zum guten Schluss seine künftige Teilhaberschaft an der Shimoni Lobster Company bekannt: „Damit dieser von uns allen geschätzte Mzungu, unser Mr. Hans, es in Zukunft leichter hat, die Hürden der kenianischen Bürokratie zu nehmen, habe ich mich nach reiflicher Überlegung entschlossen, sein Partner und Bruder zu werden. Als euer Führer, den ihr mit über achtzig Prozent bei der letzten Wahl bestätigt habt, weiß ich, wie schwer es sein kann, in unserem geliebten Land Fuß zu fassen, Erfolg zu haben und viele neue Arbeitsplätze zu schaffen. Ich weiß, dass das für mich eine zusätzliche schwere Belastung sein wird. Aber mein Freund Hans wurde von den Geistern unserer Vorfahren ausgewählt, uns zu helfen. Ist es da nicht meine Pflicht, an seiner Seite für die Zukunft unseres Stammes zu wirken?"

Sichtlich gerührt von seiner eigenen Selbstlosigkeit wendet sich Mwadzikomba zu Hans hinüber. „Das hier, mein Freund, ist mein bescheidener Beitrag für den erfolgreichen Start deines Unternehmens am heiligen Strand der Digo." Er hebt seine rechte Hand in die Höhe und wedelt mit einem braunen Manila-Umschlag in der Luft herum. „Hier sind alle Genehmigungen, die du brauchst, um dein Geschäft in Mwazaro Beach ordnungsgemäß beginnen zu können."

Beifall braust auf, Hoch-Rufe erschallen, die Band spielt

einen Tusch, und der überrumpelte Hans steht auf und nimmt mit einer kleinen Verbeugung den Umschlag entgegen. Er bedankt sich bei seinem neuen Freund Nassoro mit einer improvisierten Rede, in der er betont, wie glücklich er darüber ist, mit solch liebevollen und hilfsbereiten Menschen zusammenarbeiten zu dürfen. Dann hält ein bedeutender Mann nach dem anderen weitere Lobreden auf den Präsidenten und die Regierung und natürlich auch auf den Councillor und auf Mr. Hans. Minister Sharif Nassir überreicht ihm zum Schluss huldvoll seine Visiten-Karte. Auf deren Rückseite hat er handschriftlich notiert, dass jeder Beamte, dem diese Karte gezeigt werde, Mr. Hans im Namen der Regierung helfen möge.

Tief drinnen versucht Yahya, sich bemerkbar zu machen. „Denk an die Worte des Witchdoctors. Wo Gott ist, ist der Teufel nicht fern …“ Hans im Glück überhört die Warnung – und holt sich den Leibhaftigen ins Haus.

Mit seinem neuen Partner vereinbart Hans, dass dieser fünfundzwanzig Prozent der Anteile an der Shimoni Lobster Company erhält, aber kein Gehalt für seine gelegentliche Arbeit. Die sieht so aus, dass Mwadzikomba das

Hans und sein Partner

Büro, den Einkauf und die komplizierten Behörden-, Versicherungs- und Finanzamts-Angelegenheiten überwacht. Dabei hält sich sein persönlicher Arbeitseinsatz in Grenzen. Für die Firmen-Korrespondenz spannt er seine geschulte Sekretärin ein, und als ständigen Buchhalter stellt er Salim Rimo an, der sich mit ihm das Büro teilt. Salim ist der einzige Mwazaro-Mitarbeiter, der über den Abschluss einer höheren Schule verfügt. Alles scheint professionell zu laufen, und Hans kümmert sich immer weniger um irgendwelche Verwaltungsdinge. Er sieht seine

Hauptaufgaben in der Akquisition und der Betreuung von Gästen, im Management von Küche und Restaurant sowie in den regelmäßigen Pflanz-Aktionen, zu denen er auch Schulkinder aus der Umgebung einlädt.

In der Küchenwand hängt schon bald der Gewürzkreis, den Hans in Sansibar kennen gelernt hat. Er dient nicht nur als Orientierungshilfe für seinen lernbegierigen Koch Aserini und dessen Mitarbeiter; er ist für Hans selbst eine ständige Mahnung, in punkto Qualität und Originalität der Speisen seinem Lehrmeister Chili nachzueifern. Außerdem kann er seine Kunden schon aus finanziellen Gründen nicht mit opulenten Büffets bei Laune halten, wie sie in den großen Touristenhotels von Diani Beach aufgefahren werden. Wenn es aber mittags und abends nur ein einheitliches Menü geben kann, sagt sich Hans, dann muss jeder Gang so superb sein, dass niemand sich nach Alternativen sehnt. So stehen denn bald die bleibenden Geschmacks-Erlebnisse seiner Sansibar-Zeit ganz oben auf der Mwazaro-Speisekarte: zum Beispiel die pürierte Tomatensuppe mit Kokosmilch, Basilikum, schwarzem Pfeffer und Gin, ein Curry aus dreierlei Fischfilets - Thunfisch, See-Wels, Snapper oder was der Tagesfang sonst so hergibt -, und natürlich der exotische Salat mit sieben tropischen Früchten und dem entscheidenden Hauch von Kardamon und frischem Ingwer. Die Lieblings-Vorspeise aller Gäste wird brutzelnd in kleinen Eisenpfannen aufgetragen: Garnelen aus dem Ramisi-Fluss, gebraten in Olivenöl mit viel Knoblauch, Limettensaft und zermahlenen Chilischoten.

Mit dem Robinson-Club in Diani Beach hat Hans einen interessanten neuen Partner, der immer wieder Tagesbesucher herbeischafft. Die große Ferienanlage liegt etwa sechzig Kilometer weiter nördlich in Diani, gehört zur TUI-Gruppe und wird vornehmlich von deutschen Besuchern gebucht. Hans hat sich mit dem Direktor Kurt Weber angefreundet, der die Mangroven-Aufforstung aktiv unterstützt und regelmäßige Öko-Exkursionen nach Mwazaro ins Programm aufnimmt – um der guten Sache willen, und natürlich auch aus Imagegründen. Hauptattraktion ist dabei immer auch Hans selbst, der plauderfreudig über sein wechselhaftes Aussteigerleben berichtet. Immer wieder gestehen ihm Besucher, wie sehr sie ihn für seinen radikalen Schritt bewundern und beneiden, dass ihnen aber selbst die Courage fehle, in Deutschland alles hinzuschmeißen.

Simba gibt stets hechelnd seinen Kommentar dazu. Er ist der Liebling der Gäste und Mitarbeiter und weicht Hans keinen Schritt mehr von der Seite.

16 Die drei Weisen

Der 26. Juni 1994 ist ein Sonntag. Hans sitzt auf der Terrasse vor dem Büro und schreibt Briefe an Freunde und Bekannte. Außer Nafuu, seiner Nichte Julia und einigen wenigen Angestellten ist niemand da.

Simba zu seinen Füßen wird unruhig. Er schnüffelt mit seiner großen schwarzen Nase herum, steht dann langsam auf und trottet bellend zum Strand hinab. Drei alte Männer kommen mit rüstigem Schritt aus der Richtung des heiligen Baobabs heran. Seltsam ist, dass Simba sie mit freudig wedelndem Schwanz begrüßt, fast wie alte Bekannte. Hans staunt noch mehr, als diese Männer sich zu seinem Hund hinunter beugen und ihn streicheln. Bei dem Ruf, den sein löwenmähniger Wächter überall genießt, wagt das von der lokalen Bevölkerung sonst niemand.

Als Hans hinzutritt, heben die drei Ankömmlinge ihre Hände zum Gesicht und verbeugen sich vor ihm. Er folgt diesem Begrüßungszeremoniell, das zwischen alten Männern an der kenianischen Küste üblich ist. „Karibuni, Wazee", sagt Hans, „willkommen, meine Herren." Dann beginnt das obligate Höflichkeits-Geplauder mit Fragen nach Familie, Gesundheit und Geschäft sowie generellen Überlegungen zu Wetterlage und Ernteaussichten. Hans und Simba geleiten die Besucher zum großen Tisch vor der Personalküche. Als er sie bittet, auf den Bänken Platz zu nehmen, schütteln sie die Köpfe. Sie bevorzugen die große Sisal-Matte, die vor einer Palme ausgebreitet liegt. Man setzt sich mit gekreuzten Beinen im Kreis nieder. Nafuu tritt hinzu und fragt, ob sie Tee bringen dürfe. Die drei Männer scheinen sie gut zu kennen und plaudern mit ihr in Swahili, das Hans immer noch schlecht versteht.

Nafuu beugt sich anschließend zu Hans hinunter und küsst

seine Stirn. „Die drei hier sind Freunde meines Vaters. Sie gelten als die weisesten Männer an der südlichen Küste. Ihr Besuch ist eine große Ehre für uns und ganz besonders für dich. Sie sind die Hüter alter Überlieferungen und Weisheiten, die seit Urzeiten von einer Generation zur nächsten weitergegeben wurden. Sie wollen mit dir reden."

„Ich bin Karim und komme ursprünglich aus dem Norden von Mosambik", beginnt der erste. „Der Stamm, dem ich angehöre, sind die Makonde. Letztlich geht unser Volk allerdings auf die Bantu zurück. Auch du stammst auf Umwegen von den Bantu ab. Du hast zwar eine weiße Haut und wir eine braune, aber wir haben dieselben Stammväter und -mütter. Hier in unserem Afrika liegt auch dein Ursprung, und jetzt bist du heimgekehrt. Sei uns willkommen." Karim, der noch faltenlos jung aussieht, verneigt sich lächelnd und gibt Hans die Hand. Der weiß nicht, wie ihm geschieht. Er erinnert sich an einen Satz, der dem berühmten Paläoanthropologen Richard Leakey zugeschrieben wird: „Wenn wir nach Afrika kommen, haben wir das Gefühl, hierher zu gehören. Ich bezeichne das als eine Art genetischer Erinnerung." Leakeys Eltern hatten in Kenia und Äthiopien die bis dahin ältesten Knochenfunde aufrecht gehender Hominiden gemacht.

„Mein Name ist David", unterbricht der zweite seine Gedankengänge. „Auch mein Stamm, die Giriama, sind Bantu vom Ursprung her. Die meisten von uns sind heute Christen und leben an der kenianischen Nordküste. Die Gegend um Malindi und Kilifi ist unsere Heimat."

Der dritte Mann scheint der Älteste zu sein. Er hat einen langen weißen Bart, sitzt aufrecht und bewegungslos wie eine Statue und spricht mit einem warmen Bass. „Ich heiße Salim und bin vom Stamm der Duruma. Wir sind ein Volk von Hirten und Bauern, das zwischen dem westlichen Tsavo und den Shimba Hills lebt. Mein Stamm ist reich an Rindern und schönen Frauen, aber arm an Wasser. Auch wir sind Bantu von unseren Urvätern her. Die meisten von uns sind Moslems, nur einige wenige sind Christen. Die einen berufen sich auf den Propheten Mohammed, die anderen auf den Erlöser Jesus. Aber das macht vor Gott keinen großen Unterschied."

Salim macht eine kurze Pause, um dann zur Sache zu kommen. „Du, Mr. Hans, gehörst zwar keiner Religion an. Aber du bist trotzdem ein gottesfürchtiger Mensch, dessen sind wir gewiss. Du bist obendrein von den Ahnen auserwählt worden, ein lebenslanger Hüter dieses heiligen Platzes zu sein, und du hast diese Aufgabe mit großem Ernst angenommen. Deshalb sind wir gekommen, um dir eine alte Weisheit anzuvertrauen, die unter den Bantu-Völkern von Generation zu Generation immer nur mündlich weitergegeben wurde. Wir hatten in Afrika ja nie eine Schriftsprache. Auf wen diese Geschichte letztlich zurückgeht, wissen wir nicht. Aber wir glauben, dass es auch ein Prophet war, ein afrikanischer Prophet, der sie uns hinterlassen hat. Natürlich hat sich die Geschichte im Laufe der Jahrhunderte verändert, weil unsere ursprüngliche Bantu-Sprache sehr arm an Worten war. Aber der wahre Kern muss geblieben sein, denn die Wahrheit erkennt jeder aufrichtige Mensch mit Hilfe seiner Seele, die seine direkte Verbindung zu Gott ist." Salim hält inne und lächelt. „Das weißt du ja mittlerweile von deinem Yahya."

„Die Zeiten haben sich sehr verändert", fährt er fort. „Es gibt Radio, Fernsehen und Telefon. Die jungen Menschen haben keine Zeit oder keine Lust mehr, Geschichten zu hören. Und wir sind zu alt und zu müde, sie an Menschen weiterzugeben, die verlernt haben, zuzuhören, und die über uns Alte lachen, die nicht einmal einen UKW-Sender richtig einstellen können. Aber unsere Geschichte ist so wichtig, dass wir sie in gute Hände geben wollen, bevor wir sterben. Was du mit dem Gehörten anfängst, ob du es später ebenfalls weiter erzählst, oder ob du alles aufschreibst, das wird dir beizeiten dein Yahya raten."

Die drei machen eine Pause. Der Tee wird gebracht. Die Alten schlürfen ihn heiß mit viel Zucker und Milch, wie es hier üblich ist. Hans schweigt beschämt und geehrt zugleich. Wie kommen diese Männer dazu, ausgerechnet ihm eine Geschichte aus ihrer versunkenen Vergangenheit zu hinterlassen? Und wo ist Mzee Kassim, sein väterlicher Freund? Er hat doch garantiert damit zu tun. „Mzee Kassim hat uns zu dir geschickt", sagt Salim, als wäre er ein Gedankenleser. „Aber er will besser nicht dabei sein. Ihr steht einander zu nah, als dass du dir unsere Geschichte in seiner Gegenwart völlig losgelöst anhören kannst."

Hans nickt verständig. Dann sucht er nach ein paar angemessenen Worten des Dankes. „Es ist mir eine große Ehre, dass ihr mir diese verantwortungsvolle Aufgabe übertragen wollt. Ich hoffe nur, ich bin ihrer würdig."

„Das hoffen wir auch", sagt Karim. „Aber jetzt wird es Zeit, dich mit unserem Wissen vertraut zu machen. Und wundere dich nicht, wenn wir ab und zu moderne Begriffe gebrauchen. Unsere Kinder, die in die Schule gehen und viele neue Dinge lernen, haben sie uns beigebracht, um dir das Verständnis zu erleichtern.

Es gibt eine kreative Energie, die nicht nur unser Universum ausfüllt, sondern alle sieben Himmel, die es gibt. Diese sind durch große schwarze Türen miteinander verbunden. Die Energie, die wir Gott, Allah oder auch Jahwe nennen, ist wie ein emsiger Künstler. Sie schafft unentwegt neue Dinge. Nie sind zwei ihrer wundervollen Schöpfungen gleich. Alles Geschaffene ist herrlich und unbegreiflich schön in jedem Detail."

„Gott benutzt nur drei Hilfsmittel für seine Kreationen", fährt David fort. „Erstens: das Wunder der Zahlen, die Mathematik. Zweitens: die Gravitation, die Schwerkraft. Und drittens die Rotation, also die Fliehkraft. Nur diese drei sind die Basis aller seiner Schöpfungen, ob es sich um tote Materie handelt oder um lebendige Wesen. Alles ist berechnet und alles steht in einem wundervollen Zusammenhang, und seine Werke reichen von unendlich klein bis unendlich groß. Diese Tasse zum Beispiel erscheint uns völlig fest. Aber tatsächlich bewegt sich alles in ihr nach seinen ewigen Gesetzen. Die Abstände der kleinsten Dinge von den nächst größeren stehen im gleichen Verhältnis wie die Abstände von der Erde zur Sonne, die wir ebenso umrunden."

„Gott also ist der allmächtige Künstler", sagt Salim. „Und alle Künstler brauchen, wie du weißt, Bewunderer. Deswegen hat er überall in den sieben Himmeln Lebewesen geschaffen, manche ähnlich uns Menschen, manche anders. Alle jedoch haben zwei Gemeinsamkeiten. Sie sind in der Lage, Gott zu denken. Das ist eine Fähigkeit, die Tiere nicht haben. Und Gott hat ihnen eine Sprache gegeben, in der sie seine wundervollen Werke loben können."

„Uns Menschen hier auf der Erde hat er noch ein weiteres

Geschenk gemacht“, wirft David ein, „auch wenn leider nicht alle etwas damit anfangen können: das ist der Humor. Denn wer lacht und fröhlich ist wie die Kinder, kann sich nicht ernsthaft streiten und Kriege führen. Wenn Gott uns den Humor gegeben hat, muss er selbst auch Humor haben. Das ist doch beruhigend, oder?“

„So, wie Gott alles aus den Kräften Gravitation und Rotation macht“, fährt Karim ernsthaft fort, „ist seine Schöpfung immer auch ein Spiegelbild dieser Gegensätzlichkeiten. Wir nennen diese Gegensätze die Kräfte der linken Hand und die Kräfte der rechten Hand. In den Heiligen Schriften werden sie gelegentlich Gott und Teufel genannt, oder gute und böse Geister. Auch das chinesische Yin und Yang gehört dazu. Das hängt von der jeweiligen Religion ab, die Gott den Menschen gegeben hat. In unserer Bantu-Geschichte sind diese Gegensätze nicht gut oder böse, sondern sie haben verschiedene Aufgaben. Die Kräfte der rechten Hand sind die schöpferischen, die der linken Hand die bewahrenden Kräfte. Es ist mit uns ja nicht anders: die rechte Hand schnitzt das Holz, die linke hält es fest. Die rechte malt, die linke hält die Farbpalette. Dir fallen bestimmt auch Beispiele ein, was die Menschen mit den Kräften der rechten Hand machen, und was mit den Kräften der Linken.“

„Mit den Kräften der rechten Hand dürfte das recht einfach sein“, antwortet Hans nach kurzer Überlegung. „Mir fallen in dem Zusammenhang natürlich vor allem Musik und Kunstwerke ein, von denen die schönsten immer und überall jene Stätten zieren, die zu Ehren Gottes errichtet worden sind, also Kirchen, Klöster, Moscheen oder Tempel. Und ich denke an Genies wie Michaelangelo und Leonardo da Vinci.“

„Und was machen die Kräfte der linken Hand?“, fragt Salim. „Wofür sind diese Kräfte verantwortlich, die versuchen, die Dinge dieser Erde zu organisieren, zu normieren, zu regulieren?“ Er sieht Hans erwartungsvoll an. Der denkt angestrengt nach. „Ihr stärkster Ausdruck könnten Uniformen sein“, schlägt Hans vor, „die machen alle, die drin stecken, gleich.“

„Nicht schlecht! Als Symbol der Autorität und der Funktion des Trägers sind Uniformen ganz klar eine Sache der linken Hand. Macht hat nichts mit Kreativität zu tun. Sie ist aber notwendig, solange sie nicht missbraucht wird. Da liegt die Gefahr."

Hans dreht die ganze Zeit schon unbewusst seine Zigarettenschachtel in der Hand. „Vielleicht sind auch Markenartikel wie diese von der linken Hand. Sie müssen ja möglichst gleich sein, um überall wieder erkannt und gekauft zu werden."

„Ja, du hast Recht. Auch deine Zigaretten sind von den Kräften der linken Hand."

Hans bekommt Spaß an der Sache. „Die Technik muss ebenfalls von der linken Hand sein, denn je gleicher die Teile einer Maschine sind, desto wirtschaftlicher ist die Produktion. Die Konstruktion erfordert zwar auch Einfalls-Reichtum, folgt aber nicht den Gesetzen der Kreativität und Schönheit, sondern denen der Rationalität und Funktionalität."

„Ja, auch da müssen wir zustimmen. Das ist treffend beschrieben."

„Und das Geld", legt Hans nach, „die Scheine aus billigem Papier, die die unterschiedlichsten Dinge gleich machen, wenn nur ihr Preis der gleiche ist."

„Auch damit hast du Recht! Aber weißt du auch, was diese Erkenntnisse für die Menschheit bedeuten?"

„Ich habe keine Ahnung, meine Herren."

„Alles, was von der rechten Hand kommt, was kreativ und einmalig ist, gibt den Menschen, die es bewundern, neue Energie. Deswegen sind schöne und liebevoll gestaltete Dinge so wertvoll. Wunderbare Schnitzereien, Bilder, Bauwerke, Gärten und lebendige, schöpferische Musik, all das macht glücklich und stärkt die Seele wie die von Gott geschaffene Natur. Diese Dinge übertragen die Energie, die in ihnen wohnt, auf Betrachter und Zuhörer. Die Dinge, die von der linken Hand kommen, haben diese Fähigkeit nicht. Sie bewirken eher das Gegenteil. Sie nehmen uns die Energie zur Kreativität und machen abhängig und süchtig: Macht, Geld, Technik, Massenwaren. Hierin liegt eine große Gefahr für die Menschheit, denn die Kräfte der linken Hand haben begonnen, auf dieser Erde den Ton anzugeben. Die Waagschale zwischen links und rechts, schlecht und gut, Dämonen und Engeln neigt sich nach links. Die Menschen werden von

Gott geschaffen, um seine herrlichen Werke zu bewundern, zu loben und ihre starke Energie für sich zu nutzen. Stattdessen missachten, ja zerstören sie diese immer mehr."

Salim hält kurz inne und deutet mit dem Finger auf Hans. „Du bist in deinem vorigen Leben an dieser materialistischen Welt zerbrochen und hast in unserem Kulturkreis und bei unseren Geistern Hilfe gefunden. Aber du verstehst und sprichst die Sprache der modernen Welt immer noch. Kläre sie auf, diese von der linken Hand mehr und mehr abhängigen Menschen. Vielleicht ist es noch nicht zu spät."

Hans dreht sich alles im Kopf. Er hat noch so viele Fragen, aber er stellt nur eine. „Warum lässt Gott zu, dass seine Erde aus dem Gleichgewicht gerät?"

„Für Gott", antwortet David, nachdem ihm die anderen beiden auffordernd zugenickt haben, „für den Schöpfer aller Welten, gibt es kein ‚Gut' oder ‚Böse'. Das sind Begriffe, die er den Menschen nur gegeben hat, damit sie ihr Zusammenleben besser organisieren können. So sind Gut und Böse für die christlichen Erdenbewohner zu Stein geworden in seinen Zehn Geboten. Aber sogar in jeder unserer Körperzellen sind seine Anweisungen enthalten. Instinkte nennen das die Wissenschaftler wohl, und die zeigen den Raubtieren, wie sie jagen, den Vögeln, wie sie ihre Nester bauen müssen, und den Menschen, wie sie ihr Familienleben organisieren sollen. Uns Menschen hat er aber gleichzeitig auch den Verstand gegeben. Den können wir leider falsch nutzen und auf der Erde das göttliche Gleichgewicht zerstören. Er hat es so eingerichtet, und folglich wird er es geschehen lassen, denn nichts außer seiner Energie ist für die Ewigkeit geschaffen."

„Und was ist das Leben?", fragt Hans.

„Das Leben ist ein Wassertropfen. Er springt aus dem Meer, gewinnt Gestalt in seiner zarten Haut. Die Sonne spiegelt sich in ihm. Neidisch ist er auf die Tropfen, die höher fliegen, und mit Verachtung sieht er auf die Tropfen unter ihm. Wenn er seinen Zenit erreicht hat, geht es zu seinem Schrecken abwärts. Die meisten Tropfen landen wieder im Meer. Das ist die Auflösung der Persönlichkeit in der Energie Gottes. Andere fallen auf eine Pflanze und bewässern sie. Das sind die rechten Künstler, die auch nach dem Tod noch Energie für die Lebenden spenden, so wie unsere Geister, die noch da sind, um uns zu helfen."

Hans sitzt verwirrt und betreten auf der Matte. Dann reißt er sich zusammen und verspricht, alles aufzuschreiben und an andere Menschen weiter zu geben, die sich für diese Botschaft interessieren. Hoffentlich, denkt er, kann er sich das alles merken. Zu seiner Überraschung springen die drei auf, lachen und umarmen ihn einer nach dem anderen. Sie scheinen ganz aus dem Häuschen vor Freude und fangen sogar an zu tanzen. „Warum seid ihr plötzlich so übermütig?", fragt Hans, nachdem ihnen die Puste ausgegangen ist.

„Mr. Hans, wir sind so glücklich, weil wir die schwere Verantwortung des Wissens an dich übergeben haben. Jetzt sind wir frei und du trägst die Last. Jetzt können wir in Ruhe und Frieden sterben und uns zu den Geistern gesellen, die zeitlos durch das Universum schweben. Und wenn Gott es will, dürfen unsere Seelen irgendwann durch eine schwarze Tür gehen und in einem anderen Universum neu erwachen. Das ist aber nur denen vergönnt, die mit der Energie der rechten Hand gesegnet sind. Verstehst du jetzt unsere Freude?" Sie umarmen Hans noch einmal und gehen fröhlich schwatzend davon.

17 Affentheater

Hans hat neuerdings einen Stammplatz im Matatu nach Mombasa. Jeden Freitag wird für ihn der beste Sitz, gleich neben dem Fahrer, freigehalten. Auf dem Rückweg ist der Dachgepäckträger regelmäßig hochbeladen mit Dingen, die Hans für Mwazaro eingekauft hat.

Das Matatu saust über den frisch planierten Shimoni Highway. Kurz vor der Mwazaro-Abzweigung reduziert es die Geschwindigkeit. Hans sieht seine wartenden Mitarbeiter schon winken. Sie stehen am Straßenrand, um den Einkauf auf Schubkarren das letzte Wegstück zum Strand hinunterzuschaffen. Simba sitzt wie immer dabei. Plötzlich überquert eine Pavianherde mit großen Sprüngen die Fahrbahn. Das letzte Tier bleibt unerwartet auf der Straße sitzen und fängt an, sein Hinterteil abzutasten. Der Busfahrer gibt unter dem Gejohle der Insassen Gas. Hans schreit auf, als das überraschte Tier von den Vorderrädern erfasst wird.

Das Auto stoppt, und alles drängt nach draußen. Hans beugt sich unter die blutige Stoßstange und sieht, dass eine Pavian-Mutter überfahren wurde, die gerade dabei war, ein Junges zu gebären. Das Neugeborene hängt noch an der Nabelschnur in dem zerrissenen Hautsack und schreit erbärmlich. Hans legt sich auf den Rücken, schiebt sich unter das Auto und trennt die Nabelschnur mit seinem Messer durch. Das Affenbaby fühlt seine warme Hand und hört auf zu schreien. Ein paar Mitpassagiere kommen auf Hans zu und deuten grinsend hinüber zu einem Straßenbaum. An den soll er offenbar den kleinen Affen schmettern.

Entsetzt schüttelt Hans den Kopf. Der vorlauteste Bursche löst sich aus der Gruppe und will ihm das Kleine aus der Hand reißen. Da greift Simba ein: knurrend springt er den aufdringlichen Rüpel an, der zurückstolpert und hinfällt. Die Umstehenden erstarren, als Simba sich zähnefletschend über ihn stellt. Jetzt eilen auch die Mwazaro-Mitarbeiter zu Hilfe. Die Passagiere drängen zurück in den Bus, dessen Fahrer nervös mit dem Gaspedal spielt. Mit einem knappen „Simba, aus!“, beendet Hans die unerfreuliche Szene.

Das Affenbaby schreit wieder jämmerlich. Simba beschnüffelt es und leckt es dann sauber. Unvermutet klammert sich das Äffchen an Simbas Halsfell. Hans versucht es vergeblich aus den Haaren zu lösen, es hängt fest wie eine Klette. Simbas Schwanz wedelt heftig vor Freude. Er scheint mächtig stolz auf seinen neuen Anhang.

Äffchen Susi wächst in einem Monat auf das Doppelte ihrer ursprünglichen Größe heran. Nafuu füttert sie dreimal täglich mit einer Nuckelflasche. Anfangs bekommt sie Milch mit Honig, dann Bananen, Ananas, Mangos und Pfannkuchen. Bereits nach wenigen Tagen ist sie stubenrein. Simba ist ihr Ein und Alles, und sie reitet stundenlang auf seinem Rücken. Mit der Zeit entwickelt sie recht menschliche Verhaltensweisen und beginnt, mit einer Art Zeichensprache zu kommunizieren. Wenn sie Hunger hat, deutet sie mit dem Zeigefinger auf ihren Mund. Wenn sie etwas nicht bekommt, wirft sie sich auf die Erde und trommelt mit den Fäustchen.

Erst schläft sie im hinteren Teil des Büros, das sie in wenigen Tagen total ramponiert. Akten fliegen durch die Gegend, aus dem Regal geschubste Bücher liegen auf dem Fußboden, und die Kugelschreiber sind angenagt. Partner Mwadzikomba hat höllische Angst vor ihr, und sie vor ihm. Hans und Nafuu verzweifeln bei dem Versuch, sie wenigstens ansatzweise zu erziehen. Nur vor Simba hat Susi Respekt. Wenn sie tobt, braucht er sie nur kurz anzuknurren und schon läuft sie zu ihm, umarmt ihn und klettert artig auf seinen Rücken.

Hans fährt mit dem Fahrrad an einen nahe gelegenen Platz, wo eine Pavian-Familie haust. Er will wissen, wie Affeneltern ihren Nachwuchs erziehen. Was er dort beobachtet, ist mehr als erstaunlich. Wenn ein Kleines Ärger macht, wirft die Mutter oder ein anderer Affe es in hohem Bogen durch die Luft. Es kreischt dann ängstlich und ist anschließend wieder folgsam. Hans probiert die brachiale Methode später ebenfalls aus. Die Wirkung ist umwerfend. Susi beginnt zu gehorchen. Sie kommt, wenn man sie ruft und wird zum braven Liebling der Besucher. Sie hockt bei Tisch auf ihrem Platz und versucht sogar mit dem Löffel zu essen, was zum Vergnügen der Gäste meistens in einer ziemlichen Sauerei um ihren Teller herum endet. Wenn ein Gast nicht aufpasst, weil er sich gerade mit seinem Nachbarn unterhält, stiehlt Susi ihm blitzschnell die besten Stücke vom Teller. Aber niemand ist darüber ernstlich böse, und Susi wird von morgens bis abends gefilmt und fotografiert. Sie turnt über die Dächer, und Hans muss seine Mitarbeiter zum Reparieren hinterher schicken.

Bald gehören auch Rollenspiele zu ihrem Repertoire. Eines abends kommt sie in ein Bettlaken gehüllt aus einer Banda. Sie hat ein Fernglas umgehängt, das ihr zwischen den Beinen baumelt. In der einen Hand hält sie einen Reisepass und in der anderen eine ausgeräumte Handtasche. Alle lachen und fotografieren, nur die bestohlene Bewohnerin ist stinksauer. Eine wilde Verfolgungsjagd beginnt, in deren Verlauf Susi ein Accessoire nach dem anderen verliert. Die humorlose Dame, die ihre Tür nicht geschlossen hatte, reist kurzfristig ab und verspricht, nie wieder zu kommen.

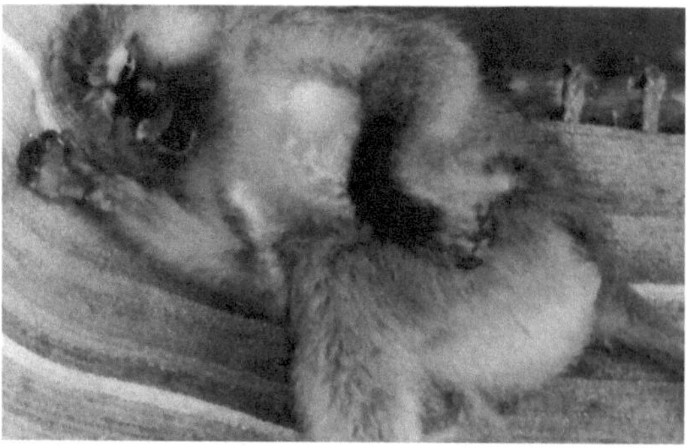

Die Affendame Susi

Als Susi ein Jahr alt wird, entwickelt sie eine neue, höchst peinliche Marotte: jedem Mann geht sie an die Hose. Obwohl sich alle darüber amüsieren, sorgt sich Hans. Immer häufiger muss er die übermütige Susi durch die Luft schleudern, damit sie sich wieder anständig benimmt. Bei den Gästen bringt ihn das manchmal als Tierquäler in Verruf, was sich allerdings meist rasch legt, wenn sie sehen, wie Susi ihrem vermeintlichen Peiniger anschließend in die Arme hüpft.

Ein Nissan Pajero braust mit hoher Geschwindigkeit den Weg herunter. Mit scharfem Bremsen kommt das Auto auf dem Parkplatz zum Stehen. Hubert und Maria klettern heraus, beide waren im letzten Jahr schon einmal da. Ein bayerisches Bilderbuchpaar, durch Devotionalienhandel reich geworden, sie im Dirndl und er in krachlederner Hose. Um das Klischee perfekt zu machen, lassen sie sich von DHL Überlebenspakete mit Weißwurst, süßem Senf, Folienhaxen, Weizenbierdosen und Enzianschnaps in jede größere Stadt voraussenden.

Nach kurzer Begrüßung eilen beide mit Kulturbeutel und Handtuch ins Badehaus. Was dann genau passiert, erfahren Hans und die anderen Gäste etwas später von Hubert, der es schmerzverzerrt auf Urbayerisch hervorpresst. Auf Hochdeutsch muss sich etwa folgendes zugetragen haben: Hubert ist stracks in die Duschkabine gestiegen. Unterdessen hat sich Maria nebenan auf der Echtholzbrille niedergelassen. Sie genießt den Toilettenluxus, denn meist muss man auf Afrika-Reisen mit angeknacksten Plastiksitzen Vorlieb nehmen. Allerdings ist der Halter für die Klopapierrolle leer. Während hinter der halbhohen Trennwand die Brause zu rauschen beginnt, fällt Marias Blick auf ein Holzregal über ihrem Kopf, auf dem die gesuchten weißen Rollen stehen. Gerade will sie sich hochrecken, als eine dünne behaarte Hand eine Rolle ergreift und sie auf Marias Schoss plumpsen lässt.

Hubert, der sich nebenan das mitgebrachte Bergfichten-Shampoo in seine weiße Haarpracht massiert, erstarrt bei ihrem fürchterlichen Schrei. Über ihm im Gebälk bewegt sich etwas, und dann sieht er einen offenkundigen Nachfahren King Kongs die Zähne fletschen. Nach einer Schrecksekunde richtet Hubert den Brauseschlauch zur Verteidigung nach oben. Doch wenn Paviane vor etwas Angst haben, dann ist es Wasser. Susi quietscht und weicht dem Wasserstrahl durch einen beherzten Sprung auf den Boden der Duschkabine aus. Hubert lässt die Brause fallen, die wie eine tanzende Schlange in alle Richtungen spritzt. Seine rechte Hand tastet nach dem Türriegel hinter ihm, während seine Linke die Paviandame abwehrt, die genauso viel Angst hat und auch zur Tür hinaus will. Susi schnappt voller Panik nach etwas, das besonders bedrohlich vor ihren Augen hin und her baumelt. Hubert schreit vor Schmerz.

Hans auf seiner Terrasse schwant Schreckliches. Er eilt in Richtung Tatort. Da kommt ihm auch schon die zornig schnaubende Maria entgegen. Hinter ihr stürmt der nackte Hubert aus dem Waschhaus. Mit seiner Linken bedeckt er seine blutende Männlichkeit, die andere Hand hält die Lederhose. Susi saust schuldbewusst an allen vorbei auf den nächsten Baum.

Hans schiebt die schimpfende Maria zur Seite und bugsiert das vor sich hin jammernde Affen-Opfer ins Büro. Eine Valium-Injektion entspannt Huberts Muskeln, und sein Zittern hört auf. Dankenswerterweise kann der Patient wegen seines dicken Bauches nicht beobachten, was Hans da unten genau tut. Nach einer lokalen Betäubungsspritze vernäht er die arg in Mitleidenschaft gezogene Vorhaut und macht einen Verband. Weil er sich als Daktari gelegentlich um nicht ganz geglückte Knaben-Beschneidungen kümmern muss, hat Hans mit derlei Dingen Erfahrung.

Die beiden Kurzbesucher reisen unter Beschimpfungen und Drohungen sofort wieder ab. Sie bringen noch am gleichen Tag das Polizeirevier in Msambweni zum Lachen, als Hubert

Anzeige erstatten will. Der Kommissar vom Dienst fragt hartnäckig, wer ihn denn jetzt gebissen hätte: ein Pavian, ein Fräulein Susi oder der Herr Hans. Da das Englisch der beiden Bajuwaren nicht ausreicht, um diese Frage befriedigend zu klären, und weil das schadenfrohe Gefeixe der Polizisten keine ernsthafte Erörterung des Problems zulässt, ziehen sie weiter, verletzt an Leib und Seele. Gottlob wartet in Mombasa schon das nächste Trost spendende Fresspaket aus der blauweißen Heimat.

Hans beschließt nach einem langen Gespräch mit Nafuu und einem tiefen Blick in die Augen von Simba, das geliebte Biest versuchsweise dorthin zu bringen, wo er schon einmal erfolgreich die Erziehungsmethoden der Paviane studiert hat. Dabei ist es eine große Hilfe, dass Susi leidenschaftlich gern Fahrrad fährt. Wenn die Mitarbeiter am Morgen den Weg herunterrasen, springt sie geschickt hinten auf die Gepäckträger und klammert sich am Sattel fest. Einmal ist sie mit Hans schon bis nach Shimoni geradelt und hat, während Hans die Post abholte, mit gefletschten Zähnen auf das Rad aufgepasst.

Hans besteigt also das Firmenrad, und Susi springt voller Vorfreude hinten auf. Sie fahren in Richtung Affen-Allee und hören schon von weitem das Gekreisch. Susi wird ganz aufgeregt. Sie klettert auf Hans' Schulter und fängt an zu gackern. In der großen Paviangruppe wird wie immer gestritten und gerangelt. Hans steigt vom Rad. Susi sitzt ganz still auf seiner Schulter. Plötzlich springt sie hinunter und mit langen Sätzen auf die Paviane zu. Sie verschwindet in der Herde und dreht sich nicht einmal mehr nach ihrem Ziehvater um, als dieser auf sein Fahrrad klettert.

Hans radelt heimwärts, gleichermaßen gekränkt wie erleichtert.

18 Die Arbeitserlaubnis

Der Robinson Club in Diani hat viele, überwiegend deutsche, Stammgäste. Sie lieben das afrikanische Ambiente, die ausgezeichnete Küche, den tropischen Garten und das gut geschulte und freundliche Personal. Abgesehen davon ist der vorgelagerte

Strandabschnitt einer der schönsten in Diani. Und als Tüpfelchen auf dem „i“ kann man jetzt auch noch mit einem „echten“ Robinson aufwarten, der quasi nebenan lebt – kein Wunder, dass Club-Direktor Kurt Weber Mwazaro Beach und Hans von Loesch rasch in das Ausflugsprogramm seiner Gäste aufgenommen hat.

Der erkennt sofort seine Chance. Gemeinsam mit dem Umweltdirektor des Reisekonzerns TUI, Wolf Michael Iwand, entwickelt er eine Tagestour, bei der die Gäste des Clubs mithelfen können, die schlimmen Kahlschläge im Mangroven-Urwald des Ramisi-Flusses aufzuforsten. Das passt genau zum Image des Clubs und entspricht den Erwartungen vieler Gäste, die nicht nur pauschal abhängen, sondern auch der Natur und der Bevölkerung des Gastlandes ein wenig näher kommen wollen.

Für Hans wird die lukrative Zusammenarbeit auch ein Schnellkurs im professionellen Touristen-Management. Nichts bleibt dem Zufall überlassen, jede Minute und jedes Detail werden genau geplant. Ein Problem ist, dass Mwazaro zunächst über kein eigenes Boot verfügt, sondern bei Bedarf das Fiberglas-Kanu der Forstverwaltung verwendet. Die hat schließlich auch ein Interesse daran, den Holzraub zu stoppen und die Touristen-Aktionen als Vorbild für weitere Aufforstungsprogramme zu nutzen. Auch will man Erfahrungen sammeln, wie und wo man welche Mangroven pflanzen kann. Das Benzin zahlt Hans. Die TUI-Manager sind allerdings bald der Meinung, dass die Zuverlässigkeit und Sicherheit dieser Umweltaktion nur mit einem stabilen Hartholzboot, einem neuen Motor und ausreichenden Rettungswesten zu gewährleisten ist.

Da Hans nicht genug Geld für diese kostspieligen Anschaffungen hat, schießt das Reiseunternehmen die nötige Summe unbürokratisch vor. Das Mwazaro-Umweltprogramm beginnt mit fünf Pflanzaktionen pro Woche so erfolgreich, dass Hans das Darlehen für das Boot schon nach drei Monaten zurückzahlen kann.

Ein doppelseitiger Artikel in der „Nation“, Kenias größter Tageszeitung, würdigt die Initiative bald als Musterbeispiel für richtungweisenden Öko-Tourismus. Auf die Mitarbeiter von Mwazaro wirkt das Ganze wie ein Wunder. Plötzlich ist wieder

Geld da, es kann weiter gebaut werden, und die Löhne werden pünktlich bezahlt.

Auch die Einwanderungsbehörde hat den Zeitungs-Artikel mit großem Interesse gelesen. Ein eifriger Beamter stellt daraufhin fest, dass der vielgelobte Mr. Hans gar keine Arbeitserlaubnis und nicht mal eine Akte besitzt. Man schickt sofort einen Mitarbeiter, um diesen unglaublichen Tatbestand aufzuklären.

Simba riecht Beamte schon von weitem, und nur das Eingreifen von Chefkoch Aserini verhindert, dass der zu Fuß heranmarschierende Staatsdiener beim Betreten des Mwazaro-Areals seine Hosen verliert. Der Beamte macht ein entsprechend grimmiges Gesicht, als er Hans vorgestellt wird. „Es ist ein schweres Vergehen in Kenia, eine Firma als Geschäftsführer ohne Arbeitserlaubnis zu leiten. Wenn Sie mir das gültige Papier nicht sofort vorlegen, muss ich Sie verhaften und nach Mombasa ins Gefängnis mitnehmen. Dort wird Ihnen der Prozess gemacht. Wenn Sie hier leben wollen, müssen Sie sich nach den Gesetzen unseres Landes richten!“ Simba knurrt den lautstarken Beamten an und bleckt die Zähne. Sofort wird dieser konzilianter. „Halten Sie die Bestie fest! Man kann ja über alles reden.“

Zum Glück ist es einer jener wenigen Tage, an denen Councillor Mwadzikomba an seiner zweiten Wirkungsstätte Mwazaro tätig ist. Hans hat ihm vor geraumer Zeit seinen Reisepass und diverse unterschriebene Anträge für eine Arbeitserlaubnis ausgehändigt. Aber bei jeder Nachfrage nach dem amtlichen Papier hat Mwadzikomba ihm nur eine abgestempelte Visumverlängerung gezeigt. Die Summe, die Hans investiert habe, sei noch zu klein, um eine Arbeitserlaubnis für Investoren zu bekommen, lautet stets seine Auskunft. ‚Jetzt muss mein Kompagnon mal die Kohlen für mich aus dem Feuer holen‘, denkt Hans, und beäugt den Beamten siegessicher. „Wir brauchen gar nicht weiter zu reden. Mein Partner ist Mitglied des Kwale County Council und für alle administrativen Dinge in dieser Firma verantwortlich. Auch für meine Arbeitsbewilligung. Dafür habe ich sogar schon zweimal Anträge ausgefüllt und jeweils sechzigtausend Schillinge bezahlt.“

Sie gehen den Weg zur Bar hinauf, wo der Councillor mit einem Gast an Aserinis prämiertem Tischchen Backgammon spielt. Simba klebt die ganze Zeit mit der Nase an der Beamtenwade. Dieser schaut sich immer wieder ängstlich um und versucht zu beschwichtigen. „Wir werden schon eine Lösung finden. Ich bin doch kein Unmensch! Mit einer kleineren Strafgebühr könnte man schon einiges erreichen, und auch ich habe gute Freunde und Beziehungen."

Der Councillor springt wie elektrisiert auf, als er den Beamten erblickt. Sein Gesicht verzieht sich. Erst redet er wütend, dann bittend auf ihn ein, alles in Swahili. Hans versteht kein Wort, aber er merkt, dass hier irgendetwas nicht stimmt. Die kennen sich doch! Jetzt flüstern sie und verlassen die Bar, ohne sich nach ihm umzusehen. Hans schwant Unheil. Er folgt den beiden in einigem Abstand und sieht, wie sie stehen bleiben, verstohlen lachen und sich die Hände schütteln. Dann gehen sie in das Büro. Hans tritt heran und schielt durch die Fenstermatte.

Mwadzikomba gibt dem Beamten gerade ein Bündel Geldscheine und Hans' grünen deutschen Reisepass. Der Besucher zieht einen Stempel aus der Tasche, haucht ihn an und drückt ihn in den Pass, ohne die Visum-Einträge zu prüfen. Er zieht einen goldenen Kugelschreiber aus dem Jackett und schreibt etwas in den Stempelabdruck hinein.

Hans reißt die Tür auf. Die beiden Männer erstarren. Mwadzikomba will den Pass in die Tasche stecken. Er stößt Hans ungestüm zurück, als der danach greifen will. Aber Simba ist schneller, springt hoch und schnappt sich das wertvolle Dokument. Hans nimmt den Pass aus Simbas Maul, öffnet ihn und sieht einen großen Stempel. „Entry Permit H" steht da. Das bedeutet eine Arbeitserlaubnis für zwei Jahre.

Mwadzikomba will den Pass wiederhaben und greift danach. Aber Simba knurrt ihn böse an. Schweißperlen rinnen dem Councillor von der Stirn. Der Beamte redet schnell in Swahili auf ihn ein. Dann zieht er unter dem Protest von Mwadzikomba einen gelben Zettel aus der Tasche. „Das brauchen Sie auch noch", sagt er, drückt Hans das Papier in die Hand und dreht sich um. Hans begleitet ihn durch die Tür. Sein Partner ist auf dem Bürostuhl zusammengesunken.

„Sehen Sie sich vor, der Mann ist gefährlich", sagt der

Beamte zum Abschied auf dem Parkplatz. Und rät Hans, das gelbe Dokument besonders sicher aufzubewahren, weil es der einzige Beleg für die ordnungsgemäße Einzahlung sei.

Schatten über Mwazaro: Hans und Mwadzikomba

Hans lehnt sich an einen Mandelbaum. In seinem Kopf dreht sich alles, und eine böse Ahnung lässt Übelkeit in ihm aufsteigen. Er ist zwar froh, dass er endlich seine Genehmigungen hat. Aber warum wollte sein Partner den Pass behalten und vermeiden, dass er das offizielle Quittungsdokument erhält? Und aus welchem Grund hat ihn der Beamte gewarnt? Hans kann sich vielleicht Klarheit verschaffen, wenn er Salim Rimo vollends auf seine Seite bekommt. Mwadzikombas Buchhalter ist in dessen Abwesenheit stets freundlich und offen zu Hans gewesen, und er vertraut ihm.

„Komm mit, Salim, du übernimmst ab sofort das Büro! Ich habe keine Kontrolle mehr darüber, was der Councillor da eigentlich treibt."

Salim lacht gequält. „Gar nichts treibt er da, jedenfalls nichts Produktives. Weißt du eigentlich, dass Nassoro gar nicht lesen und schreiben kann? Alle Briefe und Rechnungen werden von seiner Frau Hassia geschrieben, die früher Lehrerin war. Sie ist gebildet und raffiniert. Hast du dich nie gewundert, wieso er jeden Abend, wenn er hier ist, deine Reiseschreibmaschine mit nach Hause nimmt?"

Hans bleibt die Luft weg. „Aber das ist doch gar nicht möglich! Er ist doch ein Politiker in führender Position."

„Doch, das ist in Kenia möglich. Er hat ein gefälschtes Schulabschlusszeugnis. Jeder weiß das. Aber er ist gewählt und nützlich für die mächtige Regierungspartei. Also sagt niemand offen, was los ist. Und im Büro hat er eine sehr gute Sekretärin, die alles für ihn macht."

„Irgendetwas stimmt mit dem Pass nicht. Warum wollte ihn der Councillor unbedingt behalten, und warum wollte er nicht, dass ich die Quittung bekomme? Und der Auftritt des Beamten ist noch verrückter: erst will er mich verhaften, weil ich keine Arbeitserlaubnis vorzeigen kann, und dann steckt der Beleg dafür in seiner eigenen Tasche!"

„Das riecht nach Korruption und Fälschung", sagt Salim trocken. Auf die Idee ist Hans auch längst gekommen. Bloß: wer wollte hier wen über den Tisch ziehen, und warum?

„Lass uns Mwadzikomba etwas aufscheuchen", schlägt Hans vor. „Er konnte aus dem Fenster nicht sehen, wie ich mich von dem Beamten verabschiedet habe. Was immer ich jetzt behaupte, bestätigst du als Zeuge, Salim. Du kennst ihn doch schon seit Ewigkeiten und kannst seine Reaktionen einschätzen."

Salim freut sich, dass Hans ihn ins Vertrauen zieht. Energisch will Hans die Bürotür öffnen, doch sie ist abgeschlossen. Hans haut mit den Fäusten gegen das Holz und schreit: „Councillor, mach sofort die Tür auf!"

Von innen hört man Papiergeraschel. Dann nähern sich Schritte, und die Tür wird umständlich aufgeschlossen. Mwadzikomba schwitzt, lacht aber über das ganze Gesicht. Er bleibt mit seiner Leibesfülle mitten in der Tür stehen. Hans stößt ihn beiseite. Über den ganzen Fußboden verstreut liegen offene Aktenordner und Papiere. Hans geht gar nicht auf das Chaos ein und schießt eine Behauptung ins Blaue.

„Dieser Beamte von der Einwanderungsbehörde hat mir den

Pass mitsamt Arbeitserlaubnis wieder abgenommen. Er besteht darauf, dass du die hundertzwanzigtausend Schillinge Gebühren noch gar nicht bezahlt, sondern in deine eigene Tasche gesteckt hättest. Du sollst ihm außerdem zwanzigtausend dafür versprochen haben, dass er direkt hierher kommt. Jetzt will er die Polizei benachrichtigen." Salim steht daneben und nickt. „Das hat er wirklich gesagt."

Der Councillor fingert nach einem Taschentuch. Er wischt sich den Schweiß von der Stirn und fällt kraftlos in den Bürostuhl. „Dieser verdammte Verbrecher. Er hat von mir längst alles Geld bekommen, und für sich noch mal zwanzigtausend. Jetzt will er dich auch noch abmelken, und du hast ihm blöderweise die Quittung gegeben. Wir haben keine Zeit zu verlieren! Am besten gibst du mir gleich die zwanzigtausend, die er noch haben will, und ich hole morgen deinen Pass wieder."

„Aber du hast doch schon das Bestechungsgeld bezahlt. Warum also noch einmal zahlen? Warum fährst du nicht gleich hinter ihm her und klärst die Sache? Er kann ja als Fußgänger noch nicht weit sein."

„Ich muss morgen sowieso in die Stadt. Unter anderem weil ich festgestellt habe, dass in deiner Akte noch eine offizielle Schätzung des Gesamtwertes von Mwazaro Beach fehlt. Ich suche gerade die Originale der Besitz-Urkunden. Wo hast du die denn versteckt? Hier sind nur die Kopien."

„Die musst du haben, Councillor! Ich habe dir das Büro ordentlich übergeben, und jetzt sieht es wie ein Müllhaufen aus. Wehe, du findest sie nicht wieder! Dann ist unsere Partnerschaft zu Ende und die Freundschaft auch! Außerdem übernimmt ab sofort Salim Rimo das Büro. Der ist zwar kein hoher Beamter, aber er kann wenigstens lesen und schreiben!"

Der normalerweise betont selbstbewusste Nassoro Juma Mwadzikomba bricht erneut in Schweiß aus. Er hat mit keinem Angriff gerechnet, schon gar nicht von diesem Mzungu, den er doch längst in der Hand hatte. Salim hilft ihm, die Akten wieder einzuräumen und die Grundbuch-Auszüge zu suchen.

Gefolgt von seinem Schatten Simba, geht Hans an die Bar und versteckt dort den Reisepass samt gelbem Beleg im abschraubbaren Boden seines Banjos. Dann setzt er sich auf einen Hocker und lässt die Aufregung sacken. Welch ein Glück, dass die Original-Besitzurkunden bei seinem Anwalt in sicherer Verwahrung sind! Beim zweiten Bier sieht er, wie der Councillor wütend das Büro verlässt. Er steigt in sein Auto und lässt sich für Tage nicht mehr blicken.

Stattdessen kommt eine attraktive Dame von der Firma Coast Evaluators aus Mombasa mit einem Brief der Einwanderungsbehörde und dem Auftrag, den Wert von Mwazaro Beach, allen Gebäuden, Einrichtungen und Anschaffungen zu schätzen. Diese Schätzung sei notwendiger Bestandteil der Einwanderungsakte und müsse von der geprüften Firma bezahlt werden. Sharon, so stellt sie sich vor, bittet Hans um Einsicht in die Bücher und um die Besitzurkunden. Hans gibt ihr die Kopien und behauptet, dass sein Partner die Originale haben müsse, weil er bis vor ein paar Tagen das Büro verwaltet habe. Er gibt ihr Mwadzikombas Telefonnummer und bittet sie, sich mit ihm direkt in Verbindung zu setzen. Dann will er wissen, ob der Schätzwert für die Ausstellung der nötigen Genehmigungen ausreicht.

„Ja, ja, ich komme auf über zehn Millionen Schillinge. Das ist mehr als genug. Bitte schauen Sie in drei Tagen in meinem Büro vorbei. Dort erledigen wir die restlichen Formalitäten, und Sie sind Ihre Probleme für immer los. Ach ja, vergessen Sie bitte nicht, einige Firmenbriefbögen und dreißigtausend Schillinge mitzubringen!“ Trotz des neuerlichen Aderlasses ist Hans noch Stunden später ganz bezaubert von dieser zupackenden und obendrein höchst ansehnlichen Lady. Er freut sich schon auf das Treffen in drei Tagen.

Nafuu bringt ihn rasch wieder auf andere Gedanken. Sie ist fast ständig da. Sie wohnt zwar bei ihrem Onkel in Mkuyuni, hat ihre ärztlichen Tätigkeiten aber nach Mwazaro verlegt. Jeden Tag kommen Leute vorbei, um sich am heiligen Platz von ihr und gelegentlich auch von Hans kurieren zu lassen.

Auf der Halbinsel Shimoni leben an die zehntausend Menschen, aber es gibt nur einen Arzt. Immer mehr Leute bekommen mit, dass die Robinson-Gäste Hans vielerlei Medikamente da lassen, die sie für Urlaubs-Notfälle mitgebracht, aber nicht gebraucht haben. Er hat bald eine recht gut sortierte Apotheke und richtet einen kleinen Behandlungsraum ein. Hier arbeitet er mit Nafuu zusammen, die ihre traditionellen Heilmethoden anwendet. Hans selbst hat früher einige Semester Medizin studiert, sich aber dann auf medizinische Statistik und Medizin-Soziologie konzentriert. Zwischenzeitlich hat ein Freund aus Deutschland ihm alle Standardwerke mitgebracht, die er während seiner Studienzeit pauken musste.

Nafuu unterrichtet Hans in der Heilkräuter-Kunde und in der Blick-Diagnose, die zu erlernen er allerdings beim besten Willen nicht schafft. Er konzentriert sich vor allem auf Wundbehandlungen und auf Afrikas Killer Nummer eins, die Malaria. An der sterben auch hier ständig Kinder und Erwachsene. Sein alter Freund Omari, der Seefahrer aus Sansibar, hat ihm ein wirkungsvolles Medikament aus China zukommen lassen. Es nennt sich Arthemeta, und Hans schwört darauf, seit es ihn im Fernen Osten einmal von einer Malaria geheilt hat. Der Saft ist in große braune Flaschen abgefüllt, deren Korken mit Siegellack abgedichtet sind. Dieses pflanzliche Heilmittel hat seines Wissens weder Nebenwirkungen, noch erzeugt es Resistenzen. Wenn es sofort in der richtigen Dosierung eingenommen wird, verschwinden die Symptome wie Fieber, Übelkeit, Glieder- und Kopfschmerzen innerhalb weniger Stunden. Auch die gefährliche *Malaria Tropica* wird total ausgeheilt, wenn Arthemeta über eine Woche eingenommen und mit Doxicyclin ergänzt wird. Seine diesbezüglichen Heilerfolge und die Kostenlosigkeit seiner Medikamente machen Hans binnen kurzer Zeit zu einem populären Daktari.

Sein guter Ruf führt in jenen Tagen auch Peter Mungai zu ihm, einen freundlichen Kriminalbeamten aus Ukunda. Er ist etwa fünfundvierzig Jahre alt und hat einen schmerzhaften Knoten auf dem Handrücken. Der lokale Arzt hat ihm Antibiotika gegeben, aber der Knoten ist weiter gewachsen.

„Ich könnte das zwar rausschneiden", sagt Hans, „aber wir brauchen von dieser Geschwulst eine Gewebeanalyse. Ich weiß nicht, was es ist und wodurch es verursacht wird. Das sollte wirklich besser im Krankenhaus operiert werden. Ich muss morgen ohnehin nach Mombasa und kann für den Vormittag im Aga Khan Hospital einen Termin vereinbaren. Dr. Kiran Patel ist ein guter Freund, und obendrein ein ausgezeichneter Chirurg. Und keine Angst vor den Kosten! Ich weiß doch, dass kenianische Polizisten keine vernünftige Krankenversicherung haben.“

Hans fährt am nächsten Morgen mit dem Matatu nach Ukunda. Von dort geht es mit einem Polizei-Landrover weiter. Kommissar Peter sitzt hinten mit einem Kollegen, dazwischen zwei jugendliche Kriminelle, die mit Handschellen gefesselt sind. Sie müssen nach Mombasa zum Gericht gebracht werden, eine Gelegenheit, die Peter beim Schopf ergriffen hat. Hans muss wegen der angeblichen Gefährlichkeit der beiden vorne neben dem Fahrer Platz nehmen.

In Mombasa werden die beiden Übeltäter mit ihrem Bewacher am Gericht abgesetzt. Sie sind früh dran, und Hans nimmt Peter mit zu Sharons Sachverständigenbüro. Sein Patient ist angetan von dem vornehmen Empfangsraum und der Freundlichkeit der Mitarbeiter, die sofort Kaffee servieren. Während sie warten, ruft Hans Dr. Patel an. Dieser bittet ihn, bis spätestens zehn Uhr bei ihm zu sein, weil er eine Stunde später eine komplizierte Operation habe. Es ist neun Uhr dreißig.

Sharon kommt in das Wartezimmer geeilt. „Hallo Hans!“, ruft sie vertraulich, als würde man sich schon Ewigkeiten kennen. „Hast du die Briefbögen und das Geld mitgebracht?“ Sie zählt die dreißig Tausend-Schilling-Noten nach und bittet ihre Sekretärin, sofort eine Quittung auszustellen.

„Danke auch für die Firmen-Briefbögen“, sagt sie dann mit entschuldigendem Blick. „Ich wollte dir eigentlich die Schreibarbeit abnehmen und hier bei uns die beiden nötigen Schriftsätze für die Grundbuchakte und für die Einwanderungsbehörde aufsetzen. Leider können wir die im Augenblick nicht schreiben, weil wir wieder einen der üblichen Stromausfälle haben. Du musst leider etwas warten!“

„Das kann ich nicht. Ich muss bis zehn Uhr mit Peter Mungai im Aga-Khan-Hospital sein. Er ist Beamter in Ukunda.“

Sharon nickt Peter freundlich zu. „Wenn ihr so in Eile seid, lieber Hans, kannst du zur Not hier blanko unterschreiben. Sowie der Strom wieder da ist, tippen wir die beiden Briefe, schicken sie per Boten zur Behörde, und du kannst dir später die

Kopien abholen. Ist das eine akzeptable Lösung?“

Hans sieht, dass auch Peter angetan ist vom Chic und Charme der praktisch denkenden Dame. „Du wirst ja wohl keine krumme Sachen mit den Unterschriften drehen“, scherzt Hans. „Also lass mich schnell unterschreiben. Wir müssen los.“

Hans und Peter fahren mit dem Polizeiwagen zum Hospital. Dr. Patel, der Hans schon bei vielen Gelegenheiten in die Geheimnisse von Krishna und Bhagavad-gita einzuführen versucht hat, sieht sich Peters Geschwulst an. „Haben Sie irgendwann schon einmal etwas Ähnliches gehabt, irgendwo am Körper?“

„Ja, hier“, sagt Peter, und zeigt mit dem Finger auf eine Narbe am Hals unter dem linken Ohr. Hans schämt sich, dass er diese simple diagnostische Frage nicht schon selbst gestellt hat.

„Ist bei diesem Fall das herausgeschnittene Gewebe untersucht worden, und hat Ihnen der Arzt irgendwelche Informationen oder Anweisungen gegeben?“

„Nein, er hat nur gesagt, dass ich wiederkommen soll, wenn einmal etwas Entsprechendes auftreten sollte. Aber das ist jetzt schon drei Jahre her.“

„Dann werden wir diese Beule herausschneiden und eine Analyse machen lassen. Weil Sie ein Freund von Hans sind, berechne ich meine eigene Leistung nicht. Aber für den Operationsraum, das Labor, die Verbände und Medikamente müssen Sie leider etwas bezahlen.“

„Ich mache das schon“, sagt Hans, um Peter zu beruhigen.

Ein paar Tage später kommt Peter mit einem Schreiben des Aga-Khan-Hospitals zu Hans nach Mwazaro. Hans öffnet den Umschlag und erschrickt. In dürren Worten steht da, dass das untersuchte Gewebe ein malignes Melanom, also schwarzer Hautkrebs ist. Angefügt ist ein Beiblatt mit Verhaltensanweisungen für Krebspatienten. Kommissar Peter ist ein tapferer Mann, der zunächst gar nicht an sich selbst denkt. „Wie lange noch? Ich habe Frau und Familie und muss Vorkehrungen treffen. Von meiner Pension allein können sie nicht leben.“

„Es ist gut, Peter, sich darauf vorzubereiten. Aber wie sich Krebs verhält, ist selten vorhersehbar. Wichtig ist jetzt, dass wir dich ständig beobachten. Komm bitte bis auf weiteres jede

Woche her. Außerdem werde ich meine Bücher studieren und Dr. Patel um Rat fragen. Und wenn alle Stricke reißen, gibt es auch noch den Witchdoctor.“ Still bei sich bezweifelt Hans allerdings, ob Mzee Kassim jemals etwas von Krebs gehört hat.

19 Simbas Kinder

Mwazaro Beach hat einen Nachbarn bekommen. Thomas ist ein unkonventioneller junger Mann aus dem Rheinland, Fotomodell, Drucker und leidenschaftlicher Hobby-Fotograf mit professioneller Ausrüstung. Mit der Hilfe von Hans hat er sich ein angrenzendes Grundstück gekauft. Dort beginnt Thomas sehr eigenwillig gestaltete Gebäude zu errichten, mit pseudo-antiken Säulen und ausgefallenen Symmetrien, die zwar einen reizvollen Kontrast zur afrikanischen Landschaft bilden, aber als Wohnstätte unpraktisch sind. Thomas baut wie Hans ohne Architekten, er baut aber auch ohne jede Berücksichtigung von Statik und Bauphysik. Hans prophezeit ihm, dass alle seine Kreationen von vornherein dazu bestimmt sind, über kurz oder lang attraktive Ruinen zu werden. Thomas lächelt und baut weiter, ohne auf die guten Ratschläge zu hören. Im Garten, den er mit tropischen Gewächsen aller Art bepflanzt, legt er unter anderem einen kleinen Swimmingpool an, der sich nach kurzer Zeit zum Algenparadies und zur Brutstätte von Moskitos entwickelt. Mit diskreten nächtlichen Chlorgaben verringert Hans die Malariagefahr, ohne den umweltbewussten Kreativen allzu sehr zu kränken.

Thomas hat eine Hündin mitgebracht, die er Mwazuri nennt. Sie stammt aus Israel und soll ein reinrassiger Kanaan-Wüstenhund sein. Sie hat einen sehr netten Charakter und fühlt sich in der Nähe des Äquators sichtlich wohl. Allerdings ist kein Huhn in der Nachbarschaft vor ihr sicher. Sie jagt auch sonst alles, was einen fleischigen Geruch in ihrer Nase hinterlässt, von der angebundenen Ziege bis zum schwarzen Waldleoparden - was sie an Weihnachten fast das Leben kostet. In Mwazaro feiern gerade viele Gäste die Geburt des Christuskindes mit Bier und Sekt, als aus dem Mangrovenwald hinter der Bar wildes Gebell erschallt. Die Gäste werden aufmerksam und erblicken zu ihrem Erstaunen einen schwarzen Leoparden auf dem Ast einer mächtigen

Mangrove. Mwazuri springt fortwährend am Stamm empor und bellt angriffslustig zu der Katze hinauf, die beinahe die doppelte Körpergröße hat. Bald erhellen Fotoblitze die Szene. Der Leopard wird unruhig und springt mit einem gewaltigen Satz in das flache Wasser. Er hat sich entschieden, die Flucht zu ergreifen. Das Wasser ist aber scheinbar nicht des Leoparden Element. Er zögert bei jedem Sprung, bevor er den nächsten wagt. Die Bar-Besatzung gestikuliert und schreit „Mwazuri! Mwazuri komm!“ Aber der Jagdeifer macht die Hündin taub für die Rufe und blind für die Gefahr. Sie setzt dem Leoparden kläffend nach. Blitzartig dreht der sich um und schlägt mit der Pranke zu. Er erwischt den Verfolger am Bauch und reißt das Fell mit den Krallen von links nach rechts auf. Dann flüchtet er in den Wald.

Mwazuri wird auf einer Holzbank zum Büro getragen. Ein Teil der Gedärme quillt aus der Wunde hervor. Hans betäubt die Hündin mit einer Barbiturat-Injektion, kippt eine halbe Flasche Betadine in die Bauchhöhle und wäscht damit die gottlob unverletzten Innereien. Dann näht er erst das Bauchfell und anschließend die Haut zu. Nach zwei Tagen nagt Mwazuri schon wieder an einem dicken Rinderknochen.

Simba, der bisher nur kleine Busch-Hündinnen beglückt hat, verliebt sich daraufhin restlos in die tapfere Schönheit. Er hält sich immer häufiger bei Thomas als bei seinem Herrn auf. Die intensive Nachbarschaftspflege führt nach kurzer Zeit zu allerliebstem Nachwuchs. Die vier Welpen sind allerdings so unterschiedlich in Farbe, Fell, Charakter und Größe, dass der Verdacht aufkommen könnte, Väter verschiedenster Rassen hätten sich um ihre Herstellung bemüht.

„Murphy“ mit falbenfarbigem, kurzem Fell, wächst schnell, ist liebesbedürftig und anhänglich. Er schwankt zwischen wilden Jagdanfällen und temperamentloser Schläferei. „Jazzi“ hat Farbe und Fell wie Murphy. Sie ist eine elegante Hündin, die ein ausgeprägtes musikalischcs Talent besitzt. Sie begleitet Hans bald mit herzzerreißendem Gesang, wenn er Banjo spielt. Auch sie hat das Jagdfieber im Blut, wie ihre Mutter. „Tipsy“, eine langhaarige weiße Hündin, lernt schon als Welpe auf den Tisch zu springen, halbleere Bierflaschen umzuwerfen und den verplemperten Gerstensaft aufzuschlabbern. Dann heult sie schrecklich, weil sie in angetrunkenem Zustand den Sprung vom Tisch zurück auf den Boden nicht wagt. Ansonsten ist sie mutig, aber nie lebensmüde. Sie hat die Klugheit ihres Vaters geerbt. Ein richtiger schwarzer Teufel mit leuchtenden bernsteinfarbenen Augen ist „Bandito“. Er hat den Rückenwirbel seines Vaters Simba und ein außergewöhnlich starkes Gebiss mit langen Reißzähnen. Es ist beängstigend zu sehen, wie mühelos er dicke Knochen zermalmt.

Hans mit seinen singenden Hunden

Wie immer bei Wölfen, Hyänen und Wildhunden, ist der Rudelführer eine Hündin. So auch bei Simbas Kindern. Jazzi zeigt schon mit fünf Monaten ihr Führungstalent. Simba bringt ihr bei, die Gäste zu begleiten, wo immer sie hingehen. Sie entscheidet dann, welcher Hund vor welcher Banda schläft und damit für die jeweiligen Gäste verantwortlich ist. Nach wenigen Wochen beginnt Jazzi mit ihrem Geschwister-Rudel jene Tiere zu bekämpfen, die gelegentlich die Gäste in Angst und Schrecken versetzen. Da kommen schon mal Herden von Pavianen vorbei, um junge Kokosnüsse zu klauen, Schlangen ringeln sich hinter den Häuschen, und die schwarzen Waldschweine rennen alles um, was sich in ihren Weg stellt.

Hans hat einen speziellen Pfiff, dem die vier unbedingt folgen. Auch das haben sie von Simba gelernt, der rigoros eingreift, wenn Jazzi und ihre Bande auf dumme Gedanken kommen und fremde Hunde jagen, die am Strand herumlaufen. Ebenso bringt ihnen Simba bei, die Fischer zu respektieren, die täglich kommen, um ihren Fang an das Restaurant zu verkaufen.

Die Menschen in der Umgebung von Mwazaro haben gelernt, Reis und Mais anzupflanzen. Jedes Jahr entstehen neue Felder, die sie mühsam mit Hacke und Panga von Elefantengras und Gestrüpp befreien. Mehr und mehr Hütten werden gebaut. Mwazaro bekommt eine Nachbarschaft von Bauern, die trotz schwerer Arbeit ein Leben in Armut fristen. Sie haben kein Geld für das Saatgut, sie können das Schulgeld für ihre Kinder nicht aufbringen, und sie kommen ständig zu Hans, um Werkzeuge zu leihen. Das Schlimmste ist, wenn ihre kleinen, dem Busch abgerungenen Felder von Antilopen, Buschböcken, Wildschweinen oder Pavianen verwüstet werden.

Jazzis Meute spezialisiert sich mit der Zeit darauf, all diese ungebetenen Eindringlinge gnadenlos zu jagen – und damit indirekt die bedrohten Feldfrüchte der Kleinbauern zu verteidigen. Was die Bauern der Gegend begeistert, treibt Tierschützern allerdings die Zornesröte ins Gesicht, denn was die Meute so treibt, darf man mit Fug und Recht als Wildfrevel bezeichnen. Hans hört viel darüber, wie sie jagen, wenn die Bauern dem Restaurant mal wieder frisches Antilopenfleisch anbieten. Aber er kann dieses Jägerlatein einfach nicht glauben.

Eines Morgens allerdings ändert sich das. Die Gäste stehen gerade wie verzaubert auf der Terrasse und beobachten einen dramatischen Sonnenaufgang über dem Indischen Ozean. Ein schwarzes Band zerrissener Kumuluswolken schwebt über dem Horizont, und der rote Sonnenball steigt dahinter durch die Wolkenlöcher auf. Alle halten fasziniert den Atem an. Da reißt sie wütendes Hundegebell aus ihrer Verzückung. Unterhalb des Riffs im Mangrovenwald bricht die Hölle los. Ein schnaufendes, quiekendes schwarzes Waldschwein bricht durch das Unterholz. Es folgt dem scheinbar fliehenden Murphy. Dann sieht man Jazzi von rechts und Tipsy von links kommen. Sie springen auf das Schwein zu und verbeißen sich in dessen Ohren. Das Schwein stoppt überrascht und versucht, die Angreifer abzuschütteln. Murphy dreht sich im gleichen Moment um, weicht den gefährlichen Hauern aus und erwischt die empfindliche Nase. Blut spritzt zwischen seinen Zähnen hervor. Das Schwein versucht daraufhin, Murphy zu überrennen.

Da kommt Bandito von hinten, springt auf den Rücken des

Jagdopfers und verbeißt sich in dessen Genick. Er rutscht dabei zur Seite ab und zieht das sterbende Schwein mit sich. Der Nachtwächter Alawi springt vom Riff in den Mangrovenschlamm, spannt seinen Bogen und erlöst mit einem Blattschuss das quiekende Tier von seinen Qualen.

Die Hunde lassen schwanzwedelnd von ihrem Opfer ab. Unter den Gästen gehen die Meinungen über diese Vorstellung weit auseinander. Auch Hans weiß nicht, was er von dieser mörderischen Jagdenergie seiner Hunde halten soll. Die Mitarbeiter aber, die alle auch eigene Felder besitzen, jubeln über die Niederlage ihres größten Feindes. Sie schleppen das schwere Tier hinter die Küche, hängen es mit den Hinterläufen an einen dicken Ast und weiden es aus. Den Hunden geben sie Herz, Leber und Nieren. Ein Erdofen voll glühender Kohlen wird vorbereitet, und der Wildschweinbauch wird mit Mangos, Ananas, Tamarinde, Chilischoten, Ingwer, Salz und Pfefferkörnern gefüllt. Mitsamt dem Fell kommt das ganze Tier auf einen Rost, der in die heiße Grube gelegt wird. Ein zweiter Grillrost mit Bananenblättern und einer weiteren Lage glühender Kohlen kommt darüber. Dann schaufeln die Köche den Erdofen zu. Nach vier Stunden ist der Braten zart und saftig.

Auch die anfangs noch empörten Gäste, die nicht-moslemischen Mitarbeiter und natürlich die Hunde sind begeistert von dem saftigen, würzigen Fleisch. Leider sieht es Jazzis Meute ab sofort als ihre Hauptaufgabe an, frisches Wildfleisch zu beschaffen. Das Jagdfieber gerät außer Kontrolle und führt nach und nach zu ihrer aller Tod. Murphy wird von einem Keiler am Hals erwischt und verblutet, bevor Hans die große Wunde vernähen kann. Jazzi stirbt im Kampf mit einem großen Pavian, der ihr mit einem Schlag das Gehirn zertrümmert. Sie hat ihm vorher mit einem Biss das Bein aufgerissen. Sie wird wie Murphy im Beisein der Mitarbeiter und Gäste beerdigt. Simba, Tipsy und Bandito stimmen dabei einen herzzerreißenden Abschiedsgesang an.

Bald danach, kurz nach Sonnenaufgang, reißt ein entsetzliches Hundegeheul Hans aus dem Schlaf. Das Jaulen kommt vom Parkplatz. Schreckliches ahnend, streift Hans in Windeseile Hose und Hemd über und läuft zum Büro. Zunächst sieht er gar nichts. Die Wachleute Alawi und Nassoro langweilen sich mit

Pfeil und Bogen in der Morgensonne. „Wo sind die Hunde?“, ruft Hans aufgeregt. Die beiden zucken nur verständnislos die Schultern. „Ich habe die Hunde doch eben hier bellen und heulen gehört.“ Die Wachleute behaupten, nichts bemerkt zu haben.

Hans glaubt ihnen kein Wort. Misstrauisch geht er um das Bürogebäude herum. Da entdeckt er im Schlamm zwischen den Mangroven und dem aufgeschütteten Parkplatz eine seltsame Rinne. Es sieht aus, als hätte jemand ein breites Rohr hinter sich her gezogen. Die Wachleute haben angeblich keine Idee, was das sein könnte. Auf dem Parkplatz setzt sich die Spur schlechter sichtbar fort. Der kleine Omari kommt mit dem Fahrrad angeradelt und schlägt erschreckt die Hand vor das Gesicht. Dann flüstert er etwas zwischen den Fingern hindurch. „Das ist die heilige Python. Die größte Schlange, die es überhaupt gibt. Sie hat schon viele Ziegen und Schafe verschlungen, Kinder und sogar kleine Löwen. Niemand kann sie stoppen.“

„Hat es denn schon einmal jemand versucht? Ich fürchte, sie hat diesmal Tipsy und Bandito auf dem Gewissen.“

„Niemand hier würde wagen, sie anzugreifen. Man sagt, sie sei der Teufel, der sich verkleidet hat.“

Hans ist wie immer in solchen Situationen nach außen hin eiskalt. Aber es kocht in ihm vor Wut und Schmerz. „Pythonschlangen stehen unter Naturschutz. Die dürfen wir zwar nicht töten, aber wenn die Schlangenhaut ein Versteck des Teufels ist, können wir sie doch ein wenig durchlöchern. Dann weiß der Leibhaftige, dass wir ihn enttarnt haben, und ihm wird die Lust vergehen, noch mal in ihre Haut zu schlüpfen.“ Omari lacht und stimmt zu. Sie nehmen den Wachleuten, die mittlerweile um ihren Job bangen, Pfeil und Bogen ab. Omari ist ein guter Fährtenleser. Er geht mutig mit gespanntem Bogen voran, Hans bleibt dicht hinter ihm. Ihnen folgen etliche vom Lärm angelockte Mitarbeiter in großem Abstand mit Buschmessern, Hacken und Äxten. Die Spur führt gerade über den Parkplatz und verschwindet in dichtem Gebüsch. Omari umrundet es vorsichtig und findet die Spur auf der anderen Seite wieder. Sie führt zum Strand, am heiligen Baobab vorbei, zu der Stelle, wo die Fischer ihre Kanus bauen.

Hans sieht die Riesenschlange als erster. Sie hat sich

zwischen zwei Kanus zusammengerollt und den Kopf auf ihren Körper gelegt. „Sieht aus wie drei aufeinander gestapelte LKW-Reifen“, murmelt er grimmig. „Da schläft das Biest und verdaut wahrscheinlich gerade Tipsy und Bandito.“

„Man kann die Schlange nur töten, wenn man ihr in die Augen oder in den Hinterkopf schießt, dort, wo die großen Schuppen sind“, sagt Omari leise. Sie knien sich in den Sand und legen die Pfeile mit messerscharfer Stahlspitze auf die Sehnen. Hans zählt leise bis drei. Die Pfeile verlassen mit einem schnappenden Geräusch die Bogen. Beide legen je einen Meisterschuss hin. Ein Pfeil bohrt sich in das Gehirn des gefährlichen Reptils, der andere knapp darunter in den Leib.

Die beiden Scharfschützen springen auf. Sie sehen, wie sich die fast sieben Meter lange Schlange mit einem gurgelnden Geräusch aufbäumt und einen riesigen Bogen bildet. Der Kopf mit den wippenden Pfeilen verbeißt sich in das vor ihr liegende Kanu, das die Python über sich rollt und mit ihrem sterbenden Leib umschlingt. Mit Krachen und Brechen zerquetscht sie das Boot, Splitter bohren sich durch den Körper. Zuckend streckt sie sich neben dem zertrümmerten Kanu aus.

Jubelnd und schreiend kommen die Mitarbeiter angelaufen. Omari und Hans werden umringt und gefeiert. „Der Teufel ist tot! Der Teufel ist tot!“

„Der Teufel ist nicht tot. Er kann nicht sterben“, sagt Omari. „Aber wir haben sein Versteck zerstört.“ Dann greift er eine Panga und trennt mit einem Schlag den Schlangenkopf ab. Hans wendet sich ab. Er will nicht dabei sein, wenn das Monstrum aufgeschnitten wird und die grausigen Reste seiner Hunde zum Vorschein kommen. Er bittet seine Freunde nur, sie neben Murphy und Jazzi zu beerdigen.

Am Abend geht er Hand in Hand mit Nafuu zum frischen Grab, auf das die Mitarbeiter den Schlangenkopf gesteckt haben. Nafuu weint. Hans nimmt sie in den Arm und küsst sie zärtlich. Simba kommt angelaufen. Er setzt sich vor die beiden Trauernden, hält den Kopf schief, wedelt mit dem Schwanz und bellt. Hans drückt seinen großen Wuschelkopf an die Brust.

Nach dem schrecklichen Tod seiner Kinder und seiner

Freundin Mwazuri, die fast gleichzeitig eine Tollwutkrankheit nicht überlebt, ist Simba wochenlang in Trauer. Tagsüber liegt er, die Beine in alle Himmelsrichtungen ausgestreckt, schlafend an der Bar. In der Nacht wird er ein gefährlicher Löwe, der ganz Mwazaro Beach kontrolliert und die schlafenden Wachleute mit Gebell aus ihren unerlaubten Träumen reißt.

Simba trennt die Menschen in drei klare Kategorien: Menschen, die er liebt, Menschen die er nicht mag, aber akzeptiert, und Personen, die er möglichst in die Waden beißt, wenn sie nicht in schützender Begleitung eines seiner Freunde kommen. Zu der letzten Gruppe gehören bekanntlich Beamte, die ständig erscheinen, um irgendeine belanglose Unregelmäßigkeit aufzudecken, die sie für ein kleines Geldgeschenk gleich wieder vergessen. Simba erkennt diese Blutsauger von weitem und blockiert knurrend und Zähne fletschend ihren Weg.

Auch Ali, ein aus Pemba stammender Fischer, hat seine Probleme mit Simba. Er ist ein großer, stolzer Mann und ein guter Freund von Hans. Jeden Tag geht er den Strand entlang mit einem langen Ruder, das er wie ein Gewehr über der Schulter trägt. Wenn Simba ihn sieht, läuft er bellend hin und verfolgt den Flüchtenden, bis Ali das Ruder fallen lässt. Taucht Ali hingegen ohne sein Ruder auf, begrüßt ihn Simba wie einen guten Freund. Hans hat es aufgegeben, den einen zu bitten, das Holzgerät auf eine weniger provozierende Weise zu tragen, und den anderen, sich nicht so albern aufzuführen. Ali hat seinen Stolz, und Simba auch.

Dann geschieht etwas Dramatisches. Der Ramisi-Fluss mündet direkt neben Mwazaro Beach ins Meer. Bei Ebbe ist diese Mündung ein reißender Strom, der seinen Weg zwischen Sandbänken hindurch ins zurückgewichene Wasser sucht. Manchmal spült die Strömung dann sogar entwurzelte Bäume hinaus ins Meer. An jenem Tag sitzen viele Gäste an der Bar beim Essen und sehen, wie ein Fischerboot kieloben den Fluss herab geschwemmt wird. Ein paar Mitarbeiter laufen hin, um das für jeden Fischer so kostbare Gefährt zu retten. Simba trabt hinterher, er folgt grundsätzlich allem, was rennt.

Da hört man laute Hilfeschreie im Fluss. Ali der Fischer wird kopfüber, kopfunter von der wilden Strömung ins Meer getragen. Wie die meisten seiner Zunft kann er offenbar nicht schwimmen. Niemand traut sich an dieser Stelle in die Fluten, um ihm zu helfen. Simba allerdings scheint Ali erkannt zu haben. Er springt in den Strom und schwimmt auf den Ertrinkenden zu. Er erreicht ihn und beißt sich in seinem rechten Arm fest. Dann dreht er sich und strampelt mit Ali, der sich mit der Linken an Simbas langes Fell klammert, zur nächsten Sandbank. Ali fühlt Grund, würgt einen Schwall Wasser heraus und bleibt auf der Seite liegen.

Die Mitarbeiter, denen es in der Zwischenzeit gelungen ist, das Boot zu sichern, ziehen nun auch Ali ganz aus dem Wasser. Simba leckt ihm das Blut vom Arm. Er hat im Rettungseifer ziemlich tief gebissen. Hans ist inzwischen auch an der Unfallstelle. Er lobt Simba, der sich aufgeregt schüttelt, dass die Tropfen fliegen. Dann führt er den keuchenden Ali zu seinem Zimmer und verarztet ihn. Er gibt ihm ein trockenes T-Shirt und eine alte Hose. Oben an der Bar lässt er ihm anschließend heißen, gezuckerten Tee bringen. Simba kriegt einen leckeren Knochen.

Die Gäste sind begeistert, dass alles so gut ausgegangen ist. Simba wird gelobt und gestreichelt. Er sitzt neben seinem Freund Ali und passt auf, dass niemand ihm zu nahe kommt. „Was kann ich denn für Simba tun?“, fragt Ali. „Ich habe nichts, was ich meinem Retter schenken kann.“ Dann legt er beide Hände auf Simbas großen Löwenkopf und lächelt glücklich. „Doch“, sagt er, „ich habe da eine Idee.“

Zwei Tage später kommt Ali mit einem Strohhut, den er für Simba geflochten hat. Er wird von zwei Bändern auf dem breiten Hundeschädel gehalten und sitzt wie angegossen. Die Gäste amüsieren sich köstlich über diesen witzigen Kopfschmuck. Simba sitzt wie ein Fotomodell mitten in der Bar.

Von diesem Tag an ist Simba nur noch selten ohne Hut gesehen worden. Er trägt ihn mit Stolz. Wenn er ihn verliert, bringt er ihn im Maul zu dem nächstbesten Gast oder Mitarbeiter, der ihn wieder auf seinen Kopf setzen und festbinden muss. Alis Kinder, für die Hans das Schulgeld bezahlt, flechten dem Retter ihres Vaters immer wieder einen neuen Hut, wenn der alte zerschlissen ist. Simba wird zu einer Touristenattraktion und zum meistfotografierten Objekt in Mwazaro Beach. Nie wieder wird

Simba

Ali von Simba gejagt - selbst wenn er das Ruder aufrecht trägt wie ein Gewehr.

20 Wo Gott ist, ist der Teufel nicht fern

Nafuu kommt von einem längeren Besuch ihres Vaters zurück. Der hat Probleme mit seiner Gesundheit. Er fühlt sich nach einer Malaria noch so schwach, dass er längere Zeit das Haus nicht mehr verlassen hat. Er ist schon älter als neunzig Jahre. Sein genaues Geburtsdatum kennt er nicht, aber er erinnert sich, dass er mit sieben Jahren in die Witchdoctor-Schule nach Pemba geschickt wurde. Das war im Jahr 1914.

Nafuu macht ein bedrücktes Gesicht. Ihr Vater hat eine kurze Nachricht für Hans: „Sorge dich um Mwazaro, und trau dem Councillor nicht. Denke daran, dass du an einem heiligen Platz bist. Erinnere dich stets an meine Worte!“ Sie ist offensichtlich verunsichert. „Mehr hat er nicht gesagt. Und ich weiß nicht, was er damit ausdrücken will.“

Hans hat lange nicht mehr über das Gebot nachgedacht, das der Witchdoctor ihm am Morgen nach der Geisterbefragung auferlegt hat: „Die Erde lebt, verletze sie nicht.“ Er hat Mangroven gepflanzt, um den Segen der Seegeister zu erwirken. Er hat sich bisher viel Mühe gegeben, allem zu folgen, und darüber hinaus jeden Tag Kranke versorgt und geheilt. Ist jetzt etwas schief gelaufen? „Wo Gott ist, ist der Teufel nicht fern", meldet sich Yahya.

Hans fragt bei Nafuu nach. „Meinst du, dass dein Vater glaubt, der Councillor könnte mit dem Teufel in Verbindung stehen, oder generell mit den Geistern der linken Hand?"

„Er will dich bestimmt vor ihm warnen. Etwas muss passiert sein. Mwadzikomba traut sich seit Tagen nicht mehr, dir oder mir in die Augen zu sehen."

„Und was soll ich deiner Meinung nach jetzt machen?"

„Du wartest ab, beobachtest ihn und sammelst Informationen. Sei misstrauisch, aber nicht so, dass er es merkt. Du hast die Kräfte der rechten Hand und die Geister des Meeres auf deiner Seite, solange du den geraden Weg gehst." Die kleine Nafuu schaut Hans von unten herauf tief in die Augen. In ihrem Blick liegen Sorgen, aber auch aufmunternder Humor und liebevolle Zuneigung. „Keine Angst, wir werden es dem Teufel verdammt schwer machen. Aber wir hatten bislang vielleicht etwas viel Glück. Jetzt fordern die Kräfte der linken Hand ihren Anteil."

Hans hat ein flaues Gefühl im Magen. Er geht langsam den Weg zum Meer hinab. Die Funzi Bay liegt vor ihm im strahlenden Sonnenschein. Der Strand, ursprünglich schwarzer Mangrovenschlamm, ist nach fast drei Jahren bedeckt mit blendend weißem Korallensand. In der Mitte der Bucht haben zwei Mangroven den großen Brand überlebt und bilden einen frischen grünen Tupfer zwischen dem weißen Strand und dem blauen Wasser. Fischer lassen ihre Einbäume mit den zusammengestoppelten Segeln aus alten Zuckersäcken mit der ablaufenden Flut auf das Meer hinaustreiben.

Hans kniet sich hin und lässt den Sand durch die Finger rinnen. Flüsternd ruft er die Geister der See und bittet um ihren Beistand. Zum ersten Mal fühlt er so etwas wie Bedrohung und Angst. Er legt sich bäuchlings in den warmen Sand, stützt das Kinn mit seinen gefalteten Händen und schließt die Augen. Er bekommt trotz der tropischen Sonne eine leichte Gänsehaut. Was hat er den Ränkespielen des Teufels oder der bösen Geister entgegenzusetzen?

Aufgeregtes Geschrei der Mitarbeiter auf dem Korallenfelsen

hinter ihm reisst ihn aus seinen Grübeleien. Sie deuten mit den Händen hinaus auf das Meer, das sich träge wie flüssiges Blei bewegt. Hans sieht einen gewaltigen schwarzen Wolkenturm, der am Horizont aus dem Ozean wächst. Blitze zucken darin und Donner grollt von fern über das Wasser. In der Mitte dieser Naturerscheinung flammt eine senkrechte, feuerrote Linie.

Hans springt auf und läuft nach oben zum Restaurant, um besser beobachten zu können. Er stellt sich zu seinen Mitarbeitern, die gleichermaßen verängstigt wie fasziniert sind. Langsam verschieben sich die Wolken, und das rote Licht wird schwächer und verschwindet. Auch der Wolkenberg löst sich auf. „Was bedeutet diese Erscheinung? Habt ihr so etwas schon einmal gesehen?", will Hans wissen.

„Das waren die Seegeister. Sie haben dir und uns zu erkennen gegeben, dass sie auf unserer Seite kämpfen. Du musst ihnen danken, Mr. Hans, damit sie wissen, dass du das Zeichen richtig gedeutet hast", sagt Salim Rimo und kniet nieder. Die anderen Mitarbeiter folgen ihm und beginnen laut zu beten. „Ich kann nicht beten. Ich habe es verlernt", flüstert Hans. „Aber dennoch danke ich euch da draußen, die ihr die Herrscher des Meeres seid. Ihr gebt mir wieder Mut."

Rashid, der Sohn des befreundeten Chiefs Faizal, kommt wenig später durchgeschwitzt angeradelt. Er lehnt sein Fahrrad an einen Baum, klopft Simba auf den Rücken und läuft hoch zur Bar. Hans gibt seinen Mitarbeitern gerade eine Englisch-Lektion. Rashid bittet ihn zur Seite und teilt ihm aufgeregt mit, was sein Vater in der Bezirkshauptstadt Kwale gehört hat. Nassoro Juma Mwadzikomba suche Käufer für Mwazaro Beach, er erzähle überall, dass die Grundstücke ihm allein gehörten.

Als Hans seine Mitarbeiter über diese Entwicklung informiert, setzt Wutgeheul ein. Auch Hans ist aufgebracht. Das ist es also! Er bittet um Ruhe. Einer nach dem anderen soll jetzt seine Meinung kundtun. Was Hans zu hören bekommt, ist unglaublich. Keiner seiner Mitarbeiter, sogar die mit Mwadzikomba versippten, hält ihn für etwas anderes als einen raffinierten Schwindler und Betrüger, dreisten Dieb und korrupten Gauner, der für seinen Vorteil sogar über Leichen gehen würde. Jeder äußert seine Verwunderung darüber, dass Hans ihn damals bei dem Harambee zum Partner gemacht hat. „Und warum habt ihr mir nie etwas gesagt, geschweige denn mich gewarnt?“

„Du bist der Boss und triffst die Entscheidungen. Du hättest eine Warnung von uns sowieso nicht ernst genommen und sie sofort dem Councillor weiter erzählt“, sagt Salim Rimo, der frischbestallte Bürovorsteher. „Wir sind abhängig von ihm, weil fast jede Familie irgendwie bei ihm verschuldet ist. Er kann uns alles nehmen, was wir haben. Das hat er schon gemacht. Deswegen müssen wir ihn auch wählen. Er würde von bestochenen Wahlhelfern leicht erfahren, wer seine Widersacher sind.“ „Er ist ein richtiger Satan“, schnaubt Kadute hinter dem Bartresen, wo er nun arbeitet.

Da ist sie, die Wahrheit, vor der sich Hans gefürchtet hat. Aber da ist auch gleichzeitig eine Erleichterung, denn wenn man den Gegner erst mal kennt, kann man ihn auch bekämpfen. Hans fragt seine Mitarbeiter, ob sie ihm beistehen wollen, soweit sie dadurch nicht in gefährliche Konflikte hineingeraten. Seine Worte werden mit Kampfgeschrei quittiert. Wachmann Mohammed Fundi holt die Trommeln. Ein traditioneller Kriegstanz beginnt an der Bar und zieht sich polonaisen-förmig hinunter an den Strand, wo sich Fischer und Nachbarn einreihen. Stöcke ersetzen die Speere, und Pangas die Schwerter. Buntgekleidete Frauen feuern die Krieger mit trillernden Schreien und Gesängen an. Hans spürt, wie sich lang aufgestauter Hass auf einen despotischen Führer Bahn bricht. Die Tänzer nehmen Hans in die Mitte. Er beginnt zögerlich und unbeholfen. Doch dann überwältigen ihn der Rhythmus und die Energie der Trommeln.

Nach dem Tanz versammeln sich die Mitarbeiter wieder an der Bar. Hans setzt zu einer feurigen Rede an. Er will alle auf Solidarität mit Mwazaro einschwören und auf den unausweichlichen Kampf vorbereiten. Da eilt Wachmann Mohammed Fundi herbei. Hinter ihm schreiten zwei Männer mit schwarzen Hosen und weißen, kurzärmeligen Hemden. Der eine ist groß und dürr, der andere klein und dick, ein Pärchen wie aus dem Witzfilm. Ihr grußloser Auftritt allerdings ist ziemlich forsch.

„Sind sie Mr. Hans?“, bellt ihn der Lange an. Hans signalisiert den Mitarbeitern hinter ihm, dass die Vorhut des Feindes schneller als erwartet eingetroffen ist: er hält die linke Hand hinter seinen Rücken und dreht sie so, dass der Daumen nach unten zeigt.

„Was glauben Sie denn, wen Sie sonst vor sich haben? Ich habe allerdings keine Idee, wer Sie sind und was Sie hier wollen. Vielleicht sagen Sie erst mal ‚Guten Tag' und stellen sich vor!" Seine Leute fangen an zu kichern. Die beiden Männer treten einige Schritte zurück und tuscheln miteinander.

„Hier wird nicht geflüstert! Erklären Sie bitte, was Sie herführt, oder verschwinden Sie. Da ist der Ausgang!" Hans deutet auf die Terrasse, die zum Meer hinausgeht. Jetzt spürt man, wie den beiden mulmig wird. Sie drehen sich um und stehen vor einem Tier, das wie ein kleiner Löwe aussieht und sie mit gefletschten Zähnen anknurrt. „Halten Sie diese Bestie zurück! Die kann einen ja umbringen!", ruft der Lange.

„Klar wird die Sie umbringen, wenn Sie nicht endlich sagen, wer Sie sind und was Sie hier wollen!"

„Wir sind Land-Agenten und sollen im Auftrag der Union-Versicherung prüfen, ob die Schätzung, die sie bekommen hat, dem tatsächlichen Wert von Mwazaro Beach entspricht."

„Wer hat denn der Union-Versicherung die Genehmigung erteilt, hier eine Schätzung durchzuführen?"

„Das können wir nicht sagen. Das ist streng vertraulich."

„Na, dann wollen wir mal sehen, wie vertraulich das ist. Packt sie und bindet sie an die beiden Bäume da", befiehlt Hans seinen Mitarbeitern. „Hinter der Bar liegt das dünne grüne Nylonseil. Zieht es schön fest. Und Ali", ruft er zum Küchenhelfer hinüber, „bring mir das scharfe Fleischmesser. Die Herren wollen noch einmal beschnitten werden!"

Die beiden forschen Land-Agenten flehen zwar um Gnade, als sie Ali mit dem langen Messer kommen sehen, wollen aber immer noch nicht sagen, wer hinter der ganzen Aktion steckt. Kadute kommt den Weg hochgerannt, aufgeregt wedelt er mit einem Blatt Papier in der Luft herum. Er hat in der Zwischenzeit das Auto untersucht, das die beiden Besucher unverschlossen auf dem Parkplatz abgestellt haben, und auf dem Rücksitz einen förmlichen Mwazaro-Brief gefunden. Das Schreiben besagt, dass die beiden Herren auf dem Mr. Mwadzikomba gehörenden Gelände eine Vermögenswertschätzung durchführen sollen. Die Ergebnisse seien der Union-Versicherung im geschlossenen Umschlag zuzustellen. Originalunterschrift rechts: Nassoro Juma Mwadzikomba, Geschäftsführer. Auf der linken Seite: Hans von Loesch, Geschäftsführer.

Jetzt wird alles klar. Hans hat durch Gutgläubigkeit und Leichtsinn dem Councillor mit seiner Blankounterschrift die Möglichkeit zum Landdiebstahl gegeben. Ihm läuft es heiß und kalt über den Rücken. Er sucht sich nicht zu rechtfertigen, sondern gibt Anweisung, die überheblichen Land-Agenten sofort frei zu lassen. Kaum losgebunden, wollen die Agenten das Dokument zurück haben. Aber Hans lacht nur, faltet das beweisstarke Blatt zusammen und steckt es demonstrativ in seine Gesäßtasche. „Das Spiel ist aus, meine Herren, bitte verlassen Sie sofort dieses Grundstück. Bis zu Ihrem Auto werden Sie begleitet. Bestellen Sie der Union-Versicherung, dass Mwazaro nicht verkäuflich ist!“

Nafuu schläft in dieser Nacht bei Hans. Sie will ihm zeigen, dass er nicht allein in die Schlacht ziehen muss. Sie liegen eng umschlungen und tauschen Zärtlichkeiten aus. Aber Hans ist nicht beschnitten. Nafuu weigert sich, mit ihm zu schlafen, solange er den gesellschaftlichen Status eines kleinen Jungen hat. „Glaube mir“, sagt sie, „es wäre auch für dein Ansehen in der Digo-Gemeinde von Vorteil, wenn du diesen symbolischen Akt der Mannwerdung vollziehen würdest. Mach es bald. Das stärkt auch deinen Ruf als Kämpfer und schwächt Mwadzikomba, der überall herumerzählt, du wärst zu feige dazu.“

21 Falsche Polizisten

Der nächste Morgen sieht Hans schon bei Sonnenaufgang im Matatu nach Ukunda brausen, wo er hofft, Kommissar Peter im Polizeirevier anzutreffen. Er hat Glück, der Beamte ist im Dienst. Hans schildert ihm kurz die Vorfälle. Peter hört schweigend und betreten zu. Er fühlt sich mitschuldig, weil er Hans nicht daran gehindert hat, die Blanko-Unterschriften zu geben. Er schlägt sofort vor, seinen Vorgesetzten über diesen mutmaßlichen Betrugsfall zu informieren.

Peters Chef ist ein stattlicher Mann mit gut sitzender Kleidung und ausgezeichneten Manieren. Er begrüßt Hans wie einen alten Bekannten und bittet darum, ihn Michael zu nennen. Hans ist überrascht zu hören, dass Peter ihm den gemeinsamen Unfug mit der Blanko-Unterschrift schon gestanden hat. „Wir sind alle nur Menschen, und jeder macht Fehler. Bitte bedenke, in welcher angespannten Situation Peter damals war. Aber sei gewiss, wir alle hier sind dir sehr dankbar, dass und wie du unserem Kollegen geholfen hast. So etwas kommt nicht häufig vor. Du kannst gewiss sein, dass wir uns im Rahmen unserer Möglichkeiten zu revanchieren wissen."

Hans schildert ihm die Vorgeschichte und erklärt, warum er Mwadzikomba als Teilhaber in die Firma genommen hat.

„Schade, dass wir uns nicht vorher über den Weg gelaufen sind. Wir hätten dich gewarnt. Gegen den Councillor liegen mehrere Anklagen wegen Betrugs, Urkundenfälschung und anderer Vergehen vor. In den meisten Fällen ist die Beweislage aber sehr schwach. Er hat eine intelligente Frau, die besitzt, was ihm fehlt: Bildung und strategisches Denken. Er selbst ist nur ein Hochstapler, aber ein ziemlich dreister und professioneller."

Er macht eine kurze Pause und nickt seinem immer noch unglücklich dreinschauenden Untergebenen zu. „Ich glaube, wir sollten Peter auf diesen Fall ansetzen. Er bearbeitet auch die anderen Fälle gegen deinen Partner und wird zunächst einmal weitere Informationen einholen. Wenn du das Original deiner Besitzurkunde noch hast, kann dir eigentlich nicht viel passieren. Sage das aber niemandem. Auch nicht deiner Freundin, selbst im Bett nicht. Der Brief ist an sich schon ein wichtiger Beweis. Ich werde mit Peter eine eidesstattliche Erklärung über den Vorfall in der Agentur in Mombasa aufsetzen. Außerdem werden wir bei der Einwanderungsbehörde überprüfen, ob die Schätzungen, die du hier auf Papier hast, wirklich in den Akten sind. Du hast ja noch eine zweite Blanko-Unterschrift gegeben. Da kann noch einiges auf dich zukommen. Anklage können wir erst erheben, wenn genug Beweismaterial vorhanden ist. Du kannst mich aber jederzeit anrufen."

„Mann", sagt Hans zu Peter, als sie das Büro verlassen. „So

ein Tempo ist man hier ja sonst nicht gewohnt."

„Ja, Michael ist ein sehr erfolgreicher Beamter. Die Gangster fürchten ihn. Wir sind sehr froh, dass er noch hier ist und nicht in der Hauptstadt. Du musst jetzt alle Ordner und Unterlagen durchsehen und feststellen, was eventuell fehlt, oder was dir seltsam vorkommt. Ich brauche schnell eine genaue Aufstellung aller Unregelmäßigkeiten. Die Recherchen in Kwale und Mombasa kannst du mir überlassen."

Hans fährt in einem übervollen Matatu heim. Dort erwartet ihn die nächste Überraschung. Zwei unbekannte Männer sitzen auf der Terrasse vor dem Büro. Sie zeigen ihm ihre Ausweise, die sie als Beamte des Criminal Investigations Department aus Nairobi legitimieren. „Sie sind verhaftet wegen Rauschgifthandels", sagt der eine CID-Mann und legt die Hand auf seine Pistole, als die Mitarbeiter drohend näher kommen. „Hier ist der Haftbefehl vom High Court in Nairobi. Packen Sie ein paar Sachen zusammen. Sie dürfen mit niemandem mehr sprechen. Wir nehmen Sie sofort mit!"

„Was soll der Unsinn? Ich habe mit Drogen nichts zu tun. Außerdem komme ich gerade von der Kriminalpolizei in Ukunda", protestiert Hans mit weichen Knien. „Darf ich mich wenigstens duschen und umziehen, bevor wir fahren? Außerdem muss ich meinen Mitarbeiter noch einige Instruktionen geben, wenn ich hier alles stehen und liegen lassen soll. Und ich bestehe darauf, in Ukunda beim Polizeirevier anzuhalten."

Hans geht zum Toilettenhaus und knallt die Tür zu. Nichts passiert. Während das Wasser prasselt, grübelt er verzweifelt darüber nach, wie er Kommissar Peter erreichen kann. Aber es fällt ihm nichts ein. Dann zieht er sich in Gegenwart der beiden Polizisten um. Die treiben ihn an und fummeln mit der Pistole herum. Als er fertig ist, legt ihm der eine Handschellen an und stößt ihn zum Auto. Salim Rimo folgt ihnen, trotz der Warnung der Beamten. Hans kann ihm gerade noch zurufen, er möge Peter Mungai informieren – da betäubt ihn ein harter Schlag mit der Pistole auf den Kopf. Die Polizisten schießen in die Luft, um die wütenden Mitarbeiter zu vertreiben. Sie stoßen Hans auf den Rücksitz und fahren mit durchdrehenden Reifen davon.

Als Hans aufwacht, sind sie bereits zwischen Ukunda und der Abzweigung nach Kwale. Er spürt einen stechenden Schmerz am Hinterkopf. Er kann sich zwar nicht erinnern, wie er in das Auto gekommen ist, aber er sieht die Situation ganz klar. Das ist kein Polizist neben ihm, der das Auto mit beißendem Schweißgeruch verpestet. Die beiden müssen Kidnapper sein, die Mwadzikomba angeheuert hat, um ihn zu beseitigen.

An der Polizeisperre in Kwale will Hans den Polizisten ein Zeichen geben. Da fühlt er den Druck der Pistole in der rechten Nierengegend. Ihr PKW wird von den beiden Verkehrspolizisten gar nicht beachtet, sie halten wie immer nur nach überladenen Lastwagen und Matatus Ausschau.

Wie sind sie bloß in Msambweni an der Sperre vorbeigekommen, dort, wo ihn jeder kennt, fragt sich Hans. Was haben sie mit ihm vor? Wollen sie ihn töten? Das hätten sie auch früher schon tun können. Er beschließt, weiter den Ohnmächtigen zu spielen und seinen Kopf nicht zu heben. Der Mann neben ihm hat Angst, das spürt er. Hans hat vorerst keine, im Auto werden sie wohl kaum auf einen gefesselten Mann schießen. Aber er muss die nächste sich bietende Situation zur Flucht nutzen - wer weiß, wie lange noch Zeit bleibt.

Draußen wird das Licht bleiern. Erste Regentropfen trommeln auf das Dach des Wagens. Der Mann neben ihm kurbelt das Fenster hoch, und Hans blinzelt hinter seinem Rücken durch die Windschutzscheibe. Sie sind kurz vor Likoni, dem Ort, von dem die Fähre hinüber zur Inselstadt Mombasa ablegt. Sie müssen sehr langsam fahren. Der Regen wird zu einem Wolkenbruch, wie er nur in den Tropen möglich ist. Alle Autolichter gehen an, und trotzdem sieht man so gut wie nichts. Wassermassen bedecken die Straße und füllen die vielen tiefen Schlaglöcher, die allenfalls dann oberflächlich repariert werden, wenn der Präsident die Gegend mit einem seiner seltenen Besuche beehrt. Hans wird so durchgerüttelt, dass er gegen seinen stinkenden Nachbarn fällt. Der merkt, dass Hans aus seiner Ohnmacht erwacht ist, und schreit ihn hysterisch an.

„Kein Ton und keine Bewegung, oder es knallt!“ Der Kerl ist fix und fertig. Er traut sich nicht, Hans in die Augen zu sehen. Der Fahrer kämpft mit Schlaglöchern, entgegenkommenden

Lastern und der beschlagenen Windschutzscheibe. Dann erreichen sie die Fähre. Der Fahrer öffnet das Fenster, bezahlt und bekommt den Fahrschein. Das Autodeck ist schon ziemlich voll, als sie auf das Schiff rollen. Gleich nach ihnen wird die Stahlrampe mit schweren Ketten hochgezogen.

Hans wartet auf das Losbrummen der Dieselmotoren, aber die Fähre fährt nicht ab. Das ist sehr ungewöhnlich. Das uniformierte Fährpersonal läuft durcheinander. Die beiden Kidnapper im Auto sind in der feuchten Tropenhitze klitschnass geschwitzt. Trotzdem öffnen sie nicht die Fenster. Sie haben mehr Angst als ich, denkt Hans.

Von hinten, aus Richtung Likoni, ertönt eine Sirene. Die Rampe wird mit großem Gerassel wieder heruntergelassen. Ein Polizei-Landrover prescht auf die Fähre und kommt direkt neben dem Auto der Entführer zum Stehen. Hans blickt nach oben in das freundlich grinsende Gesicht von Kommissar Peter. Er hebt die Hände und zeigt die Handschellen. Die beiden Entführer starren geradeaus, als seien sie völlig unbeteiligt. Aber der Druck der Pistole lässt nach. Der Mann neben Hans versucht sie unauffällig unter den Vordersitz zu schieben. Im Nu ist das Auto von bewaffneten Uniformierten umstellt. Die Türen werden aufgerissen und die beiden Entführer haben, ehe sie es sich versehen, Pistolen an den Schläfen. „Langsam aussteigen!“, bellt ein riesiger Polizist mit breiten Schultern und einer Pranke, in der seine Dienstwaffe wie ein Kinderspielzeug aussieht. Peter zieht Hans aus dem Auto, umarmt ihn und klopft ihm erleichtert auf den Rücken.

Im Polizeiwagen werden Hans die Handschellen abgenommen. Er tastet mit der Hand die schmerzende Stelle auf seinem Hinterkopf ab. Kein Blut, nur eine Beule. Peter beugt sich durch das Fenster. „Alles gefälscht! Die Ausweise und der Haftbefehl. Mann, hast du ein Glück gehabt! Dass Salim sofort angerufen hat, und dass die Fähre nicht abfahren konnte, weil der Sturm eine große Boje losgerissen hat, die genau in die Fahrrinne getrieben wurde. In Mombasa hätten wir dich nie gefunden.“

„Das waren die Seegeister“, sagt Hans lächelnd.

Als er im Polizeiauto zurück nach Mwazaro Beach gebracht

wird, ist der Empfang überschwänglich. Die Mitarbeiter umarmen ihn, und Nafuu weint dicke Freudentränen. Alle gehen hinab an den Strand. Sie knien nieder und beten laut. Hans hat das Beten immer noch nicht gelernt, hofft aber, dass die Geister seinen geflüsterten Dank zur Kenntnis nehmen.

Ein Auto fährt mit lautem Hupen auf den Parkplatz. Die Mitarbeiter eilen hin, auf neue Gäste hoffend. Hans schlendert mit Nafuu langsam hinterher. Der Councillor steigt mit triumphierendem Lächeln aus. Er wendet sich zu seinem Beifahrer hinunter und trompetet so laut, dass sogar Hans es von Ferne hören kann. „So, jetzt werden wir hier mal Ordnung machen! Ich bin der Boss und nicht mehr dieser hergelaufene Mzungu!"

Als Mwadzikomba sich wieder aufrichtet, fällt sein Blick auf Hans, der ihm entgegenkommt, Nafuu auf der einen Seite und Peter auf der anderen. Er erstarrt. Sein Mund bleibt offen stehen, und die Zunge leckt nervös über die dicken Lippen. „Wo kommst denn du her, du verdammter Teufel?"

„Sollte er nach Ihrer Meinung nicht hier sein?", fragt der Kommissar und geht auf Mwadzikomba zu. Der springt in das Auto zurück, dreht eine scharfe Kurve, bei der er den Beamten beinahe überfahren hätte, und fährt unter dem Hohngelächter der Mwazaro-Mannschaft davon. Es ist sein letzter Auftritt am heiligen Strand.

Der Kriminalprozess gegen die Entführer beginnt ungewöhnlich schnell vor dem Landgericht in Kwale. Der eine Kidnapper ist ein entlassener Polizeibeamter, der andere ein Taxifahrer aus Nairobi. Sie gestehen, den Entführungs-Auftrag von einem Mann bekommen zu haben, den sie nie zuvor gesehen haben wollen. Siebzigtausend Schillinge habe er angezahlt, bei Erfolg hätten sie noch einmal dasselbe bekommen sollen. Als Treffpunkt zur Übergabe des Opfers war angeblich ein Wäldchen in der Nähe von Mariakani zwischen Mombasa und der Stadt Voi ausgemacht. Auch den Wagen und die mit fünf Schuss geladene Pistole hätten sie von diesem Mann erhalten.

Die Polizei stellt fest, dass das Auto gestohlen ist und die Nummernschilder gefälscht sind. Auch ein ‚verschärftes' Verhör bringt keine zusätzlichen Erkenntnisse über den Drahtzieher. Der Councillor wird zwar mehrfach vernommen und den

Entführern gegenübergestellt, aber ihm kann nichts nachgewiesen werden. Das Urteil lautet sieben Jahre Zuchthaus wegen Entführung mit Waffengewalt und Körperverletzung. Beide Männer überleben den Gefängnisaufenthalt nicht.

22 Besuch vom Schachmeister

Toni, ein guter Freund von der gegenüberliegenden Insel Funzi, kommt gelegentlich auf ein Bier vorbei. Er hat ein ähnliches Touristencamp wie Hans, umgeben von Urwald und riesigen Mangobäumen. Es ist nur mit dem Boot zu erreichen, über eine Schneise, die vom Meer aus durch dichte Mangroven führt. Toni ist ein kauziger, wohlhabender Engländer, der gern mit Hans plaudert und Schach spielt. Beide sind eher mittelmäßige, dafür aber besonders leidenschaftliche Spieler. Sie lieben waghalsige Angriffe, bei denen das Brett meist relativ schnell abgeräumt wird. Bei ihren gestenreichen Duellen gibt es jedes Mal viel Gelächter.

Schach wird auch schon von einigen Mitarbeitern erstaunlich gut gespielt. Ali, der neue Küchenchef, ist meistens Sieger, er schlägt auch Hans gelegentlich. Sein Vorgänger Aserini ist unlängst zum Chefkonstrukteur für Makuti-Dächer befördert worden – zwischen Tiegeln und Töpfen war er mit seinen entspannten Hygiene-Vorstellungen auf Dauer doch eine Problembesetzung gewesen. Zweitbeste Spielerin ist Mwanaisha, die charmante Seele von Restaurant und Bar. Vor jedem Zug überlegt sie gründlich und beweist ein erstaunlich gutes Gedächtnis. Hans hat ihre intellektuelle Begabung früh erkannt und ihr unlängst einen Deutschkurs spendiert. Nafuu spielt gerne unkonventionelle Angriffszüge, die Erstaunen hervorrufen, aber selten zum Sieg führen, weil sie in ihrer Konsequenz nicht durchdacht sind. Sie ist eine schlechte Verliererin und leider manchmal auch nachtragend. Wenn sie aber gewinnt, glüht sie vor Stolz und Freude.

Heute hat Toni einen interessanten Besucher mitgebracht. Es ist Bent Larsen, ein dänisches Schachgenie, das in den sechziger und siebziger Jahren viele internationale Erfolge gefeiert hat und jetzt in Argentinien zu Hause ist. Bent, glatt nach hinten gekämmte, dünne Haare und ein sympathisches Siegerlächeln auf den Lippen, bietet Hans sofort das Du an.

Natürlich drehen sich alle Gespräche um Mwadzikomba und seine Versuche, Mwazaro Beach zu stehlen oder Hans gar zu beseitigen. Es ist allen klar, dass der Kampf erst angefangen hat und von dem Councillor mit neuen und schärferen Waffen fortgeführt werden wird.

Hans komme ihm vor wie ein Schachspieler, der sich den Überraschungsangriffen des Gegners planlos ausliefere, sagt Bent. Es sei überlebenswichtig, dessen Taktik und Kampfstärke jederzeit richtig einzuschätzen. Hier habe Hans große Defizite, vor allem kenne er keinen der obskuren Helfer seines Widersachers, die ständig auftauchen und verschwinden. Wie könne er so gewinnen? Er müsse immer in der Verteidigung spielen und komme nie zu einem eigenen durchdachten Angriff.

„Aber Mwadzikomba mengelt doch mit jedem Politiker und Beamten herum, und die meisten meiner Leute sind mit ihm verwandt", wendet Hans ein. „Welche Chance bleibt mir denn da überhaupt?"

„In diesem Fall musst du dir erst einmal über potentielle Mitstreiter und ihre jeweilige Rolle klar werden. Du kennst doch auch schon eine ganze Anzahl einflussreicher Leute. Denk an die Polizisten, vielleicht an den Beamten, der dir das Grundstück verkauft hat. Suche aus deinen Mitarbeitern die wirklich Vertrauenswürdigen aus und trenne sie von Mwadzikombas direkten Verwandten. Dann stelle fest, wo dessen Feinde sind, er scheint ja viele zu haben. Hole sie auf deine Seite. Du musst Schach andersherum spielen! Zuerst werden die Figuren gesammelt, dann erst kann die eigentliche Partie beginnen."

Bent gerät richtig in Fahrt. „Lass uns das Ganze ‚Afrikanisches Schach' nennen. Wir werden die Regeln des Königlichen Spiels dabei nicht immer allzu eisern befolgen. Entscheidend ist allerdings, dass das Schachbrett und eure sechzehn Figuren euch ständig zu strategischem Denken zwingen. Und was das Allerwichtigste ist: so schweißt du deine Mitstreiter zusammen. Jeder Zug ist eine Gemeinschaftsleistung!"

Hans holt sein Schachbrett und legt es auf den Tisch. Die

alten Spielfiguren aus Elfenbein und Ebenholz baut er daneben auf. Bent betrachtet sie mit Interesse. „Diese Figuren sind außergewöhnlich wertvoll. Arabisch, sehr alt und von einem wahren Künstler geschnitzt", sagt er anerkennend. „Wenn du einmal Geld brauchst, kannst du sie bei Christies in London versteigern lassen. Also, los geht's: schwarzer König, Mr. Mwadzikomba, auf **e8**!" Er stellt die schwarzglänzende Figur auf das Brett.

„Weißer König, Mr. Hans, auf **e1**", sagt Hans lachend.

„Wer ist die schwarze Dame?", fragt Bent.

„Hassia!", rufen alle schachspielenden Mitarbeiter wie aus einem Mund. Sie folgen dieser seltsamen Spieleröffnung mit leuchtenden Augen.

Das Mwazaro-Schachteam (2006)

„Also, stellen wir seine kluge Frau, die angeblich so gut im Pläneschmieden ist, auf ihre Position **d8**. Und wer ist deine Dame, Hans?"

„Eigentlich hatte ich an den Witchdoctor gedacht, mit dessen Hilfe ich Mwazaro bekommen habe, und der den Councillor sicher sehr ängstigen würde. Er ist aber alt und krank. Ich weiß nicht, ob er noch ein starker Kämpfer ist. Ich möchte deshalb an dessen Stelle seine Tochter Nafuu bitten, die Heilerin. Die repräsentiert ebenso die Geister der Ahnen und wird von Mwadzikomba fast so gefürchtet wie ihr Vater. Und niemand hier würde wagen, etwas gegen sie zu unternehmen. Dann hätte er alle Klans gegen sich. Nafuu, willst du meine

Dame sein?“

„Unsere Geister sind zwar eher ängstliche Digo-Seelen, lieber Hans, aber für die Verteidigung, die Flucht und das Überleben könnten auch sie sehr wichtig werden. Wenn ich sie und meinen Vater hier vertreten darf, dann bin ich gern deine Dame **d1**“, sagt Nafuu mit glücklichem Lächeln, und fügt hinzu: „Bessere Kämpfer sind allerdings die Seegeister, die ein Eckstein in unserer Gefahrenabwehr sein sollten. Die Turmposition **h1** wäre meiner Meinung nach ideal für sie.“

Auch Bent ist mit dem Vorschlag einverstanden. „Dagegen stelle ich Mwazikombas Lieblingsneffen Idi auf **h8**.“ Der Schachmeister schaut mit gerunzelter Stirn auf die immer noch unbesetzten Felder der schwarzen Seite. „Ich denke, dass es neben dem Neffen Idi etliche Familienangehörige geben könnte, die noch gegen uns ins Spiel kommen. Ich fülle mit ihnen unbekannterweise die restlichen Bauernpositionen auf. Kennt jemand von euch weitere Freunde von Mwadzikomba, die eventuell mit ihm gegen Hans antreten würden?“

„Ja“, ruft Salim Rimo. „Mwamzandi, Abgeordneter aus Msambweni und ein hohes Tier in der Hauptstadt Nairobi. Angeblich ist er auch so ein Grabber, ein Grundstücks-Schwindler.“ Er denkt kurz nach. „Und dann natürlich noch Yusuf, der Councillor aus Vanga. Er ist zwar nicht ganz so gerissen wie Mwadzikomba, aber sie sind ebenfalls dicke Freunde.“

„Das ist doch schon was. Ich stelle Yusuf als zweiten Turm auf **a8** und Mwamzandi als Läufer auf **c8**. Aber ihr seht, dass ihr eure weiteren Gegner nicht kennt. Damit seid ihr hilflos ihren Angriffen ausgesetzt. Das müsst ihr ändern, ihr müsst Mwadzikombas Spielaufbau frühzeitig stören. Denkt zum Beispiel an den alten Spionagetrick: verunsichere deinen Feind und schwäche seine Verteidigung, indem du ihm falsche Angriffsziele zuflüstern lässt ... Okay, wie sieht es auf deiner Seite aus, Hans?“

„Gar nicht so schlecht. Meine bereits bewährten Läufer sind die Kriminalbeamten Peter und Michael. Als Springer setze ich Förster David und Dr. Patel ein. Der Turm auf der Damenseite wird mein bester Kunde, der uns im Augenblick geschäftlich am Leben hält: der Robinson Club mit der TUI im Hintergrund. Damit sind alle Offizierspositionen besetzt. Als Bauern stelle ich meine Mitarbeiter auf: Ali , Omari, Salim Rimo, Aserini, Kadute – und natürlich Mwanaisha. Zur Vervollständigung der Bauernriege kann ich noch Tagwächter Mohammed Fundi mobilisieren,

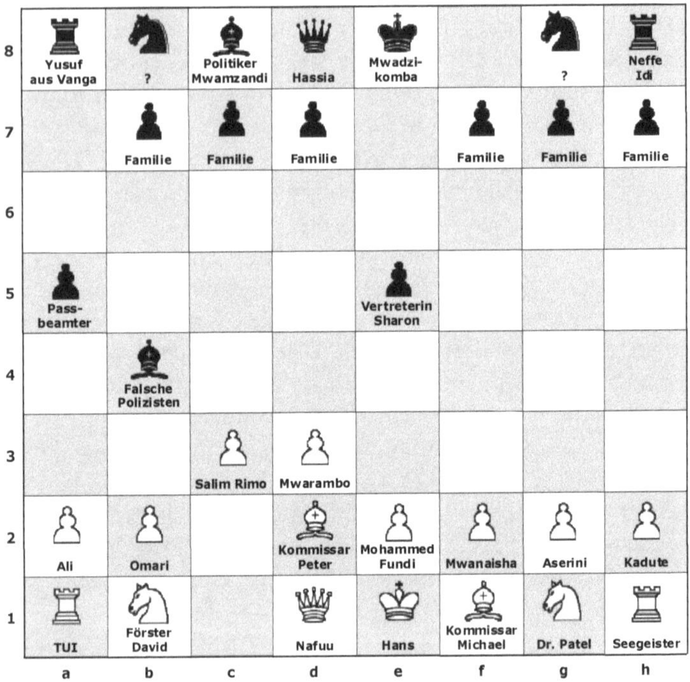

und den jungen Mwarambo, der für die Küche gelegentlich Besorgungen macht. Die nehmen wir in die Mitte. Damit habe ich aber fast alle brauchbaren Akteure aufgeboten!“

„Auf meiner schwarzen Seite habe ich dann noch die Urheber der drei bislang vorgetragenen Überraschungsangriffe. Da sind die undurchsichtige Versicherungsagentin Sharon und der dubiose Passbeamte. Vermutlich sind sie nicht mehr als bezahlte Gehilfen - Bauern also. Und allzu weit sind die beiden gottlob nicht gekommen. Ob die falschen Polizisten Hans wirklich umbringen sollten, wissen wir nicht, aber sie haben dem weißen König in einem blitzartigen und höchst gefährlichen Vorstoß

Schach geboten. Stellen wir das mal mit dem schwarzen Läufer nach. Salim Rimo hat im Gegenzug Kommissar Peter zu Hilfe gerufen, und beide zusammen haben sich erfolgreich in die Angriffsschneise geworfen." Bent rückt die Figuren zurecht. „Organisiert euch in der Verteidigung, und macht euch selbst angriffsfähig", rät er, bevor er zusammen mit Toni nach Hause aufbricht. „Jede Figur muss bereit sein, sich im Zweifel durch eine stärkere ersetzen zu lassen. Und denkt alle in jeder Sekunde daran: euer Spiel ist sehr real! Es ist gefährlich und vielleicht sogar tödlich."

Aufmunternd fügt er hinzu: „Die drei glücklosen schwarzen Angreifer könnt ihr jetzt vom Brett nehmen. Die beiden Bauern werden wohl kaum mehr auftauchen, und die Läufer-Gang schmort mittlerweile ja im Knast."

23 Das Killerboot

Mwazaro hat wieder ein Bootsproblem. Der Tauchclub Diani Diving ist neuer Kunde. Die Gäste kommen dreimal wöchentlich mit einem Bus und werden dann zum Kifungu Reef hinausgefahren. Dort steigen sie in ein spezielles Boot um, das sie in den Kisite Marine Park zum Tauchen und Schnorcheln bringt. Auf dem Rückweg werden sie wieder am Riff umgeladen und zum Essen nach Mwazaro zurückgeschippert. Leider gibt es immer wieder Terminkonflikte mit anderen Gästen, die während der Zeit in das Ramisi-Delta fahren wollen, um Mangroven zu pflanzen. Hans hat deshalb ein zusätzliches Boot gemietet, dessen Besitzer aber unverschämt viel Geld dafür verlangt.

Am Morgen nach dem Besuch des Schachmeisters erscheint Yusuf, der Councillor aus Vanga, in einem fast schrottreifen Auto. Mohamed Fundi, der Tagwächter, kommt im Eiltempo zu Hans gelaufen, um ihn zu warnen. Doch der weist ihn an, Mr. Yusuf höflich zu empfangen und an die Bar zu bringen. „Man kann seine Feinde nicht enttarnen, wenn man sie rausschmeißt", erklärt er den Umstehenden sein Verhalten.

Yusuf kommt mit gemessenem Schritt den Weg herauf zur Bar. Sein Gesicht strahlt vor Gutgelauntheit. Salim Rimo, der ihn begleitet hat, zieht hinter seinem Rücken Fratzen und versucht, Hans Warnzeichen zu geben. Der tut erstmal erfreut und zieht Yusuf an die Brust wie einen alten Freund. Man setzt sich gemütlich zu stark gesüßtem Tee an den Tisch und plaudert über Familie und Geschäft. Dann fragt Hans, was er für den prominenten Besucher tun kann.

„Ich habe ein Problem mit Mwadzikomba", runzelt der jetzt bekümmert seine Stirn. „Er hat bei mir ein Boot in Auftrag gegeben, mit dem er dich, seinen Partner und Freund, überraschen wollte. Gestern aber ist er wütend angefahren gekommen und hat erzählt, dass du ein unverschämter Kerl bist, der seine Freundschaft missbraucht hat. Du würdest die schrecklichsten Lügengeschichten über ihn verbreiten, um seinen guten Ruf zu ruinieren. Also wolle er das Boot nicht mehr haben." Yusuf hebt entschuldigend die Schultern und sieht Hans treuherzig in die Augen. „Mich geht das ja alles nichts an. Bloß hat er das Hartholz noch nicht bezahlt, das ich für ihn zum Sonderpreis von zwanzigtausend Schillingen gekauft habe. Ich habe keine Lust, darauf sitzen zu bleiben, wenn ich schon nichts verdiene. Die Handwerkerkosten hat er gottlob vorher schon übernommen. Und deshalb bin ich hier. Zwanzigtausend - so billig kriegst du nie wieder ein so tolles Boot. Du kannst es jederzeit abholen!"

Hans ist demonstrativ gerührt. Das könne er beim besten Willen nicht annehmen, sagt er. Wer würde Yusuf denn für seinen enormen Zeitaufwand entschädigen? Außerdem hätte er gar nicht soviel Geld in bar vorrätig. Zehntausend Schillinge könnte er ihm heute allenfalls geben, den Rest aber nicht vor dem Monatsende, wenn die Kunden ihre Rechnungen bezahlen.

„Ach, das macht doch nichts, mit der Regelung kann ich gut leben. Das Boot ist für mich nur noch ein Ärgernis, ich will es einfach nicht mehr sehen. Wann kannst du es denn holen?", drängt Yusuf. „Ich könnte dich auch jetzt gleich mitnehmen. Das wäre doch das Einfachste!"

Hans lehnt dankend ab. „Morgen haben wir viele Gäste, und ich muss noch eine Menge vorbereiten. Aber übermorgen könnte ich es einrichten."

Yusuf nimmt die Anzahlung und verspricht, das Boot rechtzeitig ins Wasser zu bringen. Er weigert sich aber, eine Quittung zu unterzeichnen, Steuern wolle er nicht auch noch bezahlen für dieses schlechte Geschäft. Als er gegangen ist, ruft Hans seine Schachspieler an der Bar zusammen. Er informiert sie über die neueste Entwicklung, über Yusufs Begründung für den Bootsverkauf sowie den außergewöhnlich niedrigen Preis. „Warum warst du so freundlich zu ihm, wo wir doch alle wissen, dass er dich irgendwie aufs Kreuz legen will?“, fragt Mwanaisha, die den beiden den Tee serviert hat.

„Erinnert ihr euch nicht an die Worte des Schachmeisters? Irreführung ist ein Teil der Gegenstrategie. Wenn ich nicht freundlich gewesen wäre, hätte er Verdacht geschöpft.“

„Aber wir wissen immer noch nicht, was er eigentlich vorhat“, grübelt Salim Rimo. „Wir brauchen mehr Informationen über das Boot. Die können wir nur in Vanga selbst bekommen.“

„Du hast doch in Vanga gelegentlich Krustentiere gekauft“, sagt Küchenchef Ali zum jungen Mwarambo, der für ihn auf den umliegenden Märkten gelegentlich frische Lebensmittel besorgt. „Du könntest morgen früh unter dem gleichen Vorwand mit dem Fahrrad hinfahren und die Sache auskundschaften.“

„Sehr gut! Ihr werdet langsam richtig gute Schachspieler“, kommentiert Kadute und schaut Hans an. „Aber was machen wir, wenn er rausfindet, dass etwas mit dem Boot nicht in Ordnung ist? Sollen wir es dann trotzdem abholen, oder den Schwindel gleich an Ort und Stelle aufdecken?“

Förster David, der zwischenzeitlich dazugekommen ist, hat eine Idee. „Vanga gehört zu meinem Revier. Ich war lange nicht mehr da, weil ich von meiner Dienststelle nie genug Benzin für den Bootsmotor bekommen habe. Wenn ich Hans und Omari jetzt mit meinem Kanu hinfahre, wird sich niemand etwas dabei denken. Euren Reservemotor können wir gleich mitnehmen. Ich setze euch nur ab, und mache in der Zwischenzeit eine Inspektionsfahrt durch die Mangroven. Wenn ihr dann mit dem neuen Boot aus dem Hafen kommt, fahren wir zusammen zurück nach Mwazaro. Dann seid ihr sicher.“

„Und wenn sie irgendwo eine Sprengladung angebracht haben?“, sorgt sich Mwanaisha.

„Ich glaube nicht, dass wir es mit begabten Bombenbastlern

zu tun haben. Aber wir sollten Schnorchel und Masken mitnehmen. So können wir das Boot auch von unten absuchen", entgegnet Hans.

„Pangas und Äxte braucht ihr auch, falls alles nur ein Trick ist, und ihr in den Mangroven in einen Hinterhalt gelockt werdet", ergänzt Ali.

„Das wäre offensichtlicher Mord. Soweit würde Yusuf für seinen Freund Mwadzikomba wohl kaum gehen. Aber sicher ist sicher! Außerdem nehme ich die zweiten zehntausend Schillinge auf keinen Fall schon mit. Ich sage Yusuf, dass er sie bei uns abholen kann, wenn wir heil zurückgekommen sind. Wenn er das Boot dann nicht rausrückt, ist die Sache vermutlich in Ordnung. Wenn er uns aber widerspruchslos fahren lässt, stimmt irgendwas nicht, und wir müssen sehr vorsichtig sein."

Es wird Zeit für Mwarambo. Hans gibt ihm tausend Schillinge für den Kauf von Hummer. „Viel Erfolg, und sperr die Ohren auf!"

Ali räuspert sich. „Wenn wir in den Kampf ziehen, brauchen wir einen Schlachtruf, der dem Gegner so richtig Angst macht. Wie früher, wenn die Stämme ihren Streit ausgefochten haben. Warum nehmen wir nicht ‚Afrikanisches Schach!' als unseren gemeinsamen Schlachtruf?"

„Ich finde, wir sollten lieber ‚Schachmatt!' rufen", meint Kadute. „Das ist knackiger. Bei dem Wort fühlt der Gegner, dass er keine Chance hat. Auch wenn er nichts vom Spiel versteht."

Ohne eine Antwort abzuwarten, springen die Krieger auf, recken die Fäuste in die Höhe und rufen: „Schachmatt, Schachmatt!" Als Schlachtruf klingt es wirklich sehr beängstigend, denkt Hans und schreit mit, so laut er kann.

Mwarambo kommt am späten Nachmittag zurück. Er bringt zwei Hummer und interessante Nachrichten mit. Das Boot ist gar nicht in Vanga, sondern jenseits der nahen Grenze gebaut und von einem tansanischen Motorboot hergeschleppt worden. In Vanga wurde es lediglich ein zweites Mal innen und außen lackiert. Mwadzikomba hat dafür gesorgt, dass es im Schuppen von Yusuf gestrichen wurde, und war bei den Arbeiten meist zugegen. Aus Vanga stammen lediglich die Bretter für die

Sitzbänke, und auch die hat ein Bootsbauer aus Tansania montiert, den zuvor nie jemand gesehen hat. Jetzt liegt das Boot bereits im Wasser. Die Leute im Ort würden viel reden über das große und schöne Boot, sagt Mwarambo. Aber angeblich sei es verhext. Man müsste erst einen Witchdoctor holen, um es zu reinigen, bevor man damit fahren könne.

„Vielleicht haben die Leute recht", überlegt Nafuu. „Mein Vater würde so etwas sofort merken und wissen, was zu tun ist. Doch der ist zu krank. Wir könnten aber den alten Witchdoctor aus Fikirini oder seinen Sohn mitnehmen. Die sind auch gut im Bannen von bösen Geistern und Dämonen." Hans hätte früher über solche Vorschläge nur gelacht. Inzwischen hat er seine Meinung grundlegend geändert. Er stimmt sofort zu, und Salim Rimo übernimmt die Benachrichtigung des Witchdoctors. An Zauberkraft hatten sie bei ihrer Gefahrenabschätzung gar nicht so recht gedacht. Das war ein Fehler, muss Hans Nafuu eingestehen. „Man lernt nie aus. Aber es war gut, Mwarambo loszuschicken, um Informationen zu sammeln. Jetzt wissen wir schon, dass Yusuf nicht die Wahrheit gesagt hat."

Im Hafen von Vanga

Als sie am übernächsten Morgen in Davids Boot Vanga erreichen, stehen viele Menschen am mangrovengesäumten Hafen. Auch Yusuf läuft in der Menge herum. Als die Fischer den Witchdoctor in seinem weißen Kanzu aussteigen sehen, in der einen Hand einen schwarzen Hahn mit zusammengebundenen Füßen, in der anderen einen Korb mit diversen Zauber-Utensilien, geht ein Raunen durch die Reihen. Yusuf verliert vor Wut die Beherrschung. „Was soll denn dieser Blödsinn? Du bist doch ein Europäer. Willst du mir weismachen, dass du an Zauberei glaubst? Oder willst du mich hier öffentlich zum Narren halten?"

„Mein lieber Freund, warum regst du dich so auf? Wenn Zauberei wirkungslos ist, kann sie doch nicht schaden. Lass doch meinen Leuten ihren Spaß. Es ist nun einmal Tradition, dass neue Boote so getauft werden. Wir haben auch eine Ziege gekauft, damit es nachher was zu feiern gibt. Deine Familie wird darüber doch froh sein, und die Bootsbauer aus Tansania bestimmt auch - oder sind die etwa nicht mehr da?", fragt Hans und setzt ein unergründliches Lächeln auf.

Yusuf zuckt zusammen. Dann dreht er sich abrupt um und weist ein paar Leute an, die Ziege zu seinem Haus zu bringen. „Der Witchdoctor kommt mir da aber nicht hinein!", schäumt er, ohne Hans dabei anzusehen.

„Na gut, dann müsst ihr halt ohne uns essen, und wir kommen dafür früher heim", gibt sich Hans gelassen. Er lässt Yusuf stehen und geht zu dem neuen Boot, das wirklich sehr gut aussieht. Omari befestigt gerade den Außenbordmotor. Der Sack mit den Waffen und der Schnorchelausrüstung, mit Wasserflaschen und Käsebroten ist schon im Bugkabinett verstaut. Hans klopft an die weiß gestrichene Bordwand. Ein gesunder Hartholz-Ton ist zu vernehmen, so wie es sein soll.

David hat mit seinem Forsthelfer den Hafen bereits wieder verlassen. Der Witchdoctor beginnt seine Zeremonie unter großer Anteilnahme der Bevölkerung. Dem Hahn schneidet er mit einem scharfen Messer den Kopf ab. Er wirft den noch zuckenden Körper auf den Boden des Bootes, wo er sich einige Male dreht und dann reglos liegen bleibt. Der blutende Hals zeigt auf das Ufer. Ein erschrecktes Murmeln geht durch die Reihen. Omari hält sich die Hand vor den Mund und schüttelt den Kopf. „Wir können mit dem Boot nicht fahren. Wenn es ungefährlich wäre, hätte der Hahn in jede andere Richtung zeigen müssen, aber nicht auf das Land."

„Ja", sagt der Witchdoctor, „etwas stimmt mit diesem Boot nicht. Aber wir können damit getrost bis nach Mwazaro fahren. In der Asche hier erkenne ich keine akute Gefahr." Er zeigt Hans einen kleinen Tontopf, in dem er Papier mit handgeschriebenen heiligen Versen verbrannt hat. Dann schlägt er ein kleines Buch auf, und beginnt eine Sure aus dem Koran zu lesen. Viele beten laut mit.

Yusuf ist verschwunden. Er sei mit dem Auto weggefahren, ohne sich von jemandem zu verabschieden, hört Hans von den Umstehenden. „Na gut. Er ist sicher unterwegs zu Mwadzikomba, um sich neue Instruktionen zu holen. Wir brauchen ihn hier ohnehin nicht mehr“, sagt er zu seinen Begleitern. „Anscheinend ist ihm das Geld auch nicht so wichtig. Er hat mich nicht einmal danach gefragt. Also los, lasst uns fahren!“

Hans klettert zusammen mit dem Witchdoctor ins Boot, Omari reißt den Motor an, und unter Winken und Rufen der Umstehenden tuckern sie durch den breiten Mangrovenkanal aus dem Hafen. „Schachmatt!“, rufen Omari und Hans zum Abschied und stoßen ihre Fäuste gen Himmel.

Draußen auf See treffen sie auf die beiden Forstbeamten. David will Benzin sparen, täut sein Boot hinten an der schnittigen Neuerwerbung fest und hört mit Erstaunen von den jüngsten Ereignissen. „Da ist irgendeine Teufelei im Gange. Die Seegeister seien uns gnädig!“ Sie erreichen Mwazaro am späten Nachmittag ohne Zwischenfälle.

Am nächsten Morgen ist die Flut weit zurückgegangen. Ein paar Gäste von Diani Diving joggen am Strand. Sie wollen später in die Ramisi-Mündung fahren, um dort Mangroven zu pflanzen. Omari kippt das neue Boot mit mehreren starken Männern auf die Seite, stützt es mit Stangen ab und beginnt eine gründliche Untersuchung des Bodens und der Wände. Die Jogger bleiben neugierig stehen. Hans tritt dazu und erzählt ihnen die seltsame Geschichte des Bootes, allerdings ohne den dramatischen Hintergrund preiszugeben. „Etwas stimmt nicht mit dem Ding, aber wir wissen nicht was. Die Leute sagen, es sei verhext. Und jetzt bin ich unsicher, ob ich Sie in so ein Boot einsteigen lassen kann. Obwohl es viel besser ist als das alte da.“

„Klar fahren wir mit dem neuen Boot.“, sagt einer. „Das ist doch spannend. Oder glaubt ihr, wir hätten vor Hexerei Angst?“ Alle lachen.

„Und wenn doch etwas passiert, was ist dann? Wer trägt die Verantwortung? Das Boot hat bislang weder eine Seetauglichkeitsprüfung noch eine Versicherung."

„Wir unterschreiben gerne ein Papier, dass wir über die Risiken informiert wurden. Was haltet ihr davon?", fragt der Wortführer in die Runde. Alle sind einverstanden. Einige scheinen insgeheim zu hoffen, dass wirklich etwas Abenteuerliches passiert.

Beim gemeinsamen Mittagessen wird viel über das Hahnen-Orakel und die Seegeister diskutiert. Keiner von den europäischen Gästen glaubt wirklich, dass diese Dinge mehr als Hokuspokus sind. Aber etwas verunsichert werden sie doch, als Hans berichtet, wie er per Geisterbefragung den heiligen Strand zugesprochen bekommen hat.

Das neue Boot liegt wieder im Wasser. Unternehmungslustig sitzt Omari am Motor, die Gäste mit Schwimmwesten auf den Bänken vor ihm. Hans steigt dazu. Auch das zweite Boot wird klargemacht, mit Hassan, einem gelegentlich für Mwazaro arbeitenden Skipper am Steuer. Hans hat darauf bestanden, aus Sicherheitsgründen nicht allein zu fahren. „Bauer **h2**, geh bitte mit auf das Begleitboot", weist er Kadute schmunzelnd an.

Auch „Springer" David besteht darauf, bei diesem gefährlichen Spielzug dabei zu sein. Er hat in seinem Tank noch genug Benzin und führt die Flotte an, die jetzt aus drei Booten besteht. Sein Begleiter ist Salim Rimo, der Bauer **c3**. Die restlichen Spieler bleiben in Mwazaro, um die Geister der Vorfahren um Unterstützung zu bitten – und vor allem den Turm **h1**, die Seegeister. Das knappe dutzend Gäste im Hauptboot amüsiert sich köstlich über die komische afrikanische Gesellschaft, die über Schachfiguren redet, die offenbar sie selbst sind, und über Wesen, die niemand sehen kann.

In rascher Fahrt nähern sie sich dem Mangrovenwald und gleiten immer tiefer in sein Labyrinth von Kanälen hinein. Die Motoren werden abgestellt. Überall verschlungene Bäume, die auf Stelzen im Wasser wurzeln. Bunte Vögel, die zutraulich im Geäst sitzen bleiben, wenn Hans ihre Rufe nachahmt. Schwarzer Schlamm, in dem Millionen von bunten Winkerkrabben wuseln. Gelegentlich schaut eine Krokodilschnauze aus den trüben Fluten, eine Pavianherde überquert den Fluss in gewaltigen

Sprüngen von Baum zu Baum. Die Nachmittagssonne hat ihren Anteil an der verzaubernden Wirkung. Sie sendet ihre Strahlen durch das lückenhafte Blätterdach, und die Reflexe spiegeln sich tanzend im Wasser.

In die staunende Stille hinein macht es plötzlich „Plopp!", laut und deutlich. Es hört sich an, als hätte jemand einen Sektkorken knallen lassen. Omari beginnt aufgeregt zu rufen. Zwischen zwei Planken im Boots-Boden ist die Farbschicht aufgeplatzt. Es hat sich bereits ein daumenbreiter Riss gebildet. Wasser quillt herein. Der Spalt reißt mit hoher Geschwindigkeit weiter auf, erstreckt sich bald über die Länge des gesamten Bootes. Schon schwappt das Wasser unter den Bänken. Alles springt auf und nestelt an den Schwimmwesten herum, so dass sie beinahe kentern. Hans versucht die Gesellschaft zu beruhigen. „Keine Angst! Wir steigen um! Nur keine Panik!"

Hassan kommt mit Vollgas angefahren, und Kadute hilft den verängstigten Gästen hinüber. David dreht an der anderen Seite bei. Salim Rimo springt in das sinkende Boot und hilft Omari und Hans, rasch noch Motor und Tank zu retten. Beides kann mit knapper Not zu David hinüber gewuchtet werden. Hans steht als letzter bis zum Bauch im Wasser, mitten im sinkenden ‚Killerboot', wie er es in Zukunft nennen wird. Er stößt die Faust in die Luft und ruft immer wieder „Schachmatt! Schachmatt!" Seine Mitarbeiter schreien mit, und irgendwann auch die Gäste. Hans bindet unter ihrem Beifall das Ankertau des auf Grund liegenden Bootes an einen dicken Mangrovenast.

Am nächsten Tag wird das Killerboot mit Hilfe mehrerer Dutzend ebenso neugieriger wie hilfsbereiter Fischer geborgen. Man stellt fest, dass zwischen zwei Längsplanken eine Lücke klafft, die mit Lehm ausgefüllt und dann dick überstrichen worden ist. Das Boot ist zum Töten gebaut worden. Die Polizei fotografiert das ungewöhnliche Tatwerkzeug, hält es aber als Beweisstück gegen Mwadzikomba für nicht geeignet.

24 Todesfalle an der Fähre

Kommissar Peter schickt eine Nachricht. Er muss Hans unbedingt in Ukunda sprechen. Hans soll seinen Pass und Kopien seiner Besitzurkunden mitbringen. Wenn es möglich ist, auch die Originale oder eine Bestätigung seines Rechtsanwalts, dass diese noch in seiner sicheren Verwahrung sind. Außerdem bittet er Hans um eine Auflistung aller Verfehlungen von Nassoro Juma Mwadzikomba, und zwar mit möglichst genauen Daten.

Hans fährt als erstes mit dem Matatu nach Mombasa und eilt in den elften Stock des Bima Tower. Dort trifft er Anwalt Gikandi, der die Originale der Grundstücks-Besitzurkunden aus dem Tresor holt und ihm eine beglaubigte Kopie ausstellt. Hans schildert ihm den Fall in groben Zügen. Der Anwalt kennt Peter und Michael und bestätigt, dass diese beiden Beamten als integer und unbestechlich bekannt seien.

Als Hans anschließend auf der Kriminalwache eintrifft, bringt Peter ihn sofort zu seinem Chef. Michael begrüßt ihn wie einen alten Freund. Er sieht sich die Kopien an und fragt, ob Hans die Besitzurkunden wirklich gesehen hat, und ob es dieselben sind, die er damals beim Kauf in Kwale von dem Katasterbeamten bekommen hat. Hans bestätigt das. Dann zeigt er Hans die Kopie einer Karteikarte aus dem Grundstücksregister und erklärt, was die Eintragungen darauf bedeuten. Die alten Besitzurkunden von Mwazaro Beach sind amtlich für gestohlen erklärt worden. Die neuen Besitzurkunden sind auf den Namen Nassoro Juma Mwadzikomba ausgestellt. Als Grundlage für die Besitzänderung dient eine Anzeige in der Kenya Gazette, dem Amtsblatt der Regierung in Nairobi.

Hans muss zweimal hinschauen, bevor er glauben kann, was er da sieht. Die Anzeige besteht im Wesentlichen aus der Reproduktion eines Mwazaro-Briefbogens mit einem kurzen Vertragstext, in dem Hans die alleinigen Eigentumsrechte an den Grundstücken auf seinen Partner überträgt. Der Brief ist links von Hans und rechts von Mwadzikomba unterzeichnet. Peter schluckt schuldbewusst. Er war ja dabei, als die Unterschriften ergaunert wurden. Michael schaut die beiden Helden kopfschüttelnd an. „Ich habe mir so etwas schon gedacht. Aber wir haben wenigstens Peter als Zeugen, der die Unrechtmäßigkeit dieses Vertrages beschwören kann. Hier liegt schon seine Eidesstattliche Erklärung. Das ist unsere wichtigste Brechstange in dem Prozess, den wir jetzt anstrengen müssen."

Er legt Hans weitere Dokumente vor, die Peter besorgt hat. Das eine ist eine Diebstahlsanzeige, die Mwadzikomba bei der Polizeistation in Msambweni aufgegeben hat, und in der er behauptet, die Besitzurkunden wären aus seinem Auto gestohlen worden. Das zweite ist eine Eidesstattliche Erklärung mit gleichem Inhalt, die er in Kwale vor Gericht abgegeben hat. Ein letztes Dokument soll belegen, dass die zuständige Kontrollbehörde der Eigentums-Übertragung zugestimmt hat. Es ist zwar vom District Commissioner als höchstem Beamten abgezeichnet, doch taucht der Vorgang später in keinem Sitzungsprotokoll dieser Grundstückskommission auf.

„Die Beweislast gegen Mwadzikomba scheint ziemlich erdrückend, aber leider haben wir den Prozess noch vor uns, mit allen seinen Risiken. Wie wir sehen, hat er Fäden überall hin. Und das Killerboot zeigt, dass er bereit ist, über Leichen gehen. Na ja, für den schlimmsten Fall habe auch ich meine Beziehungen ...“ Michael schiebt Hans über den Tisch hinweg ein Papier zu. „Wir haben diese Anzeige gegen Nassoro Juma Mwadzikomba vorbereitet, die vierzehn Anschuldigungen enthält. Sie reichen von Urkundenfälschung über Falschaussagen bei der Polizei und falsche Eidesstattliche Erklärungen bis hin zum geplanten Landdiebstahl. Eine Kopie dieser Anzeige habe ich bereits an meinen Chef in Nairobi geschickt. Der kennt den Präsidenten persönlich und kann im Notfall eingreifen. Er ist ein Onkel meiner Frau, das Ganze würde also eine Familiensache, die in Kenia immer sehr ernst genommen wird.“ Er feixt. „Du musst hier bitte dreimal unterschreiben. Aber lies alles vorher gründlich durch. Wir wollen Fehler nicht wiederholen!“

Bevor der Prozess beginnt, nimmt sich der District Commissioner das Leben. Es stellt sich rasch heraus, dass er nicht nur von Michael und der Anti-Korruptions-Kommission der falschen Bestätigung eines Landkaufs beschuldigt wird. Offenbar hat er sein Amt schon so oft missbraucht, dass er mit dem Losbrechen einer Ermittlungs-Lawine rechnen musste. Michael beantragt wegen Korruptionsverdachts die Verlegung des Falles von Kwale zum Gericht in Mombasa.

Am 26. Juni 1997 fährt Hans mit dem Matatu nach Mombasa. In seiner Umhängetasche stecken sechzigtausend Schillinge, die ihm sein Nachbar Thomas für das dringend benötigte neue Ausflugsboot geliehen hat. Es liegt bereits in der Werkstatt der Fischereikooperative auf Kiel. Vor der Fähre in Likoni steht eine lange Warteschlange. Hier ist Endstation für alle Sammeltaxis, die von der Südküste heraufkommen. Ihre Fahrgäste müssen aussteigen und zu Fuß mit der Fähre übersetzen. An Bord herrscht entsprechendes Gedränge. Hans hält seine Umhängetasche fest, in der er das Geld und seinen Reisepass hat. Es gibt angeblich viele Taschendiebe hier.

Auf der Mombasa-Seite rollen zuerst die PKW und Lastwagen und viele hochbepackte Karren von der Fähre. Dann lässt Hans sich vom Menschenstrom die breite Betonrampe hinauftreiben, zur Wartebucht für die Anschluss-Busse. Von oben, wo der Mama Ngina Drive Richtung Innenstadt beginnt, rollen die ersten Autos zum Übersetzen herunter. Hans ist in Gedanken schon bei seinem neuen Boot.

Plötzlich hört er einen kollektiven Aufschrei. Er kann den Kopf noch nach links drehen, sieht irgendetwas Massiges, Dunkles auf sich zurasen, ratternd und mit zwei gleißenden Augen. Für einen Sekundenbruchteil glaubt er den Teufel persönlich zu sehen. Dann sind da ein berstendes Krachen und ein nie gekannter Schmerz. Es wird dunkel um ihn.

Erst drei Wochen später wacht er wieder auf. Er weiß nicht mehr, wer er ist. Neben seinem Bett stehen mehrere Personen, die er nicht erkennt. Sie jubeln in einer Sprache, die ihm bekannt vorkommt, die er aber nicht verstehen kann. Die Sinne schwinden ihm wieder.

Später, als er richtig wach ist, erkennt er nach und nach die Menschen um sich herum, aber erst nachdem sie ihm ihre Namen gesagt, ihn auf die heiße Stirne geküsst und seine Hände gestreichelt haben. Er sieht seine Tochter Angela, seine alte Geliebte Anette und seine vergötterte Nafuu. Auch seinen Freund Dr. Patel erkennt er nun wieder, ohne auf den Namen zu kommen. Als er ihn danach fragen will, findet Hans keine Worte. Dr. Patel öffnet einen Schieber am Tropf. Die entsetzlichen Schmerzen lassen nach. Hans fällt wieder in einen tiefen Schlaf.

Auch Tage später kann er noch nicht sprechen, doch er versteht langsam mehr von dem, was die Menschen um ihn herum sagen. So erfährt er nach und nach, was vorgefallen ist. Sein Gehirn arbeitet langsam, und nur wenn er die Sauerstoffmaske trägt, kann er Zusammenhänge erfassen.

Die Unfallstelle an der Likoni-Fähre

Nach Ermittlungen und Zeugenaussagen ist an jenem 26. Juni gegen neun Uhr dreißig Uhr folgendes vorgefallen: als ein vollbeladener Benzinlastwagen mit hoher Geschwindigkeit und aufgeblendeten Scheinwerfern in die Zufahrt zur Fähre einbiegt, verliert der Fahrer aus nicht feststellbaren Gründen die Kontrolle über das Fahrzeug. Er habe versucht, das Steuer herumzureißen, um nicht auf die Gegenfahrbahn zu geraten, behauptet er später. Als auch die Bremsen versagten, sei er in Panik zur Tür hinaus gesprungen. Führerlos rast sein Tanklaster in eine Gruppe Wartender an der Haltebucht, mehrere Menschen werden erfasst, darunter Hans. Dessen Hemd verhakt sich an scharfkantigen Metallteilen unter dem Wagen, und er wird von dem LKW die ganze Rampe zur Fähre hinab geschleift. Unten reißt sein Hemd, und beide Beine werden von den Zwillingsreifen überrollt, bevor der Laster von einer Mauer im Wasser gestoppt wird. Passanten ziehen Hans aus der trüben Brühe. Sie halten ihn für tot.

Alle Opfer, Verletzte und Tote, werden von der Fährmannschaft auf einen Pickup geladen und in wilder Fahrt zum nächsten Krankenhaus geschafft. Hans liegt blutend und leblos oben auf anderen Körpern. Ein junger Arzt entscheidet spontan, diesen Mzungu in den gerade frei gewordenen Operationssaal bringen zu lassen. Dort stellt man fest, dass noch ein Funken Hoffnung für den zerschmetterten Körper besteht. Ein Team von Ärzten wird zusammengetrommelt, auch Dr. Kiran Patel ist darunter. Er übernimmt die Leitung der Notoperation und unterzeichnet in der Verwaltung eine Garantierklärung für die Übernahme der Kosten, die erheblich sein werden, da Hans fast hundert verschiedene Brüche und Verletzungen erlitten hat. Diese Verpflichtungserklärung wird noch am selben Tag von der TUI-Zweigstelle in Mombasa übernommen, die als erste von dem Unfall gehört hat.

Die Kriminalbeamten Peter und Michael recherchieren so gut, wie sie können. Sie sind aber viel zu spät über das informiert worden, was die Hafenpolizei einen „Unfall" nennt. Der Lastwagen ist bei ihrem Eintreffen bereits von seinem Besitzer abgeholt worden. Die spätere technische Untersuchung bringt, wie fast zu erwarten, keinerlei Ergebnisse. Die Spurensicherung vor Ort war schlampig, und es bleibt auch unerklärlich, warum der Fahrer aus dem Wagen gesprungen ist. Augenzeugen sind nur wenige vernommen worden.

Mit Hilfe einer ausgesetzten Belohnung finden die Kriminalbeamten allerdings zwei junge Männer, die jeden Tag an der Fähre Äpfel an die Wartenden verkaufen. Sie haben den Unfall nicht nur beobachtet, sondern auch die Tasche mit dem Pass und dem Geld in Sicherheit gebracht – und händigen sie Peter ohne Zögern aus. Hans, geben sie als Begründung für ihre Ehrlichkeit an, sei vielen Kleinhändlern ein angenehmer Bekannter gewesen. Er hätte mit jedem geplaudert, immer eine Kleinigkeit gekauft und den Bettlern seine Münzen gegeben. Er sei nicht so wie viele andere Weiße. Für sie scheint klar, dass Hans gezielt von dem Fahrer angesteuert wurde, um ihn umzubringen. Zu beweisen ist das allerdings nicht. Ein Strafverfahren wird nicht eröffnet.

Die verlorene Tasche haben die Obstverkäufer nur durch eine List an sich gebracht: ein Polizist hat unmittelbar nach dem Unfall die Tasche aufgehoben, geöffnet und seinen herbeieilenden Kollegen mit vielsagender Miene das Bündel Geld gezeigt. Den Jungen ist sofort klar, dass Hans den Inhalt niemals wieder sehen wird. Aber sie haben eine Idee. Unten an der Fährrampe bettelt ein hilfloser Mann namens Joseph, der mit seinen blinden weißen Augäpfeln wahrlich mitleiderregend wirkt. Ein kleines Mädchen an seiner Hand nimmt die Almosen entgegen, und auch Hans hat ihr immer eine Spende für den leidgeprüften Vater gegeben. Joseph ist sofort einverstanden, als die beiden Verkäufer mit ihrer Idee zu ihm gerannt kommen.

Er tastet sich mit seinem Blindenstock an die schon in Hochstimmung befindlichen Beamten heran. Da stolpert er plötzlich und stürzt der Länge nach in die Gruppe. Im Fallen greift er haltsuchend nach der Umhängtasche und reißt sie dem überraschten Polizisten aus der Hand. Bevor die verdutzten Uniformierten merken, was geschieht, springt Joseph auf und verschwindet mit ein paar langen Sätzen in der Menge der Fußgänger, die sich hinter ihm schließt.

Im Park jenseits der Matatu-Haltestelle trifft man sich wieder. Die drei beschließen, zehn Prozent als Finderlohn für sich zu behalten, also sechstausend Schillinge. Davon bekommt Joseph viertausend, und die beiden Apfelverkäufer nehmen sich je tausend Schillinge. Der schlagartig von seiner Blindheit geheilte Joseph hat nun endlich genug Geld, um in seine Heimatstadt Kisumu fahren zu können. Dort will er schon lange einen Job als Automechaniker annehmen. Er verdreht noch einmal lachend die Augen, bis nur noch das Weiße zu sehen ist, und springt in das nächste Matatu. Kommissar Peter nimmt später die Tasche mit vollständigem Inhalt, darunter die verbliebenen vierundfünfzigtausend Schillinge, in Verwahrung.

Am Morgen des Unfalls herrscht auch in Mwazaro große Aufregung, lange, bevor die schreckliche Nachricht hierher dringt. Nafuus Vater, uralt und krank, wird auf dem Gepäckträger eines Fahrrades herangekarrt. Er trinkt in einem Zug ein großes Glas Wasser aus und fragt dann nach Hans.

„Der ist heute Morgen nach Mombasa gefahren“, sagt Salim

Rimo, erschrocken über den vor Aufregung zitternden Alten.

„Ich muss sofort hinterher. Es ist etwas passiert. Nur ich kann helfen!“, krächzt Mzee Kassim. Gäste sind dazu gekommen. Salim Rimo übersetzt ihnen, was der Witchdoctor will. Sofort erklären sie sich bereit, Salim und den alten Zauberer zur Fähre zu bringen. Dort hören sie schon von dem Unfall, und dass unter anderem ein Mzungu überfahren worden ist und gestorben sei. Einige Menschen, die dabei waren, behaupten sogar, er sei mit Absicht überfahren worden. „Ich habe es gewusst“, murmelt Mzee Kassim. „Aber er ist noch nicht tot. Er wird leben und stärker werden als sein Gegner!“

Auf der Mombasa-Seite steigt Mzee Kassim mit Salim Rimos Hilfe die Rampe hinauf und lässt sich von einem Angestellten der Fährgesellschaft den Platz zeigen, an dem der Tanklaster dem weißen Mann über die Beine gefahren ist. Er blickt auf die Stelle im Wasser und schüttelt den Kopf. „Die Seegeister haben ihm die Energie zum Überleben gegeben. Allah hat entschieden, dass seine Stunde noch nicht gekommen ist.“

Sie fahren zum Krankenhaus, wo Mzee Kassim ehrfurchtsvoll von den Angestellten begrüßt wird. Man kennt ihn hier gut. Gelegentlich ist er gerufen worden, wenn die Ärzte keinen Rat mehr wussten. Besonders die afrikanischen und indischen Doktoren arbeiten gern mit ihm zusammen. Im Vorraum des Operationssaales hilft ihm ein Assistent in den grünen Kittel, Mzee wäscht seine schmalen langen Hände mit Desinfektionsmittel und öffnet die Tür zum OP.

Dr. Patel begrüßt ihn mit besorgter Miene und zählt die bislang festgestellten Verletzungen auf. Schädelbruch, Bruch des Brustbeins und der meisten Rippen, Perforation des rechten Lungenflügels, Bruch des dritten Lendenwirbels, diverse Muskelrisse an beiden Oberschenkeln, Bruch des rechten Knies und viele Splitterbrüche am linken Waden- und Schienbein. Dazu ein Nagel, der im linken Ellbogen steckt, und ungezählte Hautabschürfungen am ganzen Körper.

„Die Lunge ist abgesaugt und die Blutung gestoppt. Der Schädel zeigt im Röntgenbild nur einen schmalen Riss. Schlimmer kann die Auswirkung des gebrochenen Lendenwirbels sein. Eine Querschnitts-Lähmung ist nicht ausgeschlossen. Die größten Probleme machen uns allerdings die Beine. Besonders das linke mit den Splitterbrüchen. Wir beraten gerade, ob es nicht besser ist, den Unterschenkel zu amputieren." Er zeigt Mzee Kassim ein weiteres Röntgenbild, auf dem deutlich die Knochensplitter zu sehen sind, die kreuz und quer im Gewebe stecken. Aber am oberen und unteren Ende des Schienbeins ist noch jeweils ein unzerstörtes Stück Knochen. „Es ist wie ein Wunder, dass alle Venen und Arterien unversehrt und keine gravierenden Blutungen zu erkennen sind."

„Habt ihr irgend etwas, um die beiden intakten Knochenenden fest miteinander zu verbinden?", fragt Mzee Kassim.

„Ja, das kriegen wir hin. Wir können eine Titanplatte oben und unten festschrauben. Das Problem sind die vielen großen und kleinen Knochensplitter. Es wird ewig dauern, die rauszuholen, und alle werden wir nicht finden."

„Lasst es uns versuchen. Ich garantiere dafür, dass Waden- und Schienbein schnell wieder wachsen. Wir haben da unsere traditionellen Methoden. Natürlich kann er leicht eine Knochenentzündung bekommen. Aber dagegen habt ihr ja heute Antibiotika Ich sehe hier einen typischen Fall, wo die traditionelle Medizin mit der modernen zusammen mehr erreichen kann, als jeder von uns allein fertig bringen würde", sagt Mzee Kassim.

„Es ist einen Versuch wert", schlägt Dr. Patel der Kollegenrunde vor, „vielleicht retten wir das Bein wirklich mit der Unterstützung meines weisen Kollegen hier."

Der alte Mann wirkt um zwanzig Jahre verjüngt und besteht darauf, bei der Rettung des Beins dabei zu sein. Nach der Operation fährt Salim Rimo mit Mzee Kassim zurück. Mitarbeiter und Gäste laufen zusammen, als beide über die Ereignisse in Mombasa berichten. Der Optimismus des Witchdoctors lässt alle aufatmen. Hans lebt und wird gesund! Zwei Gäste, die seit Jahren kommen, spenden spontan je tausend Dollar für die absehbar horrenden Krankenhauskosten. Alle klatschen Beifall.

Dann stehen sie um das Schachbrett und diskutieren den Stand des Spiels. Man hat zwei weitere heimtückische Angriffe auf Hans gerade noch parieren können. Als der schwarze Turm

Yusuf dem weißen König urplötzlich Schach geboten hat, ist Förster David ihm und seinem Killerboot in den Weg gesprungen - abgesichert durch den „Hummer-Spion“ Mwarambo aus der Küchentruppe. Die mörderische LKW-Attacke des schwarzen Springers ist ebenfalls durch eine fantastische Gemeinschaftsleistung des weißen Teams gestoppt worden. Die Seegeister waren noch am Unfallort die Lebensretter, und anschließend im Krankenhaus übernahm Dr. Patel diese Rolle - als Turm beziehungsweise Springer konnten beide den LKW-Fahrer zurückzuschlagen. Überraschungs-Dritter im Abwehr-Bund war Mzee Kassim, der bislang gar nicht selbst auf dem Brett stand, sondern von Nafuu vertreten wurde. Weil deren Vater bei der Rettung so entscheidend mitgewirkt hat, zieht Ali die naheliegende Konsequenz. „Ich denke, wir stellen Mzee Kassim beim nächsten Mal zusätzlich auf. Er hat heute bewiesen, dass er bei aller körperlichen Schwäche immer noch

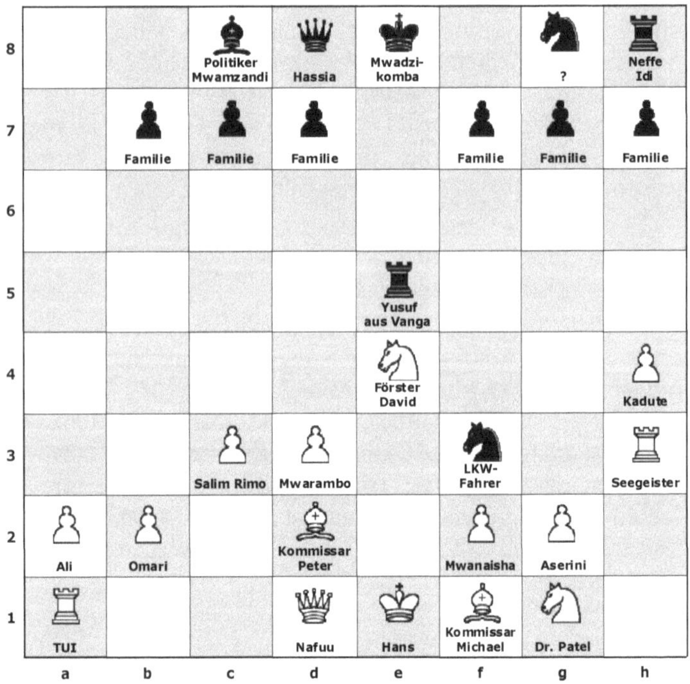

ein herausragender Seher und Heiler ist."

Trotzdem bleiben die Sorgen. „Das ist ja ganz nett, was wir hier machen, aber was nützt es, wenn wir die Gegner weiterhin nur teilweise kennen?", fragt Salim Rimo. „Was, wenn noch mehr falsche Polizisten oder Todesfahrer aus dem Nichts auftauchen?"

„Vor allem wächst der finanzielle Schaden mit jedem Angriff. Wer soll das auf Dauer alles bezahlen?", fragt Mwanaisha. „Wir haben kein Geld, und Hans hat keine Krankenversicherung. Ohne den TUI-Turm und seine Bürgschaft wären wir schon geliefert. Und wenn wir demnächst völlig pleite sind, nützt unser ganzes taktisches Geschick nichts mehr." Die Tagesgäste vom Robinson-Club und von Diani Diving sitzen mit den Mitarbeitern zusammen und beratschlagen, was zu machen ist. Unter ihnen ist Thomas aus Frankfurt, ein ein talentierter Violinspieler und alter Bekannter von Hans. Der hatte ihm bei seiner Zivilisationsflucht aus seiner alten Geigensammlung ein kostbares Instrument vermacht. Thomas schlägt vor, dass Salim Rimo Hans' altes Prominenten-Adressbuch holt, das jeder seiner Leute hier kennt. Er will damit zum Robinson Club fahren und auf seine Kosten eine Nummer nach der anderen anrufen, um das Problem zu schildern. „Hans hat früher vielen Menschen geholfen. Bestimmt finden wir jetzt auch ehemalige Freunde, die genug Geld haben, um sein Leben zu retten."

Die Telefonaktion ist überraschend erfolgreich. Drei Spender erklären sich bereit, alle Kosten voll zu übernehmen. Sie wollen allerdings anonym bleiben, auch für ihren alten Freund Hans.

25 Rückkehr ins Leben

An die Zeit auf der Intensivstation des Krankenhauses kann Hans sich kaum erinnern. Das Gedächtnis kommt nur in Etappen zurück, die Sprache noch langsamer. Seine ersten Worte sind auf Englisch: „I need you!" Er sagt aber nicht, wen er braucht.

Wenn er aus seinem Morphin-Schlaf aufwacht, sind seine Augen starr auf die Zimmerdecke gerichtet. Die zweite Lebensäußerung ist schon deutlicher, und zeigt, dass der eigene Wille zurückkommt: „No drugs please! I need my pain!“ Diese klare Anweisung, die er in Gegenwart eines Arztes macht, bringt Verwirrung in das Team der Doktoren, Pfleger und Therapeuten. Wer verzichtet in dieser Situation schon freiwillig auf die narkotisierenden Helferlein?

Man kommt zu dem Schluss, einen Versuch zu wagen, und setzt alle schmerzstillenden Medikamente und Tranquilizer für einen Tag ab. Die Wirkung ist erstaunlich. Die Augen des Patienten bekommen neuen Glanz, die Mimik wird lebendiger, und wenn Krankenschwestern oder Besucher kommen, fängt Hans an zu reden und zu fragen, was mit ihm geschehen sei. Und immer wieder fragt er, ob er „gegen den Teufel“ gewonnen habe.

Dafür muss Hans entsetzliche Schmerzen aushalten. Er stöhnt, ballt die Fäuste und beißt in die Bettdecke. Immer wieder will man ihm mit Medikamenten Erleichterung schaffen, aber er lehnt strikt ab. Als ihn der Stationsarzt fragt, warum er so stur alle Schmerzmittel verweigere, gibt er wieder eine seiner seltsamen Antworten. „Der Schmerz zeigt dem Immunsystem, an welchen Stellen es Körper und Gehirn reparieren muss. Ohne Schmerzen keine vollständige Heilung. Nur wenn man durch Sturm und Regen geht, weiß man die Sonne zu schätzen. Nur wenn die Sonne brennt, sehnt man sich nach Regen und Wind. Nur wenn man gegen den Teufel kämpft, bekommt man die notwendige Kraft von Gott. Ich kämpfe augenblicklich gegen den Teufel.“

Nach endlosen Wochen wird er von der Intensiv- auf die Erste-Klasse-Station verlegt. Das Ringen gegen die Verabreichung der Drogen und die vielen bunten Pillen beginnt von neuem. Die Stationsschwester ist rabiat. Der Stationsarzt hat diese Medikamente vorgeschrieben und sie ist dafür haftbar, dass Hans sie einnimmt. Sie kann richtig wütend werden, wenn es nicht nach ihrem Willen geht.

Nafuu kommt mit Angela ins Zimmer. Sie retten Hans vor der Pillen-Matrone. Nafuu legt ihm die Hand auf die Stirn, sagt einige seltsame Worte, und er fällt sofort in einen tiefen Schlaf.

Am folgenden Morgen kommen sie gerade rechtzeitig, um Hans vor einer anderen Schwester, die ihm eine Spritze geben will, zu bewahren. Angela nimmt die Ampulle und stellt als ausgebildete Arzthelferin fest, dass es sich um ein Morphinderivat handelt. Während sie nach einem Arzt sucht, der verantwortlich ist, verteidigt Nafuu den Kranken, der ständig flüstert: „Ich muss hier raus!“

Der Arzt kommt und erklärt der aufgebrachten Schwester, dass sie die Spritze nicht geben solle, wenn Besucher da sind. Hans möchte das kommentieren, aber der Arzt verschwindet. Angela geht zur Verwaltung und sucht nach dem Oberarzt, doch der ist im OP. Sie kehrt zurück zu Hans und Nafuu. Die beiden Frauen stecken die Köpfe zusammen und informieren Hans anschließend über ihren Plan. Dann verschwinden sie und lassen ihn mit seinen Schmerzen und den freundlichen Schwestern allein. Hans gibt seinen Widerstand auf. Er schluckt brav die bunten Pillen. Auch die beiden abendlichen Spritzen akzeptiert er, bevor der Nachtdienst von anderen Schwestern und Angestellten aufgenommen wird. Er schläft tief und schmerzfrei.

Tags darauf wird er nur mühsam wach. Sein Geist ist noch vernebelt von den starken Drogen. Im Halbschlaf hat er einen farbenfrohen Traum: eine rot glühende Sonne geht über dem Indischen Ozean auf. Er sieht, wie die Wellen des Meeres rauschend über eine Sandbank rollen und sich donnernd am Korallenriff brechen. Rotgoldene Gischtfontänen verzaubern das Sonnenlicht. Er spürt heftige Schmerzen im Rücken und im Bein, aber er ist glücklich wie lange nicht mehr.

Plötzlich spürt Hans ein bekanntes Gefühl an seiner linken Hand. Ein Freudenschauer erfüllt ihn. Mit Mühe dreht er seinen Kopf und sieht Simba mit dem notorischen Hut. Der wedelt wild mit dem buschigen Schwanz und leckt Hans liebevoll ab. Der Traum ist Wirklichkeit! Nafuu beugt sich über ihn und gibt ihm einen Kuss. Dann legt sie ihre Hand auf seinen Kopf, sieht ihm tief in die Augen, und die Schmerzen werden wie von einer frischen Seebrise weggeblasen. Hinter Nafuu erscheint ihr lächelnder Vater. Er zündet mit einem Streichholz mühsam eine Zigarette an, und reicht sie Hans. „Man kann nicht auf alle Drogen an einem Tag verzichten. Nikotin ist weniger schädlich als Morphium!“

Hans nimmt einen tiefen Zug und bläst den Rauch durch

Mund und Nase. Ihm wird schwindelig. Dann erscheinen seine vor Freude weinenden Mitarbeiter. Die ersten Trommelschläge erschallen, ein tanzender Kreis wird gebildet, ein Vorsänger singt ein Loblied auf die Geister der rechten Hand. Jeder Satz wird vom Chor der Tänzer wiederholt. Am Ende einer Strophe strecken alle die rechte Faust in die Höhe und rufen „Schachmatt!“ Auch Hans kullern die Tränen. Er hat das Gefühl, dem Tod im allerletzten Moment von der Schippe gesprungen zu sein. Er ist zu Hause und in Sicherheit. Nach und nach begreift er, was geschehen ist.

Am Vortag sind Angela und Nafuu noch zur Krankenhausverwaltung gegangen und haben den Buchhalter gebeten, die Rechnung fertig zu machen. „Er wird verlegt in ein anderes Krankenhaus“, haben sie so kategorisch behauptet, dass es weder Widerspruch noch Fragen gibt. Nach einer halben Stunde präsentiert ihnen der Buchhalter eine vorläufige Forderung von über einer Million Schillingen. Die endgültige Rechnung soll erst in einer Stunde fertig sein. Sie fahren mit dem Taxi zu einem Bestattungsunternehmen, das auch Krankentransporte übernimmt, und legen dem Inhaber ihren Plan dar, Hans diskret nach Hause zu entführen. Ob ihn die Lausbubenhaftigkeit der Aktion reizt oder das in Aussicht gestellte Honorar, bleibt unklar – jedenfalls ist er sofort bereit, mitzuspielen.

Anschließend fahren sie zur Kenya Commercial Bank, wo die ersten Spendengelder eingegangen sind. Angela, die eine Unterschriftsvollmacht hat, hebt genug Geld ab, um die Forderung des Krankenhauses zu begleichen und den Bestattungsunternehmer zu bezahlen. Dann geben sie jeder Schwester ein paar hundert Schillinge für ihre Dienste und der diensthabenden Oberschwester ein besonders hohes Trinkgeld. Angela informiert sie darüber, dass Hans wahrscheinlich noch diese Nacht verlegt und am Morgen nach Deutschland überführt wird. Sie zeigt sie ihr die gerade erschlichene Abschlussrechnung der Krankenhausverwaltung und bittet darum, den Nachtdienst von der bevorstehenden Verlegung in Kenntnis zu setzen.

Um neun Uhr abends kommen zwei Herren in weißen Kitteln, die dem Nachtdienst bekannt sind. Sie machen üblicherweise Kranken- und Leichentransporte. Sie schieben eine

Bahre herein, auf welche sie den betäubten Hans hinüberheben. Mit einem frisch gebügelten Laken wird er abgedeckt. Sie unterschreiben der Oberschwester eine Quittung und erhalten von ihr den notwendigen Passierschein. Dann verschwinden sie im Aufzug. Unten im Hof steht der Leichenwagen. Die Bahre wird eingeschoben und festgeklinkt. Am Tor gibt es keine Fragen.

Zwei Stunden später wird der immer noch betäubte Hans von den Mwazaro-Nachtwächtern hinauf zur Bar gebracht, wo Mzee Kassim, Nafuu, Kadute und Salim Rimo auf den Sofas schlafen. Sie heben Hans vorsichtig in ein Bett, das schon neben dem langen Esstisch bereit steht und einen unverstellten Blick auf das Meer hat. „Er braucht die starke Energie unserer Ahnen und der Seegeister. Er braucht euren Humor und Optimismus, und er braucht die Liebe von Nafuu und Simba. Dann wird er schnell wieder gesund“, sagt der alte Witchdoctor.

Hans trägt ein Korsett, das die Wirbelsäule abstützen soll. Das linke und rechte Bein sind bis über das Knie eingegipst. Um den Kopf hat er einen dicken Verband. Er schwitzt und stinkt erbärmlich. Unter der Anleitung von Mzee Kassim wird der Gips an beiden Beinen aufgesägt und zusammen mit der darunter liegenden Watteschicht entfernt. Vorsichtig tastet der Witchdoctor die Beine ab und drückt immer wieder Muskeln zur Seite, um die Knochen zu spüren. Hans spürt erstaunlicherweise keine Schmerzen. Vielleicht liegt es daran, dass Nafuu ihre Hand auf seinen Kopf legt und ihm in die Augen sieht. Das Korsett wird ausgezogen und die Kopfbinde entfernt. Hans ist jetzt nackt, aber er fühlt sich befreit und glücklich, weil der warme Meereswind über seinen Körper streicht.

„Nur ein Dutzend Wunden sind noch nicht ganz verheilt“, bilanziert Mzee Kassim. „Die Ärzte haben in dieser Hinsicht schon ein erstes Wunder vollbracht. Aber jetzt müssen wir auch noch das Knochenwachstum im Bein beschleunigen. Wir werden den Blutkreislauf anregen und deine schlaffe Muskulatur mit Gymnastik und Massagen stärken. Dann zeigen wir deinem Yahya, wo er die Kräfte des Immunsystems verstärken muss. Das alles wird sehr anstrengend für dich sein. Aber du wirst ohne Medikamente gut schlafen, und du wirst dich von Tag zu Tag besser fühlen.“

Der Witchdoctor schaut seinen völlig zerschlagenen Patienten aufmunternd an. „Dir ist zwar noch nicht zum Lachen zumute, aber Humor ist in jeder Lebenslage das beste Heilmittel. In diesem Fall kostet es auch noch deutlich weniger als eine Schmerztablette. Jetzt tragen wir dich erst mal ins Meer zur Reinigung. Eine Gelegenheit, ohne Scham Blase und Darm zu entleeren, und danach den Geistern der See für deine Rettung zu danken. Sie werden dir viel Energie geben. Du spürst ihre Nähe dadurch, dass du eine Gänsehaut bekommst. Dann schließe deine Augen und bitte Yahya, mit ihnen Kontakt aufzunehmen."

Hussein und Omari bringen die Trage, auf der normalerweise der Außenbordmotor zum Boot geschleppt wird. Sie haben eine Kokosmatte darauf festgenagelt und ein Badetuch darüber gelegt. Vorsichtig hieven sechs starke Männer Hans mit seinem Laken vom Bett auf die Bahre. Er stöhnt einmal kurz auf, als die Schmerzen im Lendenwirbelbereich explodieren. Mzee Kassim reagiert sofort. Er lässt ihn auf der Trage so weit nach oben ziehen, dass der Kopf etwas überhängt. Die Wirbelsäule ist so besser gestreckt, die Schmerzen verschwinden.

Sie tragen Hans zum Wasser hinab. Nafuu und ihr Vater bleiben am Strand zurück und geben Anweisungen in Swahili. Hans versteht wie üblich nichts, doch seit seinem Unfall kann er sich auch kaum an Deutsch und Französisch erinnern. Nur sein Englisch ist schnell zurückgekommen.

Die Verrichtung seiner Notdurft im Wasser ist eine Wohltat im Vergleich zum Krankenhaus. Dort war ihm stets eine Plastikfolie untergeschoben worden, und die ungeduldige Schwester hatte, falls es nicht funktionierte, gleich ein Klistier zur Hand gehabt. Hans schämte sich jedes Mal, und die Schwester tat ihm leid.

Er wird mit dem Laken in flaches Wasser gelegt. Die kommenden und gehenden Wellen überrollen ihn und bewegen seinen Körper im leichten Rhythmus. Halb schwimmt er, halb liegt er auf dem Sand, der sich unter dem Laken ebenfalls bewegt und seinen Rücken und seine Waden massiert. Die Sonne wird immer wieder von weißen Schäfchenwolken verdeckt. Ein Schreiseeadler kreist.

Hans beginnt von allein, Beine und Arme zu bewegen. Seine Betreuer sehen zu, klatschen und scherzen aufmunternd. Er versucht, System in seine Bewegungen zu bringen und die besonders schmerzhaften zu vermeiden. Er lernt seinen verletzten Körper kennen. Eine nie gekannte Liebe zum Leben überschwemmt seine Seele wie die leichten Wellen seinen Körper. „Danke den Geistern der See. Sie haben dich erneut gerettet und werden dich jetzt heilen“, sagt Kadute.

Hans reckt die Hände gen Himmel, um dem Ratschlag mit theatralischer Geste nachzukommen. Dabei gerät sein Kopf unter Wasser. Prustend und mit schmerzverzerrtem Lachen kommt er wieder hoch und spuckt einen Mund voll Salzwasser aus. Da kriecht es plötzlich wie ein elektrischer Strom durch sein Rückgrat. Hans verspürt überall am Körper eine Gänsehaut. „Gebete brauchen keine großen Worte, um erhört zu werden“, sagt Hans, ‚und die dazu gehörige Haltung muss wohl auch nicht todernst sein.“ So findet er Gefallen an der Sache. Er probiert es gleich noch einmal. Und erneut ist eine Gänsehaut die Antwort.

Die Helfer drehen ihn auf den Bauch. Hans dümpelt eine Weile vor sich hin, dann versucht er vorsichtig eine Art Liegestütz. Das Wasser trägt ihn mit Leichtigkeit. Er zählt laut bis zwanzig. Mzee Kassim protestiert mit krächzender Stimme vom Ufer her. „Noch kein Krafttraining! Nur Entspannung!“ Als das Wasser steigt, wird das Laken an seinen vier Enden von den Helfern auf und nieder bewegt. Der Rücken wird dadurch gebeugt und wieder gestreckt – eine Wohltat.

„Jetzt reicht es“, ruft Nafuu. Sie hält schon einen Kikoi bereit, ein rotgelbes Baumwolltuch, in das sie Hans einwickelt. Wieder oben an der Bar, wird er mit frischem Wasser gründlich abgewaschen. Mzee Kassim untersucht erneut die Wunden. Einige haben sich zu seiner Freude weiter zusammengezogen. Er ist sichtlich stolz.

Hans liegt bäuchlings auf seinem Bett. Nafuu und Angela beginnen mit einer Massage. Den leisen Takt dazu gibt Hussein auf der Trommel vor. Die Wirkung ist hypnotisch, Hans fällt in einen tiefen Schlaf. Erst eine knappe Stunde später wacht er wohlig entspannt wieder auf. Er bekommt eine scharf gewürzte Hühnersuppe mit Gemüse und Safran. Der zweite Gang ist ein

Stück Filet vom Schnapperfisch mit gedünsteten Mangoscheiben und Reis, der in Kokosmilch gekocht ist. Als Nachtisch gibt es einen kleinen Salat aus tropischen Früchten. Nach der faden Krankenhausküche eine wahre Offenbarung!

Am Nachmittag gibt es noch eine Massage, diesmal in Rückenlage. Als die Flut wiederkommt, geht es erneut ins Meer zur Gymnastik. Simba begleitet Hans ins Wasser. Später wird Hans von Kopf bis Fuß gründlich mit dem Öl des Neem-Baumes eingerieben, das bekannt dafür ist, das Immunsystem zu mobilisieren. Ein sehr bitterer Tee aus seinen Blättern ergänzt die Wirkung von innen. Mzee Kassim bindet auf allen Stellen, wo er Knochenbrüche fühlt oder die Muskeln noch nicht ganz zusammengewachsen sind, mit Grashalmen Blätter fest. Hans fragt ihn verwundert, welche Wirkung davon ausgehe.

„Spürst du hier etwas?“, fragt Mzee und tippt mit seinem Finger auf ein Blatt am Oberschenkel. Hans konzentriert sich auf die Stelle. „Ja, es wird warm.“

„Ich verrate dir das Geheimnis, und sei bitte nicht enttäuscht. Die Blätter regen deine Fantasie an, bewusst oder unbewusst. So oder so bekommt dein Immunsystem die Anweisung, an diesen Stellen vermehrt aktiv zu werden. Es ist eine Art Placebo-Wirkung, wie du es wohl nennen würdest. Aber egal, sie funktioniert ...“

Das Massage- und Gymnastikprogramm wird täglich erweitert. Nachdem Tochter Angela und Freundin Anette abgereist sind, wechseln Mitarbeiter sich ab. Bald bringen sie Hans so weit ins Meer hinaus, dass er sich aufrichten und, vom Wasser getragen, einige Schritte gehen kann. Mzee Kassim stellt fest, dass Schien- und Wadenbein auf der linken Seite sich bereits wieder ausbilden. Nach zwei Wochen beginnen die ersten Krücken-Gänge an Land. Es ist wie ein Wunder. Hans sitzt bald wieder mit Besuchern am Tisch. Unfall und Genesung sind zwar das Hauptthema, aber man diskutiert auch viel über die schrecklichen Stammes-Krawalle, die unterdessen die Küste erschüttert haben. KANU-Politiker haben offenbar Hass zwischen den heimischen Digo und bessergestellten Zuwanderern aus dem Landesinneren geschürt, um daraus Kapital für die bevorstehenden Wahlen zu schlagen. Vor allem in Likoni hat der Mob bis in den

September hinein gebrandschatzt und gemordet. In Shimoni hat man davon zwar wenig mitbekommen, aber für das Touristengeschäft an der Küste sind die Gewalt-Exzesse ein arger Rückschlag.

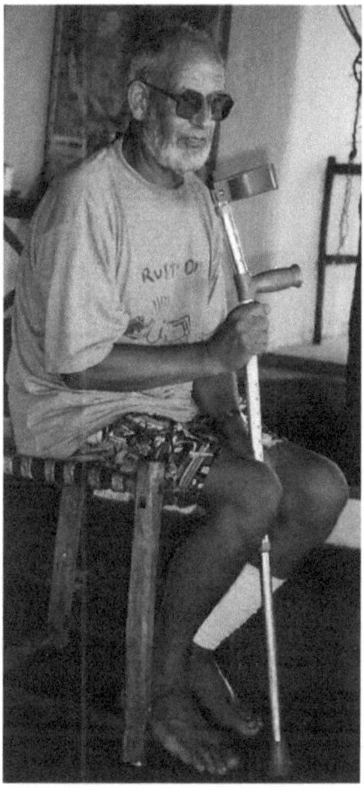

Hans nach dem Unfall

Für die Zeit, in der er noch nicht mit dem Matatu fahren kann, hat Hans einen Kleinbus mit Fahrer gemietet. Hadji fährt ihn und Nafuu zum Krankenhaus. Dort trifft Hans seinen Freund Dr. Patel, der gerade von einem Fortbildungskurs aus England zurückgekehrt ist. Sie lassen neue Röntgenaufnahmen machen und betrachten sie an dem großen Leuchtkasten. Alle Brüche sind verheilt. Auch Schien- und Wadenbein sind weitgehend nachgewachsen. Dr. Patel ist ein Seelenverwandter. Für ihn als Hindu sind die hilfreichen Seegeister „Halbgötter".

„Du hast ihnen mit deiner Pflanzaktion das schönste aller denkbaren Opfer gebracht. Du strebst nicht nach Geld, sondern nach einem erfüllten Leben in Demut. Das vergelten sie dir jetzt auf ihre Art. Deine ungewöhnlich schnelle Heilung ist ein Zeichen, dass du auf dem richtigen Weg bist. Bleib bescheiden und vergiss nie die Menschen, die von dir abhängig sind. Dann wird die schützende Hand der Götter und Halbgötter immer über dir sein."

Der nächste Besuch ist ein völlig diesseitiger. Hans muss zum Zahnarzt. Die oberen Schneidezähne sind bei dem Unfall zertrümmert worden und müssen durch Stiftzähne ersetzt werden. Dr. Parek ist ebenfalls ein Inder, der in Kenia geboren ist und in Bombay studiert hat. Er schafft den aufwändigen Eingriff gemeinsam mit einem deutschen Dentisten namens Harald in nur zwei Tagen.

Hans bleibt mit Nafuu für die Dauer der Behandlung in

Mombasa. Sie mieten sich im New Palm Tree Hotel ein. In dieser zärtlichen Nacht beschließt Hans, seinen Widerstand gegen eine späte Beschneidung aufzugeben. Er mag nicht länger auf seine geliebte Nafuu warten.

26 Die Beschneidung

Die Beschneidung ohne Anästhesie ist Symbol der Mannwerdung. In Kenia, wie in ganz Afrika, werden Knaben, die das Pubertätsalter erreicht haben, dieser bedeutungsvollen Zeremonie millionenfach unterzogen. Sie wird im Beisein der Alten des Stammes und des ganzen Familienklans durchgeführt. Ein unbeschnittener erwachsener Mann ist für die Menschen des Digo-Stammes einfach nicht vollwertig. Das hat Hans schon mehrfach zu spüren bekommen. Darüber hinaus ist es für eine Digo-Frau unvorstellbar, mit einem unbeschnittenen Mann zu schlafen.

In aller Regel geht die eigentliche Prozedur problemlos und schnell vonstatten, die Schmerzen sind angeblich gering. Auch fließt nur wenig Blut. Die Wunde wird üblicherweise nicht verbunden und verheilt innerhalb zweier Wochen. Was Hans bisher vor allem daran gehindert hat, sich beschneiden zu lassen, ist die öffentliche Zeremonie. Er will nicht mit kichernden Knaben in einer Schlange stehen, und als Mann mit weißer Haut obendrein noch die besonders neugierige Gafferei auf sein intimstes Teil ertragen müssen. Hans beschließt, die Beschneidung selbst an sich vorzunehmen.

Mzee Kassim hält das für völlig verrückt. „Noch nie hat das meines Wissens irgendjemand so gemacht. Und denke daran, dass es ohne Betäubung vonstatten gehen muss. Sowieso ist die Anerkennung nur möglich, wenn die Alten des Stammes als Zeugen dabei sind. Willst du das wirklich machen?“

Hans macht es. Er lädt die alten Herren an einem Sonntag zum Ziegenessen ein. Nachdem sie alle getafelt und reichlich Sodas getrunken haben, bittet er sie in sein Haus, wo an den Wänden entlang Bänke aufgestellt worden sind. Die wohlig abgefüllten Herren setzen sich. Was gleich geschehen wird, ahnen sie noch nicht. Auf der Bettkante wartet Kadute. Neben ihm liegt ein sauberes weißes Leintuch mit den nötigen medizinischen Instrumenten. Hans tritt in einem Kikoi vor die Versammlung und informiert sie über sein Vorhaben. Die Männer raunen fassungslos. Eine wilde Diskussion setzt ein. Hans versteht kein Wort. Dann fasst einer die allgemeine Stimmung zusammen. „Wir finden es gut, dass du beschnitten sein willst. Wir finden es aber nicht gut, dass du das selbst machen willst. Das ist nicht üblich!"

„Ist es verboten oder ungültig, wenn ich es selbst tue?", fragt Hans.

Die Diskussion geht aufs Neue los. Das Für und Wider wird heftig diskutiert, bis es Hans zu bunt wird. Er setzt sich auf den dreibeinigen Hocker, den er von Mzee Kassim bekommen hat, legt ein Handtuch zwischen seine Knie und öffnet vorne den Kikoi. Er nimmt das Skalpell vom Bett. Das Geschnatter der alten Herren verstummt sofort. Alle glotzen auf den weißen Penis. Hans vergewissert sich noch einmal, ob sich irgendwo Protest rührt. Dann schreitet er zur Tat. Er ist selbst erstaunt, dass es kaum blutet. Die Schmerzen sind geringer als bei einem Schnitt in den Finger.

Kadute reicht ihm einen sterilisierten Wattebausch, mit dem Hans die Schnittwunde reinigt. Als er auch noch eine chirurgische gebogene Nadel mit Faden aus einem sterilen Päckchen nimmt und die Schnittwunde mit Hilfe eines Nadelhalters professionell vernäht, stehen die Zeugen auf, um diesen nie gesehenen Vorgang näher zu beobachten. Jedes Mal, wenn Hans die Nadel durch die Haut stößt, geht ein Aufstöhnen durch die Reihe. Dann macht er einen letzten Knoten. Schelmisch wendet er sich zu Nafuu, die draußen vor der Tür sitzt, um Neugierige zu verscheuchen. „Komm ins Bett, mein Schatz, ich bin endlich beschnitten!"

Sie kommt natürlich nicht, aber man hört sie verschämt lachen. Hans zeigt den erstaunten Herren auch noch, wie man nach dem so ungeheuer wichtigen Schnitt einen professionellen Verband macht. Das haben sie bislang nicht für möglich gehalten. Dann steht er auf und gibt jedem mit einer Verbeugung die Hand. „Sie sind Zeugen, dass ich jetzt beschnitten bin wie ein richtiger Mann. Ist das richtig?"

Ein kurzes Zögern, dann nicken alle, und Kadute gibt jedem zweihundert Schillinge. Auch das gehört sich so. Hans nimmt die abgeschnittene Vorhaut vom Bett, geht vor die Tür und präsentiert sie Nafuu. Die schlägt kichernd ihre Hände vor das Gesicht und schielt dann durch einen Fingerspalt. „Ich hoffe, es hat richtig wehgetan, du verrückter Kerl!"

27 El Niño

Überraschend kommt der Witchdoctor zu Besuch – es ist der 19. Oktober 1997. Mzee Kassim ist aufgeregt und wünscht Hans zu sprechen, doch der ist mit Gästen in die Mangroven gefahren. Schweigend wartet er im Restaurant, trinkt Tee und blickt aufs Meer hinaus. Als Hans zurückkommt, nimmt er ihn beiseite. „Ich habe schreckliche Dinge gesehen. Eine große Flut kommt. Sie zerstört alle Felder, reißt Straßen und Brücken fort, und viele Menschen werden sterben. Hohe Wellen werden auch über Mwazaro hinwegrollen und deine Gebäude gefährden. Die Sterne zeigen eine rätselhafte Konstellation. Ich weiß leider das genaue Datum nicht, aber es könnte sein, dass du nur noch einen Tag für Schutzmaßnahmen hast."

„Aber das ist doch unmöglich, Mzee Kassim! Die Flut wird im Oktober maximal vier Meter hoch. Das Restaurant und die Bar sind dann immer noch drei Meter über dem Wasser."

„Es ist keine normale Flut. Ich sehe einen schlimmen Sturm und sehr viel Regen, der alles überflutet. Glaub mir, so etwas Fürchterliches haben wir hier an der Küste noch nie erleben müssen. Ihr solltet auf jeden Fall sofort mit der Arbeit beginnen. Habt ihr Übernachtungsgäste in den nächsten Tagen?"

„Nein, die letzten sind heute früh abgereist. Zurzeit haben wir nur Buchungen für Tagesausflüge."

„Das ist sehr gut. Nehmt keine neuen Gäste auf, und sagt möglichst auch den Tagesgästen ab. Dann trägst du nicht die Verantwortung, wenn etwas passiert. Ihr müsst alle Matratzen und die Wäsche hoch zu Thomas' Haus bringen. Und ihr braucht Balken, um die Bar und das Restaurant zusätzlich abzustützen. Die hier sind von Termiten angefressen." Er klopft an einen

Pfosten. Er klingt tatsächlich etwas hohl. „Bindet eine Leiter fest an das Küchendach, damit sie nicht weggeschwemmt wird. Ihr könnt euch dann zur Not da oben hinauf retten. Nafuu und Simba solltest du bitten, bei der Wäsche in Thomas' Haus zu bleiben. Auf seinem hoch gelegenen Grundstück können sie nicht ertrinken. Und kauft morgen so viele Vorräte wie möglich ein, wer weiß, wie lange ihr hier festsitzt."

Hans ruft die Mitarbeiter zusammen und berichtet von Mzee Kassims Warnung. Zu seiner Überraschung haben die meisten von ihnen bereits daheim im Radio etwas von einem angekündigten Regensturm mit dem Namen El Niño gehört. Seinen eigentlichen Ursprung soll er im Pazifik vor der Küste Südamerikas haben, aber auch nach Indonesien und Australien soll er schon Verwüstungen gebracht haben.

„Und weshalb hat mir niemand ein Wort davon gesagt? Ihr wisst doch, dass ich kein Radio habe", macht Hans seinem Ärger Luft. Überall nur Achselzucken. Beim spannenden Schachspiel beweisen viele doch immer wieder, dass sie vorausschauend denken und handeln können, rätselt Hans bei sich. Warum fällt es ihnen bloß so schwer, auch im praktischen Leben über den Tag hinaus zu denken? Sind seine Leute tief drinnen ewige Jäger, Fischer und Sammler, denen die Natur alle Tage den Tisch deckt – und deren Eskapaden sie dafür gottsergeben hinnehmen? Oder glauben sie, durch schlichtes Ignorieren der Gefahr entgehen zu können? Er hat darauf keine Antwort.

Doch jetzt bricht geschäftige Hektik aus. Alles wird nach den Ratschlägen des Witchdoctors in Sicherheit gebracht oder befestigt. Die Mwazaro-Mannschaft arbeitet, als gelte es einer heranrückenden Belagerungsarmee zu trotzen. Die Familien daheim werden informiert, dass die meisten Mitarbeiter die Nacht in Mwazaro ausharren werden.

Die Hitze ist drückend. Über dem Horizont ballen sich schwarze Wolken zusammen. Kein Lüftchen weht. Als die Sonne langsam untergeht und die roten Strahlen das Meer und die Wolken wie Feuer färben, bittet Hans flüsternd die Seegeister um Schutz und Hilfe. Die Notmannschaft wartet an der Bar. Man kommentiert ein Schachspiel zwischen Mwanaisha und Küchenchef Ali, aber wirklich konzentrieren kann sich keiner. Angst schleicht sich in die Herzen.

Hans holt sein Banjo und singt jene Gute-Laune-Lieder, die er zur abendlichen Unterhaltung seiner Gäste geschrieben hat. Er beginnt mit dem bewährtesten Knaller der Haus-Hitparade, „Last Matatu to Shimoni“, und endet mit „Kenya is Africa, the Beauty of the World!“ Alle singen und klatschen, und auch Simba erhebt seine Hundestimme und heult mit.

Es wird eine unruhige Nacht auf Kokos-Matten, die in der Bar ausgelegt worden sind. In der Dunkelheit ziehen große Schwärme von Vögeln laut schnatternd und schreiend über Mwazaro Beach hinweg. Wildschweine verlassen grunzend mit viel Lärm den Mangrovenwald. Alles scheint in Aufruhr zu sein.

Der nächste Morgen kommt ohne den üblichen theatralischen Sonnenaufgang. Der ganze östliche Horizont ist bedeckt von finsteren Wolken. Etwas später, als sich die übernächtigte Mannschaft im Meer erfrischt, steigt ein blassgelber Sonnenball über der schwarzen Wand empor, umgeben von einem fahlen Hof mit rotem Ring. Omari und Hassan wollen gerade die Boote zwischen den Mangroven zusätzlich sichern, als vom Parkplatz her lautes Hupen ertönt. Zwölf blendend gelaunte Gäste klettern aus dem Bus eines befreundeten Tourunternehmens, beladen mit Kleidergeschenken für die lokale Bevölkerung. Kadute geleitet sie hoch an die Bar, wo Hans mit seinen Mitarbeitern gerade ein letztes Mal die Befestigungen überprüft und eventuelle Rettungsmaßnahmen durchspricht.

Er begrüßt die Gäste zwar freundlich, erklärt ihnen aber, dass die geplante Bootstour in den Mangrovenwald gestern schon telefonisch abgesagt worden sei. Offenbar hat es eine Übermittlungspanne gegeben. Als er mit allem Ernst die Voraussagen des Witchdoctors ausbreitet, erntet er bei einigen der deutschen Gäste nur Lachen. Ein Herr, der nach eigenem Bekunden als Chemiker in einer Lackfabrik neue Farbentwicklungen überwacht, guckt beifallheischend in die Runde. „Es ist doch nicht zu fassen, dass ein erwachsener Europäer an solchen Hokuspokus glaubt! Wir übernehmen die volle Verantwortung für die Bootstour, oder? Lieber Mann, enttäuschen Sie uns nicht, wir haben extra den weiten Weg hierher gemacht.“

Hans blickt über die Gruppe hinweg Richtung Westen. Auch über den Shimba Hills scheint sich etwas zusammenzubrauen, weit hinten im Landesinneren flackert unablässig Wetterleuchten. „Es ist nicht nur der Trip auf dem Wasser, es ist auch die Ramisi-Brücke. Über die kommen Sie vielleicht nicht mehr zurück, wenn Sie noch lange hier bleiben“, schluckt Hans seine wachsende Verärgerung hinunter. Er sieht in ratlos amüsierte Gesichter, und das Gequengel geht weiter. Nur eine ältere Dame wird nachdenklich. „Schaut doch diese Wolken und den merkwürdigen Hof um die Sonne. So etwas habe ich noch nie gesehen. Macht was ihr wollt. Ich fahre nicht mit hinaus.“

Auch eine Familie mit zwei Kindern beschließt, die Flussfahrt nicht mitzumachen, denn der Himmel verdunkelt sich zusehends, die ersten Tropfen fallen, und ein Wind kommt auf. Die übrigen Gäste lassen sich nicht umstimmen und steigen ins Boot. Über den Regenmänteln tragen sie Rettungswesten. Jeder bekommt einen kleinen Plastikeimer, um eventuell Wasser aus dem Boot schöpfen zu können. Hussein sitzt vorne als Ausguck, Hans hinten neben Omari, um im Notfall das Steuer übernehmen zu können. Er ist jetzt schon unglücklich über seine Gutmütigkeit. Hussein hat drei Rettungsringe mit einem Tau verbunden, das er als bester Schwimmer um seine Hüfte bindet. Jede Bank, auf der Gäste sitzen, bekommt einen Rettungsring.

Das Meer ist wie flüssiges Blei. Trotz eines aufkommenden Lüftchens und der schnell steigenden Flut sind praktisch keine Wellen zu sehen. Als sie das Delta des Ramisi-Flusses erreichen, beginnt es stärker zu regnen. Der Urwald wirkt wie ausgestorben. Wo sonst die verschiedensten Vögel den Wald bevölkern, biegen die Mangroven sich fast lautlos im zunehmenden Wind.

Auch der Brutplatz der Graufischer ist leer. Hans hat starke Bedenken, weiter zu fahren. Aber die Passagiere wollen nicht umdrehen, sie finden die Exkursion zwar etwas feucht, aber wahnsinnig abenteuerlich. Der Regen wird so heftig, dass man kaum noch die Nisthöhlen der Eisvögel in der nahen Uferböschung erkennen kann. Hans reicht es. Er übernimmt das Steuer, wendet das Boot in großem Bogen und fährt zurück, unter dem maulenden Protest des forschen Chemikers.

Ein ohrenbetäubendes Rauschen, Donnern und Krachen

ertönt hinter ihnen. Quer durch den Wald, von der Landseite her, kommt eine hohe braune Schlammwelle angerast. Obenauf schwimmen große Äste, Holztrümmer, tote Haustiere und etwas, das wie ein menschlicher Körper aussieht. Auch der Nörgler verstummt schlagartig. Hans schreit, so laut er kann. „Hinlegen und festhalten!“ Endlich tun sie, was er sagt. Die Welle erreicht das Boot, schiebt es vor sich her und hebt es an. Auf dem Wellenkamm dreht es sich wie ein Kreisel mehrfach um die eigene Achse. Dann sackt es in das folgende Wellental.

„Alles Wasser ‘raus schöpfen!“, schreit Hans und versucht, das Boot in Fahrtrichtung zu halten. Er gibt Vollgas. Eine zweite, weniger hohe Welle hebt das Boot erneut an und trägt es mit sich wie ein Stück Kork. Es beginnt ein rasender Ritt auf dem schlammigen Wellenkamm bis zur vier Kilometer entfernten Mündung des Flusses. Der kleine, aber bärenstarke Omari stabilisiert die Fahrtrichtung mit der Stake, die er wie ein langes Ruder im Wasser bewegt. Hans hilft ihm mit dosiertem Gas, auf Wellengeschwindigkeit zu bleiben. Glücklicherweise werden sie von keinen größeren Trümmerteilen getroffen, die bisweilen beängstigend nah am Boot vorbeischießen.

Draußen in der Funzi Bay toben Urgewalten. Die See kocht. Hohe Wellen schlagen heftig ins Boot. Die Gäste schöpfen verzweifelt gegen das steigende Wasser an ihren Beinen an. Als sie endlich Mwazaro Beach erreichen, steht der Korallenfelsen weitgehend unter Wasser. Das Boot mit den erschöpften und verängstigten Fahrgästen kann bis zum überfluteten Parkplatz durchfahren. Der Fahrer hat den Bus ein Stück weit den Weg hinauf, bei Thomas‘ Haus, in Sicherheit gebracht. Sobald alle drinnen auf ihren Sitzen sind, gibt er Gas.

Die Mitarbeiter heben Hans auf eine Trage. Die Anstrengungen der letzten Stunden sind einfach zuviel gewesen, er ist immer noch geschwächt von dem Verkehrsunfall. Sie tragen ihn durch das Wasser zur Bar, die im Sturmwind bedrohlich schwankt. Dort flößen sie ihm einen Wodka ein.

Weil der schützende Mangrovensaum an diesem Küstenabschnitt fehlt, rauschen die Wellen völlig ungebrochen gegen das Land. Die Wellen schlagen so hoch, dass sie immer wieder sogar den Korallenfelsen oben an der Bar überspülen. Die Gischt spritzt bis zum Dachfirst. Es knackt und kracht an allen Enden, wenn wieder eine Welle durch das Restaurant rauscht. Die ersten termitenzerfressenen Pfosten brechen. Das Dach neigt sich zur Küche hin, doch die provisorischen Stützbalken verhindern den Einsturz. Auf dem Küchendach reißen sich nach und nach die Makuti-Schindeln los. Wie die Affen klettern einige Mitarbeiter auf den First und halten die Eindeckung fest. Hans ächzt hinterher, dabei benutzt er als einziger die Leiter. Kaum ist er oben, brechen die ersten Sonnenstrahlen durch die Wolken, und der wasserfallartige Regen hört auf.

Als alle schon aufatmen wollen, stellen die Naturgewalten noch einmal klar, wie vergänglich alles Werk von Menschenhand ist. Eine letzte riesige Welle reißt die Holzwand herunter, die dem heranbrandenden Meer bislang tapfer getrotzt hat. Sämtliche Möbel werden durch das Restaurant geschwemmt. Man hört das Krachen und Splittern der Tische und Stühle durch den Sturm und das Brüllen der See hindurch. Hans sitzt auf dem Dach der Küche, Tränen der Verzweiflung in den Augen. Langsam steigt er die Leiter hinunter. Unten versuchen ihn die Mitarbeiter zu trösten, man habe doch überlebt und mithin gewonnen. Ihr „Schachmatt!“ klingt allerdings ziemlich kläglich.

„Leute, ich fürchte, diesmal haben wir das Spiel verloren. Na ja – vielleicht habt ihr doch ein bisschen recht. Im Delta haben wir überlebt, und auch hier haben wir vieles gerettet. Es hätte noch bedeutend schlimmer kommen können. Wir haben heute erneut gezeigt, dass wir eine verdammt gute Mannschaft sind!“

Alles ist vorbei. Die Ebbe setzt ein, das Wasser läuft ab. Die Sonne kommt ganz hervor und bescheint ein Trümmerfeld. Die Bar steht schief. Alle Bandas sind mehr oder minder beschädigt. Viele Möbel sind Kleinholz, der Strand ist mit Unrat übersät.

Als nach zwei Stunden das Wasser vollständig vom Parkplatz abgelaufen ist, kommen sechs Busse den Weg nach Mwazaro herunter gefahren, allen voran der mit den Gästen vom Morgen. Sie schleichen müde und mit nassen Schuhen an die Bar. Die Zufahrt zur Ramisi-Brücke ist auf beiden Seiten weggeschwemmt worden. Die Rückreise aus dem Tauch- und Schnorchelparadies Shimoni ins sichere Hotel nach Diani ist vorerst nicht mehr möglich. Hans fragt die Gäste, was sie jetzt eigentlich noch von ihm wollen. Schließlich hat er sie am Morgen vor exakt diesem Szenario gewarnt. Einige scheinen sich nicht einmal zu schämen. „Wir haben für den Ausflug bezahlt“, keift der Chemiker. „Wir haben für unser Geld doch wohl das Anrecht auf eine warme Mahlzeit! Oder nicht?“

Die Mitarbeiter drohen auf den unverschämten Kerl loszugehen. Hans winkt müde ab. „Macht aus den zerbrochenen Möbeln ein Feuer und kocht Spaghetti. Und viel heißen Tee. Schnaps für alle wäre jetzt vermutlich besser. Aber die Flaschen hat sich leider El Niño geholt.“

28 Angriffsspiel

El Niño wütet mit sintflutartigen Regenfällen noch wochenlang weiter. Ist er Vorbote oder schon Folge eines weltweiten Klimawandels?, fragt sich Hans mehr als einmal. Die aus den Fugen geratene Natur bedeutet nicht nur für Mwazaro Beach und die Halbinsel Shimoni eine Katastrophe, sondern für ganz Kenia und weit darüber hinaus. Straßen, Brücken, Häuser und ganze Dörfer werden zerstört. Der Damm, der die lange Teerstraße zwischen dem Grenzort Lunga-Lunga und Mombasa aus Busch und feuchtem Dschungel anhebt, wird an fünf Stellen von den Fluten weggespült. Die einzig verbleibende Verbindung zwischen Shimoni und Diani führt über das Meer. Überall werden uralte Dhaus und versteckte Schmugglerboote wieder seeklar gemacht. In Kenia weiß man, dass zerstörte Straßen manchmal über Jahre nicht repariert werden.

Die Halbinsel Shimoni ist besonders hart betroffen. Die meisten Felder und Gärten sind überflutet. Sturm und Schlamm haben eine Spur der Verwüstung hinterlassen. Niemand hatte größere Vorräte angelegt, das Wenige, das da war, ist weggeschwemmt. Und rasch gibt es auch nichts mehr zu kaufen. Hunger macht sich breit, und man sieht Kinder, die nur noch Haut und Knochen sind. Bald sterben die ersten Säuglinge, deren Mütter keine Milch mehr haben. Die Masse der armen Leute hat kein Geld, um die weit überteuerten Waren zu kaufen, die von Spekulanten in Shimoni angeboten werden. Alles kommt zu Hans und bittet um Hilfe. Der kann keine Kinder wegschicken, die ihn mit großen schwarzen Hunger-Augen angucken. Also teilt er, bis nichts mehr da ist.

Gäste, die fest gebucht haben, bleiben ohnehin aus, weil keine Anreise mehr möglich ist. Mwazaro Beach scheint am Ende. Doch dann sorgt die zerstörerische Natur auf ihre Art für eine kulinarische Überbrückungshilfe. Das Meer direkt vor Mwazaro wimmelt plötzlich von riesigen Garnelenschwärmen. Noch nie hat man so viele dieser Krustentiere an einem Platz gesehen. Und die Garnelen sind außerordentlich groß. Mit alten Moskitonetzen, die durch das knietiefe Wasser gezogen werden, kann man sie ohne große Mühe kiloweise herausholen. Bald gibt es nichts anderes mehr zu essen. Morgens, mittags und abends Garnelen, gekocht, gegrillt, frittiert und als Salat.

Tagelang ist Hans wie gelähmt. Erst durch die rettenden Krustentiere erwacht sein alter Kampfgeist wieder. Er sieht den Segen, genau wie seine Mitarbeiter, als ein Zeichen des Himmels oder der Geister. Das Boot ist gottlob noch intakt, es gibt aber nur noch zwanzig Liter Benzin. Das reicht gerade bis nach Diani, von wo sich Hans Hilfe erhofft. Seine Mitarbeiter fischen am nächsten Morgen in zwei Stunden über sechzig Kilo Garnelen. Sie werden in alte Zuckersäcke verpackt und in das Boot geladen. Außerdem gehen zehn leere Plastikkanister für Benzin und Kerosin mit an Bord. Es regnet in Strömen. Als Hans mit Omari und Hassan in das Boot steigt, intonieren sie „Last Matatu to Shimoni“. Alle lachen. Es gibt wieder Hoffnung!

Bis zum Robinson Club brauchen sie beinahe fünf Stunden. Sie ankern an der Tauchbasis, wo Gäste und Mitarbeiter die Ankömmlinge wie Totgeglaubte empfangen. Hans ist gerührt. Er ist ja immer als der „Robinson“ vom gleichnamigen Club betrachtet worden, und das Partnerhotel hat schon die wildesten Feste in Mwazaro Beach gefeiert. Jetzt wollen die Stammgäste wissen, was beim El Niño dort geschehen ist. Steht Mwazaro noch? Wie geht es Simba? Wann kann man wieder hinkommen? Die Fragen prasseln auf Hans ein.

Kurt Weber kommt mit seiner reizenden Frau Eva. Sie freuen sich, Hans gesund und lebensfroh vor sich zu sehen. Nachdem die Garnelen an Chefkoch John übergeben sind, wird er mit seinen Begleitern zum Mittagessen eingeladen. Als die drei das reich gedeckte Büffet sehen, wissen sie gar nicht, wo sie zuerst hinlangen sollen. John bringt Hans einen Umschlag mit fast fünfzigtausend Schillingen für die Meeresfrüchte. „Es hat schon lange keine Garnelen mehr in Diani gegeben. Du kannst uns soviel bringen, wie du hast. Wir nehmen alles ab!"

„Das Geld reicht fast, um die ausstehenden Gehälter zu bezahlen. Jetzt habe ich eine Sorge weniger", freut sich Hans und unterschreibt die Quittung.

Nach dem Mittagessen wird er in Kurt Webers Büro gebeten. Drei Männer sitzen neben dem Direktor an einem Besprechungstisch. Der erste ist Julian Bauer, ein deutscher Naturschützer, der erzählt, dass er mit einem kleinen Löwen und einer Hyäne im Landcruiser aus Somalia hergekommen ist. Bevor das Land in Bürgerkrieg und Anarchie versunken ist, war er dort Leiter des Wildlife Service. Er hat anschließend eine Umweltorganisation mit dem Namen Ecoterra gegründet.

Der zweite Mann ist ein freundlicher amerikanischer Journalist, der in Nairobi lebt und auch gerade aus Somalia kommt, von wo er über die Kämpfe berichtet hat. Er hat vielerlei Kontakte zur Ausländer-Szene in Nairobi. In Botschaften, Militärkreisen und bei den diversen Hilfsorganisationen kennt er fast jeden von Bedeutung.

Ein deutscher Arzt ist der dritte in der Runde. Er war schon oft in Mwazaro und hat Medikamente, Verbandszeug und Geld für den Unterhalt der Krankenstation gespendet. Kurt Weber bittet Hans, die Lage auf der Halbinsel Shimoni und speziell in dem halben Dutzend Dörfer zu schildern, aus denen seine Mitarbeiter kommen. Hans macht es kurz. „Es gibt nichts mehr zu essen, kein sauberes Trinkwasser und keinerlei medizinische Versorgung. Es fahren keine Matatus, das Benzin ist alle. Säuglinge und Kleinkinder sterben bereits. Die Alten laufen durch die Wälder und suchen Pflanzen und Wurzeln, die roh gegessen werden. Selbst trockenes Feuerholz oder Streichhölzer sind kaum zu beschaffen. Ausbrüche von Cholera oder Typhus sind in Kürze zu erwarten, auch viele Malariaopfer. Manche Menschen sind zu schwach, ihre Toten zu beerdigen. Zu Hunderten sitzen sie auf dem Parkplatz von Mwazaro und bitten um Hilfe. Aber auch meine Vorräte sind am Ende. Keine Gäste, kein Geld, nichts auf dem Löffel und nichts im Glas!“

Dann kann Hans sich einen Seitenhieb auf seinen Ex-Kompagnon nicht verkneifen. „Der einzige, der noch Geld hat, ist Councillor Mwadzikomba. Er verspricht Hilfe, aber sehr eigennützige. Er will von den Klan-Ältesten Garantien dafür haben, dass er bei den anstehenden Wahlen wieder als Councillor-Kandidat der Regierungspartei aufgestellt wird. Sie wissen ja, dass Ende Dezember nicht nur Präsident und Parlament, sondern auch die Kommunalvertretungen neu gewählt werden. Sehr zu Mwadzikombas Leidwesen gibt es in der KANU-Partei aber auch andere Kandidaten, die an dem lukrativen Posten Interesse haben.“

„Politiker!“, schnaubt der amerikanische Journalist und verlangt nach einem Telefon. „Lasst mich mal sehen, was ich bei seriöseren Leuten ausrichten kann.“

„Und ich mobilisiere den französischen Botschafter“, sagt Julian Bauer. „Der ist ein guter Freund. Die Botschaft hat immer irgendwelche Hilfsfonds. Ich brauche sofort eine Aufstellung der überlebenswichtigen Grundnahrungsmittel, wie Maismehl, Reis, Öl. Wie viele Menschen wohnen bei euch in der Gegend eigentlich?“

„Ich habe wirklich keine genaue Vorstellung. In den drei Schulen sind gut zweitausend Kinder. Ich würde das mit drei multiplizieren, alte afrikanische Faustregel. Also ungefähr sechs- bis siebentausend Menschen.“

„Was kann man für einen Dollar kaufen, um eine sinnvolle Erste Hilfe zu leisten?“, fragt der deutsche Arzt.

„Eine Dosis Malaria-Tabletten“, sagt Hans. „Durch den Regen ist der Busch voller Mücken. Die Krankheit greift schnell um sich. Wir haben nichts mehr, um zu helfen. Wir brauchen auch Chlor für die Brunnen, um Typhus und Cholera zu verhindern. Und wir brauchen Benzin und Zweitakt-Öl für unsere Pumpe, um die vollgelaufenen Brunnen vom Schlammwasser zu leeren und zu reinigen. Die Arbeit als solche ist kein Problem. Meine Leute sind darin sehr geübt.“

„Ich habe einen Vorschlag“, sagt Kurt Weber. „Lass deine beiden Skipper zurückfahren. Das Boot ist bereits randvoll mit

Lebensmitteln und Benzin. Du bleibst heute Abend hier und erzählst unseren Gästen etwas über die Lage nach El Niño. Sie sind zwar nach Kenia gekommen, um Strände und Safari-Abenteuer zu genießen, aber warum sollen sie heute statt eines Massai-Tanzes nicht etwas über die aktuelle Katastrophe hören?“

Hans ist einverstanden. Seine farbige und emotionale Schilderung löst große Hilfsbereitschaft aus. Die Urlaubsgäste spenden viel Geld, sie wissen ja genau, was damit geschehen wird. Nur: für Geld kann man in Shimoni nichts mehr kaufen. Jeremia, Direktions-Assistent des Robinson Club, übernimmt zusammen mit der Animationsgruppe die Verantwortung für Beschaffung und Transport der Hilfsgüter. Die sollen bis Shirazi mit dem Auto, und von da aus mit dem Boot transportiert werden. Am folgenden Tag verabschiedet sich Hans am Anlegesteg mit Tränen der Dankbarkeit. Sein zwischenzeitlich zurückgekehrtes Boot ist erneut voll beladen.

Als Hans wieder in Mwazaro eintrifft, hat er hohes Fieber. Er glaubt, eine Malaria zu haben, und verabreicht sich seine bewährte chinesische Medizin. Das Fieber steigt trotzdem weiter. Als es einundvierzig Grad erreicht, bittet er Nafuu, ihm eine hohe Dosis Penicillin zu spritzen. Nach der Spritze befällt ihn Übelkeit, er fängt an zu würgen und bricht, bis nur noch Schleim kommt. Dann fällt er in einen unruhigen Fieberschlaf.

Nach etwa drei Stunden ist das Fieber auf neununddreißig Grad gefallen. Sein linker Unterschenkel ist allerdings krebsrot und geschwollen. Sein mehrfach verletzter Knochen scheint sich unter der Belastung der letzten Tage böse entzündet zu haben. Nafuu gibt ihm noch eine Dosis Penicillin und spritzt einen Entzündungshemmer. Beide Medikamente stammen aus einer Medikamentensammlung, die ihm der Arzt im Robinson Club bei Abfahrt in die Hand gedrückt hat.

„Als hätte er es geahnt“, sagt Hans zu Nafuu. „So was gibt es nur hier bei uns. Die Hilfe kommt immer im letzten Moment, aber sie kommt. Dieses Überraschungsspiel muss dem Allmächtigen wohl Spaß machen. Vielleicht ist das seine Art von Humor.“

In Mwazaro wird von morgens bis abends gekocht. Für alle

Hungernden auf dem Parkplatz gibt es täglich eine Portion Ugali, den unverzichtbaren Maisbrei, mit einem braunen Bohneneintopf dazu. Holzkohle, die seinerzeit aus den verbrannten Mangroven gemacht wurde, gibt es noch genug, und glücklicherweise ist sie größtenteils trocken geblieben. Mächtige Töpfe mit bis zu einem Meter Durchmesser werden von den umliegenden Schulen zur Verfügung gestellt. Die gesamte Organisation wird von dem Schachteam übernommen, das jetzt auch zum Angriff auf Mwadzikomba übergeht.

Ziel aller Bemühungen ist es, seine Wiederaufstellung als Councillor-Kandidat der regierenden KANU-Partei zu verhindern. Weil diese an der Südküste kaum zu schlagen ist, hätte Mwadzikomba mit der Nominierung seinen Sitz im Bezirksparlament von Kwale weiterhin praktisch sicher. Allerdings hat er parteiintern mit Mr. Salim Mpweke einen ernstzunehmenden Gegner. Der redliche Händler aus Fikirini hat allerdings ein fatales Handicap: Geldmangel. Und ohne Geschenke an die Klan-Ältesten kann man in Kenia kaum eine Wahl gewinnen.

Ein Kungel-Kumpel von Mwadzikomba muss ebenfalls um seine neuerliche Nominierung zittern: Kassim Mwamzandi, jahrzehntelang schon Parlamentsabgeordneter und zur Zeit auch stellvertretender Straßenbau-Minister in Nairobi. Er ist unter anderem durch die dubiose Pleite der Ramisi-Zuckerfabrik ins Gerede gekommen, unter welcher viele Bauern der Gegend immer noch zu leiden haben. Er soll auch bei den Likoni-Krawallen kräftig Öl ins politische Feuer gegossen haben, heisst es. Gegen ihn tritt die frühere Lehrerin Mama Marere an, eine resolute Kämpferin für die Frauenrechte in Kenia.

Im Mwazaro-Team schlagen einige vor, beide Herausforderer auf der „weißen" Seite aufzustellen, notfalls sogar ohne ihr Wissen. Mit ihnen könnten Mwadzikomba und seine Partei-Connection frontal angegangen werden. Mwamzandi, der schon seit Anbeginn als schwarzer Läufer auf dem Brett steht, wird von den Mitarbeitern als latente Gefahr empfunden, und wenn man bei der Gelegenheit auch noch „Killerboot"-Yusuf schaden kann, der in Vanga um seine Wiederaufstellung kämpft, soll es dem Mwazaro-Schachteam recht sein.

Das fairste Mittel dabei ist Wahlkampfunterstützung der

Gegenkandidaten. Es beginnt mit drei Booten, die von Funzi kommen, aus dem Camp des Nachbarn Toni. Sie sind von Julian, dem Ecoterra-Mann, geheuert worden und vollgeladen mit Bohnen und Ugali, mit Kanistern voller Maisöl und anderen lebenswichtigen Dingen. Drei große LKW stehen zusätzlich im Hafen von Bodo und müssen noch umgeladen werden. Das alles sind Spenden der französischen Botschaft, deren Mitarbeiter die Verteilung der Hilfsgüter überwachen.

Hans weiß nicht, was er sagen soll, als er die gute Nachricht erfährt. Auf Krücken schleppt er sich zur Bar und dankt den Helfern und Rettern. Am Abend ist die Personalküche bis unter das Dach vollgestapelt mit Lebensmitteln, Benzin und Öl. Bei Sonnenaufgang kommen die Klan-Ältesten mit Einwohnerlisten. Zu jedem Klan gehören mehrere Großfamilien, die sich auf verschiedene Dörfer verteilen. Es wird viel herumgerechnet, was jeder bekommen soll. Dabei werden alleinstehende Frauen mit Kindern sowie Alte bevorzugt. Das eingespielte Schach-Team übernimmt die gesamte Organisation unter der Leitung von Julian. Damit Geschäftsleute die Hilfsgüter nicht weiter verkaufen können, wird jedes Paket mit einem Stempel versehen.

Nach langer Diskussion bekommt auch Mwadzikombas Klan seinen Teil ab. Der geschickteste Schachzug besteht darin, dass Salim Mpweke, der Gegenkandidat des amtierenden Councillors, und auch Mama Marere als die eigentlichen Wohltäter auftreten dürfen. Sie erscheinen bei allen Lebensmittel-Verteilungen und werden vom Mwazaro-Team und den Klan-Ältesten in wortreichen Reden hoch gelobt. Dass dabei auch immer eine kleine Geldspende für die Gemeinde fließt, verstärkt die Wirkung. Der große Mwadzikomba hingegen steht einmal mehr als egoistischer Geizkragen da, der sogar seine eigene Familie von Fremden durchfüttern lässt. Hans pflegt unterdessen sein schmerzendes Bein mit Kräuterölen und tritt als Strippenzieher gar nicht in Erscheinung.

Zwei Tage später landen zwei große Militärhubschrauber der Amerikaner bei Ebbe direkt am Strand. Beide sind ebenfalls vollgeladen mit Lebensmitteln, die kurz vor dem Verfallsdatum sind. All die Armee-Dosen mit Corned Beef, Thunfisch, gebackenen Bohnen und Cornflakes sind 1994 bei der Operation

„Restore Hope“ in Somalia übrig geblieben. Hier in Kenia machen sie dem Namen der so kläglich gescheiterten Invasion alle Ehre. Die netten und geselligen Soldaten bringen als Dreingabe auch eine Kiste Budweiser Bier mit – gekühlt sogar, der Gipfel des Luxus.

Nach Verteilung der Köstlichkeiten gibt es am Abend wieder die obligate Party mit Trommeln und Tanz. Es ist wie in den guten Zeiten. Die stolzen Digo-Mädchen haben sich herausgeputzt und wackeln verführerisch mit ihren schlanken Hüften. Die Videokameras der pfeifenden Marines schnurren ohne Unterbrechung. Hans bekommt zum Abschied ein Feuerzeug mit eingraviertem Regiments-Wappen geschenkt. Als die Hubschrauber am nächsten Morgen starten, brüllt die glückliche Mwazaro-Mannschaft laut hinterher: „Schachmatt! Schachmatt!“

Anschließend versammelt man sich wieder am Brett. Wie schon länger erwogen, ersetzt Mama Marere diesmal Nafuu als Dame. Mpweke kommt für Michael als Läufer herein. „Bauer“ Ali wurmt es sichtbar, als bester Spieler im Team bisher keinen entscheidenden Zug gemacht zu haben. Aber jetzt greift er mit einer durchschlagenden Warnung in das Geschehen ein. „Wir haben einen Denkfehler gemacht“, erklärt er und zeigt auf die Bauernreihe des schwarzen Königs. „Nachdem wir sie so gut versorgt haben, sind Mwadzikombas Familienmitglieder längst nicht mehr allesamt unsere Feinde. Die scheiden als seine willfährigen Bauern zum Teil aus. Die Gefahr liegt jetzt eher bei den alten Männern der Klans und Großfamilien, die festlegen, wer wen wählt, und die dafür Geld von den Kandidaten bekommen. Wenn Mwadzikomba denen einen Tag vor der Wahl jeweils tausend Schillinge zusteckt, gewinnt er am Ende doch noch. Da spielt es keine Rolle mehr, was wir vorher für die Familien getan haben.“

Alle stimmen betroffen zu. Sie haben nur noch hundertzwanzigtausend Schillinge in der Spendenkasse, und die sind schon für einen Kindergarten in Fikirini und noch einen weiteren in Mombao fest verplant. Mit gleicher Münze können sie also nicht heimzahlen. Aber wie knackt man den neuen Sperr-Riegel aus käuflichen Würdenträgern vor dem schwarzen König?

„Wir verteilen die Mwazaro-Bauern auf alle Dörfer, aus

denen unsere Mitarbeiter kommen“, schlägt Kadute vor. „Wir sind doch die Einzigen, die einen vernünftigen Job haben und die Familien unterstützen. Also haben wir auch was zu sagen! Wir werden eine Woche vor der Kandidatenwahl alle Familien systematisch bearbeiten und vor allem die Frauen darüber aufklären, dass in einer Demokratie jeder seine eigene Entscheidung fällt, ohne Rücksicht auf die Anordnungen der alten Männer. Dann gewinnt Mpweke bestimmt!“

Mwanaischa lacht verschmitzt. „Gegen die alten Männer spielen ist gut, aber mit ihnen spielen ist besser! Wir weihen sie einfach in unseren Plan ein. Wir zeigen ihnen, wie sie doppelt soviel Geld von Mwadzikomba bekommen können, wenn ihre Familie Mpweke wählt.“

„Und wie stellst du dir das vor?“, will Hans wissen, der in Sachen Klugheit und Raffinesse von afrikanischen Frauen schon so manches Mal verblüfft worden ist.

„Ganz einfach: wir borgen jedem Mzee tausend Schillinge aus unserer Spendenkasse. Die Alten haben ja nie eigenes Geld. Wenn Mwadzikomba dann mit seinem Tausender kommt, zeigen sie ihm das Geld und sagen, sie hätten es gerade von Mpweke gekriegt. Mwadzikomba müsse schon das Doppelte zahlen, wenn er die Wahl gewinnen wolle. Das wird er garantiert machen, er hat ja Geld genug. Später taucht Mpweke tatsächlich bei ihnen auf und gibt ihnen seine tausend Schillinge. Auf diese Weise können sie uns den Kredit zurückzahlen und haben am Ende dreitausend Schillinge für sich!“ Mwanaisha schaut triumphierend in die Runde. „Ihr wisst ja, dass die Alten solche kleinen Intrigenspiele mögen.“

Alle sind begeistert von dieser durchtriebenen Angriffsvariante. „Lasst uns die strengen Schachregeln für einen Augenblick über Bord werfen“, fährt Mwanaisha fort, als sie die Figuren auf überraschende Weise neu gruppiert. „Mr. Bent hat doch gesagt, dass das Brett vor allem wichtig ist, um uns zu logischem Denken und einer guten Schlachtordnung zu zwingen. Er wird uns sicher verzeihen, wenn wir ausnahmsweise die örtliche Gefechtslage in den einzelnen Wahllokalen nachstellen.“

Die Mwazaro-Bauern, verstärkt um Förster David, werden

auf ihre Dörfer verteilt, wo sie mit vielen guten Argumenten und später auch mit etwas Geld in die Schlacht um die Wählergunst eingreifen sollen. Um seine Kämpfer noch mehr zu motivieren, erzählt Hans ihnen die Geschichte von Odysseus und dem Trojanischen Pferd. Das antike Beispiel einer gelungenen Unterwanderung gefällt allen sehr. Jetzt ist auch der Letzte vom sicheren Erfolg des „Bauernkriegs“ überzeugt.

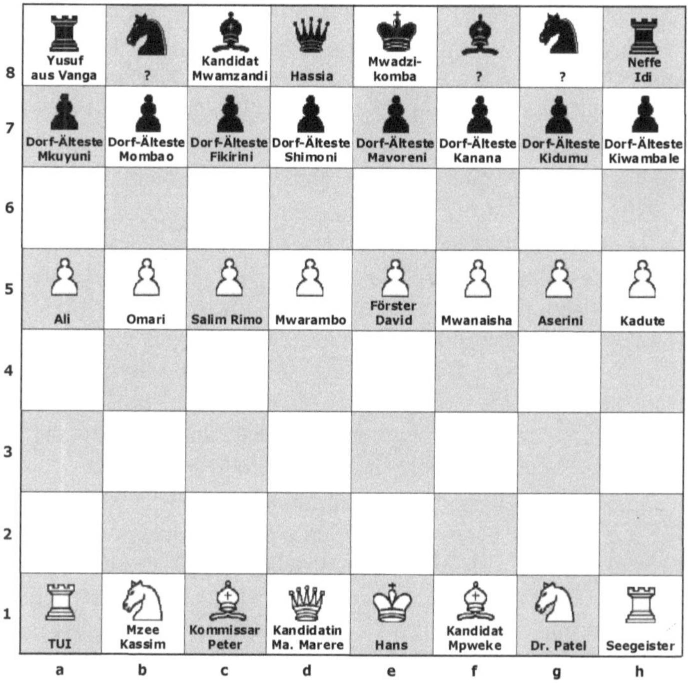

Mpweke wird informiert und kommt in einem uralten Peugeot den Weg heruntergeklappert. Er versteht nicht das Geringste vom Schach und sieht entgeistert auf das Brett, wo unter jeder Figur ein Name steht. „Ihr seid wie die Kinder. So ein Wahlkampf ist kein Spiel. In Kenia kann das rasch tödlicher Ernst werden, denkt doch nur an die Likoni-Krawalle. Ihr glaubt doch nicht etwa, dass ich da mitmache!“

„Erzähl ihm bitte auch die alte Geschichte aus Troja“, grinst Ali. „Dann wird er schon begreifen, was wir wollen, und braucht nicht erst Schachspielen zu lernen.“ Hans legt noch einmal los, und Mpweke stimmt am Ende zu, dass die Fußtruppen am nächsten Morgen in den Dörfern mit ihrer Maulwurfsarbeit beginnen sollen.

Der Termin für die Kandidatenwahl ist auf Freitag, den 15. November 1997 festgelegt. Jeder Bewerber hat in jedem Dorf einen Vertrauensmann, der sich ein Schild mit dessen Namen umgehängt hat. Wer für einen der Kandidaten ist, stellt sich in dessen Reihe. Die große Überraschung in allen Dörfern sind die Vertrauensleute von Salim Mpweke. Es sind keine Lehrer oder andere Respektspersonen wie bei früheren Wahlen, sondern Mitarbeiter von Mwazaro Beach.

Die Wahlen im Örtchen Mkuyuni und dem benachbarten Flecken Mombao finden auf dem gemeinsamen Fußballplatz direkt am Shimoni Highway statt. Die meisten Menschen kommen vom Morgengebet aus der schlichten Moschee. Die Männer tragen die weißen Khanzus, die Frauen bunte Gewänder, die der geschickte Dorfschneider individuell entwirft. Viele Frauen sind schwanger – ein Kind im Bauch, eins auf dem Rücken, eins an der rechten und noch eins an der linken Hand. Die Sonne scheint, und alle sind fröhlich und gut gelaunt.

Ali und Omari stehen als Vertrauenspersonen für Mpweke an den markierten Plätzen, wo die Schlangen gebildet werden. Der Vertrauensmann von Mwadzikomba ist ein Lehrer aus Fikirini. Langsam orientieren sich die Wähler zu einer der beiden Schlangen hin, zwei Polizisten kontrollieren die Stimmausweise. Um elf Uhr soll die Auszählung sein. Immer mehr Frauen versammeln sich, heftig diskutierend, in Alis Nähe.

Da fährt ein Auto vor. Mwadzikombas Neffe Idi springt heraus, öffnet den Kofferraum und hebt ein paar Ballen der begehrten bunten Kanga-Tücher heraus. Er trägt sie mit dem Fahrer zu Mwadzikombas Wählerschlange. „Ein Geschenk für jeden, der sich hier anstellt!“

Eine solche Bestechung ist natürlich verboten. Die Polizisten wollen einschreiten, aber der Tumult ist zu groß. So schnell sie können, verteilen Idi und sein Helfer ihre Wahlgeschenke an die heranstürmenden Frauen. Omari ist wütend und verzweifelt, doch Ali hat eine rettende Idee. Er läuft zu Mwadzikombas Schlange und fängt einen Streit mit den Polizisten an, die den Frauen die Kangas wieder wegnehmen wollen. „Lasst ihnen doch die Tücher!“, ruft er laut. „Glaubt ihr, eine afrikanische Frau lässt sich damit bestechen? Genau das Gegenteil ist der Fall. Sie nimmt das Geschenk, und wird Mwadzikomba für diese unfaire Wahlkampfaktion anschließend eine Quittung erteilen!“

Seine geschickte Rede ist nicht nur ein spontaner Lacherfolg. Die Augen der Frauen glänzen plötzlich vor Selbstbewusstsein und Aufregung. Sogar die Polizisten müssen grinsen. Idi, der merkt, dass er die Schlacht verloren hat, will schnell die noch verbliebenen Kangas retten. Aber nun greift der Polizist erfolgreicher ein. „Gleiches Recht für alle!“, ruft er laut, schnappt sich das Bündel und verteilt den Rest an die Frauen, die bislang leer ausgegangen sind.

Am Abend treffen alle Wahlkämpfer wieder in Mwazaro ein, müde, aber aufgekratzt. Hans umarmt einen nach dem anderen. Zu später Stunde kommt Mpweke mit seinem Klapperauto angefahren. Im Kofferraum hat er drei Kisten Coca Cola und auf dem Rücksitz einen gefesselten Ziegenbock. Er steigt auf eine Kiste und hält eine lange Dankesrede, in der er, wie Politiker das so machen, allen alles verspricht. Er hat die Wahl mit dreiundsiebzig Prozent aller Stimmen gewonnen und ist der neue Councillor-Kandidat der regierenden KANU-Partei. Er hat das Amt damit so gut wie sicher. Ein Jubelgeschrei hebt an. Hans geht auf Mpweke zu, drückt ihm die Hand und schaut in die Runde.

„Herzlichen Glückwunsch, Councillor! Wir freuen uns mit dir und mit deiner Familie. Noch glücklicher werden wir sein, wenn du in deinem künftigen Amt auch nur zwanzig Prozent von deinen Versprechungen einhältst. Denk bitte an die vielen Frauen, die dich gewählt haben. Sie sind klug und stark. Sie wissen seit heute, dass auch sie über Macht und Einfluss verfügen. Du, lieber künftiger Councillor Mpweke, bist und bleibst hoffentlich weiterhin eine wichtige Figur in unserem Spiel. Zusätzlicher Dank gebührt dir für deine enge Zusammenarbeit mit Mama Marere. Auch sie hat ihre Wahl gegen Mwamzandi gewonnen, wie wir eben aus Msambweni gehört haben.“

„Schachmatt! Schachmatt!“, rufen die Mitarbeiter wie immer nach einem Sieg. Dann wird die Ziege aus dem Auto geholt. Während oben gegessen und gefeiert wird, geht Hans unter Palmen Hand in Hand mit Nafuu spazieren. Als er sie küsst, bemerkt er, dass sie Tränen in den Augen hat.

„Die Sterne stehen schlecht für uns, mein geliebter Freund. Wir haben noch viel Kampf und Leid vor uns. Lass uns heute Nacht ganz eng zusammen sein. Was wir jetzt versäumen, können wir vielleicht nie wieder nachholen!“ Hans fragt nicht weiter. Er weiß aus Erfahrung, dass Nafuu nie mehr sagt als das, was sie für nötig hält. Es wird die schönste Nacht, an die er sich erinnern kann.

Am nächsten Morgen sitzt er früh vor dem Schachbrett und stellt die Figuren für die entscheidende Schlacht gegen Nassoro Juma Mwadzikomba neu auf. Der Prozess um Mwazaro Beach soll im Januar im Gericht von Mombasa beginnen.

29 Abschied von Mzee Kassim

Wenige Tage nach dem Wahl-Triumph wird der Witchdoctor nach Mwazaro Beach gebracht. Salim Mpweke führt ihn hinauf zur Bar, wo Hans mit Nafuu sitzt. Es sind keine Gäste da, und die Mitarbeiter reparieren eines der durch El Niño zerstörten Makuti-Häuser für die erwarteten Weihnachtsgäste. Mzee Kassim will Mpweke etwas Geld für den Transport geben. Er lächelt, als dieser nichts annehmen will, und sagt launig einige Worte in der Digo-Sprache. Nafuu blickt ihren Vater an, springt erschrocken auf, umarmt ihn und beginnt zu jammern. Mzee Kassim streichelt ihren Kopf, beugt ihn mit beiden Händen zurück und sieht ihr in die Augen. Er hat einen strahlenden Gesichtsausdruck. Dann zieht er sie auf eine Bank und redet leise auf sie ein. Hans schaut Mpweke fragend an. Doch der dreht sich um und verschwindet wortlos.

Hans hält sich etwas abseits. Er hat ein beklemmendes Gefühl, würde gern wissen was los ist, aber er überlässt Vater und Tochter ihrer ernsten Zwiesprache. Hans sieht hinaus auf das klare, grünblaue Wasser hinter dem weiten weißen Sandstrand. Störche, Reiher und krabbenfangende Palmnuss-Geier stolzieren am Mangrovensaum herum. Sein Blick gleitet hinüber zu den Palmen, die er vor vier Jahren selbst gepflanzt hat und die hoffentlich in zwei Jahren dicke Kokosnüsse tragen werden. Die Sonne spielt in ihren gefiederten Blättern. Nichts davon wäre Wirklichkeit geworden, wenn sein alter Freund Mzee Kassim und Nafuu nicht immer im rechten Moment geholfen hätten.

Er denkt daran, wie die beiden sein Leben und sein Denken verändert, wie sie seinen europäischen Blick geöffnet haben für die afrikanische Welt der Ahnen und Geister. Wie weit ist er wirklich schon in dieser Welt angekommen? Hat er hier für immer sein Glück und eine neue Heimat gefunden?

Simba stupst Hans mit seiner großen feuchten Nase ans Bein. Hans beugt sich hinab und legt gedankenverloren die Arme um seinen zotteligen Freund und Beschützer. „Komm mit, wir müssen gehen“, sagt Mzee Kassim von hinten und legt die Hand auf seinen Kopf. Hans fühlt starke Energie, die in ihn eindringt. Er steht auf und dreht sich um.

„Meine Zeit ist abgelaufen. Mein Körper folgt dem Willen nicht mehr. Es wird für mich unerträglich, länger in diesem alten, zerschlissenen Gewand aus Fleisch und Blut gefesselt zu sein. Meine Seele und mein Geist brauchen jetzt ihre Freiheit, und für euch bin ich ohnehin nur noch eine Belastung. Ich werde den Körper verlassen, aber ich gehe nicht allzu weit weg. Falls ihr oder der Stamm mich und meinen Rat braucht, werde ich da sein. Komm mit, mein Bruder, ich muss mit dir und Nafuu sprechen.“

Mzee Kassim geht aufrecht voran und zeigt seine ganze Größe. Er hat weder einen gekrümmten Rücken noch einen zögernden Schritt, wie andere Menschen in seinem Alter. Er geht barfuß, seine Gummisandalen sind an der Bar zurückgeblieben. Der Seewind bläht seinen weißen Kanzu. Hans geht neben ihm, und Nafuu folgt den beiden Männern im gebührlichen Abstand.

Mzee Kassim lächelt Hans dankbar zu, als dieser ihm hilft, den kleinen Korallenfelsen am heiligen Baobab zu erklimmen. Er sieht aus wie ein kindlicher Schelm, der einen tollen Streich geplant hat. Sie steigen auf die gewaltigen Wurzeln, die der uralte Baum wie gekrümmte Finger zum Land hin ausstreckt. Einige greise Männer hocken dort um eine Art Nest herum, das sie am Fuße des Giganten aus trockenem Gras zusammengetragen haben. Ein paar Fläschchen verströmen den angenehmen Blütenduft der *Avicennia marina*, einer Salzwasser-Mangrove. Hans erinnert sich, dass die Geister nach allgemeiner Überzeugung einen ausgeprägten Geruchssinn mit besonderen Vorlieben haben. Da der Baobab direkt am Meer steht, versuchen die alten Männer offenbar, die Seegeister mit dem starken und süßen Duft der Mangrovenblüten anzulocken.

Mzee Kassim baut sich noch einmal auf wie zu den Zeiten, als er weit und breit das stärkste Medium bei Geisterbefragungen war. Er steht mit geschlossenen Augen vor dem gewaltigen Baumstamm und hält einen Monolog in der Digo-Sprache. Dann klopft er dreimal gegen die graue Rinde, dreht sich um, greift mit der rechten Hand nach der linken von Hans und mit der linken Hand die rechte von Nafuu. Er lässt sich mit gekreuzten Beinen auf dem vorbereiteten Graspolster nieder und zieht die beiden mit hinunter. „Hans, mein Bruder, ich weiß, was neulich Nachts geschehen ist. Ich weiß, dass ihr euch über alles liebt und gerne ein Paar würdet. Das aber ist im Augenblick nicht möglich. Es gibt viele Gründe gegen eine Heirat. Zum Beispiel, dass du wohl kaum unsere Religion annehmen wirst, wie das selbstverständlich ist, wenn du eine moslemische Frau heiraten willst.“ Einige der alten Männer nicken bedächtig.

„Meine entscheidenden Gründe sind anderer Natur. Nafuu ist die letzte Heilerin des Stammes. Wenn sie heiratet, verliert sie ihre entsprechenden Kräfte und Fähigkeiten. Sie wird alle Energie für ihre Familie und die Kinder brauchen. So ist das im Leben, und sie weiß es selbst. Der Digo-Stamm kann auf sie nicht verzichten. Und du, Hans, du hast das Versprechen gegeben, dich um die Pflanzen, Tiere und Menschen zu kümmern, die hier leben. Wie kannst du das Gelübde weiterhin erfüllen, wenn eine afrikanische Frau eifersüchtig über dich wacht? Du kennst vielleicht schon die Herzenswärme unserer Frauen, aber noch nicht die Macht, die sie rasch über ihre Ehemänner und den gemeinsamen Besitz bekommen. Außerdem heiratest du die ganze Familie mit, die täglich dastehen und dich um irgendeine Gefälligkeit bitten wird. Wo willst du die Kraft hernehmen, dich um alles das zu kümmern?“ Mzee Kassim verschnauft kurz, dann schaut er Hans augenzwinkernd an. „Ein weiterer Grund ist dein Alter. Nicht, dass wir etwas dagegen haben, wenn ein an Jahren reifer Mann eine junge Frau heiratet. Das ist nicht nur hier durchaus üblich. Ich möchte dir aber aus meiner langen Erfahrung einen guten Rat geben: zwei zwanzigjährige Freundinnen sind besser als eine vierzigjährige Ehefrau.“

Er lächelt matt über das leise Gekicher der anderen Alten. „Es gibt hier genug hübsche junge Frauen, die alleinstehend sind und zwar ein Kind, aber kein Geld haben. Die eine oder andere wäre dir gern zu Gefallen, wenn du dafür ihren Lebensunterhalt sicherst. Natürlich seid ihr frei in eurer Entscheidung. Ihr seid beide erwachsen und klug. Aber ich würde euch bitten, meinen allerletzten Rat zu befolgen: lebt ein Jahr getrennt und seht euch danach wieder. Der Abstand wird euch genug Zeit geben, die richtige Entscheidung zu treffen.“

Mzee Kassim sieht erst Nafuu in die Augen und dann Hans. Er hebt beide Hände, um die umsitzenden Alten noch einmal zu grüßen. Er senkt seinen Kopf auf die Brust, der Atem wird leise. Einige der Alten murmeln Gebete. Dann wird es still rund um den heiligen Baum. Unten in den Mangroven schwappen gelegentlich ein paar Wellen, und irgendwann zieht weit oben am Himmel schreiend ein Ibispaar vorbei. Als die sinkende Sonne den Baobab umrundet hat, ist Mzee Kassim für immer gegangen.

Die Alten erheben sich schweigend und betten den toten Körper andächtig auf eine geflochtene Strohmatte, an der zwei Stangen befestigt sind. Sie heben die Hände, um Nafuu und Hans zu grüßen. Mzee Bakari, der alte Dorfschreiner, sieht am Baobab hoch. „So einen schönen Tod wünsche ich mir auch.“ Dann schaut er Nafuu an. „Er war der stärkste Witchdoctor, den wir je hatten. Jetzt hat er viel Zeit für euch. Folgt seinem Rat!“

Sechs Männer heben die Bahre an und tragen sie schweigend fort in den dichten afrikanischen Busch.

Noch am gleichen Tag geht auch Nafuu.

30 Weihnachtliches Wiedersehen

Über die Weihnachtstage kommen überraschend viele Besucher nach Mwazaro Beach, wie als Ausgleich für die unerfreulichen Geschehnisse, die das Jahr 1997 gebracht hat. Auf dem Zeltplatz am Strand stehen die verschiedensten Geländeautos, auch Unimogs und zu rollenden Herbergen umgebaute Lastwagen sind darunter. Die Trans-Afrika-Reisenden sind zum Teil im Norden gestartet, in Marokko oder Ägypten, die anderen sind in umgekehrter Richtung unterwegs und im Süden aufgebrochen, in Südafrika oder Namibia. Dazu gesellen sich ein paar Rucksacktouristen, die ihre kleinen Zelte unter schattigen Palmstrohdächern aufbauen. Sie alle haben viel erlebt und sich entsprechend viel zu erzählen. Die Bewohner der renovierten Makuti-Bandas sind Deutsche, Franzosen und Engländer, die dem weihnachtlichen Konsumtrubel daheim ebenso entfliehen wollen wie dem matschigen Dezemberwetter.

Pflanzaktion in den Mangroven

Alle Gäste geben durchweg dieselben drei Gründe an, wieso sie sich für Mwazaro als Urlaubsort entschieden haben. Da ist die natürliche Landschaft mit dem großen, einsamen Strand und der faszinierenden Wasserwelt der Mangroven. Zweitens hebe sich Mwazaro von den Massenhotels an der kenianischen Küste ab durch das persönliche Service-Team mit Hans als nettem und erzählfreudigem Gastgeber. Und als Drittes nennen sie das exotische, durchweg hervorragende Essen. Sie genießen die ausgefallene Gewürzkultur, die Ali, der junge Küchenchef, ständig variiert und erweitert.

Natürlich wird Hans von den Gästen auch immer wieder auf gewisse Defizite hingewiesen. Es gibt insgesamt zu wenig Duschen und Toiletten, was vor allem lästig ist, wenn ein Fest mit vielen Menschen und noch mehr Alkohol gefeiert wird. Das größte Ärgernis aus Sicht der Gäste sind allerdings die oftmals ungekühlten Getränke. Die meisten Reisenden sind zwar einiges gewöhnt, aber ein warmes Bier finden alle unerträglich. Und ausgerechnet jetzt an Weihnachten hat Hans keine Eisblöcke für seine große Kühltruhe auftreiben können.

Am Heiligen Abend gibt es im Erdofen gebratenes Spanferkel, gefüllt mit tropischen Früchten und frischen Chilischoten. Dazu werden Chapati, Bratkartoffeln, Gemüse und eine köstliche Rotweinsoße gereicht. Nach dem Essen tritt eine Trommel- und Tanzgruppe vom Stamm der Makonde auf. Die Männer tragen stolze Kriegsbemalung, die hübschen jungen Frauen tanzen mit provozierender Körpersprache. Gäste und Mitarbeiter klatschen begeistert oder tanzen mit. Die Stimmung ist ausgelassen.

Nur einer sitzt abseits, isst nichts, trinkt nichts, und lässt sich auch von keinem Makonde-Mädchen auf die Tanzfläche locken. Hans schaut mit leerem Blick über das Meer und in den Sternenhimmel. Zwischen seinen Beinen sitzt Simba und leckt ihm tröstend die Hand. Alle wissen, wie sehr Hans an Liebeskummer leidet, seit Nafuu gegangen ist.

Da kommen zwei Überraschungsgäste, die schlagartig alles auf den Kopf stellen. Durch den unteren Eingang der Bar tritt eine hinreißend attraktive und elegante afrikanische Dame. Ihre weiße Seidenbluse ist so hauchzart, dass sie mehr zeigt als verhüllt. Auf die Kurzhaarfrisur hat sie frech einen schwarzen Sombrero mit großer Krempe gestülpt. Der lange schwarze Rock ist an beiden Seiten gewagt geschlitzt. Sie geht barfuss, in der linken Hand hält sie ein Paar schwarze Stöckelschuhe. Hinter ihr erscheint eine weiße Frau, die mindestens genau so ein Hingucker ist. Sie hat ihre Cowboystiefel noch an. In ausgebleichten Jeans und einer engen Fransenweste macht auch sie eine tolle Figur. Ihr schwarzgewelltes Haar umrahmt ein strahlendes Gesicht mit grünen Augen, die suchend umherblicken. Die Musik erstirbt, der wilde Tanz stoppt. Jeder starrt die beiden Erscheinungen an.

Simba springt auf. Er läuft jaulend auf die weiße Frau zu und springt schwanzwedelnd an ihr hoch. Sie hockt sich nieder und nimmt seinen Wuschelkopf in die Arme. „Simba“, flüstert sie mit tiefer Stimme, „Simba, mein guter alter Freund! Wo hat sich denn dein Herrchen versteckt?“

Hans in seiner Ecke erwacht aus der starren Trauerhaltung. Er geht kopfschüttelnd auf die Afrikanerin zu und starrt sie ungläubig an. „Bist du es wirklich, Salama?“ Sie nickt schweigend, ihre Augen glänzen feucht. Hans umarmt sie fest. Vielleicht trügt ihn nur eine selige Erinnerung, aber da sind sie wieder, all die Vanille- und Nelkendüfte Sansibars, und das erregende Aroma von Tamarinden und Ingwer auf der Zunge.

Anette drängt die beiden auseinander. „He, ihr beiden Turteltauben! Was ist mit mir?“ Hans lässt Salama los und strahlt seine alte Freundin an. Dann fallen auch sie sich in die Arme. Unter den Mitarbeitern bricht Jubel los, die Gäste applaudieren neidisch-anerkennend. Ein wilder Trommelwirbel ruft die gaffenden Makonde-Tänzer zurück zu ihrem weihnachtlichen Unterhaltungs-Job. Jetzt geht die Party erst richtig los!

Später setzt Hans sich mit seinen beiden Herzdamen an den Sandstrand. Der Mond scheint herab auf drei überglückliche Menschen – und auf Hund Simba, der seinen Hut im Maul mitgebracht hat. Anette befestigt ihn auf seinem Wuschelkopf. Zufrieden buddelt er sich eine Schlafkuhle und kuschelt sich hinein. Hans hebt beide Hände wie zum Gruß. „Danke, Mzee Kassim, mein Bruder. Ich weiß zwar nicht, wie du das hingekriegt hast, aber eine bessere Medizin gegen Liebeskummer habe ich noch nie bekommen!“ Eine Sternschnuppe fliegt über den Himmel und verschwindet hinter dem heiligen Baobab. „Der hat Nerven“, sagt Hans.

Alle drei ziehen sich aus und stürzen sich in die warmen Fluten des Indischen Ozeans. Simba, wieder hellwach, ist vorübergehend mit von der Partie. Eine leichte Brise trägt Trommelklänge und Gelächter aus der von Petroleumlampen beleuchteten Bar zu ihnen herüber. Als die beiden Frauen wieder in ihre Designerklamotten schlüpfen wollen, stellen sie fest, dass der klatschnasse Simba sich damit in der Zwischenzeit ein schönes Nest gebaut hat. Mit größtem Vergnügen kaut er auf dem ledernen Schaft eines Cowboystiefels herum.

Die beiden Neuankömmlinge landen mit ihrem zerknautschten Auftritt einen großen Lacherfolg. Salama, mit nasser und dadurch noch etwas transparenterer Bluse, wackelt auf ihren Stöckelschuhen zum Bartresen. Für einige Herren, denen die Augen schier aus dem Kopf fallen, hat sie in kokettes Winken übrig. Anette, deren halboffene Lederweste den sandigen Slip nur knapp bedeckt, hat sonst nur noch den linken Stiefel an. Sie grüßt die johlende Meute mit ein paar angetäuschten Karate-Schlägen. Dann gesellt sie sich zu Salama und dem ebenfalls sandverklebten Hans, der gerade drei Bier bestellen will. Die beiden wehren ab. „Im Auto haben wir eine Kühltasche mit Champagner“, sagt Anette. „Ich kann mir vorstellen, dass uns jetzt ein Glas Veuve Clicquot besser bekommt als deine warme Plörre. Es gibt so viel zu erzählen, und die Nacht ist noch lang!“

Was sie zu erzählen haben, ist wieder eine jener Geschichten, wie sie eigentlich nur in Filmen vorkommen – und in Mwazaro. Die beiden sind für einen Tag aus dem Amboseli-Nationalpark herübergekommen, wo sie als Models für eine italienische Bekleidungsfirma vor der Kamera stehen. Bei der Fotosession haben sie sich erstmals kennen - und schätzen gelernt. Beide waren ständig auf der Flucht vor den „weißen und schwarzen Machos“, wie sie sagen. Als sicherster Platz für sie hat sich rasch ein gemeinsames Zelt erwiesen.

In der durchgeplauderten ersten Nacht haben sie festgestellt, dass sie in der Vergangenheit in den gleichen Mann verliebt gewesen sind. Salama berichtet, dass sie nicht daran glauben konnte, den Kerl je ohne Schnaps und Tabletten zu erleben. Deswegen habe sie Hans und Sansibar verlassen. In Arusha habe sie dann ihren ersten Statistenjob in einem Werbefilm bekommen. Sie hat bis zu jenem Dezembertag keine Ahnung gehabt, was aus Hans geworden ist. Zu ihrer Überraschung erfährt sie dann von Anette, dass er in Kenia drogenfrei lebt und das schönste Strandcamp hat, das man sich vorstellen kann. Die gemeinsame Stippvisite war sofort beschlossene Sache gewesen.

Vor der Abfahrt am zweiten Weihnachtstag legt Anette auf dem Parkplatz noch ein paar mutige Karate-Nachwuchskämpfer um. Der Ex-Geliebte kriegt von den beiden schönen Frauen je einen Kuss, und Simba ein Busserl auf die feuchte schwarze Schnauze. Dann sind sie weg.

Salim Rimo kommt im Pulk der Mitarbeiter grinsend auf Hans zu. „Die beiden haben dich fertig gemacht, was?“ „Stimmt. Aber spiele du mal gegen zwei Damen gleichzeitig!“

Wieder bricht Heiterkeit aus. Alle Finger zeigen auf ihn, und alle rufen: „Schachmatt!“

31 Doktor Mandondos Zaubertrank

Nach den wilden Weihnachtsfeiertagen ist in Mwazaro Beach wieder Ruhe und Ordnung eingekehrt. Die Mahlzeiten werden zur angemessenen Stunde eingenommen, niemand kommt mehr nachmittags um vier Uhr und verlangt verkatert sein Morgenfrühstück, aber „bitte sofort!“ Immer noch sind eine Menge Gäste da. Sie fahren sie hinaus in den Kisite Marine Park zum Schnorcheln oder Tauchen, machen Tagessafaris in die Shimba Hills, um Elefanten, Büffel, Giraffen und Säbelantilopen zu sehen. Auch nach Mombasa fahren einige, kaufen Souvenirs und schlendern durch die Altstadt.

Das Intermezzo mit Anette und Salama hat Hans‘ Kummer über Nafuus Weggang ein wenig gelindert. Ab und zu lacht er schon wieder, holt sein Banjo oder die Gitarre hervor und spielt Jazz- und Bluesklassiker oder seine eigenen Lieder. Aber die Mitarbeiter, die ihn seit Jahren kennen, merken voller Sorge, dass er sich verändert hat. Er ist leicht reizbar, grundlos unwirsch und manchmal auch ungerecht. Immer wieder sitzt er auf dem Korallenfelsen, Simba mit Hut daneben, und starrt auf die See hinaus. Dann wagt ihn niemand anzusprechen.

Die Schachspieler treffen sich zu einer Beratung. Hans ist gerade in Mombasa, um seine Freunde Frank und Ute abzuholen, die sonst immer über Weihnachten da sind. Sie kommen diesmal später, weil Frank, Saxofonist der Barrelhouse Jazzband, ein Neujahrskonzert in der alten Frankfurter Oper hatte. Salim Rimo und Kadute sind die Wortführer des Schachteams. Salim kommt sofort zum Kern des Problems. „Demnächst soll der Prozess gegen Mwadzikomba beginnen. Hans hat Angst! Er hat im ungünstigsten Augenblick wichtige Schachfiguren eingebüßt, nämlich Nafuu, die er bestimmt als Dame reaktiviert hätte, und Mzee Kassim als Springer. Das waren von Anfang an seine beiden zuverlässigsten Helfer und Ratgeber. Er hat gleichzeitig seine Freundin verloren, und wir wissen doch alle, wie vernarrt er in Nafuu ist. Jetzt sitzt er hier allein herum. Für was soll er noch kämpfen?"

Mwanaisha springt auf. Sie ist eine schlanke Schönheit und hat ein ungestümes Temperament. „Aber wir sind doch noch da! Wir mit unseren Familien und ganz Mwazaro sind da. Und Simba. Hat er nicht versprochen, sich um alles zu kümmern? Er hat sich doch auch mit Anette und Salama amüsiert. Was jammert er jetzt wegen Nafuu herum? Ich verstehe die Männer nicht. Nie können sie genug bekommen!"

„Denk daran, Mwanaisha, was er dieses Jahr durchgemacht hat. Und auf Dauer braucht Hans eine Frau von hier, die eine Verbindung zwischen uns und ihm herstellt. So eine wie Nafuu eben. Hast du nicht sein neues Banjo-Lied gehört, bei dem sogar die Gäste Tränen in den Augen hatten?" Kadute singt und versucht, Hans zu imitieren. *„I am so lonely, because I love you, my darling, my sweetheart Nafuu. How can I fight for others and you, my darling, my sweetheart Nafuu ...* " Er hört auf zu singen, weil die Zuhörer über sein Komikertalent lachen müssen.

Auch Mwanaisha wischt sich die Augen. Dann ist sie wieder zornig und erregt. „Klar tun Hans und Nafuu mir auch leid. Aber hier geht seither alles drunter und drüber, und wir haben keine klare Strategie mehr. Mich macht das langsam krank!"

„Na ja", sagt Salim. „Er wird sich schon wieder fangen und so werden wie früher. Lasst den Prozess erst mal richtig losgehen. Dann hat doch keiner eine Chance gegen ihn und uns, sein Schachteam!"

Kadute steht auf und blickt jetzt ganz ernst in die Runde. „Ich glaube, wir sollten ihn zu Doktor Mandondo in die Usambara Berge jenseits der Grenze bringen. Er ist auch ein Witchdoctor, so stark wie Mzee Kassim, aber viel jünger. Ich war schon einmal dort. Er war ein Berater des alten tansanischen Präsidenten. Es ist nicht allzu weit. Vielleicht ist er bereit, die Rolle von Mzee Kassim zu übernehmen. Was haltet ihr davon, wenn ich morgen hinfahre und mit ihm spreche? Wir haben genug Trinkgeld in unserer Gemeinschaftskasse. Hans wird uns die

Auslagen bestimmt ersetzen. Wenn nicht, zahle ich das selbst."

Endlich ein Vorschlag, der des Schachteams würdig ist! Von Doktor Mandondo haben sie alle schon die tollsten Geschichten gehört. Und Kadute kennt diesen Mann persönlich … Vielleicht schafft er es, ihn zum Mitspielen im großen Endkampf gegen Mwadzikomba zu überreden.

Für drei Tage fehlt Kadute unentschuldigt, aber Hans merkt es gar nicht. Er ist kaum ansprechbar und kommt nicht einmal mehr in die Küche, um den Speiseplan festzulegen und die Gerichte abzuschmecken. Frank und Ute kümmern sich rührend. Sie versuchen immer wieder, ihn mit launigen Jazzeinlagen und Gesprächen über die Abenteuer des letzten Jahres aus seiner Lethargie zu reißen. Sie ermuntern ihn, neue Rezepte zu kreieren, die Gäste abends zu unterhalten und sich mehr um die Mitarbeiter zu kümmern. Aber Hans fühlt sich elend und kraftlos. „Ich glaube, es geht zu Ende mit mir. Fragt mich nicht warum. Ich weiß es nicht", sagt er eines morgens zu der erschrockenen Mwanaisha.

Am dritten Tag ist Kadute zurück. Sofort gibt es eine geheime Versammlung der Schachspieler. Kadute ist ganz aus dem Häuschen. „Ob ihr es glaubt oder nicht, Doktor Mandondo und sein Sohn standen in Korogwe am Busbahnhof und haben mich abgefangen. Sie seien sowieso im Bezirks-Krankenhaus gewesen, und da hätten sie einfach eine Stunde länger gewartet. Ich habe sie gefragt, wer sie über mein Kommen unterrichtet habe. Aber Doktor Mandondo hat nur gesagt: ‚Ich habe Mzee Kassim versprochen, ihn in eurem lustigen Schachspiel um Leben und Tod zu vertreten.' Er hat sogar gewusst, dass er zuletzt der Springer war."

Mzee Kassim sei nach Auskunft von Doktor Mandondo übrigens sehr munter und froh, so zeitlos im Raum herumzureisen. Er habe am Vortage an seinem Haus-Baobab Kontakt mit ihm aufgenommen. Hans solle sofort zu Doktor Mandondo in die Usambara-Berge kommen, damit er ihn dort von seinen persönlichen Problemen kurieren könne. Anschließend wolle man gemeinsam nach Mwazaro reisen, um die Flüche zu entfernen, die sein früherer Partner habe anbringen lassen, um ihm die Kraft zu rauben. Hans werde die Reise mit einem Italiener machen, der ein gesundheitliches Problem habe. Noch ein anderer Mann komme mit, ein Mzungu, der trotz seines Namens ein Afrikaner sei, beendet Kadute seinen atemlosen Bericht. „Hier, Doktor Mandondo hat mir eine Medizin mitgegeben, die Hans heute noch einnehmen muss. Er ist in höchster Gefahr. Die Geister der linken Hand saugen ihm die Kraft und den Mut aus!“ Kadute zeigt eine kleine braune Flasche, deren Korken mit Wachs versiegelt ist.

„Nun gib ihm schon die Medizin, er ist wirklich am Ende“, schluchzt Mwanaisha.

Salim holt Hans, der mit müdem Schritt hinter ihm herschlurft. Er sieht aus, als würde er jeden Moment zusammenklappen. Seine Augen sind rot und die Nase ist seltsam geschwollen. Er scheint nur schwer Atemluft zu bekommen. „Was wollt ihr von mir? Habt ihr irgendwelche Probleme?“ Er versucht zu lächeln, aber es gelingt ihm nicht. Sein Gesicht verzieht sich zu einer Grimasse. Kadute macht es kurz, er weiß, dass Hans kein Herumgeschwafel mag. „Ich komme von Doktor Mandondo aus Tansania. Er war ein guter Freund von Mzee Kassim, und er steht noch immer mit ihm in Verbindung. Du bist krank, weil Mwadzikomba sieben Flüche gegen Mwazaro Beach ausgebracht hat. Du musst sofort diese Medizin trinken. Sie schützt dich vor den Geistern der linken Hand, die bereits begonnen haben, dich zu zerstören. Du wirst in wenigen Stunden deine Kraft wieder bekommen. Danach fahren wir zusammen zu Doktor Mandondo.“

In Hans geht etwas Seltsames vor. Während Kadute spricht, hat er das Gefühl, Mzee Kassims ermunternde Stimme zu hören. Er nimmt die Flasche. In seiner Hand spürt er eine seltsame Energie. Wie ein schlagendes Herz, denkt er. „Wer ist dieser Doktor Mandondo?“, fragt er langsam, der Reihe nach die Schachspieler anblickend. „Und wer, Kadute, hat dich da hingeschickt?“

„Niemand hat mich geschickt. Aber ich bin ein Bauer in unserem Schachspiel. Habe ich da nicht die Verpflichtung, meinen König zu schützen? Wir haben an Angriffszüge von Mwadzikomba gar nicht mehr gedacht. Das war dumm und leichtsinnig. Doktor Mandondo ist ein Witchdoctor wie Mzee Kassim und bereit, dessen Platz einzunehmen. Er ist auch sehr gut, aber viel jünger. Diese Medizin, sagt Doktor Mandondo, ist sein erster Schachzug in dem verbleibenden Spiel. Nimm sie jetzt, damit du wieder ein starker König wirst! Die Flüche können dir danach nichts mehr anhaben."

Hans setzt sich hin, entfernt das Wachs mit seinem Taschenmesser und zieht den Korken aus der kleinen Flasche. Der wundervolle Blütenduft der *Avicennia marina* strömt ihm entgegen. Das Aroma ist so intensiv, dass ihm schwindelig wird. Er setzt das Fläschchen an den Mund und trinkt es in einem Zug aus. Unvermittelt setzt ein Rauschzustand ein. Es ist, als würde die Blütenwolke ihn emporziehen und davongetragen. Er sieht Mzee Kassim, der ihm zuwinkt. Nafuu kommt ihm entgegen und küsst ihn, während sie durch ihn hindurchschwebt. Er fliegt über das Meer und hört die Seegeister. Sie raunen ihm zu, dass sie auf seiner Seite sind. Yahya, sein zweites Ich, erinnert ihn an sein Versprechen, stets für die Pflanzen, die Tiere und die Menschen in Mwazaro zu kämpfen. Hans versinkt in einem nie gekannten Glücksgefühl.

Als er aufwacht, bricht er grüne Galle und schwarzes Blut in eine Schüssel, die Mwanaisha ihm vorhält. Sie wischt seinen Mund mit einem Handtuch ab. Hans setzt sich auf. Er ist oben auf dem Korallenfelsen auf seinem Lieblingssofa, das die Freunde aus der Bar herübergetragen haben. Alle stehen um ihn herum. „Schachmatt!", rufen sie und klatschen in die Hände. Hans springt auf. Er fühlt sich wie neu geboren. Kraft strömt durch seinen Körper, und Kampfeslust erfüllt Herz und Seele.

Nach außen gibt er sich wieder siegessicher. Dennoch macht Hans sich insgeheim mehr Gedanken, als er seinen Leuten gegenüber zugibt. In was für eine mörderische Spirale ist er da hineingeraten? Ist Mwazaro diesen höchsten Einsatz wirklich wert? Da soll er am heiligen Strand unbeirrt den menschen- und mangrovenfreundlichen Platzwart geben, der nie an sich selbst denken darf, der sogar die Liebe seines Lebens auf dem Altar des afrikanischen Gemeinsinns opfern muss. Und dem zum Lohn für all das ständig nach dem Leben getrachtet wird!

„Götter und Geister scheinen mit mir zu spielen", sagt er zu seinen treuen Freunden Frank und Ute, kurz bevor sie nach

Frankfurt zurück fliegen. „Lieben sie vielleicht das Schachspiel? Ist es ein Symbol für den ständigen Konflikt der Kräfte der linken und der rechten Hand? Zwischen unserer weißen Welt und dem schwarzen Afrika? Kann ich aus diesem Spiel noch aussteigen – und will ich das überhaupt?“

32 Stalin schlägt den schwarzen König

Es wird Montag, der 6. Januar 1998. Am Vormittag kommt ein nagelneuer Pajero auf den Parkplatz gefahren. Die Karosserie glänzt metallic-grün in der Sonne, die fetten Geländereifen knirschen weithin vernehmlich auf dem Schotter, und vor dem Büffelfänger vorn am Kühler hätte sogar ein Elefantenbulle Respekt. Der Wachmann Mohammed Fundi verbeugt sich an der falschen Seite, da, wo ein livrierter Chauffeur herausspringt. Dieser stößt ihn weg und reißt die hintere rechte Tür auf. Er hilft einem Herrn in weißem Safarianzug beim Aussteigen.

Der strahlt Eleganz und gute Laune aus. Die schwarzen Haare sind in einer pomadig glänzenden Welle nach hinten gekämmt. Seinen rechten Arm trägt er in einer Schlinge aus gelbem Wildleder, die Slipper an den Füssen sind aus demselben Material. Der Chauffeur läuft um das Heck herum und öffnet die linke hintere Tür des Wagens. Anette steigt aus. Ihre langen dunklen Locken haben einen leicht violetten Schimmer. Sie trägt wie immer Cowboystiefel, diesmal über schwarzen Wildlederjeans. Dazu ein modisches Designergebilde, halb Bluse, halb Rollkragenpulli, offenbar aus Seide und im gleichen Violett wie die Haartönung.

Der erste, der die beiden Neuankömmlinge begrüßt, ist Simba, der mit langen Sätzen auf Anette zuspringt. Sein Strohhut rutscht ihm vom Kopf, als er sich voller Freude vor ihr auf den Boden wirft. Sie streichelt und umarmt ihn, geht rasch zum Auto und taucht mit einem neuen Hut wieder auf. Er ist aus dem gleichen Leder genäht wie ihre Hose. Simba schnuppert eine Weile unschlüssig an dem Geschenk herum. Dann packt er die kunstvoll genähte Krempe mit dem Maul und läuft schwanzwedelnd davon. Der alte Hut, den er nie aus den Augen gelassen hat, bleibt bei Anette zurück. „Siehst du, Luigi, ich habe dir gleich gesagt, dass er sich über einen neuen Hut mehr freut als über eine dicke Wurst!“ Anette bückt sich nach Simbas altem Kopfschmuck und gibt ihn Mohammed Fundi. „Verwahre ihn gut. Er braucht ja viele Hüte.“

Inzwischen ist auch Hans alarmiert worden. Anette sei mit einem neuen Liebhaber eingetroffen, lassen ihn die Mitarbeiter wissen. Der Kontrast zwischen den beiden vermeintlichen Nebenbuhlern könnte größer nicht sein. Hier der gestylte Luigi in „Out of Africa“-Aufmachung, dort der barfüßige Hans in ausgeblichenen Shorts und alter Baseballkappe. Er wird von Anette umarmt und leidenschaftlich geküsst. „Bist du mir treu geblieben?“ Hans lacht erleichtert. Von wegen anderer Liebhaber! „Immer der deine“, sagt er.

Mehr und mehr Mitarbeiter strömen zusammen, um die Karatefrau zu begrüßen und ihren neuen Freund zu begutachten. Luigi holt aus seinem Kofferraum einen Packen T-Shirts zur Verteilung an alle. Dann kommen italienischer Rot- und Weißwein zum Vorschein, Parmaschinken, Salami, Olivenöl und die verschiedensten Käse, alles in Kühltaschen frisch gehalten. Die Karawane mit den unbezahlbaren Köstlichkeiten zieht hinauf zur Bar. Oben liegt Simba auf dem Rasen. Er ist begeistert von Anettes Mitbringsel. Es riecht so gut nach Antilope, und es schmeckt offenbar auch so gut, wie es riecht. Die Hälfte des Hutes ist bereits in seinem Magen verschwunden. Anette guckt etwas betreten. Dann fangen alle an zu lachen.

Luigi, ein wohlhabender Textilunternehmer aus Italien, hat ein Problem mit seinem rechten Arm. Was nach endlosem Training in seiner Jugend als „Tennisarm“ begonnen hatte, ist trotz vieler Behandlungen durch die besten Ärzte eine Dauerqual geworden. „Aber warum hast du denn damals immer weiter trainiert?“, will Hans wissen. „Das weiß doch jeder Fachmann, dass man einen Tennisarm nicht auf dem Platz wegbekommt, sondern nur durch lange Trainingspausen.“

„Ja, du weißt das, aber nicht meine Mutter, die aus mir mit Gewalt so eine Art Boris Becker machen wollte. Du hast keine Ahnung vom Ehrgeiz italienischer Mütter. Inzwischen bin ich für die Schulmedizin ein hoffnungsloser Fall. Da hat mir Anette von den Witchdoctors und ihren Fähigkeiten erzählt. Kennst du einen guten, der mir vielleicht helfen kann?“

„Mzee Kassim ist leider vor knapp drei Wochen von uns gegangen. Ein riesiger Verlust! Aber vor wenigen Tagen wurde mir die Nachricht überbracht, dass dich einer seiner Kollegen bereits erwartet. Es ist Doktor Mandondo in den Usambara-Bergen, da, wo die gleichnamigen Veilchen wachsen. Etwa fünf Stunden Fahrtzeit von hier, wenn es nicht regnet und die tansanischen Grenzer gute Laune haben.“ Hans hat seine liebe Mühe, all die auf ihn hereinprasselnden Fragen zu beantworten. Schließlich empfiehlt er Luigi, doch einfach abzuwarten, was passieren werde. „Beobachte und versuche zu lernen! Das hat mir Mzee Kassim geraten, als ich hier früher genau so unbedarft und ungeduldig aufgetaucht bin wie du.“

Am nächsten Morgen klettern Luigi, Kadute und ein übernächtigter Hans in den Luxus-Geländewagen. Der Chauffeur steuert routiniert an Schlaglöchern und überladenen LKWs vorbei. An der Grenzstation in Lunga-Lunga, vierunddreißig Kilometer Wegstrecke von Mwazaro, kommt ein schlanker Mann auf Hans zu und fragt ihn freundlich, ob er bis Tanga mitfahren könne. Hans kennt ihn flüchtig. Es ist ein Mr. Mzungu vom kenianischen Geheimdienst, der in Shimoni wohnt und für die Grenzregion zuständig ist. Auch Kadute kennt ihn. Hans und Luigi sind sprachlos, als er den zugestiegenen Gast wie selbstverständlich begrüßt. „Ich weiß schon, du willst weiter zu Doktor Mandondo, da fahren wir auch gerade hin. Wenn Mr. Luigi nichts dagegen hat, kannst du gern mit uns kommen.“

Bei der Weiterfahrt werden alle von Kadute ins Bild gesetzt. Hans hat wieder einmal seinen Spaß, und Luigi traut sich gar nicht mehr, irgendwelche Fragen zu stellen. In Korogwe kaufen sie Brot, Eier, Reis, Maisöl, Margarine und zwei Hühner. Das geschieht auf Mr. Mzungus Anraten, bei Doktor Mandondo gäbe es nirgendwo in der Nähe einen Laden, sagt er. Mr. Mzungu hat den Witchdoctor gelegentlich als Begleiter kenianischer Politiker besucht, die hofften, durch seine Zauberei stärker zu werden als ihre Gegner. Einzelheiten sind dem kenianischen James Bond allerdings nicht zu entlocken.

Hinter Korogwe passieren sie die rostigen Schienen der Tanga-Arusha Bahn und fahren in Richtung Matarawanda.

Dreißig Kilometer geht es über Feldwege durch eine skurrile Felslandschaft. An einer Wetterstation gabelt sich der Weg. Es geht rechts noch einmal sechs Kilometer abwärts, durch Gebüsch und an riesigen Baobabs vorbei bis zu einem kleinen Ort. Dahinter ragt steil und schmal ein zuckerhutartiger Berg auf.

Doktor Mandondos Klinik

„Der Doktor ist in der Klinik“, gibt ihnen ein alter Mann Auskunft. Er deutet mit seinem Stock auf einen Weg, der über einen Bach hinweg führt. Auf der anderen Seite sehen sie einen Komplex weiß gestrichener Häuser. „Da kann man nur zu Fuß hin“, fügt der Alte hinzu und wedelt mit seinem Stock zu einem Platz hinüber, wo sie das Auto abstellen können. Mr. Mzungu geht voran, er erinnert sich an den Weg. Vor einem langen Gebäude sitzen einige Männer und Frauen auf einer Wartebank. Mr. Mzungu steuert stracks auf die Tür zu. Da springt eine Frau auf und hält ihn am Arm fest. „Hier geht es der Reihe nach und nicht nach der Schönheit!“

Bevor ein Wortgefecht entbrennen kann, geht die Tür auf. Ein Mann, dem man seine knapp fünfzig Jahre nicht ansieht, kommt ohne Zögern auf Hans zu. Er sieht ihm in die Augen und gibt ihm die Hand. „Willkommen Bruder! Ich bin der neue Springer in deinem Schachspiel.“ Er zieht ihn an die Brust und umarmt ihn freundschaftlich. Dann geht er auf Luigi zu und mustert seinen hochgebundenen Arm. „Ich hoffe, dass ich Ihnen morgen wieder die rechte Hand schütteln kann, Mr. Luigi. Das ist doch Ihr Rufname, nicht war?“ Luigi nickt sichtlich verdattert. „Und hier haben wir Kadute, den heimlichen Organisator dieses Treffens - wir haben uns ja kürzlich erst getroffen. Mr. Mzungu, schön Sie auch wieder einmal hier zu haben. Würden Sie bitte mit Kadute auf der Terrasse warten?“

Dann wendet sich Doktor Mandondo Hans zu. „Du warst Mzee Kassims Bruder, und er hat sich gewünscht, dass du auch meiner sein sollst, also gehörst du zur Familie. Nimm deinen Freund Luigi und geh zu meinem Haus dort drüben. Meine Frau wird euch einen Tee bereiten. Die Lebensmittel könnt ihr ebenfalls meiner Frau geben. Die Hühner werden besser gekocht, bevor sie schlecht werden. Wir sehen uns in einer Stunde.“

Er winkt den nächsten Patienten in sein Sprechzimmer. Hans lernt es wenig später kennen. Es ist gleichzeitig Büro, Lagerraum und Kräuterapotheke. „Wie hat die Medizin gewirkt?“, will Doktor Mandondo wissen. Hans beschreibt die berauschende Wirkung, und der Witchdoctor lacht erfreut. „Es war hier im Inland gar nicht so einfach, an die Mangrovenblüten zu kommen. Du schuldest mir dafür eigentlich tausend Schillinge, aber ich werde sie bei Luigi draufschlagen. Der schwimmt im Geld. Heute Nacht werden wir deine Seele und deinen Körper von den Dämonen reinigen. Aber erst musst du noch eine Dosis von der Medizin schlucken, mit deren Hilfe der unsterbliche Mzee Kassim dich mit den Seegeistern in Verbindung setzt.“

Hans wird auf eine Pritsche im hinteren Teil des Raumes gelegt, trinkt seine Medizin und gleitet erneut tief hinein in die beglückende Traumwelt. Als er aufwacht, sitzt ein junger Mann neben ihm. Er stellt sich nicht mit Namen vor, sagt aber, dass er Doktor Mandondos Sohn sei. Er hält einen winzig kleinen, runden Tontopf in der Hand. „Ich brauche von dir Fingernägel von jeder Hand, Fußnägel von jedem Fuß, ein paar Haare vom Kopf, einige Topfen Blut und etwas Urin. Hinter dieser Tür ist eine Toilette. Hier sind eine Nadel und etwas Watte für das Blut und die Schere für die Nägel. Soll ich bei irgendetwas helfen?“

Hans ist noch leicht schwindelig, aber er schafft es allein. Doktor Mandondos Sohn verschließt den Topf samt Inhalt mit einem Holzkorken und fixiert ihn mit einem Stück Leder, das er mit einer geflochtenen Binsenschnur unter dem Wulst des Topfes verknotet. „Wir müssen gehen“, mahnt er. „Es wird Zeit!“

Hans folgt ihm. Vor dem Haus warten bereits Luigi, drei andere afrikanische Männer und eine hübsche spanische Dame aus Dar-es-Salaam. Alle haben die gleichen kleinen Tontöpfchen in der Hand. Es wird dunkel, aber der klare Sternenhimmel erleuchtet den weißen Kiesweg ausreichend, auf dem es im Gänsemarsch einen knappen Kilometer bergauf geht. Der Sohn des Doktors biegt nach links in einen engen Buschpfad ein und bleibt vor einem großen Baobab stehen.

Sein Vater ist bereits dort. Er hat mit zwei Helfern quadratische Löcher in den Baumstamm geschnitten. Doktor Mandondo legt beide Hände flach an die Rinde und ruft die Geister an. Dann dreht er sich um, nimmt Luigis Tontöpfchen, sagt einige Worte und schiebt das kleine Gefäß in eines der Löcher. Sein Helfer reicht ihm ein Stück von der faserigen Haut des Baumes, und Doktor Mandondo verschließt damit geschickt die Öffnung. Er streicht mit dem Zeigefinger über die schmale Naht, die noch zu sehen ist. Sie verblasst unter seinem Finger. Luigi kann nicht glauben, was er da sieht. Er zieht sein Feuerzeug hervor und beleuchtet einen offenbar unverletzten Baum. Von dem Loch ist jedenfalls nichts mehr zu sehen. In wenigen Minuten sind alle Töpfchen im Baobab verschwunden. „Das war's. Die bösen Geister sind gefangen", sagt Doktor Mandondo lächelnd. Still gehen alle zurück zu seiner Klinik.

Luigi und Hans werden zum Essen ins Wohnhaus des Doktors eingeladen. Es gibt Huhn mit Reis in einer scharfen Kräutersoße. Doktor Mandondo spricht ausschließlich mit Luigi. Er lässt sich den vernarbten Ellenbogen zeigen, zieht am Handgelenk und ortet die Schmerzquelle. Er bittet Luigi, ihm viel von seiner Mutter zu erzählen. Hans scheint er gar nicht wahrzunehmen. Nach dem Essen rät er den beiden Gästen, auf den bequemen Sofas solange zu schlafen, bis die Behandlung beginnt. „Wir behandeln hier nur während der Nacht", sagt er, ohne weitere Erklärungen abzugeben. „Da wir viele Patienten haben, werdet ihr wohl kaum vor Mitternacht dran sein."

Als Hans von Doktor Mandondos Sohn geweckt wird, zeigt seine Uhr halb eins. Er folgt ihm über den Bach zum Kliniktrakt, der vom Mond spärlich erleuchtet ist. Vor einem kleinen Haus sitzen einige Männer auf der immer noch sonnenwarmen Erde und sprechen leise miteinander. Dieses Haus wird offenbar von Bienen bewacht, die in hellen Scharen aus einem Erdloch schwärmen und vor dem Eingang hin und her fliegen. „Nur wer von den bösen Geistern gereinigt ist, kann unbeschadet durch diesen Schwarm gehen“, erklärt Doktor Mandondos Sohn, und durchquert den summenden Vorhang. Hans folgt ihm ohne Furcht. Der Raum ist von einer Petroleumlampe schwach erleuchtet. Es riecht nach verbranntem Gras. Luigi und Doktor Mandondo sitzen im Gespräch beisammen. Hans bleibt stehen und sieht mit Verblüffung, dass Luigi mit beiden Händen wild gestikuliert - typisch italienisch. Er lacht und schlägt die rechte Faust in die linke Handfläche. Doktor Mandondo erhebt sich, kommt auf Hans zu, gibt ihm die Hand und zwinkert. „Er kann jetzt wieder Tennis spielen. Ich würde ihm allerdings eine Altherrenmannschaft empfehlen.“

Hans will Fragen stellen, aber Doktor Mandondo meint, dass später noch genug Zeit zum Reden sei. „Du musst dich jetzt auf wichtigere Dinge konzentrieren. Gleich geht deine Partie gegen den schwarzen König Mwadzikomba weiter. Keine Angst, ich spiele auf deiner Seite. Mwadzikomba hat sich auch einen guten Witchdoctor besorgt, von dem er glaubt, dass er zu ihm passt. Er ist Meister des Voodoo und beherrscht die schwarzen Künste. Ein guter Bekannter von mir.“

Auf der Erde liegt ein Laken. Darum herum stehen kleine Tontöpfe auf glühenden Holzkohlestückchen, in denen Kräuter und Gräser schmurgeln. Zwei große Männer helfen Hans, sich auf das Laken zu legen. Das Tuch wird über ihm zusammengeschlagen. Er wird angehoben und davon getragen. Immer leiser vernimmt er in der Ferne die Stimme von Doktor Mandondo. Auch sein Körper scheint hinter ihm zurückzubleiben. Träumt er, oder ist es Realität, was er dann sieht?

Er steht auf einem riesigen Schachbrett, das von Königspalmen umgeben ist. Die Schachquadrate haben eine Größe von etwa drei mal drei Metern. Die weißen Felder sind aus Korallensand, die schwarzen aus getrocknetem Mangrovenschlamm. Das Brett wird begrenzt von einem Fluss, an dessen anderem Ufer Mangroven zu sehen sind. Die Umgebung kommt ihm vertraut vor, sie erinnert ihn an eine Stelle am Ramisi-Fluss. Am

Rand des Schachbretts sieht Hans links und rechts Zahlen, und am oberen Rand und hinter sich Buchstaben. Er stellt fest, dass er auf dem Platz des weißen Königs steht. Er hat das weiße Laken wie eine Toga umhängen. Auf dem gegenüberliegenden Feld erscheint Mwadzikomba in schwarzem Umhang. Er winkt scheinheilig herüber und macht eine alberne Verbeugung. Dann tauchen die anderen Figuren auf, eine geisterhafte afrikanische Tierwelt. Schwarze und weiße Elefanten stehen als Türme rüsselschwenkend in den Eckfeldern. Kudus mit langen, gedrehten Geweihen sind die Springer. Die Läufer sind Nashörner. Mwadzikomba hat als Königin einen schwarzen Panther an der Seite, Hans eine weiße Löwin. Die Bauern sind Warzenschweine.

Eine schwarz-weiße Kugel kommt von der Seite auf das Brett gerollt. Sie bleibt mit der weißen Seite nach oben in der Mitte liegen. Hans hört Doktor Mandondos Stimme laut und deutlich: „Weiß beginnt! **e2** auf **e4**.“ Das Warzenschwein vor ihm trottet grunzend zwei Felder vor.

„**c7** auf **c5**“, kommt eine harte männliche Stimme von der anderen Seite. Das schwarze Warzenschwein rückt vor, vom Voodoo-Meister gerufen.

„Die sizilianische Verteidigung. Er vermeidet den offenen Angriff“, sagt Hans leise zu Doktor Mandondo, ohne dass er weiß, ob dieser ihn hören kann.

„Wir werden ihn mal etwas unter Angriffsdruck setzen“, flüstert Doktor Mandondo zu seiner Erleichterung zurück. Dann sagt er laut: „Springer **g1** auf **f3**.“ Der weiße Kudu-Bock springt und schwenkt stolz seine Hörner.

„**d7** auf **d6**“, ruft die schwarze Seite.

„**d2** auf **d4**“, kontert weiß.

„**c5** schlägt **d4**!“ Das weiße Warzenschwein verschwindet. Mwadzikomba lacht schadenfroh und siegessicher.

„Springer **f3** schlägt **d4**“, gleicht Doktor Mandondo aus. Betreten schweigt Mwadzikomba.

„Springer **g8** auf **f6**“, ruft sein unsichtbarer Helfer. Der schwarze Kudu-Bock springt und bedroht das ungeschützte Warzenschwein auf **e4**.

Aber schon kommt die Deckung: „Springer **b1** auf **c3**“, ruft

Weiß.

„Springer **b8** auf **d7**“, antwortet die schwarze Geisterstimme.

„Nicht schlecht“, sagt Doktor Mandondo. „Das ist zwar ein Zeitverlust, verhindert aber unseren Angriff auf **b5**. Läufer **f1** auf **e2**!“

Das Nashorn hebt den weißen Kopf und stellt sich schützend vor Hans. Dieser tritt näher heran und krault ihm die Stirn. Schwarz lässt sein Warzenschwein von **a7** auf **a6** vorrücken. Als Doktor Mandondo „**Rochade**!“ ruft, macht Hans dem dicken weißen Elefanten Platz, der augenzwinkernd an ihm vorbei stampft und sich auf **f1** stellt. Hans ist auf **g1** jetzt von allen Seiten gedeckt. Die schwarze Seite schickt das Warzenschwein **e7** auf **e6**.

Die beiden wirklichen Hauptfiguren des bizarren Kräftemessens könnten unterschiedlicher nicht sein. Der schwarze König Mwadzikomba versteht weder etwas von der Strategie des Spiels, noch kann er seine vierbeinige Truppe taktisch führen. Es macht ihn verrückt, dass hier nicht getrickst und gemeuchelt wird wie im wahren Leben. Er fuchtelt mit den Armen herum und schwitzt vor Wut. Wenn er nicht so viel Angst hätte, würde er der schwarzen Panterkatze neben ihm glatt auf den Schwanz treten, um sie zu einem blutigen Beutezug quer über das Feld anzustacheln. Seine schwarzen Figuren rücken immer sichtbarerer von ihm weg. Es ist, als versuchten sie frische Luft von dem leichten Wind zu bekommen, der die Wipfel der Königspalmen bewegt und ihre gefiederten Zweige knarren lässt.

Königspalmen am Ramisi

Hans auf der anderen Seite ist hingerissen von den anmutigen Tieren. Er redet ihnen leise zu und krault die warmen

Backenhaare der Löwin, die bis zur Rochade neben ihm liegt. Natürlich ist er auch vom strategischen Verlauf des Spiels selbst fasziniert. Woher kann Doktor Mandondo bloß so gut und so professionell Schach spielen?

Der macht weiter mit dem achten Zug:

	Weiß	*Schwarz*		*Weiß*	*Schwarz*
8.	**F2 – f4**	**b7 – b5**	23.	**Lh5 : g6**	**h7 : g6**
9.	**A2 – a3**	**Lc8 – b7**	24.	**Dg2 – h3**	**Sd4 – e6**
10.	**Le2 – f3**	**Dd8 – b6**	25.	**Dh3 – h6**	**Dc7 – d8**
11.	**Lc1 – e3**	**Db6 – c7**	26.	**Tf1 – f3**	**Sd7 : f6**
12.	**Dd1 – e2**	**Lf8 – e7**	27.	**G5 : f6**	**Ta8 – c8**
13.	**G2 – g4**	**Sd7 – c5**	28.	**Td2 – f2**	**Dd8 : f6**
14.	**De2 – g2**	**00***	29.	**Tf3 : f6**	**Tc8 – c7**
15.	**Ta1 – d1**	**Tf8 – e8**	30.	**Sc3 – d5**	**Lb7 : d5**
16.	**G4 – g5**	**Sf6 – d7**	31.	**E4 : d5**	**Se6 – f8**
17.	**Td1 – d2**	**e6 – e5**	32.	**Le3 – g5**	**Sf8 – h7**
18.	**Sd4 – f5**	**Sc5 – e6**	33.	**Tf6 : d6**	**E5 – e4**
19.	**Sf5 : e7****	**Te8 : e7**	34.	**Lg5 – e3**	**Tc7 – e7**
20.	**F4 – f5**	**Se6 – d4**	35.	**Le3 – d4**	**F7 : f6**
21.	**F5 – f6**	**Te7 – e8**	36.	**Ld4 : f6**	**Sh7 : f6**
22.	**Lf3 – h5**	**g7 – g6**	37.	**Td6 : Sf6**	

*** Rochade** **** Schach**

An dieser Stelle ertönt die schwarze Stimme. Sie klingt überraschend gut gelaunt. „Schwarz gibt auf! Weiß ist rettungslos überlegen. Wir können das Spiel nicht mehr gewinnen.“ Hans hört Mwadzikomba keifen. „Ich habe dich bezahlt, also sage ich, wann Schluss ist! Du wirst weiter kämpfen, verdammt noch mal!“

„Ich gebe auf, wenn es dafür an der Zeit ist. Kämpfe doch allein! Ich stehe dir nicht mehr zur Verfügung.“ Die schwarzen Tiere verschwinden wie ein Spuk. Hans kann sich gerade noch bei seinen weißen Figuren für ihren Einsatz bedanken, da verschwinden auch sie, und anschließend Mwadzikomba und das ganze riesige Schachbrett.

Hans wacht auf. Die beiden Helfer wickeln ihn aus dem Laken und stellen ihn auf die Beine. Er ist immer noch – oder wieder? – in der Hütte hinter dem Bienenvorhang. Neben Doktor Mandondo sitzt ein gutaussehender Afrikaner mit einer sehr hohen Stirn und langen, geflochtenen Haaren. Er steht auf, gibt Hans die Hand und stellt sich vor. „Ich bin Samuel Dagora aus Sierra Leone. Geboren bin ich allerdings in Haiti, meine Großeltern sind dorthin als Sklaven verschleppt worden. Ich war gerade der Gegner von meinem Freund Mandondo. Das Schachspiel haben wir arrangiert, um dich zu prüfen und gegen die Dämonen zu schützen. Ich bin ein Spezialist für die Geister der linken Hand." Er bietet Hans einen Hocker an. Der setzt sich. Auch Doktor Mandondo gibt ihm die Hand. „Du hast dich hervorragend geschlagen!"

„Ich habe nur herumgestanden wie ein Zuschauer. Ihr habt die Partie doch unter euch ausgemacht. Mal ganz abgesehen von diesen unglaublichen Spielfiguren. Wo habt ihr denn so gut Schach gelernt?"

„Wir können beide gar nicht spielen", räumt Doktor Mandondo ein. „Mein Sohn spielt etwas Schach. Aber auch nicht sehr gut, weil er keine Gegner hat, mit denen er üben kann. Er hat einfach die Partien in diesem Buch hier immer wieder nachgespielt. Die Erläuterungen sind leider in einer Sprache geschrieben, die er nicht versteht." Doktor Mandondo zeigt Hans ein zerfleddertes Büchlein mit dem deutschen Titel „Freude am Schach". Autor ist ein Gerhard Henschel. Der inneren Titelseite entnimmt er, dass es 1959 im Gütersloher Bertelsmann Verlag erschienen ist.

„Wo hat dein Sohn denn das aufgetrieben?"

„Bei einem Trödler in Tanga. Mein Sohn war es auch, der das Spiel für uns ausgesucht hat. Wir haben es einfach nachgespielt. Es ist ein Spiel von Josef Stalin gegen seinen späteren Geheimdienst-Chef Jechow. Es steht auf Seite 88, wobei die Seitenzahl für uns auch eine Rolle gespielt hat. Die 88 ist das Symbol für das Gleichgewicht der Kräfte. Du kannst sie von hinten nach vorn, von oben nach unten oder umgedreht lesen. Deswegen habe ich auch meinen Freund Samuel Dagora gebeten, mitzuspielen. Er ist Spezialist für die Kräfte der linken Hand, ich für die der rechten. Beide brauchen wir, um im Gleichgewicht zu bleiben. Die materielle Welt und die spirituelle

Welt, Gravitation und Rotation, Ying und Yang, Licht und Dunkel, Schwarz und Weiß. Und heute meinetwegen auch Natur und Technik ..."

„Aber was hat das Schachspiel mit mir zu tun? Welche Bedeutung oder Wirkung hat es für den weiteren Kampf gegen Mwadzikomba?"

„Im Traum hat jeder Mensch noch unterbewussten Kontakt zu seiner Geisterwelt, und sein Traumverhalten spiegelt den wahren Charakter wider, den ererbten und den erworbenen. Wir haben Mwadzikomba und dich während des Schlafs in eine geisterhafte Wirklichkeit entführt und unter Druck gesetzt. Dabei habt ihr euch beide in aufschlussreicher Weise offenbart. Er hat das Spiel übrigens genau so miterlebt wie du. Heute Morgen ist er mit Samuel Dagora gekommen. Er wollte, dass wir ihm helfen, dich unschädlich zu machen."

Dagora fährt fort. „Wir haben ihm gesagt, dass das Schachspiel darüber entscheiden wird, ob und wie wir ihm beistehen. Deswegen hat er sich überhaupt darauf eingelassen. Jetzt haben wir gesehen, dass er keine Chance hat, dich im fairen Kampf zu schlagen. Es ging in diesem Spiel gar nicht darum, wer gewinnt, sondern wer sich wie zwischen den Geistern in Tiergestalt bewegt und verhält. Geister kann man nicht mit Geld und Macht motivieren, auch nicht mit Geschimpf oder Verachtung. Du hast an deinen Tieren sichtlich Freude gehabt, und dafür haben sie dich gemocht. So habt ihr beide unwissentlich zu unserer Entscheidung beigetragen. Du hast nicht nur dieses Schachspiel für dich entschieden. Herzlichen Glückwunsch!"

„Ist Mwadzikomba denn noch da?", will Hans wissen. „Hat er Kenntnis davon, dass ich hier bin?"

„Ja, aber nicht, dass du hier in Behandlung bist. Kadute ist ihm begegnet und hat gesagt, dass du Luigi nur abgeliefert hättest. Und uns hat er danach gar nicht mehr gefragt. Das Schachbrett haben wir vorsorglich an den Ramisi-Fluss verlegt, Mzee Kassim hatte mich darum gebeten. Ich weiß allerdings nicht, ob es wegen der Seegeister oder wegen deines Heimvorteils war."

„Darf ich noch eine Frage stellen? Wie kommt es, dass ihr

beide zusammenarbeitet, obwohl ihr zwei grundverschiedene Richtungen vertretet?“

„Es ist ganz einfach“, erklärt Doktor Mandondo. „Wir versuchen beide, die Dinge im Gleichgewicht zu halten. Unsere moderne Welt kriegt immer mehr Schieflage zur linken Seite hin. Nun versteht Samuel etwas von den Dämonen, also auch davon, wie man sie schwächt. Ich dagegen habe die Fähigkeit, die rechte Seite zu stärken. Zusammen sind wir mit einer Münze zu vergleichen: Samuel ist die Zahl, ich bin das Wappen. Jeder steht auf einer anderen Seite. Beide zusammen machen den gleich bleibenden Wert der Münze aus.“

Samuel hat unterdessen einen kleinen Ebenholzstab aus der Tasche gezogen und schaut gewichtig. „Damit du siehst, wie wirkungsvoll unsere Zusammenarbeit sein kann, schenken wir dir einen Talisman. Wir haben ihn in Gemeinschaftsarbeit entwickelt. Wenn du mit dem dicken Ende des Holzes auf jemanden zeigst, der Unwahrheiten erzählt, kann er nicht weiter lügen. Er wird sich in Widersprüche verheddern und am Ende die Wahrheit sagen. Mehr noch: wenn du diesen Ebenholzstab in einer Tasche hast, in der Geld und Wertsachen sind, kann sie dir niemand stehlen. Er hat sich übrigens schon bei unserem ersten Gespräch mit Mwadzikomba bewährt. Der Mann kann scheinbar niemals die Wahrheit sagen!“

Hans bedankt sich leicht verunsichert. Allerdings erscheint ihm der hölzerne Lügendetektor ein annehmbares Geschenk. Bislang hat er mit Voodoo-Werkzeugen eher präparierte Puppen in Verbindung gebracht, die man durchsticht, um ihr lebendiges Ebenbild zu töten. „Benutze ihn bei Gericht“, rät Doktor Mandondo, „wenn die Dinge dort schlecht laufen. Bei deinem Prozess wird sicher viel gelogen.“

Er schraubt eine Kappe ab, die das dicke Ende des Stabs verschließt. Hans sieht ein Loch, gefüllt mit einer schwarzen Paste. „Verliere diese Kappe nie und den Stab natürlich auch nicht. In der Nacht sollte er stets unter deinem Kopfkissen oder unter deiner Bettdecke sein. Dann bist du sicher.“

„Auch vor den hübschen Damen, die ständig von ihrer Liebe reden, und nur dein Geld meinen“, fügt Samuel todernst hinzu.

„Ach ja, was ich noch fragen wollte“, ruft Hans hinter den beiden her, als sie gerade weggehen wollen. „Wer hat das Spiel damals eigentlich gewonnen?“

„Stalin natürlich. Man lässt einen rücksichtslosen Despoten immer gewinnen. Das weiß niemand besser als sein Chefspion.“

33 Die Reinigung von den Flüchen

Hans schläft den Rest der Nacht auf der Bank im Büro. Als er am nächsten Morgen hinausschaut, steht Luigi schon abfahrbereit am Auto und winkt mit seiner rechten Hand. Hans bekommt ein schlechtes Gewissen, weil er ihn total vergessen hat. Kadute sitzt bereits vorn neben dem Fahrer. Wenig später trifft auch Doktor Mandondo ein.

Der Witchdoctor fährt mit, um Mwazaro von den Flüchen zu reinigen, an deren Existenz er keinen Zweifel hat. Er ist auch sehr gespannt, bei der Gelegenheit den heiligen Platz der Digo kennen zu lernen, um, wie er sagt, die Schwingungen dieses berühmten Ortes zu fühlen. „Die Energie eines Platzes ist immer anders. Sie hängt von sehr vielen Faktoren ab. Vom Erdmagnetismus, von Bewuchs und Höhenlage und vor allem vom Oberflächen- und Grundwasser. Jeder heilige Ort ist aber auch ein Spiegel der Seelen, die ihn besuchen oder dort leben.“

Doktor Mandondo bittet Hans unterwegs, ihm seine Lebensgeschichte zu erzählen. Am meisten interessiert ihn sein folgenreicher Versuch, den Kilimandscharo zu ersteigen. Er ist ein sehr guter Zuhörer. Hinter der Grenze kommt Hans endlich dazu, die Frage zu stellen, die ihn schon lange beschäftigt. „Wie um alles in der Welt habt ihr Luigis Tennisarm geheilt?“

„Die Behinderung war kein physisches Problem, sondern eine psychologische Sperre, die Luigi im Unterbewusstsein gegen die Quälereien seiner ehrgeizigen Mama aufgebaut hat. Der Körper reagiert manchmal sehr drastisch auf seelische Krisen. Es ist ja bekannt, dass unser Immunsystem von solchen Einflüssen abhängig ist. Bei Luigi hat die Psyche allerdings einen so negativen Einfluss auf die Mechanik seines Körpers genommen, wie ich das nicht oft erlebt habe.“

„Und wie habt ihr die Blockade gelöst?“

„Wir haben auch ihn in eine geisterhafte Traumwelt versetzt, die ihm als Realität erschien. Es war eine gefährliche Abenteuerreise, bei der er ein dutzend Mal sein eigenes Leben retten musste. Und dazu brauchte er immer seine rechte Hand und den rechten Arm. Er ist zum Beispiel mit einem Boot gekentert und wurde von einem Krokodil verfolgt. Nur mit schnellem Schwimmen konnte er das Ufer erreichen.“

Luigi, der in der hinteren Ecke gedöst hat, stöhnt bei der bloßen Erinnerung auf. „Ich war mitten in einem Buschfeuer und musste es mit Zweigen ausschlagen, um zu entkommen. Es war alles unglaublich real! Ich konnte nachher gar nicht verstehen, dass ich nur durch einen Traum gegangen sein soll. Die Muskeln in dem Arm hier sind natürlich noch schwach. Aber ich habe kaum Probleme mehr mit der Bewegung.“ Luigi beugt den Arm und lässt einen imaginären Bizeps spielen.

„Vielleicht sollten wir einmal darüber nachdenken“, philosophiert Doktor Mandondo, „ob die Begriffe real oder irreal hier überhaupt zutreffend sind. Nach meiner Einschätzung ist die erlebte Welt der Geister oder Träume auch eine Realität – eine spirituelle Realität. Doch dieser Wahrnehmungsbereich schwindet zusehends und wird von der nicht minder irrealen Welt des Fernsehens verdrängt, und neuerdings höre ich sogar etwas von einer noch verrückteren Sache namens Internet. Haben wir eine Chance, uns gegen diese geistige Verarmung, gegen die schnell zunehmende Macht der linken Hand zu wehren? Wollen die Menschen das überhaupt? Selbst meine Kinder schwärmen von Film, Fernsehen und Computern. Askese und Meditation sind der einzige Weg, bewussten Zugang zur immateriellen Welt zu erlangen: Askese von allen süchtig machenden Verlockungen der linken Hand, und Meditation als Zugang zu einer neuen beglückenden Wirklichkeit.“

„Ich habe versucht zu meditieren“, sagt Hans, „aber es ist nichts dabei herausgekommen. Nur beim Bogenschießen hat es funktioniert, weil ich genau wusste, was das Ziel der Übung war.“

„Du hast dich mit dem Verstand zur Meditation gezwungen. Versuche es doch stattdessen mit spontanem Humor und spielerischer Kreativität. Dann gelingt es sofort!“

„Und was soll ich mir dabei als Ziel vornehmen?“

„Schau dir eine Wolke an und entdecke Figuren in ihr. Sieh hinaus aufs Meer und stelle dir eine Flotte weißer Segelschiffe vor. Träume mit offenen Augen von singenden Seeräubern auf einer Schatzkiste. Mache Musik und erfinde neue Melodien. Pflanze Bäume und überlege, wie sich die Landschaft verändert, wenn sie groß sind. Stell dir Mwazaro Beach vor und baue in deiner Fantasie ein arabisches Schloss auf den Felsen. Jeden Tag nimmst du Änderungen und Verschönerungen vor. Und eines Tages wird es für dich Realität sein. Das ist das Ziel der Meditation!“

Mwazaro – eine kreative Meditation

Bis zur Grenze wird kaum noch gesprochen, Doktor Mandondo hat seine Mitreisenden zu verwegenen Gedankengängen inspiriert. Hans stellt sich die Sandpiste zwischen Tanga und Lunga-Lunga als sechsspurige deutsche Autobahn vor. Er muss laut lachen. Dann ersinnen sie gemeinsam Alternativen: eine wellenförmige Straße, die gelegentlich unter der Erde hindurch führt, um die traditionellen Dörfer nicht zu durchtrennen, und die sich dann wieder auf Stelzen über das Tropenpanorama hinwegschwingt. Die Stimmung ist ausgelassen, als sie in Mwazaro ankommen.

Dort werden sie zuerst von Simba, ausgestattet mit einem neuen Strohhut, und von Anette begrüßt. Luigi streichelt den Hund und umarmt Anette demonstrativ mit der Rechten. Die

Mitarbeiter umrunden ihn und Doktor Mandondo neugierig. Dann wandern alle hoch zur Bar. Hans erzählt von dem bizarren Schachspiel am Ramisi-Fluss. Wie immer nach einer gewonnenen Partie bricht Jubel aus, und die Mwazaro-Kämpfer stimmen ihren Schlachtruf an.

Nachdem Luigi und Anette am frühen Nachmittag abgefahren sind, beginnt Doktor Mandondo mit der Suche nach den Flüchen. Er hat sich Omari als Helfer ausgesucht. Sie starten im Büro. „Eine Verwünschung kann sehr negative Auswirkungen auf das Geschäft haben, und der Urheber der schwarzen Magie will dir schaden wo er kann", erklärt Doktor Mandondo. Er konzentriert sich, und Hans sieht, wie er auf den Armen eine Gänsehaut kriegt. Er sieht nach oben und deutet mit dem Finger auf einen Deckenbalken. Omari holt eine Leiter und steigt hoch. Mit einer Panga schneidet er vorsichtig einen Zwirnsfaden durch und bringt ein kleines schwarzes Päckchen herab. Es ist nicht größer als ein Daumennagel. Doktor Mandondo reißt den Faden ab und wickelt das schwarze Papier auf. Darunter findet er einen hauchdünnen weißen Papierstreifen, der mit winzigen arabischen Buchstaben beschriftet ist. Er wiegt den Kopf und sagt nur ein Wort: „Albadir!" Ein wütendes Raunen geht durch die Reihe der Mitarbeiter. „Ist dieser Todesfluch auf Hans beschränkt, oder gilt er für jeden, der hier arbeitet?", fragt Salim.

„Er ist allgemein gehalten. Also kann er jeden treffen, der das Büro betritt und keinen Schutz vor den Dämonen hat - sogar die Patienten, die zu Hans kommen."

„Aber wer macht denn so etwas Schreckliches?", erregt sich Salim. „Das muss doch einer von hier gewesen sein. Dieser Platz ist schließlich bei Tag und Nacht bewacht. Mwadzikomba selbst kann dort wohl kaum hochgeklettert sein. Er ist viel zu fett!"

„Du bist also der Meinung, dass der Councillor der Urheber des Fluches ist?", fragt Doktor Mandondo ernst.

„Ja natürlich, wer würde sich denn sonst so eine abgründige Bosheit ausdenken? Wer die Flüche am Ende hier angebracht hat, kann ich natürlich nicht sagen."

„Schade, dass Mzee Kassim nicht mehr da ist, der würde den Übeltäter sofort finden. Aber ich werde versuchen, ihn bei

Gelegenheit an unserem Baobab daheim anzurufen. Von ihm habe ich ja schließlich die Information, dass hier auf dem Grundstück noch weitere sechs Flüche verborgen sind."

Jetzt beginnt eine emsige Suche. Es ist zwar bereits Feierabend, aber die Schachspieler denken nicht daran, nach Hause zu gehen. Sie zeigen Doktor Mandondo auf seinen Wunsch hin die Grenzsteine, und in der Tat: an jeder der fünf Grundstücksmarken ist ein ähnlicher Fluch versteckt. Am Ende kommen sie müde zurück zur Bar. Doktor Mandondo schaut sich auch hier eingehend um, schnuppert - und zeigt dann nach oben ins Gebälk. Omari klettert hoch wie ein Affe, und der siebte Todesfluch wird gefunden.

Es ist schon fast dunkel. Doktor Mandondo hat seit zwei Tagen nicht mehr geschlafen. Trotzdem vibriert er vor Ärger und Tatendrang. Er bittet um etwas Aluminiumfolie. Hans gibt ihm das Stanniolpapier aus seiner Zigarettenschachtel. Doktor Mandondo wickelt die sieben Flüche fest hinein und steckt sie in einen kleinen Lederbeutel, den er an seinen Gürtel bindet. „Ich werde diese Flüche an den zurücksenden, der sie geschrieben hat, an dessen Auftraggeber und an den, der sie versteckt hat. Aber jetzt haben wir noch die wichtigste Aufgabe vor uns. Ich muss Mwazaro schützen. Um Mitternacht brauche ich dazu dich, Hans, und die zwei Nachtwächter. Außerdem benötige ich ein langes Messer, dessen Stahl durch den Griff geht."

Nach dem Abendessen dämmern Hans und Doktor Mandondo auf den Sofas in der Bar. Um halb zwölf klingelt der Wecker. Hans macht einen starken Kaffee mit viel Zucker für den Witchdoctor und ohne Zucker für sich selbst. Ein großes Fleischmesser liegt bereit, bei dem die Griffschalen den Stahl umschließen. Doktor Mandondo nimmt es und prüft die Klinge. „Für die Energieübertragung", sagt er, als sei damit alles erklärt. Der Baobab, beleuchtet vom zunehmenden Mond, ist deutlich zu sehen. Doktor Mandondo verbeugt sich ehrfurchtsvoll und sagt einige Worte in einer unverständlichen Sprache. Dann bittet er Hans, mit ihm zur Grundstücksgrenze zu kommen. Alawi und Nassoro folgen in gebührlichem Abstand. Da, wo der Landvermesser seinerzeit nach dem Protest der Bootsbauer den ersten Stein gesetzt hatte, sticht er das Messer tief in den Sand.

„Die Erde hier an eurem heiligen Platz strahlt sehr viel Energie aus. Wir wollen sie nutzen, um eine unüberwindliche Barriere für die Dämonen zu schaffen, die Mwadzikomba mit seinen Flüchen herbeigerufen hat. Hans, bitte gehe langsam von Grenzstein zu Grenzstein vor mir her." Doktor Mandondo folgt ihm, hält unter Gemurmel alle paar Meter inne und stößt das Messer in den Boden. Nach einer halben Stunde haben sie das Grundstück umrundet.

„Versuche hier das Gleichgewicht der Kräfte zu erhalten, solange du die Kraft dazu hast", sagt Doktor Mandondo zum guten Schluss. „Ich sehe große Gefahren auf dich und deine Freunde zukommen. Aber noch hast du Zeit zu kämpfen, und du kannst gewinnen!"

Hans wagt es nicht, weitere Fragen zu stellen. Sie betten sich wieder auf die Sofas und schlafen fest bis zum traumhaften Aufgang der roten Sonne über dem Indischen Ozean.

34 Shari und Askari

Ostern 1998 stirbt Simba einen langsamen und quälenden Tod. Er hat eine Herzwurm-Infektion. Alle Versuche, mit Hilfe der TUI und des Robinson Clubs aus Italien ein Medikament gegen diese Parasiten einfliegen zu lassen, kommen zu spät. Es ist einer der schlimmsten Tage für Hans, seit er in Mwazaro Beach angekommen ist. Zwei liebe Gäste, Heinz und Dorothea, halten die Nachtwache mit ihm oben an der Bar. Sie schreiben in das Gästebuch:

Während dieser Tage hat sich Simbas Seele
langsam von seinem Körper gelöst.
Er zeigte uns, was es heißt, in Würde zu sterben.
Seine Seele wird weiterhin Teil dieses Ortes sein.
Hans, es war für uns gut,
Dich in Deiner Trauer und Liebe zu Simba zu erleben.

Der Abschied von Simba lähmt die gesamte Mwazaro-Mannschaft tagelang. Erst jetzt wird wirklich klar, welche Bedeutung dieser seltsame Hund mit dem Strohhut für Mitarbeiter und Gäste hatte. Er war ein lebendiges Symbol für Hilfsbereitschaft und Zuverlässigkeit, für humorvollen Optimismus und wahrhaftige Zuneigung. Er wird unter Anteilnahme auch vieler Nachbarn beerdigt – natürlich zusammen mit seinem ständigen Kopfschmuck.

Eine Stunde nach seiner Beerdigung beginnt die Regenzeit mit ungewöhnlich heftigen Gewitterregen. Eine schwarze Wolkenfront kommt von Süd-Osten her über das Meer und legt sich wie eine Glocke über Mwazaro. Die Luft steht. Es ist schwül, und jeder spürt die Bedrohung unter diesem ungeheuren Wolkenturm, der alles Licht verschluckt. Plötzlich erscheint ein geisterhaft hin und her waberndes grünes Licht unter der Wolke. Hans hat etwas Ähnliches nie zuvor gesehen. Etliche Mitarbeiter fallen auf die Knie und beginnen zu beten. Die Luft ist elektrisch so aufgeladen, dass Funken sprühen, wenn man sich über das Haar streicht. Das Meer ist ruhig wie selten zuvor. Wie schwarzes Öl erscheint das Wasser, in dem sich das grüne Licht irrlichternd widerspiegelt. Mit einem ohrenbetäubenden Knall löst sich die ganze Energie in einem Blitz, der einen nahen Mangrovenstamm spaltet. Dann zerfließt alles binnen weniger Minuten in einem tropischen Wolkenbruch.

Nur ein einziger Gast ist in Mwazaro. Es ist eine sehr nette Schweizerin, die an der Nordküste ein Haus hat. Sie ist gekommen, um Hans, vor allem aber die vielgerühmte Küche von Mwazaro Beach kennen zu lernen. Erika hat die traurigen Gesichter der Menschen gesehen, die von Simbas Beerdigung gekommen sind. Da sie zum ersten Mal hier ist, hat sie Simba nie kennen gelernt, aber viel gehört von diesem pfiffigen Hund mit dem Strohhut. Ihr ist klar, dass nur sofortiger Ersatz über den Verlust hinwegtrösten kann.

Während der Regen auf das Dach prasselt, macht sie einen Vorschlag. „Brauchst du nicht einen neuen Hund? Ich habe einen Wurf mit vier Welpen. Es sind reinrassige Rhodesien Ridgebacks. Sie sind jetzt fünf Monate alt. Ich kann sie sowieso nicht alle behalten. Du könntest doch morgen mit mir fahren und dir einen aussuchen.“ Hans ist unsicher, doch Erika schwärmt in einem fort. „Der Rhodesian Ridgeback ist ein toller Jagd- und Wachhund aus dem südlichen Afrika. Seinen Namen hat er wegen des Haarkamms auf dem Rücken, sieht ein bisschen aus wie bei einem Punk, die Haare dort stehen in entgegengesetzter Richtung zum übrigen Fell. Er ist klug und kräftig, aber niemals aggressiv. Er wäre der ideale Aufpasser für Mwazaro Beach."

Hans fährt mit Erika über Mombasa an die Nordküste. Bei der alten arabischen Ruinenstadt Gedi biegen sie zum reizvollen Mida Creek ab, der zum Touristen-Paradies Watamu gehört. Hier hat Erika ihr Haus. Neben der Küche steht eine Tür offen. Hans sieht ein Schlafzimmer mit einem großen Bett. Darauf liegt eine sechsköpfige Hunde-Familie in tiefem Schlaf. Ein großer Rüde hebt träge den Kopf, blinzelt Hans und Erika an und lässt dann den Kopf wieder fallen, um weiterzuschlafen. Nur ein Ridgeback-Mädchen streckt sich geziert, springt schwanzwedelnd vom Bett, beschnüffelt Hans an seiner Hose und leckt ihm über das Gesicht, als er sich zu ihr hinabbeugt. Sie begrüßt kurz ihre Herrin, und folgt Hans ab dann auf Schritt und Tritt. „Da hat sich wieder ein Hund sein Herrchen ausgesucht", schmunzelt Erika.

Erst später werden die anderen Welpen lebendig und springen von der weichen Steppdecke. Die Hunde-Mama knurrt böse, fletscht die spitzen Zähne und lässt sie nicht an Hans heran. Erika löst die angespannte Situation mit einer Tüte Knochen. Hans darf seiner noch namenlosen Freundin auch einen überreichen.

„Viel Spaß mit der Räuberbraut!", ruft Erika bei der Abfahrt am frühen Abend dem Taxi hinterher. Hans sitzt mit seiner neuen Freundin auf der Rückbank. Sie hat ihren Kopf auf seinen Schoss gelegt und kaut an ihrem Knochen. Erika hat ihm vorsorglich eine Flasche Wasser und eine Plastikschüssel mitgegeben, falls die Ridgeback-Lady Durst verspüren sollte. Unter seinen Streicheleinheiten fällt sie allerdings bald in einen Tiefschlaf. Erst in Mombasa wird sie wach und blinzelt aus dem Fenster. Die Rücklichter der voranfahrenden Autos faszinieren sie, und wenn ein Auto von vorne kommt, bellt oder knurrt sie angriffslustig.

Gegen Mitternacht erreichen sie Mwazaro. Hans bezahlt den Taxifahrer und geht hinauf zu seinem Haus. Kein Wachmann ist zu sehen. Er findet beide im Tiefschlaf auf der Terrasse der vordersten Banda. Die junge Hündin merkt sofort, dass etwas nicht in Ordnung ist. Sie fängt gefährlich an zu knurren. Die Wachleute schrecken auf und versichern Hans im Chor, sie hätten nur geruht und nicht wirklich geschlafen. Die ängstliche Lügerei der beiden lässt ihren Adrenalinpegel noch höher steigen – ein Angriffssignal für jeden guten Wachhund, auch für einen angehenden. Die kleine Hündin springt erst Alawi an und beißt kräftig in sein Bein. Der schreit vor Angst und Schmerz auf und jammert noch lauter, als er im Licht der Petroleumlampe Blut sieht. Nassoro schreit vorsorglich und rennt los, bevor auch er in die rechte Ferse gebissen wird.

„Aus!“, ruft Hans mit strenger Stimme. Die junge Hündin gehorcht und setzt sich hechelnd neben ihn. Als Hans feststellt, dass in seiner Hütte ebenfalls regelwidrig keine einzige der drei Petroleum-Lampen brennt, schickt er die beiden wutentbrannt ohne Jod und Pflaster nach Hause. „Eigentlich wollte ich eure Wunden behandeln. Aber ohne Licht kann ich das nicht. Jetzt wissen wir übrigens auch, wie hier jeder hergelaufene Strauchdieb bei Nacht die Flüche anbringen konnte!“

In seinem kleinen Haus stehen zwei Betten. Da ist ein Doppelbett mit hochgeschlagenem Moskitonetz, harter Matratze und orangefarbener Tagesdecke. Auf dem anderen Bett, auf dem Hans seine Patienten untersucht und behandelt, liegt eine geflochtene Matte aus den Blättern der Raffia-Palme. Hans klopft auf die Matte und sagt zu seiner neuen Freundin: „Spring! Das ist dein Bett.“ Die Hündin richtet sich mit den Vorderpfoten auf, schnüffelt über die Matte, dreht sich angewidert um und landet mit zwei Sprüngen mitten auf dem Bett des Hausherrn. Sie sieht ihn an wie ein Unschuldsengel. Hans verbeißt sich das Lachen, hebt sie auf das andere Bett hinüber und macht ihr klar, dass hier getrennt geschlafen wird. Nachdem sie das Spiel mehrfach wiederholt haben, bleibt sie beleidigt auf der Matte liegen und würdigt Hans keines Blickes mehr.

Als er bei Sonnenaufgang aufwacht, liegt sein neuer Wachhund auf dem Fußende seines Bettes. Jetzt wird er wirklich böse, schimpft sie aus und packt sie derbe hinüber auf ihr eigenes Bett. Keine beleidigte Diva kann vernichtender dreinschauen. Um acht gehen sie zusammen an die Bar zum Frühstück. Gäste und Mitarbeiter wollen natürlich wissen, wie der Neuzugang eigentlich heiße. „Ich habe noch keinen Namen. Hundert Schillinge für den besten Vorschlag! Aber bitte nicht alle durcheinander rufen."

Die Hündin ist inzwischen auf ein weiches Sofa gesprungen und prüft die Kissen, indem sie mit den breiten Vorderpfoten wie ein Boxer hineinstößt. Sie springt herunter und beißt in den Zipfel eines schön gemusterten Kissens, das ungefähr ihre Körpergröße hat. Sie zieht es auf den Boden und macht es sich darauf kurz bequem. Dann zerrt sie das Kissen durch den weißen Sand bis hinüber zum Haus ihres Herrchens. Alle gehen lachend hinterher. Hans öffnet die Tür. Die Hündin stupst das Kissen vor das ungeliebte Bett, springt hinauf und versucht, es von dort oben mit dem Maul zu erhaschen. Hans hilft ihr und legt das Kissen auf die Matte. Sie rückt es kurz zurecht, klettert obendrauf, dreht ihren Kopf demonstrativ zur Wand und ignoriert das anerkennende Gelächter um sie herum. „Das ist ein richtiger Shari!", ruft Ali und klatscht in die Hände.

„Was ist das?", fragt Hans.

„Ein Shari hat immer verrückte Ideen."

„Es ist ein *Schelm*", präzisiert Mwanaisha auf Deutsch - sie hat gerade ihren Sprachkurs mit Bestnote abgeschlossen. Hans greift in seine Gesäßtasche und fingert einen Hundert-Schilling-Schein heraus und drückt ihn Ali in die Hand. „Der Hund heißt künftig Shari. Und nun lasst uns endlich frühstücken!"

Shari schläft bis zum Mittagessen auf ihrem neuen Kissen, kommt dann an die Bar, frisst eine riesige Portion Reis mit Fisch und übernimmt das Kommando in Mwazaro Beach. Sie begleitet die Gäste, schwimmt mit ihnen weit hinaus, scheucht am späten Nachmittag die beiden Wachleute, die demonstrativ humpelnd wieder zur Schlafarbeit kommen, jagt die großen Vögel am Strand und sonnt sich auf den frischen Handtüchern der Gäste. Ihren Namen hat sie schwanzwedelnd angenommen. Sie gehorcht ausschließlich Hans, aber auch das nur in Maßen. Wenn er ihr das Herumliegen auf einem Esstisch untersagt, springt sie zwar sofort hinunter – aber nur, um stattdessen auf einen anderen zu klettern. Es dauert ungefähr drei Wochen, bis sie ihre Grenzen kennen gelernt hat.

Die große Regenzeit geht von April bis Juni. Allerdings führt die Bezeichnung etwas in die Irre. Der Himmel ist nicht ständig grau von Wolken, und es schüttet beileibe nicht ununterbrochen. Es gibt normalerweise am Morgen, am Nachmittag und manchmal auch in der Nacht kurze, kräftige Schauer. In den Regenpausen scheint tagsüber die Sonne, und weiße Kumuluswolken segeln über den Himmel.

Das ist die Pflanzperiode, in der jeder auf seinem Acker Mais und Maniok, Zwiebeln oder Bohnen kultiviert. Die Mitarbeiter von Mwazaro Beach nehmen wechselseitig ihren Jahresurlaub, um auf ihren Feldern und in ihren Gärten zu arbeiten. Niemand hat das Geld für Spritzmittel oder Kunstdünger. Aber sie haben gelernt, die Früchte auf ihren Feldern so zu wechseln, dass der Boden sich immer wieder erholt. Wo letztes Jahr Mais angebaut wurde, wachsen dieses Jahr Ananas oder Melonen, die mit Gewinn an das Mwazaro-Restaurant oder an indische Händler verkauft werden können. Für die Samen gibt Hans Darlehen oder Vorauszahlungen – allerdings nur, falls er Geld hat, was in der regnerischen Nebensaison selten ist. Er isst täglich dasselbe wie die Mitarbeiter: Ugali mit Bohnen. Shari, die Hülsenfrüchte nicht mag und auch nicht verträgt, bekommt zum Maisbrei Fischköpfe und große Gräten, die sie stundenlang mit Begeisterung kaut. Ohne Gäste langweilt sie sich allerdings schrecklich. Hans bedauert sie, hat aber kaum Zeit, sich um sie zu kümmern. In der Regenzeit wird repariert, renoviert und neu gebaut. Am Abend sitzen die beiden an der Bar. Hans liest in den heiligen Büchern dieser Welt, Shari zerkaut Möbelbeine und geflochtene Matten.

Eines Morgens, Ende Mai, erscheint am Horizont ein Segelboot mit geblähtem Spinnacker und großem Focksegel. Ein kräftiger Süd-Ost-Wind treibt es schnell näher. Hinter dem Kifungu Reef geht das Boot vor Anker. Es ist exakt der GPS-Punkt, den Hans zusammen mit Freunden von Diani Diving für große Kielboote bestimmt hat, ein Platz mit einer Ankertiefe von mehr als sechs Metern auf einer Fläche von einer halben Quadratmeile. Der GPS-Punkt hat es später in irgendeine Fachzeitschrift für Segel- und Tauchsport geschafft, im Rahmen eines Artikels über Mwazaro Beach, seine außergewöhnlich schöne

Lage und die gute Küche.

Hans beobachtet durch sein altes DDR-Fernglas, wie ein Schlauchboot ins Wasser gelassen wird. Einige Dinge werden eingeladen, und das Boot kommt mit hoher Geschwindigkeit auf seinen Hausstrand zugebraust. Drinnen sitzen ein großer Mann und eine sehr sportlich gekleidete Frau. Über den Rand schaut ein kleiner falbenfarbiger Hund mit einem hängenden und einem abstehenden Ohr. Hans geht mit Shari hinunter zum Wasser. Beim Näherkommen sieht er, dass der Hund im Gummiboot nur Haut und Knochen ist. Die Augen sind entzündet.

Kaum ist das Boot am Strand, zieht sich der Hund mit großer Mühe über den Gummiwulst und purzelt in das seichte Wasser. Hans nimmt ihn auf den Arm und spricht ihm aufmunternd zu. Das Hündchen guckt ihn mit großen Elendsaugen an. Dann ringt sich ein langer Heulton aus seinem Klapperkörper. Shari wird ganz aufgeregt. Hans setzt sich mit dem Neuankömmling in den Sand. Shari beginnt den jämmerlichen Besucher von oben bis unten abzulecken. Sie fängt bei den entzündeten Augen an, und der Kleine wedelt mit dem Schwanz. Sein neuerliches Geheul klingt schon freudiger. Hans stellt ihn vorsichtig auf den Sand. Er läuft ein paar Schritte wie ein betrunkener Seemann. Dann bleibt er breitbeinig stehen und würgt, doch nichts kommt aus ihm heraus. Er legt sich unsicher in den Sand und lässt sich Sharis liebevolle Behandlung gefallen.

Die beiden Besucher haben ihr Boot inzwischen am Strand verankert. Sie stellen sich vor als George und Kathy aus Kanada, unterwegs rund um den Globus. Den Hund haben sie bei einer Safari im australischen Busch gefunden, ein kleines Dingo-Baby ohne Eltern und Geschwister. Sie haben ihn mit auf ihr Boot genommen und mit Milch und Corned Beef gefüttert. Er ist schnell gewachsen. Zwischen den Seychellen und Kenia hatten sie heftige Stürme, und beide Skipper hatten alle Hände voll zu tun. Sie waren Tag und Nacht auf den Beinen, um das Boot auf Kurs zu halten.

Der vernachlässigte Hund war unterdessen ständig seekrank und konnte sein Futter nicht mehr bei sich behalten. Überdies hatte ihm das Salzwasser innerlich und äußerlich kräftig zugesetzt. Hans sieht lauter Geschwüre an seinem dünnen Körper.

Auch die beiden Segler sind fix und fertig. Sie legen sich in den Sand und lassen sich von der Sonne bescheinen. Hans erklärt ihnen, wie sie den Weg hinauf zur Bar und zu einem frischen Bier finden. Er trägt den Hund zur Küche und füllt eine Schale mit Milch, die dieser in Windeseile ausschlabbert. Dann bekommt er Fleischbrühe mit großen Antilopenfleischstücken, die eigentlich für das Mittagessen vorgesehen sind. Shari blickt neidisch auf das Festmenü und schnuppert an der Schüssel. Ganz unerwartet gibt das geschundene Tier ein wildes Knurren von sich. Shari weicht erschreckt zurück. „Oh, das ist ja ein richtiger Askari", sagt Mwanaisha. Damit hat der Neuzugang auch schon seinen afrikanischen Namen weg. Askari sind Wachleute. Der Begriff wurde in der Zeit des ersten Weltkrieges populär, als der deutsche General Lettow-Vorbeck Afrikaner zum Kampf gegen die Engländer drillte. Seine „schwarzen Preußen" nannte er damals „Askari".

Der vierbeinige Askari bekommt jeden Tag Milch, zusammen mit einem Löffel der mineralhaltigen roten Erde. Nach zwei Tagen schließen sich seine Geschwüre und er beginnt, anfangs noch unsicher, mit Shari am Strand nach Krabben zu graben. Er schläft allerdings nicht neben Shari auf dem Bett, sondern buddelt sich jeden Abend vor dem Zimmer eine Kuhle in den weißen Korallensand. Er ist ein ausgezeichneter Wachhund und macht seinem Namen alle Ehre.

George und Kathy bleiben eine Woche. Sie genießen den festen Boden unter den Füßen, das gute Essen und die Ruhe der Nebensaison. Dann setzen sie ihre Weltumseglung fort. Askari lassen sie in seinem neuen Zuhause zurück. Er und Shari werden die Eltern einer australisch-afrikanischen Koproduktion, einer Hunderasse, die es wohl nur in Mwazaro gibt: der Dingo-Ridgeback.

35 Der letzte Angriff

Der Prozess gegen Nassoro Juma Mwadzikomba, der sich trotz lang verlorener Wahl immer noch „Councillor" nennen lässt, kann erst im März 1999 beginnen. Vorher sind mehrere Erörterungstermine angesetzt gewesen, aber der verteidigende

Anwalt ist einfach nicht erschienen oder hat sie mit der Entschuldigung platzen lassen, er habe einen Fall am High Court, der immer Vorrang gegenüber dem Low Court hat. Zeugen, Kriminalbeamte und Staatsanwalt mussten jedes Mal unverrichteter Dinge wieder nach Hause gehen.

Hans hat bei all diesen ärgerlichen und kostspieligen Trickse-reien Staatsanwalt Mutangili und auch die Richterin recht gut kennen gelernt. Die dicke Gerichtsakte mit den Beweisen für vierzehn Anklagepunkte kann er beinahe auswendig. Als der Anwalt von Mwadzikomba wieder mit der Entschuldigung kommt, er müsse unverzüglich zu einem wichtigeren Fall im High Court, reißt bei Hans der Geduldsfaden. Warum es nicht mit Witchcraft versuchen, wenn die Möglichkeiten des Gesetzes offenbar nicht ausreichen? Er greift nach dem kleinen Holzstab von Doktor Mandondo, den er stets in seiner Jackentasche trägt, und dreht das dicke Ende in Richtung Anwalt. Zu seiner Verblüffung scheint der Talisman sich in seiner Hand zu erwärmen.

Der Anwalt blickt verunsichert umher, schlägt mit seiner rechten Hand an seinen Hals, als wolle er eine Fliege vertreiben, und fängt an zu stottern. Na ja, eigentlich hätte er ja Zeit, redet sich der ansonsten so abgebrühte Anwalt plötzlich um Kopf und Kragen, aber da sei ein anderes Problem. Ob es unter Umständen und ausnahmsweise möglich sei, die Sache unter vier Augen mit der ehrenwerten Richterin zu besprechen? Dabei versucht er ohne Pause, das unsichtbare Insekt zu verscheuchen. Das Publikum im Saal beginnt zu kichern. Die Richterin gerät außer sich vor Zorn. „Das ist hier ein Gericht und kein Anwaltssprechzimmer. Es gibt keine Ausnahmen. Jedes Problem wird hier in der Öffentlichkeit vorgetragen, erörtert und entschieden. Wenn Sie jetzt nicht sofort die Verteidigung übernehmen, geht der Prozess ohne Sie weiter!“ Mwadzikomba sitzt unterdessen auf der Anklagebank. Er schwitzt und schrumpft sichtlich zusammen. Seine Frau Hassia, die in der letzten Reihe der Zuschauerbänke sitzt, flüstert aufgeregt auf ihren Nachbarn ein.

„Mein Mandant ist mir meine Honorarvorauszahlung noch schuldig“, stößt der Anwalt gequält heraus. „Als Sicherheit hat er mir lediglich die beiden neuen Besitzurkunden von Mwazaro Beach gegeben.“

„Aber das ist doch eine beachtliche Garantie. Oder haben Sie an den Urkunden etwa Zweifel?“, fragt die Richterin charmant lächelnd. Das Publikum im Saal lacht jetzt laut. Die Fliege scheint den Anwalt unterdessen heftiger zu attackieren. Er benutzt schon beide Hände, um sie abzuwehren. Die Richterin klopft auf ihr Pult und bittet streng um Ruhe. Das Gelächter verstummt.

„Euer Ehren, ich bin in einer verzwickten Lage. Wenn Sie ablehnen, mit mir vor der öffentlichen Anhörung vertraulich über den Fall zu sprechen, sehe ich mich gezwungen, das Verteidigungsmandat niederzulegen.“

„Legen Sie nieder“, schmunzelt die Richterin, „legen Sie nieder. Der Prozess wird ein letztes Mal vertagt. Und Mr. Mwadzikomba, wenn Sie das nächste Mal einen Anwalt bringen, der Zweifel an Ihren Sicherheiten hegt, wird der Prozess ohne Verteidiger fortgeführt!“ Hans drückt den Ebenholzstab in seiner Tasche, als wolle er ihm zu seiner Glanzleistung gratulieren.

Als er am Nachmittag ziemlich erledigt nach Hause zurückkommt, warten schon fünfzehn Gäste aus Deutschland auf ihn, mehr als freie Zimmer da sind. Sie sind am Morgen angekommen, unangemeldet, weil Mwazaro immer noch kein Telefon hat. Hans wartet weiterhin darauf, dass die vor fast fünf Jahren bezahlten Leitungsmasten von der staatlichen Telefongesellschaft aufgestellt werden.

Gisela, eine nette Kriminalbeamtin aus Berlin, ist von den Mitarbeitern bereits zu Hans ins Zimmer verfrachtet worden. Es gibt dort ja zwei Betten und da sie Hans schon vom letzten Jahr her kennt, lässt sie sich darauf ein. Auch die anderen sind irgendwie untergekommen. Alle haben sich an ihrem ersten Urlaubstag in der Tropensonne bereits anständig verbrannt und anschließend mit Whisky on the Rocks oder Flaschenbier innerlich gekühlt. Die Stimmung ist blendend.

Eigentlich will Hans die Schachfiguren für das finale Spiel gegen Mwadzikomba aufbauen, aber die Gäste geben ihm dazu keine Gelegenheit. Hans muss erzählen. Er zeigt Doktor Mandondos Talisman herum, und die Verwunderung ist groß. Gisela möchte unbedingt so einen fantastischen „Lügendetektor“ haben.

Sie stellt sich vor, um wie viel einfacher die polizeiliche Arbeit vor allem bei Verhören wäre. Hans erklärt ihr freundlich, dass solche magischen Ebenholzstäbe leider nicht in Serie hergestellt würden. Er habe sein Exemplar überdies nur bekommen, um damit den heiligen Platz Mwazaro zu schützen. Es ist bereits nach Mitternacht, als die Müdigkeit die allgemeine Neugier besiegt.

Gisela, die Kriminalbeamtin, hat sich zusammen mit Hans ziemlich bettschwer getrunken. Sie sinkt auf das frisch bezogene Bett, in dem sie am nächsten Morgen mit Shari im Arm aufwacht. Ein einsetzender Tropenguss weckt auch Hans aus dem Tiefschlaf. Weder seine Mitbewohnerin noch Shari oder Askari haben offenbar Lust, durch den prasselnden Regen hinüber zur Bar zu laufen. So schlürft Hans dort wenig später allein eine Tasse schwarzen Kaffee und blickt auf das schäumende Meer hinaus. Nach einiger Zeit bohrt sich ein scharfer Sonnenstrahl durch die Wolken, die bald vom Wind vertrieben werden und einen dampfenden Sonnenmorgen hinterlassen. „Das ist Mwazaro", sagt Hans erfreut zu Mwanaisha, die im Eingang der Bar ihren Schirm ausschüttet.

„Du riechst nach Jim Beam!" Sie ist immer die erste am Morgen. Hans schätzt ihren klugen Charme und ihren weiblichen Humor sehr. Sie stellen zusammen das Schachbrett auf und beginnen erneut, den Figuren Namen von Mitspielern und Gegnern zu geben. Als die anderen Mitarbeiter zum Dienst erscheinen, bricht wieder das allgemeine Schachfieber aus. Nach und nach kommen Gäste hinzu. Einige verstehen etwas von der Sache, sie können nicht fassen, was und wie hier gespielt wird. Hans betrachtet das Spielfeld und schmunzelt. „Erinnert ihr euch noch an die Anfänge? Ich war damals allein als König und hatte Nafuu als Dame, die eigentlich für Mzee Kassim auf dem Brett stand. Unsere Offiziere haben wir nach getaner Arbeit gelegentlich ausgetauscht. Einer hilft jetzt noch vor Gericht als Zeuge: das ist Kommissar Peter. Auf die TUI und den Robinson Club sind wir weiterhin angewiesen, sie waren stets eine wichtige Stütze im Hintergrund, haben uns finanziell über Wasser gehalten, und unsere meisten Gäste kommen immer noch von dort. Wichtig bleiben die Seegeister, die auf Rettung in der Not spezialisiert sind und die ich mehr denn je unmittelbar an meiner Seite haben möchte. Das geht am besten durch eine Rochade."

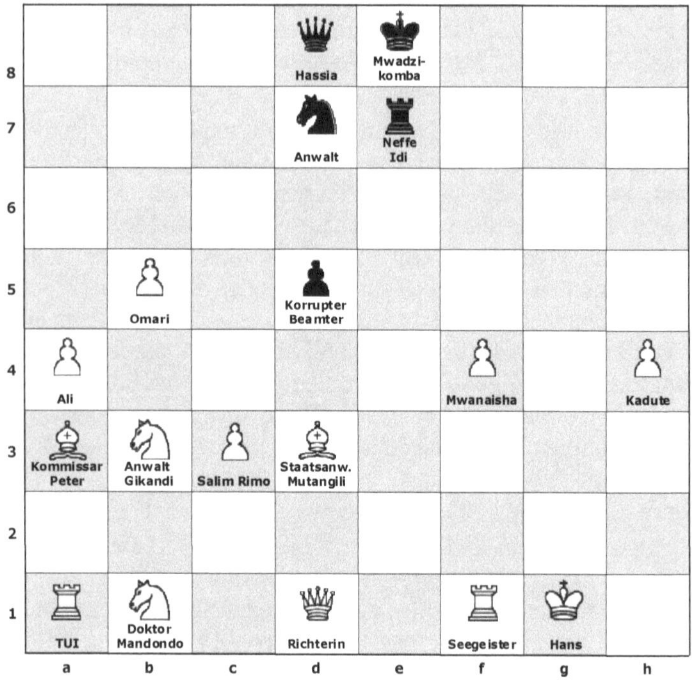

Hans rückt die genannten Figuren in entsprechende Positionen. „Dann haben wir neue Offiziere dazubekommen, die sich beim Prozess zum Teil bereits bewährt haben. Zum Beispiel Staatsanwalt Mutangili. Er ist ein Freund von Kommissar Peter und hat mit ihm dafür gesorgt, dass der Prozess nach Mombasa verlegt wurde. Dann ist da Anwalt Gikandi, der heimliche Hüter der Original-Besitzurkunden. Für den verstorbenen Mzee Kassim haben wir mit Doktor Mandondo einen starken Ersatz, dessen Talisman im Gericht Wunder gewirkt hat. Die Richterin scheint mir unbestechlich und knallhart. Da offenbar auch sie Mwadzikomba für einen Betrüger hält, könnte sie meine Dame in dieser Partie sein. Sie ist eine afrikanische Frau, und die sind stärker als die Männer, und lassen sich so einfach nichts vormachen. Und schließlich bleibt ihr, meine besten Mitarbeiter, weiterhin als verteidigende Bauern im Spiel!“

Salim Rimo hat eine Frage. „Und wer spielt jetzt noch in der schwarzen Mannschaft? Das werden nach der Wahlpleite wohl nicht mehr viele Politiker sein. Mwadzikombas Familie hat sich bedeckter gehalten, als wir anfangs vermutet hatten. Neben Mwadzikomba sehe ich da nur noch seine Frau Hassia, den Neffen Idi und seinen Anwalt. Vielleicht geistert irgendwo noch ein korrupter Beamter herum, der ihm zu Diensten ist, das können wir ja zu seinen Gunsten mit einem Bauern einkalkulieren. Ich frage mich trotzdem, wie er damit das Spiel gewinnen will.“

Kadute macht den Vorschlag, das Schachbrett bei Ebbe groß auf den Strand zu malen, damit die Seegeister zum aktiven Mitspielen animiert werden. Mit Hilfe von Gästen und Mitarbeitern und unter viel Gelächter wird der Vorschlag realisiert. Alle anwesenden Spieler stellen sich in ihre markierten Felder. Einige Gäste ersetzen die abwesenden Akteure. Dann rufen alle nach den Seegeistern. „Macht mit! Das ist das letzte Spiel!“

Askari und Shari tollen, von der fröhlichen Stimmung angesteckt, um alle herum.

36 Die neue Bar

Im sonnigen September, einem Monat, der bei Küstenurlaubern besonders beliebt ist, weil die Nachttemperaturen manchmal auf erfrischende neunzehn Grad Celsius sinken, ist der Schlaf ein Vergnügen. Die Gäste sind morgens ausgeruht und unternehmungslustig und abends früh müde. Es ist auch ein schöner Monat für Safaris in die großen Wildparks und Naturschutzgebiete, für die Hochseeangelei, das Schnorcheln und Tauchen. Da in dieser Zeit in Europa die großen Ferien vorbei sind, kommen viele Individualreisende, die den Massenrummel meiden und sich ihren Urlaub selber einrichten wollen. Es regnet zwar gelegentlich, aber nur in kurzen Schauern. Die Landschaft zeigt sich in ihrem schönsten tropischen Grün.

Am Ende dieses wundervollen Monats kommt Angela, die

Tochter von Hans, unangemeldet zu Besuch. Ihre Chartermaschine ist sehr früh am Morgen in Mombasa gelandet, und Angela hat ein Taxi genommen, um Hans in Mwazaro zu überraschen. Er schläft tatsächlich noch, als sie von Askari an der immer offenenstehenden Haustür kurz gestoppt wird. Ob es der Geruch ist, oder ihr freundliches Verhalten? Askari lässt sie nach kurzer Prüfung schwanzwedelnd passieren. Auch Shari bellt nicht. Sie steht von ihrem frisch gewaschenen Kissen auf, streckt sich und wedelt ebenfalls mit dem Schwanz.

Angela hat eine Sensation für den Papa dabei. In ihrer Tasche stecken hundertzwanzigtausend Deutsche Mark. Sie stammen aus einer vergessenen Lebensversicherung, die sein erster Schwiegervater für ihn abgeschlossen hatte. Sie schüttet die Hundertmark-Scheine wie Sterntaler über Hans aus. Der hat gerade selig von seiner Nafuu geträumt. Er blinzelt kurz und ist sich jetzt erst recht sicher, dass er immer noch in seiner Traumwelt schwebt. Vorgestern Abend hat sich das termitenzerfressene und El-Niño-beschädigte Dach der Bar knackend zur Seite geneigt. Nur mit Hilfe aller Mitarbeiter und Gäste konnte der totale Einsturz verhindert werden. Gestern sind große zusätzliche Stützbalken mit Hilfe eines LKW-Wagenhebers unter das Makuti-Dach gepresst worden. Wovon sonst soll man in so einer Notlage träumen als von einem rettenden Geldsegen?

Dann ist Hans schlagartig wach. Er springt aus dem mit Hundertern übersäten Bett, umarmt Angela und guckt immer noch ungläubig. „Hast du im Lotto gewonnen, eine Bank überfallen, oder betreust du neuerdings solvente Herren?“

Sie raffen den Schatz wieder zusammen und schlendern hoch zum Frühstück. Angela hat eine seltene Begabung, die auf kuriose Weise zur afrikanischen Gegenwelt ihres Vaters passt: sie kann Zukunft voraussehen, und macht mit diesem raren Talent auch noch Geld als Wahrsagerin, zum Teil sogar bei namhaften Kunden aus der internationalen Wirtschaftswelt. Sie habe gespürt, erklärt sie, dass Hans im wahrsten Wortsinn fundamentale Probleme in Mwazaro habe. „Ich habe mich daraufhin entschlossen, dir das Geld sofort zu bringen. Du hast ja sicher bereits einen guten Plan für einen Neubau.“

Hans erzählt bei heißem Kaffee von Doktor Mandondo und

seiner Anleitung zur kreativen Meditation. „Ich habe schon ganz Mwazaro Beach im Geiste weiterentwickelt. Für die neue Bar habe ich mich einfach mitten in die alte gesetzt und meiner Fantasie freien Lauf gelassen. Es ist eine klasse Methode, alles kommt von allein auf dich zu, du bekommst ein natürliches Gespür für die idealen Proportionen. Jetzt muss das Ganze allerdings noch aufgezeichnet werden. Ich weiß nur noch nicht, wie ich das auch für die Bauarbeiter verständlich hinkriege."

„Ich habe so etwas ähnliches schon gemacht. Wir nehmen die Grundmaße und zeichnen unten am Strand alles im Sand nach. Dann holen wir die Möbel und stellen sie hinein. Dann kannst du herumschieben und ändern, soviel du willst. Wenn alles gefällt, stecken wir nummerierte Holzpflöcke in den Sand. Diese verbinden wir mit Bindfäden. Das ganze Gebilde kann man dann am richtigen Platz wieder rekonstruieren. Wie findest du die Idee?"

„Lass uns gleich nach dem Frühstück anfangen! Wie lange kannst du bleiben?"

„Leider nicht länger als eine Woche."

Die tiefste Ebbe an diesem Tag wird um vier Uhr nachmittags erwartet. Ab zwei Uhr ist schon genug weißer Strand vorhanden. Das Mwazaro-Team ist voll im Einsatz, und die anwesenden Gäste helfen bei der architektonischen Realplanung voller Begeisterung mit.

Um halb fünf sehen ein paar neu ankommende Besucher eine kuriose Möbellandschaft am Strand. Weiße und Afrikaner sitzen auf Bänken und Sofas, dazwischen stehen Tische. Sie trinken Kaffee, Bier und Limonaden und gestikulieren fröhlich herum. „Willkommen in unserer neuen Bar! Gefällt sie Ihnen?" Hans geht den Neuankömmlingen entgegen. Die haben ebenfalls Spaß an der skurrilen Begrüßung.

„Sehr schön! Aber wozu ist neben der künftigen Eingangstür so ein großen Platz freigehalten worden?", fragt ein holländischer Gast, der zum ersten Mal in Mwazaro ist.

„Dieser Raum ist für einen Blüthner Tropen-Flügel vorgesehen. Die legendären Klavierbauer aus Leipzig bauen seit neuestem wieder tropenfeste Klaviere und Flügel wie in alten Zeiten, als auf jedem Überseedampfer ein Klavierspieler in der Bar Ragtime klimperte. Vielleicht ein bisschen verrückt von mir, aber davon träume ich, bis das Instrument irgendwann wirklich hier steht."

Nachdem auch die neuen Gäste ihre kleinen Verbesserungsvorschläge eingebracht haben und hier eine Stellwand, dort ein Sofa verrückt ist, wird alles abgebaut und wieder nach oben in die alte Bar getragen. Jetzt versteht Angela genau, was Hans eigentlich vorhat. Die neue Bar soll um die alte herum und darüber errichtet werden. Erst dann, so sein Plan, soll die Urzelle herausgehauen werden. „Wo sollen wir denn in der Zwischenzeit sonst sitzen und essen?", fragt Hans unschuldig.

Eine weitere Idee ist, das Gebäude mit Korallensteinen so zu bauen, als sei es nahtlos aus dem Riff herausgewachsen. Die Höhe des Makuti-Daches ergibt sich insbesondere aus dem Winkel des Giebels, der, wie Hans inzwischen gelernt hat, kleiner als neunzig Grad sein muss. Je steiler das Dach, desto schneller läuft das Regenwasser ab, und desto länger hält es, ohne dass die geflochtenen Dachmatten für viel Geld ausgewechselt werden müssen. Wie bloß wird nun die Höhe berechnet, wenn nur die Breite des Daches und der maximale Winkel bekannt sind? Alle haben das vor Jahren in der Schule gelernt, aber niemand kann sich mehr genau daran erinnern. Einer schlägt den Pythagoras vor. Sofort erhebt sich Protest von mehreren Seiten. „Für den Pythagoras bräuchten wir neben der Breite auch das Maß der Dachschräge!" „Wie wäre es mit dem Kosinus", sinniert Hans, „aber wie ging der noch mal?" Keiner kann sich daran oder an irgendeine andere brauchbare Rechenmethode erinnern.

Ein Teilnehmer in der Runde ist nie zur Schule gegangen, hat mit seinem Schreiner-Vater aber schon viele Makuti-Häuser gebaut. Omari läuft mit einer Rolle Bindfaden und zwei Helfern zum Sandmodell an den Strand. Dem einen drückt er das Ende des Fadens in die Hand und postiert ihn auf der einen Außenwand, den anderen mit der Rolle auf der gegenüberliegenden Seite. Dann stellt er sich mitten zwischen die beiden, greift den Bindfaden und zieht ihn so weit, bis ihm sein Augenmaß sagt, dass der Winkel stimmt. Gelächter und Beifall der Zaungäste machen ihn verlegen. Die endgültige Länge der Stützsäulen wird mit dem Bandmass ermittelt, einschließlich Wandhöhe sind es neun Meter achtzig. „Zehn Meter!“, rundet Hans großzügig auf.

In der Nacht befällt ihn aus unerklärlichen Gründen heftiges Fieber. Sein linkes Bein schwillt enorm an und wird knallrot. Angela gibt ihm eine hohe Dosis Penicillin. Doch das Fieber steigt weiter. Hans verliert das Bewusstsein und wird einmal mehr in einem Landrover in das Aga-Khan-Hospital nach Mombasa gebracht.

Erst nach zwei Tagen wacht er auf. Er hat einen dicken Verband um sein Bein, und Angela neben sich auf der Bettkante. „Dein Körper hat eine Abwehrreaktion gegen die eingepflanzte Titan-Platte entwickelt, eine Art Allergie. Dr. Patel sagt, du seiest gerade noch einmal davon gekommen. Die Mitarbeiter behaupten, das wäre eine letzte Hexerei von Mwadzikomba gewesen. Aber Dr. Patel hat Salim Rimo bereits aufgeklärt, dass diese allergische Reaktion häufiger vorkommt, und nichts mit Witchcraft zu tun hat.“

Nach einer Woche kehrt Hans frisch operiert zurück nach Mwazaro Beach. Er geht wieder einmal an Krücken. Die entzündungshemmenden Mittel muss er sich ab sofort selbst spritzen, denn Angela ist inzwischen abgereist. Er humpelt zur Bar und traut seinen Augen kaum. Die Außenmauer mit großen Fensteröffnungen nach allen Himmelsrichtungen ist nahezu fertig. Seine Idee, die Korallensteine so zusammenzufügen, dass man den Zement nicht sieht, ist mehr oder weniger realisiert worden. „Wie habt ihr das nur in der kurzen Zeit geschafft?“, fragt er Salim Rimo.

„Ach, das war ganz einfach. Wir haben die Mauer in vierzehn gleiche Teile aufgeteilt. Für jeden Teil haben wir einen Maurer und zwei Helfer ausgelost. Die schnellste Gruppe hat zusätzlich zum Lohn eine Prämie von tausendfünfhundert Schillingen bekommen. Für die Gruppe, die am saubersten gearbeitet hat, gab es noch einen Extra-Bonus von tausend Schillingen. Das habe ich mir so ausgedacht, und es hat funktioniert.“

Die vier hohen Säulen, die den Dachfirst tragen sollen, sind ein Problem. Bei den heftigen Winden, die direkt vom Wasser her blasen, müssen sie starke Druck- und Zuglasten aushalten.

Ohne Eisen und Beton geht das nicht. Da Verschalungsbretter nicht vorhanden sind, kommt Hans auf die Idee, eine Hülse aus Korallensteinen zu bauen, und diesen dann mit Eisen und Beton auszufüllen. Täglich müsste so ein Meter zu schaffen sein, bei vier Teams also ein Aufwand von zehn Arbeitstagen. Am dritten Tag werden Gerüste aus Bambusstangen gebaut. Sie schwanken hin und her. Als Hans sieht, wie seine Jungs darauf herumturnen, wird ihm schwindelig. Die Sicherheitsseile, die am alten Dach befestigt sind, baumeln meist unbenutzt im Wind.

Die Bauüberwachung übernehmen ein paar urlaubende Handwerker aus der ehemaligen DDR, die offenbar nicht einfach nur im Sand liegen oder im Ozean herumpaddeln können. Da sie alle viel von Mangelwirtschaft verstehen, helfen sie ständig mit guten Ideen aus. Ihre Kenntnisse und die humorvolle Art und Weise, mit der sie die Mwazaro-„Klettermaxe" anleiten, begründen echte Freundschaften. Auch ihre Frauen können nicht untätig herumsitzen. Sie flicken Bettwäsche und Handtücher und bringen den Zimmermädchen bei, wie man die Handwäsche nicht nur sauber, sondern auch gründlich ausgespült bekommt. Und sie sind die ganze Nacht dabei, als Shari hinter Hans' Bett unter Qualen ihre ersten sechs Kinder zur Welt bringt. „Süß, goldig, herzig! Was für eine tapfere und liebe Mutti!"

Askari, der Vater, riecht an den noch blinden Babys, schüttelt sich angewidert und macht sich davon. Hans legt die Kleinen an die Zitzen. Der Saugreflex funktioniert. „Das werden große, böse Hunde", scherzt er mit den netten ostdeutschen Hebammen.

Nachdem die Stützsäulen drei Meter über das alte Dach hinausragen, übernehmen fünf Makuti-Spezialisten aus Malindi die Bauleitung für das neue, steile Dach. Sie sind Wanderarbeiter wie früher die deutschen Zimmerleute, und haben an der Küste schon viele beeindruckende Hoteldächer konstruiert. Sie arbeiten schnell und sauber. Das Mwazaro-Team hilft und lernt. Nach vierzehn Tagen ist das neue Dach über dem alten fertig. Die zerfressenen Stützbalken werden weggeschlagen. Mit viel Staub und Dreck stürzt alles krachend in die Bar. Die Aufräumarbeiten dauern einen Tag, das Gießen des neuen Betonfußbodens drei. Dann geht es an die Feinarbeiten: Verputzen, Streichen, Dekorieren.

Als Frank und Ute wie üblich über Weihnachten kommen, zeigt Hans ihnen erst den Hundenachwuchs und dann, genau so stolz, die neue Bar. Am ersten Weihnachtstag ist die festliche

Mwazaro Beach mit neuer Bar

Einweihung, mit allen Gästen und Mitarbeitern. Die Makonde-Tanzgruppe aus Lunga-Lunga glänzt wieder einmal bis weit nach Mitternacht mit ihren erotisch-humorvollen Tänzen. Hans schläft schon tief, als Askari mit einer der Tänzerinnen leise zu ihm in sein Häuschen schleicht.

37 Falsches Spiel

Hans berichtet Ute und Frank von den spirituellen Schacherlebnissen bei Doktor Mandondo und der seltsamen Partie nach dem alten Lehrbuch aus dem Bertelsmann Verlag. Da sie sowieso eine Safari machen wollen, sind sie von dem Vorschlag begeistert, den tansanischen Witchdoctor gemeinsam zu besuchen. Hans Blaser, ein befreundeter Schweizer Autovermieter, schickt ihnen einen großen Landcruiser. Frühmorgens fahren sie los. An der Grenze in Lunga-Lunga reichen sie ihre Pässe durch das kleine Fenster des Zollhäuschens, um den Ausreisestempel zu bekommen. Sie müssen lange warten. Dann kommt ein Beamter auf sie zu und bittet sie in das Büro zu seinem Chef.

Hinter einem Schreibtisch sitzt ein junger, gut aussehender Mann. Ein großes geschnitztes Namensschild weist ihn als Mr. F. Baya aus. Er studiert die Reisedokumente. Dann blickt er auf. „Wer von Ihnen ist Mr. Hans?“ Der hebt eingeschüchtert den rechten Zeigefinger. „Mr. Hans, es tut mir leid, aber Ihre Arbeits- und Aufenthaltsgenehmigung ist eine Fälschung. Ich muss den Pass einziehen. Sie sind hiermit wegen illegalen Aufenthalts in Kenia verhaftet. Sie beide“, wendet er sich an Frank und Ute, „können Ihre Reise selbstverständlich jederzeit fortsetzen.“

Hans ist ratlos und empört. Er zeigt die Quittung über sechzigtausend Schillinge vor, und eine weitere über eine Bürgschaft von achtzigtausend Schillingen. Beide Papiere hat er sicherheitshalber stets dabei, sie haben den Stempel der Einwanderungsbehörde und eine krakelige Unterschrift. Mr. Baya nimmt und studiert sie, schlägt in einem großen Aktenordner nach und schüttelt den Kopf. „Auch diese Dokumente sind Fälschungen. Das macht es noch schlimmer. Könnten Sie mich mit Mr. Hans einen Moment allein lassen, bitte?“ Ute und Frank verlassen ziemlich aufgebracht das Büro.

„Mr. Hans, hier liegt ein ernster Fall von Betrug und Fälschung vor. Bitte berichten Sie mir, was Sie hier in Kenia machen, und ganz genau, wie und durch wen Sie diese Genehmigungen bekommen haben. Nur wenn Ihr Bericht mit meinen eigenen Recherchen übereinstimmt, kann ich Sie vorläufig auf freiem Fuß belassen.“

Während Ute und Frank am Auto warten, fasst Hans die Geschehnisse zusammen. Er vergisst auch nicht die voreilig gegebene Blankounterschrift, und nennt dafür als Zeugen Peter Mungai. Das Gesicht von Mr. Baya hellt sich auf. „Sie sind ein Freund von Kommissar Peter? Sind Sie auch sicher, dass der mir das bestätigt, wenn ich ihn anrufe?“ Hans nickt entschieden, und Mr. Baya wählt eine Nummer. Hans hat Glück, Peter ist sofort am Telefon. Mr. Baya spricht lange mit ihm und legt dann auf. „Nun, Sie scheinen ja eine ganze Menge Freunde und auch Feinde zu haben. Wenn Nassoro Juma Mwadzikomba Ihr Widersacher ist, können Sie mich ab sofort zu Ihren Freunden zählen!“ Er setzt wieder eine ernste Miene auf. „Leider muss ich Ihren Pass vorläufig einziehen. Sie können damit nicht nach Tansania ausreisen. Aber ich werde Sie in drei Tagen in Mwazaro Beach besuchen. Dann können wir in Ruhe besprechen, wie Sie schnell zu den richtigen Genehmigungen kommen.“

Da sie wohl oder übel in Kenia bleiben müssen, beschließen Ute, Frank und Hans, in den Tsavo-Nationalpark zu fahren. Die zwei Safari-Tage werden ein unvergessliches Erlebnis. Sie sehen die erdroten Elefanten, passieren Herden von Büffeln, Antilopen und Giraffen und drehen sich nach Pavianen irgendwann gar nicht mehr um. Mit Löwen haben sie zwar weniger Glück, aber sie kehren rundum zufrieden an die Küste zurück.

Mr. Baya kommt am darauf folgenden Nachmittag. Er hat inzwischen Erkundigungen eingezogen. Die Arbeitserlaubnis ist von einem mittlerweile entlassenen Beamten ausgestellt worden, der im wahrsten Wortsinn „Karteileichen“ zu Geld gemacht hat. Name und Daten von Hans waren einfach in die Akte eines verstorbenen Ausländers eingesetzt worden. Hans‘ Originalunterlagen, das Antragsschreiben, die ausgefüllten Formulare und Bürgschaftserklärungen konnten aber bisher nicht gefunden werden. Immerhin hat Mr. Baya mit Genehmigung des höchsten Einwanderungsbeamten ein verlängertes Aufenthaltsvisum in seinen Pass gestempelt. Sie unterhalten sich noch lange. Der Kampf gegen Mwadzikomba interessiert ihn am meisten. Bevor Mr. Baya geht, lässt er Hans alle nötigen Unterlagen für den Neuantrag da. Hans hat einen weiteren Freund und Mitkämpfer gefunden. „Wir brauchen Investoren wie dich, die sich auch um die armen Leute kümmern und unsere traditionellen Werte respektieren“, sagt Mr. Baya zum Abschied. „Bleib, wie du bist, und vor allem: bleib hier!“

Drei Wochen später hat Hans eine richtige amtliche Arbeitsbewilligung. Die von Mwadzikomba und dem untreuen Regierungsbeamten gestohlenen Gebühren muss er allerdings noch einmal entrichten. Er bekommt seinen Pass mit den druckfrischen Stempeln im Büro des Chefs der Einwanderungsbehörde ausgehändigt. Zuvor besucht er Mr. Baya, der sehr zu seiner Freude in die Zentrale befördert worden ist. Vier freundliche Beamte sitzen im Vorzimmer, überall stehen Menschen der verschiedensten Nationalitäten herum. Hans erhält sofort Einlass.

Mr. Bayas Büro ist ein seltenes Muster an professioneller

Ordnung, und dazu noch mit persönlicher Note. Alle Dokumente sind sauber gestapelt, ein bunter Blumenstrauß steht auf dem Schreibtisch, daneben Fotos von Frau und Kindern. Mr. Baya begrüßt Hans freudig und entschuldigt sich wegen der vielen Menschen, die draußen warten. „Ich bin jetzt zuständig für Ermittlungen und Anklagen in allen Immigrations-Angelegenheiten der Provinz. Das ist ein ziemlich harter Job. Kenia hat kaum kontrollierbare Grenzen, über welche Flüchtlinge genauso kommen wie Viehdiebe, Waffenschmuggler und Drogenhändler. Und ich darf dann feststellen, wer von denen sich hier in lauterer Absicht aufhalten will wie du, und wen wir am besten gleich wieder loswerden!" Mr. Baya schiebt ihn lachend aus dem Büro. „Wenn wir viel reden, verlieren wir auch viel Zeit. Die brauche ich jetzt für meine Kunden da draußen."

Hans geht eine Außentreppe hoch, um seinen Ausländer-Personalausweis zu beantragen. Jetzt steht auch er am Ende einer langen Schlange.

38 Der Prozess

Der ruinöse Streit zwischen Hans und seinem ehemaligen Partner geht ins fünfte Jahr, und als sei es damit nicht genug, wird Mwazaro auch noch von den Ausläufern eines weltgeschichtlichen Schockereignisses heimgesucht.

Der elfte September 2001 hat die kurzfristige Absage einer mehrmonatigen Komplettbuchung durch eine große Gruppe amerikanischer Mangrovenforscher zur Folge – kein US-Bürger steigt in diesen Tagen ohne Not in ein Flugzeug, schon gar nicht Richtung Ostafrika. Dort hatte drei Jahre vorher bekanntlich der Probelauf für terroristische Doppelschläge stattgefunden, mit der zeitgleichen Sprengung der amerikanischen Botschaften in Nairobi und Dar-es-Salaam. Damals schon war das Touristengeschäft vorübergehend eingebrochen, doch diesmal trifft es Mwazaro besonders arg. Hans hat für die amerikanischen Professoren und Studenten alle anderen Anfragen bis über Weihnachten hinaus abgesagt, aber leider keine Vorauszahlung eingefordert.

Jetzt sitzt er Woche für Woche allein in seiner Riesenbar, kann bald das Geld für die Löhne kaum mehr aufbringen, und für das Hundefutter auch nicht.

Anfang Februar 2002 beginnt das Hauptverfahren im vollbesetzten Gerichtssaal des Low Court in Mombasa. Mwadzikomba sitzt auf der Anklagebank. Sein neuer Verteidiger ist Hans seltsam bekannt. Nach kurzem Grübeln kommt er drauf: es ist der Katasterbeamte, der ihm seinerzeit in Kwale die Grundstücksurkunden ausgestellt hat. Zwischenzeitlich ist er aus dem Staatsdienst offenbar in eine private Anwaltpraxis gewechselt.

Der Gerichtsdiener, der eine Bank tiefer vor dem Richtertisch sitzt, ruft „Achtung!" Jeder im Saal steht auf. Die Richterin, gefolgt von einer Assistentin, verbeugt sich vor den Anwesenden und diese vor ihr. Sie nimmt Platz und fordert den Staatsanwalt auf, die Anklagepunkte vorzutragen. Diese haben sich durch die Beteiligung an der Fälschung einer Arbeitserlaubnis unter unrechtmäßigem Einbehalten der Gebühren auf fünfzehn erhöht.

Staatsanwalt Mutangili ist sehr gut vorbereitet. Er spricht langsam und mit klarer Betonung, damit die Richterin sich Notizen machen kann. Nach jedem Anklagepunkt reicht er die dazugehörigen Beweisstücke an den Gerichtsdiener. Dieser gibt ihnen fortlaufende Nummern und reicht sie weiter an die Richterin. Die schüttelt ein paar Mal den Kopf, wobei unklar bleibt, was das zu bedeuten hat. Bei einem Beweisstück, einem Blatt Papier mit immer derselben Unterschrift, will sie vom Staatsanwalt wissen, was das mit dem Prozess zu tun habe. Der bittet um Erlaubnis, dass Kommissar Peter Mungai als zuständiger Ermittlungsbeamter die Frage beantworten dürfe. „Dieses sind Unterschriftsproben des Klägers, also von Mr. Hans. Sie sollen beweisen, dass die Unterschrift auf der Anzeige in der Kenya Gazette über den Verlust der Besitzurkunden tatsächlich von ihm ist, und nicht eine Fälschung des Angeklagten."

„Das verstehe ich nicht", fragt die Richterin erstaunt. „Wo liegt denn das rechtliche Problem, wenn die Unterschrift echt ist?"

„Weil die Unterschrift unter Vortäuschung falscher Gründe erschlichen wurde, was ich in meiner Aussage später unter Eid bezeugen werde. Ich war dabei, als Mr. Hans aufgefordert wurde, auf seinem Briefbogen eine Blankounterschrift für einen Brief an die Einwanderungsbehörde zu geben. Leider habe ich damals nicht eingegriffen, weil ich wegen eines gerade entdeckten Krebsleidens sehr verstört war. Es war ein schwerer Fehler meinerseits, für den ich um Nachsicht bitte. Wir waren zusammen unterwegs, weil Mr. Hans mich anschließend zu einem befreundeten Arzt bringen wollte. Er hat am Ende übrigens sogar die ganzen Behandlungskosten getragen, weil meine Versicherung als Staatsdiener dafür nicht gereicht hat."

Die Richterin hebt die Augenbrauen, verbeugt sich leicht in Richtung des Klägers, lächelt und deutet mit den Händen ein Klatschen an. Mwadzikomba presst die Lippen zusammen, als ihn sein Verteidiger kopfschüttelnd ansieht. „Auf diese Unterschrift haben sie ihre Verteidigung aufgebaut", flüstert der Staatsanwalt Hans zu.

Die Anklageverlesung dauert den ganzen Vormittag und soll am Nachmittag fortgesetzt werden. Hans lädt Kommissar Peter und Staatsanwalt Mutangili in ein nahe gelegenes China-Restaurant zum Essen ein. Dort erklärt er ihnen, dass sie unwissentlich Figuren in einem Schachspiel sind, das er mit seinen Mitarbeitern gegen den Angeklagten austrägt. Beide kennen die Grundzüge des Spiels, haben aber keine Übung. Hans malt ein Schachbrett auf eine Serviette und zeigt ihnen ihre Positionen. Die Mittagspause ist viel zu kurz, als dass Hans alle Fragen seiner beiden Verbündeten beantworten könnte. Aber sie amüsieren sich über die seltsame Vorstellung, als Läuferpaar in einer höchst speziellen Schachpartie mitzukämpfen.

Auch der Nachmittag vergeht mit dem Verlesen der Anklage und der Sichtung der Beweismittel. Um vier Uhr schließt die Richterin die Sitzung, klappt ihren Kalender auf und nennt einen Termin in der folgenden Woche für die ersten Zeugenvernehmungen. Als Hans das Gericht verlässt, meldet sich sein Yahya: „Mehr Glück als Verstand, Mr. Hans! Bleib bloß bescheiden!"

Die Mitarbeiter, die auf ihn gewartet haben, jubeln, als er mit seinem atemlosen Bericht fertig ist. Dann stellt er das Schachbrett auf. Auf Mwadzikombas Seite ist nur der neue Anwalt dazugekommen. Wen er als Zeugen für seine Verteidigung benennen will, ist noch nicht bekannt. Es werden wohl nicht sehr viele sein. Hans wünscht sich insgeheim, Bent, der dänische Schachmeister, wäre da und könnte sehen, wie sich die Realsituation verändert hat durch seine geniale Idee mit dem Schachspiel.

Hans wird in seinen Gedankengängen unterbrochen, denn eine elegant gekleidete ältere Dame mit blumenverziertem Strohhut betritt die Bar. Die beiden Mwazaro-Wachleute ziehen zwei schwere Koffer auf Rollen hinter ihr her. Hans steht höflich auf und geht auf sie zu. Die Frau strahlt ihn an, legt beide Hände auf seine Schultern, zieht ihn an sich und drückt ihm ihren knallroten Lippenstift auf die rechte und auf die linke Backe. „Genau wie früher", ruft sie mit klingender Altstimme, „du hast dich ja kein bisschen verändert!"

Hans denkt verzweifelt nach, kann aber in dieser Matrone keine Ähnlichkeit mit irgendeiner alten Bekannten feststellen. Er weiß nicht, was er sagen soll, die Situation wird peinlich. Aber sie hilft ihm auf die Sprünge. „Kannst du dich nicht mehr erinnern? Kettenhofweg? Teddy Adorno? Jazz auf der Mertonstraße?" Hans erinnert sich blitzartig, und ihm wird heiß und kalt dabei. Aber er ist schlagfertig genug, nett zu reagieren. „Du bist die schöne Elisabeth, die von Professor Adorno so angehimmelt wurde. Habe ich recht?"

„Ja, das bin ich wirklich! Du hast mich doch sofort wieder erkannt! Na, was sagst du nun? Sollten wir vielleicht auf dieses Wiedersehen nicht einen trinken? Ich habe einen guten Rheingauer mitgebracht. Der hat euch doch damals so gut geschmeckt, bis du dich mit meinem lieben Teddy so gestritten hast. Wo ist denn dein Haus? Lass gleich mein Gepäck da hinbringen. Dein Bett ist hoffentlich breit genug für uns beide! Oder bist du etwa verheiratet?"

„Ich weiß nicht, ob das gut ist", sucht Hans nach schlagkräftigen Ausflüchten, „in meiner Hütte schlafen nachts acht Hunde. Die jaulen und kläffen und pinkeln in die Ecken. Dass kann ich der schönen Elisabeth doch nicht antun."

„Ach wie süß, wie goldig! All diese Racker schlafen bei dir? Na los", raunzt sie die beiden verdatterten Wachleute an, „bringt die Koffer in sein Zimmer! Seine Studentenbude sah auch immer aus wie ein Schweinestall, und trotzdem haben wir uns da nicht geniert. Komm, sei kein Spielverderber, Hans!“

Sie dreht sich um und trappelt auf ihren schwarzglänzenden Stiefeln den Wachleuten hinterher. Hans folgt ihr, ihm folgen Askari und Shari, und dahinter hoppeln die sechs süßen, goldigen Racker. Als Elisabeth das Haus sieht, wird sie wieder ganz euphorisch. „Ach, wie schön afrikanisch, eine richtige Negerhütte! Und so sauber! Sogar ein Bad mit Wasserklo hat er. Die Toilette muss ich gleich mal testen. Hinaus, ihr beiden! Trinkgeld gibt es bei der Abreise in zwei Wochen ...“

Hans ist überrollt von der Dynamik dieser Frau. Er liegt auf der Bettdecke und sieht hinauf in das Makuti-Dach, während sie im angrenzenden Bad herumwuselt. Erst fliegen die Stiefel durch den Vorhang, dann ein geblümter Rock und eine beigefarbene Seidenbluse, schließlich Büstenhalter und Spitzenhöschen. Die Dusche rauscht. Es scheint ihr zu gefallen. Sie trällert: *„Meine Herren, heut seh'n Sie mich Gläser abwaschen, und ich mache das Bett für jeden. Und Sie geben mir einen Penny und ich bedanke mich schnell, und Sie sehen meine Lumpen und dies lumpige Hotel ...“*

‚Die meint das tatsächlich ernst‘, denkt Hans. In seinen schwarzen Morgenmantel gehüllt, kommt Seeräuber-Jenny aus dem Bad gestürmt. „Erst mal wird gegessen und getrunken!“ Sie öffnet einen Koffer und kramt eine Flasche Rotwein heraus. Dann ein Paket Pumpernickel, eine lange Salami, einen in Folie eingeschweißten Knochenschinken, Emmentaler, ein Schneidebrett und ein großes Fahrtenmesser in einer Lederscheide. Die Hunde begeistern sich an den ungewohnt köstlichen Düften. Auch Hans wird wieder lebendig. Er trägt alles auf die Terrasse und bittet Mwanaisha, die gerade vorbeikommt, Gläser und Korkenzieher von der Bar zu bringen.

„Liebe geht durch den Magen“, sagt Elisabeth lachend. Sie wird Hans langsam sympathisch. Später betrachten sie beschwipst und vollgestopft den großen Mond und seine tanzenden Reflektionen auf dem Meeresspiegel. Hans macht eine Petroleumlampe an, und sie plaudern über die wilden sechziger Jahre in der Frankfurter Szene. Beide hatten damals natürlich dem Sozialistischen Deutschen Studentenbund angehört, und beide hatten sie das „Establishment“ so lange verabscheut, bis sie selbst dazu gehörten. Elisabeth ist jetzt Abteilungsleiterin in einer Bank, und unter der blakenden Leuchte in Mwazaro Beach schämt sie sich dafür ein wenig.

Dann kommen sie auf den berühmten Professor Adorno zu sprechen, bei dem Hans ein Seminar für Musiksoziologie belegt hatte. Die wissenschaftliche Ikone der „Frankfurter Schule“ wetterte gern über die Banalität der Jazz-Musik. Hans, immer schon begeisterter Banjo-Spieler, hielt seinerzeit dagegen, dass der Jazz aus der Lebensrealität der Sklaven im amerikanischen Süden entstanden sei, der Rhythmus der verlorenen afrikanischen Heimat, verschmolzen mit der amerikanischen Paradeblasmusik. Noch einmal waren sie aneinander geraten, als Hans behauptete, die hochgelobte deutsche Musik- und Schreibkultur sei auf dem Rücken von leibeigenen Bauern entstanden, die sich für die höfische Angeberei von Fürsten und Popen zu Tode schuften mussten. „Ja“, seufzt Elisabeth, „und was ist von unserer rebellischen Jugend geblieben? Karrieresüchtige Wohlstandsbürger sind die meisten von uns geworden, oder biertrinkende Langweiler. Ich verstehe gut, dass du abgehauen bist!“

Elisabeth gewinnt mit ihrer zwar vorlauten, jedoch grundehrlichen Art rasch die Herzen der Mitarbeiter. Sie spielt genauso gern und mittelmäßig Schach wie Hans, und beide liefern sich täglich heftige Schlachten am Brett. Einmal fährt sie auch mit zum Gericht und wohnt einer langen Zeugenvernehmung zum Erwerb der Grundstücke bei. Die zwei Wochen vergehen schnell, und unversehens kommt der Tag ihrer Abreise. Hans bringt sie mit dem Taxi zum Flughafen.

Nur wenig später erhält er ein Telegramm, in dem ihm mitgeteilt wird, dass Elisabeth an ihrem Arbeitsplatz an einem Herzinfarkt verstorben sei. „Ach, du schöne Elisabeth“, sagt er mit ehrlicher Trauer, „es wäre besser gewesen, du wärst hier geblieben. Hier lassen sich Herzinfarkte leichter überleben ...“

Jede Woche ist ein Gerichtstermin, und Hans muss stets anwesend sein. Er hat seinen Wahrheitsstab immer dabei. Der Sekretär der Kommission für Grundstücksverkäufe wird in den Zeugenstand gerufen. Er wird gefragt, warum der Transfer der Grundstücke von der Shimoni Lobster Company auf den Namen von Mwadzikomba zwar in den Sitzungsprotokollen seiner

Organisation vermerkt ist, tatsächlich aber nie verhandelt wurde. Erst druckst er herum, es sei ein Versehen gewesen. Hans richtet den Stab in seiner Tasche auf ihn. Der Sekretär beginnt, eine fiktive Fliege zu verscheuchen. Dann bricht ihm der Schweiß aus. Er fängt an zu jammern. „Aber ich brauchte die hunderttausend Schillinge doch so dringend. Ich hatte kein Schulgeld für die Kinder, und meine Frau war krank. Was sollte ich denn machen? Außerdem war Mr. Mwadzikomba ja einflussreicher Councillor in Kwale County. Ich habe den Verkauf seinem Wunsch entsprechend in das Protokoll aufgenommen. Ich dachte, das würde ja sowieso keiner lesen."

„Damit hätten wir Anstiftung zu Betrug und Urkundenfälschung", sagt Staatsanwalt Mutangili zur Richterin, „das ist Anklagepunkt Nr. 16. Und Bestechung eines Regierungsbeamten: Anklagepunkt Nr. 17!"

Endlich steht das Kreuzverhör der Verteidigung an. Hans ist gut darauf vorbereitet. Die Originale der Besitzurkunden hat er am selben Morgen bei der Kanzlei Gikandi abgeholt. Der Bürovorsteher begleitet ihn zum Gericht, um bei Bedarf zu bezeugen, dass die Dokumente seit dem Kauf der Grundstücke stets im Anwaltstresor verwahrt waren.

Der Anwalt des Angeklagten, der vormalige Katasterbeamte, setzt ein überlegenes Lächeln auf. Wie Hans eigentlich ohne die nötigen Besitzurkunden beweisen wolle, dass er der rechtmäßige Grundstückseigentümer sei? „Das werden Sie höchst persönlich bestätigen", entgegnet Hans zur Überraschung aller. Er zieht die Besitzurkunden aus einem Manila-Umschlag und hält sie dem Anwalt hin. Der erstarrt. „Ist das nicht Ihre eigene markante Unterschrift, Herr Verteidiger?", hakt Hans nach.

„Äh, ja, das habe ich während meiner Amtszeit in Kwale wohl unterschrieben", sagt der Anwalt nach einigem Zögern. „Aber die Dokumente waren doch verschollen. Wo haben Sie die denn auf einmal her?"

„Sie waren die ganze Zeit in guter Verwahrung. Sind diese Urkunden nun echt, oder sind es Fälschungen?"

Der Anwalt beäugt die Papiere und windet sich ein letztes Mal. Dann räumt er ein: „Sie sind echt!"

Hans überreicht die Besitzurkunden dem Gerichtsdiener, der sie der Richterin aushändigt. Die macht es kurz: „Urteilsverkündung ist gegen Ende des Monats, der genaue Termin wird noch bekannt gegeben. Die Schlussplädoyers von Anklage und Verteidigung sind morgen Vormittag um neun Uhr. Die Sitzung ist geschlossen!"

Hans fährt mit dem Matatu, das wie immer total überfüllt ist, nach Hause. Durch seinen seltsamen Kampf gegen Mwadzikomba ist er so populär, dass ihm sofort der Platz neben dem Fahrer freigemacht wird. Die Hunde warten schon an der Abzweigung vom Shimoni Highway und begrüßen ihn mit Bellen und Schwanzwedeln. In der Bar berichtet Hans dem Schachteam vom heutigen Gerichtstag. Lachen und Jubel sind die Reaktionen. „Wir sollten uns nicht zu früh freuen und mit allem rechnen. Der Teufel kann mit dem Schlussplädoyer immer noch einen vergifteten Pfeil im Köcher haben. Lasst uns alle Figuren so aufstellen, dass er mit seinem letzten Schuss keinen großen Schaden anrichten kann."

Wie immer gibt es eine lange Diskussion unter den Experten. Aber endlich sind sie mit der Kampfaufstellung zufrieden. Falls die Richterin aus irgendeinem Grund nicht richtig entscheidet, was sich nach der Beweislast gegen Mwadzikomba kaum einer vorstellen kann, dann müssen schlussendlich die Geister der See zuschlagen. Sie alle wissen, dass diese unbestechlich sind.

Wie vom Staatsanwalt empfohlen, bleibt Hans am nächsten Tag dem Gericht fern. Er macht stattdessen mit neuen Gästen eine Bootstour, um auf einer sonnendurchfluteten Lichtung Mangroven zu pflanzen. „Besser ist besser", sagt er zu Hussein und Omari, die mit den Gästen durch den Schlamm waten, um den Urwald mit zweihundert *Lumnitzera racemosa* und hundert *Bruguiera gymnorrhiza* zu bereichern. Hans ist überzeugt, dass seine Freunde der See ihn weiterhin unterstützen werden. „Es ist ein teuflisches Spiel", raunt er ihnen zu. „Sorgt dafür, dass Mwadzikomba es nicht gewinnen kann. Wenn er siegt, gehört Mwazaro Beach ihm. Dann ist es nur eine Frage der Zeit, bis die Motorsägen in eurem Wald kreischen."

Am Morgen des 22. November ist die Urteilsverkündung. Hans hat die grauenhafte Unfallstelle auf der Ramisi-Brücke passiert und dem schwarzen König in die brechenden Augen gesehen, als er in Mombasa eintrifft. Er informiert die Richterin. Sie bittet ihn in ihr Sprechzimmer. „Mr. Hans, Sie hätten diesen Prozess gewonnen, aber offenbar hat eine höhere Macht verhindern wollen, dass der Krieg um Mwazaro in eine weitere Runde geht. Denn zu der wäre es bestimmt gekommen. Wissen Sie zum Beispiel genau, wie viele Anteile Ihnen Mwadzikomba an der Firma gelassen hat, oder ob er auch dabei mit Fälschungen versucht hat, Ihr Eigentum zu stehlen?“

Hans wird ganz übel. Daran, dass die Besitzurkunden nicht auf ihn, sondern auf die Shimoni Lobster Company ausgeschrieben waren, hat er gar nicht mehr gedacht. Wo sind die Anteilsscheine?

„Ich mache Ihnen einen Vorschlag. Sie gründen so rasch wie möglich eine neue Firma, zum Beispiel mit dem Namen ‚Mwazaro Beach Ltd‘. Dann gebe ich Ihnen einen Gerichtsbeschluss, der beide Besitzurkunden auf diese neue Firma überträgt, wie auch alle anderen Besitztümer und Aktivitäten der Shimoni Lobster Company. Sie müssen sich pro Forma einen neuen Teilhaber suchen. Nehmen Sie einen guten Freund oder vorübergehend Ihren Wirtschaftsprüfer. Anfang Januar bin ich aus meinem Jahresurlaub zurück. Kommen Sie dann bitte mit allen Unterlagen zu mir.“

Wie betäubt geht Hans durch die Straßen von Mombasa. Von zerrissenen und überschmierten Wahlplakaten schaut der allmächtige Präsident Moi mit versteinerter Strenge auf ihn herab. Die Tage seines korrupten Dauer-Regimes scheinen gezählt, besonders an der Küste hat die Opposition täglich mehr Zulauf. Mwadzikomba hätte sich seine selbstmörderische Raserei sparen können, denkt Hans. An der Seite dieses politischen Fossils macht man hier keine Karriere als Councillor mehr - und biegt kein längst verlorenes Spiel um.

Hans entflieht der Stadt, die nicht nur mit Wahlplakaten, sondern auch mit den ersten Plastiktannenbäumen vorweihnachtlich dekoriert ist. In das „Jingle Bells“-Geplärr elektrischer Nikoläuse mischt sich zur mittäglichen Gebetsstunde das „Allahu akbar“ blecherner Moschee-Lautsprecher – eine skurrile Geräuschkulisse.

In Mwazaro Beach beendet er das Spiel seines Lebens auch auf dem Brett. Seine Leute haben Mwadzikomba bereits in einer aussichtlosen Position festgenagelt: Dokumentenbewahrer Gikandi erledigt den neuen Verteidiger, und während Staatsanwalt Mutangili frontal „Schach" bietet, vereitelt die Richterin jede Flucht zur Seite. Sollte Idi auf die Idee kommen, sich dem Läufer in den Weg zu werfen, können sich die Seegeister ungehindert den schwarzen König holen. So ist es dann ja auch geschehen …

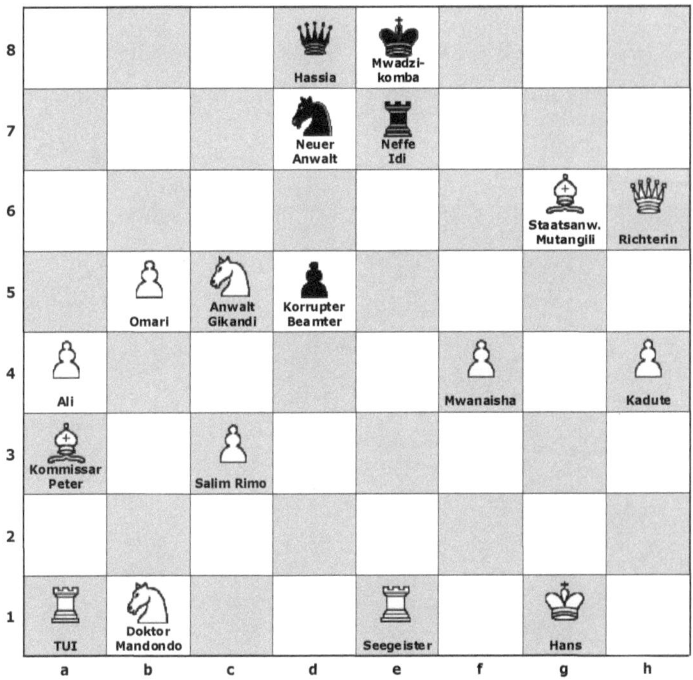

Am Morgen nach der Siegesfeier schwimmt Hans lange im warmen Indischen Ozean. Er kann es noch nicht fassen, dass der Kampf um Mwazaro endlich vorbei sein soll. Er geht in sein Palmstrohhaus, um das Salz abzuduschen.

Drinnen wartet Nafuu auf ihn. Sie schaut Hans mit tränenfeuchten Augen an. Er erfährt, dass eine schreckliche Zeit hinter ihr liegt. Der eigene Bruder hatte sie bald nach dem Tod des Vaters und ihrem Weggang von Hans an seinen Freund verkauft, einen scheinheiligen Widerling, dem sie bald nur noch nur unter Gewaltandrohung zu Willen war. Ihre Ehe war ein einziges Martyrium.

„So geht es zahllosen afrikanischen Frauen", sagt Nafuu mit einem Anflug von Bitterkeit, „aber ich hatte Glück. Ich bin gestern geschieden worden. Allerdings nur, weil mein Mann Alkoholiker ist, und weil ich Zeugen hatte, die das beschwören konnten."

Sie schaut ängstlich fragend. „Willst du mich noch?"

Hans sagt nichts. Er schließt seine Dame fest in die Arme.

Hans & Nafuu

Nachwort

Zu diesem Buch haben mich meine Gäste gedrängt, denen ich die turbulente Geschichte von Mwazaro Beach immer wieder gern erzählt habe – in den ersten Jahren bei einer warmen und später bei einer kalten Flasche Tusker-Bier. Es war allerdings nicht leicht, alle Abläufe zeitlich korrekt zu rekonstruieren, weil ich meine afrikanischen Tagebücher zunächst ohne Datum geschrieben hatte – zwischen Leben und (prognostiziertem) Tod nimmt man solche kalendarischen Details nicht so wichtig. Gästebücher und Terminkalender waren eine nachträgliche Hilfe. Trotzdem ist mein Co-Autor Werner Zeppenfeld an meiner Datenschlamperei mehr als einmal fast verzweifelt. Für viel Geduld habe ich auch Isabelle Graedel zu danken, die die Karten angefertigt und vielerlei digitale Schlachten mit Fotos und Formatierungen geschlagen hat.

Da durch den Likoni-Unfall mein Gedächtnis teilweise gelitten hat, könnten einige Namen unkorrekt sein. Ich bitte eventuell Betroffene um Nachsicht. Ebenso dafür, dass ich einige Fotos verwendet habe, deren Urheber nicht mehr festzustellen waren. Da ich damals keinen eigenen Fotoapparat hatte, müssen wichtige Personen und Situationen bildlich leider undokumentiert bleiben.

Allen bekannten oder anonymen Freunden, die mir nach meinem Unfall mit Geld ausgeholfen haben, gebührt mein aufrichtiger Dank. Natürlich möchte ich auch all jene einschließen, die als treue Stammgäste jedes Jahr wiederkommen, wie Frank Selten und Ute Lienemeyer, die ihre Mwazaro-Erlebnisse seit vielen Jahren in Wort und Bild festgehalten haben. Ohne ihre Erinnerungen und Ermutigungen wäre dieses Buch kaum geschrieben worden. Und im Namen der Seegeister danke ich der TUI und speziell Dr. Michael Iwand sowie dem ehemaligen Robinson Club und scinen Gästen, die die Aufforstung des Ramisi-Deltas zu ihrer Sache gemacht haben.

Mein größter Dank gilt allen meinen kenianischen Freunden, und hier insbesondere meinen Mitabeitern, die mit mir gekämpft und gelitten haben – und die mir bis heute fast allesamt treu geblieben sind. Ihr Witz, ihre praktische Vernunft und ihr unerschütterlicher Glaube an ein gerechtes Ende haben Unmögliches möglich gemacht. Sie haben auch unser kurioses „afrikanisches Schach“ für dieses Buch rekonstruiert.

Es endet mit der Jahreswende 2002/2003. Seither ist wieder viel passiert. Immer noch ringen die rechte und die linke Hand um Mwazaros Seele, der Prozess um den Likoni-Unfall wird zur nächsten Endlosgeschichte, und die Liebe geht weiterhin verschlungene Pfade. Einbrecherbanden haben sich am Firmentresor verhoben, ein Mobilfunkmast ist dem heiligen Baobab auf die sensible Pelle gerückt, und mit Jörg Karasch hat ein neuer Partner Mwazaro frische Impulse gegeben. Ihm habe ich auch den Laptop, auf dem ich schreibe, zu verdanken. Wenn ich es mir so überlege, hätte der eigentlich genug Speicherplatz für ein weiteres Mwazaro-Buch ...

Herzlichst, Ihr
Hans von Loesch

P.S. Falls Sie mir Ihre Meinung über das Buch schreiben oder mehr über Mwazaro Beach wissen wollen: meine Adresse ist Mwazaro Mangrove Lodge, PO Box 1710, Ukunda, Kenya. Email: hansvonloesch@gmx.de Ich freue mich schon auf Ihre Zeilen!

ISBN 978-3-86582-562-9
9 783865 825629 00002
www.epubli.com

Printed in Poland
by Amazon Fulfillment
Poland Sp. z o.o., Wrocław

35316246R00168